文史合璧

魏晋南北朝卷

金振华　陈桂声　**主编**

薛玉坤　吴悦　杜翠云　**编著**

苏州大学出版社

图书在版编目(CIP)数据

文史合璧.魏晋南北朝卷/金振华,陈桂声主编;薛玉坤,吴悦,杜翠云编著.—苏州：苏州大学出版社,2016.1
 ISBN 978-7-5672-1583-2

Ⅰ.①文… Ⅱ.①金… ②陈… ③薛… ④吴… ⑤杜… Ⅲ.①古典散文－散文集－中国－魏晋南北朝时代 Ⅳ.①I262

中国版本图书馆 CIP 数据核字(2015)第 293327 号

文 史 合 璧
魏晋南北朝卷

金振华　陈桂声　主编

薛玉坤　吴　悦　杜翠云　编著

责任编辑　唐明珠

苏州大学出版社出版发行
(地址：苏州市十梓街1号　邮编：215006)
常州市武进第三印刷有限公司印装
(地址：常州市武进区湟里镇村前街　邮编：213154)

开本 787 mm×960 mm　1/16　印张 16.5　字数 291 千
2016 年 1 月第 1 版　2016 年 1 月第 1 次印刷
ISBN 978-7-5672-1583-2　定价：40.00 元

苏州大学版图书若有印装错误,本社负责调换
苏州大学出版社营销部　电话：0512—65225020
苏州大学出版社网址　http：//www.sudapress.com

序

金振华　陈桂声

中国是有着悠久历史的伟大而文明的国家。在数千年的历史长河中,历代史学家和散文家留下了难以计数的史著和历史散文。从先秦至近代,中国有着完整的历史记载,一部二十四史,就足以证明中华民族绵延不绝的五千年文明史是何等的辉煌。

浩如烟海的历史典籍,是我们的先哲留给后人的宝贵文化遗产。中国人尊重历史,敬畏历史,须臾不敢忘记历史的经验和教训。因此,中国人从来就爱读史著,喜谈历史,这也是我们民族的优良传统。历史学家研究历史,主要是把历史典籍作为宝贵史料来阅读和剖析,从中寻绎历史的真相和发展轨迹。但是,更多的中国人却把史著当作文学作品来欣赏,在品味历史的同时,沉浸在文学的滋养之中。历史和文学完美地结合在一起,水乳交融,这是中国史著的一大特色。

中国的优秀史学家,不仅有着杰出的史德、史识和史才,是撰写信史的良史,同时还是颇具文学造诣的作家。而不少掉鞅文坛的大作家,往往也是秉笔直书的史家。这样,在他们的笔下,历史就不是枯涩乏味的陈年旧事流水账,而是波澜壮阔的鲜活画卷。《尚书》记载的"盘庚",《左传》铺叙的"曹刿论战"、"晋公子重耳之亡",《史记》描述的"完璧归赵"、"鸿门宴",《汉书》歌颂的"苏武牧羊"等,无一不在忠实记录历史的同时,运用文学艺术的手段,将史实描写得栩栩如生,既使人走进历史,洞察往事,又令人领略到文学的艺术魅力,一举两得,堪称文史珠联璧合,众美毕集,相得益彰。

写到这里,我们想起了一个发生在五代南唐的历史小故事。在欧阳修主持撰写的《新五代史·南唐世家》中有这样一段记载:

> 煜尝以熙载尽忠,能直言,欲用为相,而熙载后房妓妾数十人,多出外舍私侍宾客,煜以此难之,左授熙载右庶子,分司南都。熙

载尽斥诸妓,单车上道,煜喜留之,复其位。已而诸妓稍稍复还,煜曰:"吾无如之何矣!"是岁,熙载卒,煜叹曰:"吾终不得熙载为相也。"欲以平章事赠之,问前世有此比否,群臣对曰:"昔刘穆之赠开府仪同三司。"遂赠熙载平章事。

　　马令《南唐书》、陆游《南唐书》及《宋史》分别有《李煜传》、《韩熙载传》,记录此事详略不一。韩熙载是南唐大臣,许多人通过欣赏著名的《韩熙载夜游图》得知其人其事。其实,韩熙载是个有才干和有抱负的人,而李煜也不是一个只知填词听经、吟风弄月的昏君。李煜很想任用韩熙载为相,但因为韩熙载在生活上放纵不羁,有毁坏礼仪法度之嫌,故而迟迟不予重用,将其贬职。但韩熙载在外放南都赴任前,竟"尽斥诸妓,单车上道",颇有痛改前非、脱胎换骨而戮力王室的气概。这令皇上喜出望外,立马"复其位",并打算给予升迁。但是,韩熙载在官复原职后,渐渐故态复萌,使得李煜始料未及,"吾无如之何矣"、"吾终不得熙载为相也"二语,似乎令读者看到了李煜的极度失望之情。因此,直至韩熙载离世,李煜也未能授予他相位,只是追赠了一个"平章事"的虚衔而已。

　　这个描述当是史实,给我们展现了李煜和韩熙载生平思想的另一面,还原了历史人物的真实全貌。同时,我们在阅读和鉴赏这段文字时,又不能不感受到其中生动的文学性,无论是情节安排的波折、语言运用的生动,还是人物性格的多样变化和形象的鲜活传神,都令人赞叹不已。可见,历史的真实和文学的敷演,在中国古代史著中,结合得是如此的和谐完美。

　　中华民族走过了五千年的光辉历史,并将继续前行。在面向未来的时候,我们更要铭记历史,从历史中学习和汲取知识与营养,这有助于我们更好地继承优秀文化传统,在未来的征途上创造更加辉煌的文明。我们组织编写的这套"文史合璧"丛书,选择中国古代优秀历史著作和历史散文中富有文学色彩和艺术魅力的篇章,精心注释,加以精辟赏析,为读者品鉴和欣赏古代历史和文学提供了一个别样的选择。相信广大读者通过阅读,能更好地体味到"文史合璧"、"文史一家"的魅力和内涵,更加倾心和热爱祖国优秀的文学、史学文化。

2015 年 12 月于苏州

前　言 ……………………………………………………… 1

曹　操
让县自明本志令 ………………………………………… 1

阮　瑀
为曹公作书与孙权 ……………………………………… 6

吴　质
在元城与魏太子笺 ……………………………………… 11

诸葛亮
出师表 …………………………………………………… 14

曹　丕
与吴质书 ………………………………………………… 17

曹　植
与杨德祖书 ……………………………………………… 20
求自试表 ………………………………………………… 23

李　康
运命论 …………………………………………………… 28

韦 曜
　　博弈论 …………………………………………… 34

曹 冏
　　六代论 …………………………………………… 38

阮 籍
　　为郑冲劝晋王笺 ………………………………… 44

羊 祜
　　让开府表 ………………………………………… 47

皇甫谧
　　三都赋序 ………………………………………… 50

傅 玄
　　马先生传 ………………………………………… 53

刘 伶
　　酒德颂 …………………………………………… 57

嵇 康
　　养生论 …………………………………………… 59
　　与山巨源绝交书 ………………………………… 63
　　管蔡论 …………………………………………… 68

李 密
　　陈情表 …………………………………………… 71

陈 寿
　　魏武帝纪 ………………………………………… 74
　　董卓传 …………………………………………… 78
　　华佗传 …………………………………………… 82
　　诸葛亮传 ………………………………………… 85

关羽传 …………………………………………………… 90
　　　张飞传 …………………………………………………… 92
　　　周瑜传 …………………………………………………… 95
　　　吕蒙传 …………………………………………………… 99

赵　至
　　与嵇茂齐书 ………………………………………………… 102

陆　机
　　谢平原内史表 ……………………………………………… 105
　　吊魏武帝文 ………………………………………………… 108

刘　琨
　　劝进表 ……………………………………………………… 113
　　答卢谌书 …………………………………………………… 117

干　宝
　　《晋纪》总论 ……………………………………………… 120

王羲之
　　遗殷浩书 …………………………………………………… 125
　　《兰亭集》序 ……………………………………………… 127

殷仲文
　　自解表 ……………………………………………………… 130

慧　远
　　庐山记 ……………………………………………………… 132

裴松之
　　上《三国志注》表 ………………………………………… 135

颜延之
　　陶征士诔并序 ……………………………………………… 138

谢灵运
上书劝伐河北 …………………………………………………… 142

范　晔
光武帝纪 ……………………………………………………… 146
郭伋传 ………………………………………………………… 149
班超传 ………………………………………………………… 151
张衡传 ………………………………………………………… 154
党锢传论 ……………………………………………………… 156
范滂传 ………………………………………………………… 160
祢衡传 ………………………………………………………… 163
逸民传论 ……………………………………………………… 166
严光传 ………………………………………………………… 167
狱中与诸甥侄书 ……………………………………………… 169

刘义庆
世说新语 ……………………………………………………… 172

沈　约
宋武帝纪 ……………………………………………………… 176
檀道济传 ……………………………………………………… 179
宗悫传 ………………………………………………………… 182

鲍　照
登大雷岸与妹书 ……………………………………………… 185

江　淹
诣建平王书 …………………………………………………… 188
报袁叔明书 …………………………………………………… 191

孔稚圭
北山移文 ……………………………………………………… 194

任 昉
为萧扬州荐士表…………………………………… 198

刘 峻
广绝交论…………………………………………… 201

王 融
三月三日曲水诗序………………………………… 206

萧子显
谢朓传……………………………………………… 211
宗测传……………………………………………… 215

萧 统
《陶渊明集》序…………………………………… 217

魏 收
释老志……………………………………………… 220

庾 信
哀江南赋序………………………………………… 224

颜之推
颜氏家训…………………………………………… 228

贾思勰
《齐民要术》序…………………………………… 233

杨衒之
永宁寺……………………………………………… 239
景明寺……………………………………………… 242
寿丘里……………………………………………… 245

前言

在中国历史上，魏晋南北朝是一个政治大分裂、文化大碰撞与民族大融合的时代。

自汉末军阀混战，天下三分，至西晋短暂统一。此后由于长期内乱，加之北方和西部内迁少数民族的不断崛起，逐渐形成了史称"五胡乱华"的局面。公元316年，西晋终为前赵所灭，中原汉族政权被迫南渡，迭经东晋、宋、齐、梁、陈等政权的更替。而北方则群雄逐鹿，进入了所谓五胡十六国时期。其后北魏虽曾统一北方，但很快分裂为东魏、西魏两个政权，而东、西魏之后又分别演变为北齐与北周。直至公元581年，北周大臣杨坚称帝，建立隋朝，公元589年灭陈，这种分裂的局面才得以结束。近四百年的时间内，政权更迭频繁，社会动荡不安，而在剧烈的冲突与碰撞中，各民族、各地区的文化也加快了融合的步伐，最终形成了独具特色的时代文化。

以史学而言，论者一般认为魏晋南北朝是一个史学独立的时代。而在此之前，史学著作传统上依附于《春秋》，作为经的附庸。如西汉末年刘向、刘歆父子受诏校理群书，刘歆撰《七略》，将图书分为六艺略、诸子略、诗赋略、兵书略、术数略、方技略六大类（另有集略实为总序），其中《春秋》类属于六艺略。此后班固《汉书·艺文志》沿用《七略》目录划分体例，而将《国语》、《战国策》、《史记》等史学著作列于《春秋》之下。直至西晋秘书监荀勖仿三国魏郑默所编宫廷藏书目录《中经》而撰《中经新簿》，以甲乙丙丁四部总括群书，其中丙部记《史记》、《旧事》、《皇览簿》、《杂事》等，始将史书从《七略》春秋类目中分离。这是历史上第一次将历史著作独立分类，是史学开始独立的标志之一。

这一时期的史官制度也更加完善，真正出现了专门的修史机构和专职史官。魏明帝太和年间，朝廷置著作郎，隶属于中书省，"专掌史任"。西晋初年，晋武帝合并秘书监与中书省，但"其秘书著作之局不废"（《晋书·职官志》）。晋惠帝元康二年，著作郎改隶秘书省，称大著作，又增设佐著作郎8

人,协助著作郎修纂国史。东晋以迄南朝,史官制度基本上承魏晋,朝着专门化、职业化的方向发展。而在北方,无论是十六国时期,还是后来的北朝各国,也大多设有职责明确的史官。北魏更在著作之外,别置专记君王日常言行、政事活动的起居令史,"起居注、著作之任,自此而分也"(《通典·职官三》)。而北齐取代东魏后,又在朝廷正式设立史馆,开隋唐史馆修史先河,影响深远。

与此同时,人们对史学的认知也在逐步深化。南朝梁刘勰的《文心雕龙·史传》被称为当时最为系统和深入的史学研究宏文。其对晋以前史学史的系统梳理,对历史真实性的探讨,对史学价值的思考,对各种体例历史著作优劣的辩证分析,以及对历史著作编纂原则和方法的确立,都体现出史学在这个时代的高度发达。

在史学逐渐独立的过程中,各种门类和形式的史学著作开始大量涌现。在数量上,此前的两汉只有《史记》、《汉书》、《汉纪》、《东观汉纪》等少量史学著作。比较《汉书·艺文志》与《隋书·经籍志》的载录,前者记录的《春秋》家有425卷,而后者史部著录的则有18658卷之多,在不到400年的时间内,史学著作的数量增加了四十多倍。再从门类来看,这一时期影响较大的正史有西晋陈寿撰写的《三国志》,南朝宋范晔撰写的《后汉书》,梁沈约撰写的《宋书》、萧子显撰写的《南齐书》,北齐魏收撰写的《魏书》等。正史之外,《隋书·经籍志》载录的古史(编年史)34部,杂史72部,霸史27部,起居注44部,杂传217部,地理139部,绝大部分是魏晋南北朝时期的著作。尤其是杂传类数量最多,其中既有如《徐州先贤传》这样专记一地人物的,也有如裴松之《裴氏家传》专记家族人物的家记,也有如《列女传》、《高僧传》这样以类相从的类传。此外,对地方志书修纂的重视,亦是魏晋南北朝史学繁荣的一大表征。《隋书·经籍志》载录的有140余种,较著名者如《洛阳伽蓝记》、《水经注》、《佛国记》等。

总之,魏晋南北朝史学的繁荣,正如梁启超所云:"两晋六朝,百家芜秽,而治史者独盛。"(《中国历史研究法·过去中国之史界》)

魏晋南北朝又是一个文学自觉的时代,文学的社会价值和审美价值受到了前所未有的重视。和史学一样,这一时期的文学也从广义的学术中分离出来,成为一个独立的门类,人们对文学的认识更加深入全面,对文体的划分亦愈来愈细致。曹丕《典论·论文》非常注重文学的价值,除了提出"盖文章经国之大业,不朽之盛事"的著名论断外,还将当时常用文体分为奏议、书论、铭诔、诗赋这四科八种,并对每种文体的体貌特征加以精细的辨析。其后陆机的《文赋》在此基础上,将文体分为十体,刘勰《文心雕龙》论及文体三十四类七十八种,萧统编《文选》,涉及文体三十九种。

在文体辨析的逐渐深化中，文人对文学的抒情性与语言形式之美尤为重视，出现了所谓的"文笔之辨"，刘勰将其总结为"无韵者笔也，有韵者文也"（《文心雕龙·总术》）。这种重视也使得作为无韵之笔的散文大多生动感人，语言优美，呈现出不同于汉代散文板滞典重的面目。如三国时期曹操的《让县自明本志令》气势磅礴，富有感染力，曹丕的《与吴质书》清新流畅，曹植的《与杨德祖书》婉丽多姿，饶具咏叹之美。西晋作家对散文的形式技巧更加重视，讲究辞藻的华美、典故的运用以及对偶的工整，如李密《陈情表》辞意恳切，语言精练。东晋玄风独振，散文受名士风流影响，多着意于个体心灵世界的自然抒发，如王羲之《兰亭集序》即堪称代表。南北朝时期总体上骈文风靡，散文则更趋骈俪，如鲍照《登大雷岸与妹书》、王融《三月三日曲水诗序》、刘峻《广绝交论》等。

魏晋南北朝散文重视抒情和语言形式之美的特点，也不可避免地影响到史学著作的撰写，直接后果便是这一时期的多数历史著作均具有较强的文学特色，其中纵横捭阖者有之，含蓄委折者有之，平易雅正者有之，显现出史学和文学虽分途发展，但存在着相互之间的明显渗透。这正是这一时期史学和文学皆高度发达的重要因素。

举例来说，在魏晋南北朝各体史学著作中，陈寿《三国志》取材谨慎，文笔简括畅达；范晔《后汉书》在史书中首列《文苑列传》，重视文人和文学的独立价值，其叙事繁简得宜，所刻画人物个性突出，形象鲜明，语言整饬丽密，行文充满"奇情壮采"；沈约为南朝文坛耆宿，工诗擅文，主张"文章当从三易。易见事，一也；易识字，二也；易读诵，三也"（《颜氏家训·文章篇》），其《宋书》被认为是"前四史"之后的又一史学名著，语言骈俪富艳，尤具时代特色。史传之外，这一时期地记著作的文学价值亦向来为人所称道。郦道元《水经注》摹山范水，行文以散为主，间以骈语，呈现出清丽雅驯、流畅精炼的总体风格，刘熙载称其"叙山水，峻洁层深，奄有《楚辞·山鬼》、《招隐士》胜境"（《艺概·文概》）；杨衒之《洛阳伽蓝记》叙写佛寺兴衰，辅以城市风情、百姓日常生活的描写，其史学、文学价值极高，四库馆臣评之曰："其文秾丽秀逸，烦而不厌，可与郦道元《水经注》肩随。"（《四库全书总目·地理类·古迹之属》）

总而言之，较之前代，魏晋南北朝的史学与文学都有较大的进展。本书的编选，正力图彰显两者的特色和成就，所选篇目一般兼具历史和美文两方面的价值。当然，限于学力，编者自知本书缺点难免，尚祈读者方家不吝赐教。

2015年10月薛玉坤识于台湾东吴大学

曹　操

作者简介　曹操(155—220)，字孟德，沛国谯(今安徽亳县)人。三国时期著名政治家、军事家和文学家。年二十举孝廉，除洛阳北部尉。后起兵讨伐董卓，并迎汉献帝，迁都许昌。累进丞相、大将军，封魏王，是当时北方的实际统治者。曹丕登帝位后，被追尊为武皇帝，世称魏武帝。曹操雅好诗歌，继承了汉代现实主义诗歌的创作传统，反映世积乱离、民生疾苦，抒发自己的雄心壮志与远大政治抱负。诗风慷慨悲凉，气势雄浑悲壮，风骨遒劲。其文章以令教书表类为主，通达脱俗，不拘小节，鲁迅称其为改造文章的祖师。后人辑有《魏武帝集》。

让县自明本志令

【题解】　本文选自晋陈寿《三国志·魏志·武帝纪》，又称《述志令》，是一篇极富自传性质的重要文献，作于建安十五年(210)，曹操是年五十六岁。文中自叙其举孝廉、讨袁绍、击败黄巾军，从而一统北方的生平经历。借接受皇帝恩封三子为侯之事，表明自己并不愿放弃权力的政治立场，反映了他渴望建功立业、荡平天下的政治决心。

【原文】

孤①始举孝廉②，年少，自以本非岩穴知名之士③，恐为海内人④之所见凡愚，欲为一郡守，好作政教，以建立名誉，使世士明知之；故在济南⑤，始除残去秽⑥，平心选举，违迕诸常侍⑦。以为强豪所忿，恐致家祸，故以病还。

去官之后，年纪尚少，顾视同岁⑧中，年有五十，未名为老。内自图之，从此却去二十年，待天下清，乃与同岁中始举者等耳。故以四时归乡里，于谯⑨东五十里筑精舍，欲秋夏读书，冬春射猎，求底下之地⑩，欲以泥水自蔽⑪，绝宾客往来之望，然不能得如意。

后徵⑫为都尉⑬，迁典军校尉⑭，意遂更欲为国家讨贼⑮立功，欲望封侯作征西将军⑯,然后题墓道言"汉故征西将军曹侯之墓",此其志也。而遭值董卓之难⑰,兴举义兵⑱。是时合兵能多得耳,然常自损,不欲多之;所以然者,多兵意盛,与强敌争,倘更为祸始。故汴水之战⑲数千,后还到扬州更募⑳,亦复不过三千人,此其本志有限也。

后领兖州,破降黄巾㉑三十万众。又袁术㉒僭号㉓于九江,下皆称臣,名门曰建号门,衣被皆为天子之制,两妇预争为皇后。志计已定,人有劝术使遂即帝位,露布㉔天下,答言"曹公尚在,未可也"。后孤讨禽㉕其四将,获其人众,遂使术穷亡解沮㉖,发病而死。及至袁绍据河北,兵势强盛,孤自度势,实不敌之;但计㉗投死为国,以义灭身,足垂于后。幸而破绍,枭其二子㉘。又刘表㉙自以为宗室,包藏奸心,乍前乍却㉚,以观世事,据有当州㉛,孤复定之,遂平天下㉜。身为宰相,人臣之贵已极,意望已过矣。

今孤言此,若为自大,欲人言尽,故无讳耳。设使国家无有孤,不知当几人称帝,几人称王!或者人见孤强盛,又性不信天命之事,恐私心相评,言有不逊之志㉝,妄相忖度㉞,每用耿耿㉟。齐桓、晋文所以垂称㊱至今日者,以其兵势广大,犹能奉事周室也。《论语》云:"三分天下有其二,以服事殷,周之德可谓至德矣。"㊲夫能以大事小也。昔乐毅㊳走赵㊴,赵王欲与之图燕。乐毅伏而垂泣,对曰:"臣事昭王,犹事大王;臣若获戾㊵,放在他国,没㊶世然后已,不忍谋赵之徒隶㊷,况燕后嗣乎!"胡亥㊸之杀蒙恬㊹也,恬曰:"自吾先人及至子孙,积信于秦三世矣㊺;今臣将兵三十馀万,其势足以背叛,然自知必死而守义者,不敢辱先人之教以忘先王也。"孤每读此二人书,未尝不怆然流涕也。孤祖、父以至孤身㊻,皆当亲重之任,可谓见㊼信者矣,以及子桓㊽兄弟,过于三世矣。

孤非徒对诸君说此也,常以语妻妾,皆令深知此意。孤谓之言:"顾我万年之后,汝曹皆当出嫁,欲令传道我心,使他人皆知之。"孤此言皆肝鬲之要㊾也。所以勤勤恳恳叙心腹者,见周公㊿有《金縢》[51]之书以自明,恐人不信之故。然欲孤便尔[52]委捐[53]所典[54]兵众,以还执事[55],归就武平侯国[56],实不可也。何者?诚恐己离兵为人所祸也。既为子孙计,又己败则国家倾危,是以不得慕虚名而处实祸,此所不得为也。前朝恩封三子为侯(57)，固(58)辞不受，今更欲受之，非欲复以为荣，欲以为外援，为万安计。

孤闻介推(59)之避晋封，申胥之逃楚赏(60)，未尝不舍书而叹，有以自省也。奉国威灵，仗钺(61)征伐，推(62)弱以克强(63)，处小而禽大。意之所图，动无违事，心之所虑，何向不济，遂荡平天下，不辱主命。可谓天助汉室，非人力也(64)。然封兼四县(65)，食户三万，何德堪(66)之！江湖未静，不可让位；至于邑土(67)，可得而辞。今上还阳夏、柘、苦三县户二万，但食武平万户，且以分损(68)谤议，少减孤之责也。

【注释】 ① 孤:古代诸侯、君王的自称。曹操当时任丞相，封武平侯，故以此自称。 ② 孝廉:汉代官职名。孝，指孝悌者；廉，指清廉之士。孝、廉分别作为统治者选拔人才的科目，始于汉代。孝廉有时亦指被推选的士人。 ③ 岩穴知名之士:指隐居而有名望的知名人士。岩穴，山洞石室，代指隐居。汉唐之时，儒生常故意隐居深山，抬高声价，以待举荐，又有"终南捷径"之称。 ④ 海内人:这里主要指世家豪族。曹操出身宦官家族，被人轻视。 ⑤ 济南:指济南国。曹操于中平元年(184)为济南国相，职位相当于太守。 ⑥ 除残去秽:指曹操任济南国相时，下属官吏多趋附权贵，贪赃枉法。曹操奏请撤免八个县官，下令捣毁六百多所祠庙，严禁祭祀鬼神，因此得罪了当时的权贵近臣。 ⑦ 违迕(wǔ)诸常侍:违迕，违背，触犯。诸，许多，众多。常侍，代指宦官。 ⑧ 同岁:同一年被举为孝廉的人。 ⑨ 谯(qiáo):今安徽亳县，曹操的故乡。 ⑩ 底下之地:指土地贫瘠。 ⑪ 泥水自蔽:喻指老于荒野，不求闻达。 ⑫ 徵:征召。 ⑬ 都尉:官名，掌管军事。 ⑭ 典军校尉:武官名，掌管近卫兵，多由皇帝亲信担任。中平五年(188)，汉灵帝刘宏建立西园军，设置八校尉，以小黄门蹇硕为上军校尉，袁绍为中军校尉，曹操为典军校尉。 ⑮ 讨贼:讨伐地方军阀和农民起义军。 ⑯ 征西将军:东汉所封之征西将军都是为国家立有大功之人，曹操借此表示要做东汉的功臣。 ⑰ 董卓之难:董卓原是凉州(今甘肃、宁夏一带)豪强，灵帝时任并州(今山西太原)牧。中平六年(189)，汉灵帝死，少帝刘辩即位，外戚为了消灭宦官，召董卓领兵入洛阳，废少帝，立献帝刘协。董卓自封都尉和相国，操纵朝政。 ⑱ 兴举义兵:初平元年(190)，关东各州郡纷纷起兵讨伐董卓，都自称"义兵"。 ⑲ 汴水之战:初平元年(190)，以袁绍为盟主的关东各州郡声称讨董，实各怀私利，又怕董卓兵强，不敢先进。曹操独率军西进，与董卓部将徐荣在荥阳的汴水(今名索河，在河南省荥阳县西南)一带交战，因兵少无援失败。曹操本人被流矢所中，连夜逃走。 ⑳ 扬州更募:曹操汴水战败后，与夏侯惇等到扬州重新召募兵丁。 ㉑ 破降黄巾:初平三年(192)，青州黄巾农民起义军攻入兖州，杀刺史刘岱，济北鲍信与兖州官吏迎曹操为兖州牧。曹操领兵攻黄巾军于寿张(今山东省东平县西南)，追至济北，黄巾军三十万被迫投降。曹操从中挑选精壮，组成自己的强大军事力量，号为"青州兵"。 ㉒ 袁术:字公路，袁绍的异母弟，九江郡太守，东汉末年江淮一带世族豪强大军阀。 ㉓ 僭(jiàn)号:盗用皇帝称号。建安二年(197)，袁术以九江太守在寿春(今安徽省寿县)称帝。 ㉔ 露布:公告。 ㉕ 禽:同“擒”。 ㉖ 解沮:瓦解崩溃。 ㉗ 计:打算。 ㉘“幸而破曹”二句:建安五年(200),曹操在官渡(今河南省中牟县东北)之战中,以少胜多,消灭袁绍军的主力。两年后,袁绍病死。后来,其子袁谭、袁尚因争夺冀州互相攻杀,袁谭求援曹操后,袁尚退军。但是袁谭背叛了曹操,建安十年(205)正月,曹操又出兵击杀袁谭,袁尚和他的次兄袁熙逃奔辽西乌桓。建安十二年(207)五月,曹操北征乌桓。袁熙、袁尚又逃往辽东,九月为曹操部属公孙康所杀。曹操于是将他们悬头示众。枭(xiāo),枭首,斩首示众。 ㉙ 刘表:字景升,汉皇族鲁恭王刘余的后代,东汉末豪强军阀。献帝初平年间(190—193)任荆州刺史。 ㉚ 乍前乍却:忽前忽后,意喻投机。官渡之战,袁绍向刘表求援,刘表暗地里与曹操勾结,未敢出兵。有人劝他归附曹操,他也持观望态度。 ㉛ 当州:即荆州,辖今湖北、湖南等地。 ㉜“孤复定之”二句:建安十三年(208)七月,曹操南征刘表,八月刘表病死,九月其幼子刘琮即以荆州降曹操。 ㉝ 不逊之志:不忠顺的想法,指别人认为曹操有代汉自立为皇帝的野心。 ㉞ 忖度:推测,揣度。 ㉟ 耿耿:烦躁不安、心中挂怀的样子。㊱ 垂称:垂颂,称颂。 ㊲ 语出《论语·泰伯》,意思是周文王得了天下的三分之二,仍然事奉商朝,周朝的德,可以说是最高的了。 ㊳ 乐(yuè)毅:战国燕昭王时名将,曾率赵、楚、韩、魏、燕五国军队破齐国,攻下齐国七十余城,后封为昌国君。燕昭王死,燕惠王立,中了齐将田单的反间计,让骑劫代乐毅为将,乐毅担心留在燕国被害,于是投奔赵国。㊴ 走:逃跑。 ㊵ 获戾:获罪得咎。 ㊶ 没:同“殁”。 ㊷ 徒隶:犯人和奴隶,泛指地位卑下的人。 ㊸ 胡亥:秦始皇第二子,继立为帝,称秦二世。 ㊹ 蒙恬:秦始皇时名将。秦统一六国后,率兵三十万,北击匈奴,修筑长城。秦始皇死后,赵高伪造始皇遗诏,逼其自杀。 ㊺“自吾先人”二句:蒙恬祖父蒙骜、父亲蒙武、连他自己共三代,均为秦国名将。㊻ 祖父以至孤身:祖、父,指曹操的祖父曹腾和父亲曹嵩。曹腾在汉桓帝时任中常侍,封费亭侯,养夏侯氏的孩子为子,即曹嵩,汉灵帝时官至太尉。曹嵩生曹操。 ㊼ 见:被。㊽ 子桓:曹丕,字子桓,曹操次子。 ㊾ 肝鬲(gé)之要:出自内心的至要之言。鬲,同“膈”,胸膈。 ㊿ 周公:姓姬名旦,周武王之弟,周成王之叔。 (51)《金縢(téng)》:《尚书·周书》篇名,其中记述武王病时,周公曾作祷辞祭告于神,请求代武王死,祭毕将祷词封藏在金縢柜中。武王死,成王年幼,周公摄政。成王的另两个叔父管叔、蔡叔等诽谤周公篡位,引起成王怀疑。于是周公避居东都(现河南洛阳市)。后来成王启柜发现祷词,知其忠贞,大为感动,亲自迎回了周公。縢,封缄。金縢密封的金属柜。 (52) 便尔:就此。(53) 委捐:放弃,交出。 (54) 典:统领。 (55) 执事:执政者。 (56) 武平侯国:建安元年(196),献帝任曹操为大将军,封武平侯。这里指曹操放弃军队回到自己的分封之地。(57) 前朝恩封三子为侯:建安十六年(211),汉献帝封曹操之子曹植为平原侯,曹据为范阳侯,曹豹为饶阳侯。此事正是在公布此令后一年。 (58) 固:坚持。 (59) 介推(cuī):即介子推,春秋时晋国人,曾随晋公子重耳出亡十九年。后重耳回国即位,大封从亡诸臣。介子推不挂念自己的功劳,与他的母亲隐于绵山而死。后世又传说重耳曾烧山要他出来做官,他坚不出山,抱木被烧而死。 (60) 申胥之逃楚赏:申胥,即申包胥,春秋时楚国大夫。伍子胥率吴军伐楚,攻下郢都。申包胥求救于秦,痛哭七日,终于感动了秦哀公,求得救兵,击退吴军。楚昭王回到郢都,赏赐功臣。他避而逃走,不肯受赏。 (61) 钺(yuè):古兵器,形似大斧,也是天子出征时的一种仪仗。皇帝授钺给主将,即象征代表天子出征。

⑫推:指挥。 ⑬克:战胜。 ⑭"可谓"二句:这里是曹操表示自己并不居功自傲的客气话。 ⑮四县:即下文所说的武平、阳夏(jiǎ)(今河南太康县)、柘(今河南柘城县北)、苦(hù,今河南鹿邑县东)四县。 ⑯堪:承受。 ⑰邑土:所封邑的土地。 ⑱分损:分担,减少,平息。

【赏析】 建安时期是我国文学史上光辉灿烂的时期,而开创了这一生机勃勃的文学新局面的人正是曹操。作为汉末最杰出的军事家,曹操戎马倥偬而不废吟咏。汉儒辞赋喜援引经典,铺张扬厉,在政治因素的影响下,有着经术化的倾向。而曹操一扫汉代文章迂阔的风气,创作不受陈规的束缚,鲁迅曾赞誉他是"改造文章的祖师"。

这篇《让县自明本志令》正是其经典之作,言辞大胆而犀利,文风爽健,大气磅礴。文章论述平生经历之时,大胆而直白,展现了他卓越不凡的政治家气度。曹操直言"设使国家无有孤,不知当几人称帝,几人称王",这番论述乃常人并不敢言,而曹操毫不遮掩地娓娓道来,自豪之情溢于言表。曹操又说自己并不能放弃军权,并没有摆出道学先生说大道理的姿态,明明白白地说"诚恐已离兵为人所祸也",更显得堂堂正正,格外地坦荡。甚至在三子接受朝廷封诰的问题上,曹操都直言不讳"非欲复以为荣,欲以为外援,为万安计"。曹操吐露的虽是实情,但说得如此开诚布公,世所罕见。

从文体范畴上来讲,"令"这种文体所作的文章很难成为文学范畴里所定义的文学作品。然而,曹操摆脱了文体的束缚,不作空言,不作陈词滥调,立足于自己的实际生活。既是对自己人生的总结,又展现了自己的生命热忱,流露了自己的真情实感。

阮 瑀

作者简介

阮瑀(约165—212),字元瑜,陈留尉氏(今河南开封)人,汉魏文学家,建安七子之一。阮瑀年轻时曾受学于蔡邕,被称为"奇才"。曹操任他为司空谋祭酒,又管记室,书檄多瑀所作,又转丞相仓曹属。所作章表书记最有特色,有《阮元瑜集》。其子阮籍、孙阮咸皆为当世名人。

为曹公作书与孙权

【题解】 此文选自《昭明文选》卷四十二,大约作于建安十六(211)年。赤壁之战后,魏、蜀、吴三国鼎立。事实上,魏、蜀对立,吴国为缓冲地带,成为蜀、魏两方争取的对象。曹操对吴国以武力相威胁,并加以舆论攻势。本文便作于此种形势之下。

【原文】

离绝①以来,于今三年,无一日而忘前好。亦犹姻媾②之义,恩情已深;违异③之恨,中间尚浅也。孤怀此心,君岂同哉!每览古今所由改趣④,因缘⑤侵辱,或起瑕衅⑥,心忿⑦意危,用成大变。若韩信伤心于失楚⑧,彭宠积望于无异⑨,卢绾嫌畏于已隙⑩,英布忧迫于情漏⑪,此事之缘也。孤与将军,恩如骨肉。割授江南,不属本州,岂若淮阴捐⑫旧之恨。抑遏⑬刘馥⑭,相厚⑮益隆,宁放朱浮显露之奏⑯。无匿张胜贷故之变,匪有阴构贲赫之告,固非燕王淮南之衅⑰也。而忍绝王命,明弃硕交⑱,实为佞人⑲所构会⑳也。夫似是之言,莫不动听。因形设象㉑,易为变观。示之以祸难,激之以耻辱,大丈夫雄心,能无愤发。昔苏秦说韩,羞以牛后㉒,韩王按剑作色而怒,虽兵折地割㉓,犹不为悔,人之情也。仁君年壮气盛,绪信所嬖㉔,既惧患至,兼怀忿恨,不能复远度孤心,近虑事势,遂赉㉕见薄之决计,秉翻然㉖之成议㉗。加刘备相扇扬㉘,事结㉙衅连,推而行之。想畅本心㉚,不原于此也。

孤之薄德,位高任重,幸蒙国朝将泰之运,荡平㉛天下,怀集异类㉜,喜得全功㉝,长享其福。而姻亲坐离㉞,厚援生隙,常恐海内多以相责,以为老夫苞㉟藏祸心,阴有郑武取胡之诈㊱,乃使仁君翻然自绝。以是忿忿,怀惭反侧㊲,常思除弃小事,更申前好㊳,二族俱荣,流祚㊴后嗣,以明雅素中诚之效。抱怀㊵数年,未得散意㊶。昔赤壁之役,遭离疫气,烧舡㊷自还,以避恶地,非周瑜水军所能抑挫㊸也。江陵之守,物尽谷殚㊹,无所复据,徙民还师,又非瑜之所能败也。荆土本非己分,我尽与君,冀取其余,非相侵肌肤,有所割损也。思计此变,无伤于孤,何必自遂于此,不复还之。高帝设爵以延田横㊺,光武指河而誓朱鲔㊻,君之负累,岂如二子?是以至情,原闻德音。

往年在谯,新造舟舡,取足自载,以至九江,贵欲㊼观湖溆之形,定江滨之民耳,非有深入攻战之计。将恐议者大为己荣,自谓策得㊽,长无西患,重以此故,未肯回情。然智者之虑,虑于未形;达者所规,规于未兆。是故子胥知姑苏之有麋鹿㊾,辅果识智伯之为赵禽㊿。穆生谢病,以免楚难[51];邹阳北游,不同吴祸[52]。此四士者,岂圣人哉?徒通变思深[53],以微知著[54]耳。以君之明,观孤术数,量君所据,相计土地,岂势少力乏,不能远举[55],割江之表,宴安而已哉?甚未然也!若恃水战,临江塞要,欲令王师终不得渡,亦未必也。夫水战千里,情巧万端[56]。越为三军,吴曾不御;汉潜夏阳,魏豹不意[57]。江河虽广,其长难卫也。

凡事有宜,不得尽言,将修旧好而张形势,更无以威胁重敌人。然有所恐,恐书无益。何则?往者军逼而自引还[58],今日在远而兴慰纳[59],辞逊意狭,谓其力尽,适以增骄[60],不足相动,但明效古,当自图之耳。昔淮南信左吴之策,汉隗嚣[61]纳王元之言,彭宠受亲吏之计,三夫不寤[62],终为世笑。梁王不受诡、胜[63],窦融近逐张玄,二贤既觉,福亦随之。原君少留意焉。若能内取子布[64],外击刘备,以效赤心,用复前好,则江表之任,长以相付,高位重爵,坦然[65]可观。上令圣朝无东顾之劳[66],下令百姓保安全之福,君享其荣,孤受其利,岂不快哉!若忽至诚以处侥幸,婉[67]彼二人,不忍加罪,所谓小人之仁,大仁之贼,大雅之人,不肯为此也。若怜子布,原言俱存,亦能倾心去恨,顺君之情,更与从事,取其后善⑱。但禽刘备,亦足为效。开设⑲二者,审处一焉。

闻荆扬⑳诸将,并得降者,皆言交州为君所执,豫章距命㉑,不承执事,疫旱㉒并行,人兵减损,各求进军,其言云云。孤闻此言,未以为悦。然道路既远,降者难信,幸人之灾,君子不为。且又百姓国家之有,加怀区区㉓,乐欲崇和㉔,庶几明德㉕,来见昭副㉖,不劳而定,于孤益贵。是故按兵㉗守次,遣书致意。古者兵交㉘,使在其中,原仁君及孤虚心回意,以应诗人补衮㉙之叹,而慎周易牵复㉚之义。濯鳞清流,飞翼天衢㉛,良时在兹,勖㉜之而已。

【注释】　①离绝:断绝来往。此言赤壁之战后三国鼎立时魏与吴的对峙。　②姻媾:即结成姻亲关系。　③违异:志向相反,主张各异。分离,别离。　④改趣:改变志向。趣,同"趋"。　⑤因缘:发端缘起。　⑥瑕衅:隔阂,可乘之隙。　⑦心忿:内心愤懑不平。　⑧"若韩信"句:《汉书》记载,汉高祖封韩信为楚王,后为淮阴侯。韩信知道汉宫畏惧他的才能,便称兵不朝。陈豨造反,汉高祖亲自前往平叛。韩信暗地里让人去陈豨家,谋划袭击吕后和太子。　⑨"彭宠"句:《后汉书》记载,光武帝到蓟州时,彭宠上书说自己很有才能,光武帝接见后,他仍然不满,心有不平。光武帝便问幽州牧朱浮,朱浮说:"陛下昔日为北道主人时,彭宠曾说应当握手并坐。您今天并没有这样,所以才失望。"　⑩"卢绾"句:《汉书》记载,汉高祖立卢绾为燕王,陈豨被斩,高祖派使者召见卢绾,卢绾称病不朝。嫌畏,由于反叛的嫌疑而畏惧。　⑪"英布"句:英布为淮南王时,汉诛梁王彭越,盛其醢赐诸侯。至淮南王,王大恐,因其暗中让人在一旁部署军队以防事变。贲赫为布中大夫,说英布谋反有端。英布预感到祸患将至,于是造反。　⑫捐:放弃。　⑬抑遏:抑制。　⑭刘馥:《三国志·魏志》记载,刘馥字元颖,沛国人。曹操方有袁绍之难,谓馥可任以东南之事,遂为扬州刺史。　⑮相厚:彼此交情很深。　⑯朱浮显露之奏:朱浮为幽州牧,奏渔阳守彭宠多买兵器,不迎母。彭宠于是造反。　⑰淮南之衅:即淮南王英布之事。　⑱硕交:坚固如石的交情或有坚实交情的朋友。　⑲佞人:此指孙权的臣子周瑜和鲁肃等。　⑳构会:设计陷害。　㉑设象:用形象的比喻。　㉒"昔苏秦说韩"二句:苏秦受赵王委托,出使韩、魏等国进行游说共同御秦。他在劝说韩王的时候用"宁为鸡口,不为牛后"的俗语激起韩王的愤怒与斗志,从而让韩国与赵国共同抵抗秦国。牛后:牛后为牛的肛门,比喻形大而位卑。苏秦将韩国比作牛的肛门,告诫韩王不能被人支配,处在被动地位。　㉓兵折地割:此处是被动语态,即被秦国损兵割地。　㉔绪信所婴:绪信,依存信赖。　㉕赍(jī):怀抱着。　㉖翻然:迅速改变的样子。　㉗成议:已达成的协议或已有的规定。　㉘扇扬:煽动,鼓动。　㉙事结:指刘备与孙权交好。　㉚本心:本来的心愿。　㉛荡平:扫荡平定。　㉜异类:即夷狄,指少数民族。　㉝全功:完满的功业。　㉞坐离:无故离异。　㉟苞:同"包"。　㊱郑武取胡之诈:郑武公要扩张国土,觊觎胡国,但对胡国不甚了解,便把自己的女儿嫁给胡国国王,以此获得情报,最终达成目的。 ㊲怀惭反侧:即心里惭愧得无法入眠。 ㊳前好:指曹操与孙权的姻亲关系。 ㊴流祚:即造福于后代。 ㊵抱怀:存在心里。 ㊶散意:指表白心意。 ㊷舡:同"船"。 ㊸抑挫:抑制挫折。 ㊹物尽谷殚:物资和粮食都耗尽用完了。 ㊺田横:战国时齐田氏的后代,秦末时为齐国的相国。韩信破齐,田横率五百壮士逃往海岛。刘邦即位后,遣使者招降,田横与诸壮士皆自杀。 ㊻朱鲔(wěi):东汉淮阳人。王莽末年,更始皇帝刘玄任其为大司马,后归降光武帝刘秀。 ㊼贵欲:想要。 ㊽策得:得计。 ㊾"是故"句:谓伍子胥预知麋鹿游姑苏台,吴国将为勾践所灭而化为废墟。 ㊿"辅果"句:此句谓辅果以韩、魏二君态度以及智伯不采纳自己的建议,预知智氏将亡,于是改姓避难。辅果,智果,春秋时晋国大夫,智氏之族。智伯,春秋时晋国卿大夫,专制强权。 ㊑"穆生"二句:汉景帝时,楚王刘戊响应吴王刘濞的叛乱,被汉将周亚夫击败。时为中大夫的穆生从种种迹象得知自己不受器重,便称病辞职,最终免遭叛乱之难。 ㊒"邹阳"二句:吴王刘濞发动七国之乱,邹阳劝谏而不被采纳,便去吴北游历,免遭祸难。 ㊓通变思深:通晓变化之理,考虑得深远。 ㊔以微知著:从事物中露出的苗头,可以推知它的发展趋向或其实质。微,微小。 ㊕远举:向远方派遣军队。 ㊖情巧万端:形容军事上真真假假的计谋奇策,变化多端。 ㊗"汉潜夏阳"二句:韩信讨伐魏豹,先在其正面防线布设疑兵,让他产生错觉,再将主力调离。 ㊘引还:撤军而返。 ㊙慰纳:慰问且奉上诚意的书信,指安抚招纳或接纳。 ㊚增骄:增长骄傲之心。 ㊛隗嚣:字季孟,甘肃天水人,出身陇右大族,青年时在州郡为官,后来成为割据一方的势力,王元为其大将军。 ㊜不寤:不醒悟。 ㊝诡胜:汉代梁孝王门客公孙诡和羊胜的并称。 ㊞子布:三国吴国权臣张昭,字子布。详见《三国志·张昭传》。 ㊟坦然:平直广阔的样子。 ㊠东顾之劳:谓忧虑东面的吴国。 ㊡婉:亲爱。 ㊢后善:后来的立功表现。 ㊣开设:列举。 ㊤荆扬:荆州和扬州,泛指长江中下游地区。 ㊥距命:抗拒孙权之命。 ㊦疫旱:即瘟疫和旱情。 ㊧区区:思念,忧虑。 ㊨崇和:亲善友好。 ㊩明德:光明之德,美德。 ㊪昭副:昭然可居第二位。 ㊫按兵:不发动战争。 ㊬兵交:语出《左传·成公九年》:"兵交,使在其间可也。"意思为兵器相接,即发动战争。 ㊭补衮:语出《诗经·大雅·烝民》:"衮职有阙,维仲山甫补之。"意思为补救规谏帝王的过失。 ㊮牵复:牵引反复,此指归顺。 ㊯"濯鳞"二句:意为归顺朝廷,享受荣华富贵。濯鳞清流,像鱼那样遨游在清水中。飞翼天衢,在天衢之间展翅飞翔。 ㊰勖(xù):勉励。

【赏析】 这封信是阮瑀代曹操写给孙权的,作者在文中要求孙权铲除张昭,以结两家之好,并许孙权以"江表之任,高位重禄"之重资,但直接目的是联合吴国消灭刘备,最终实现称霸天下的野心。

作者先从两国的姻亲关系入手,说明一时冲动就有可能引发大的祸患,实则有对孙权的警告之意。然后说魏与吴的对立非出自本心,而是佞人煽动。其次,作者罗列了曹操各大战役的功劳,位高权重,强调己方的优势,又以田横、朱鲔为例希望孙权能归曹旗之下。接着又以古为例,说明孙权与刘备结盟的后果不堪设想。最后,作者再次重申孙权目前所处局势堪忧,归曹才是上策。

全文动之以亲情,晓之以利害,反复说服孙权与曹操交好,可谓用心良苦。本文繁复的用典和正反对比议论,有张有弛,寓强权于文辞,确实为檄文中的典范。

吴 质

作者简介

吴质(177—230),字季重,兖州济阴(今山东定陶西北)人,三国时著名文学家。官至振威将军,假节都督河北诸军事,封列侯。早年因文才而被曹丕所喜爱。曹丕被立为太子的过程中,吴质出谋划策,立下大功。与司马懿、陈群、朱铄一起被称为曹丕的"四友"。为人放诞不羁,怙威肆行,卒后被谥为"丑侯"。

在元城与魏太子笺

【题解】 曹丕作有《与朝歌令吴质书》一篇,吴质此篇《在元城与魏太子笺》便是对曹丕的回复。建安十九年(214),吴质迁任元城令,赴任途中经过邺城,曹丕曾设宴款待。吴质到任后五日便写了此信。信中借元城历史,抒发了早日返回邺城的心意。本文选自《昭明文选》卷四十二。

【原文】

臣质言:前蒙延纳①,侍宴终日,耀灵②匿景③,继以华灯。虽虞卿④适赵,平原⑤入秦,受赠千金,浮舸⑥旬⑦日,无以过也。器小易盈⑧,先取沈顿⑨,醒寤⑩之后,不识所言。

即以五日到官,初至承前⑪,未知深浅。然观地形,察土宜⑫,西带常山⑬,连冈平代⑭,北邻柏人⑮,乃高帝⑯之所忌也。重以泒水⑰,渐渍疆宇,喟然叹息。思淮阴⑱之奇谲⑲,亮成安之失策⑳。南望邯郸,想廉、蔺之风㉑;东接钜鹿,存李、齐㉒之流。都人士女,服习礼教,皆怀慷慨㉓之节,包左车之计㉔。而质闇弱㉕,无以苴㉖之。若乃迈德种恩㉗,树之风声,使农夫逸豫㉘于疆畔㉙,女工吟咏于机杼,固非质之所能也。

至于奉遵科教㉚,班扬㉛明令,下无威福㉜之吏,邑无豪侠之杰,赋㉝事行刑㉞,资于故实,抑亦懔懔㉟有庶几㊱之心。往者严助㊲释承明㊳之欢,受会稽之位;寿王㊴去侍从之娱,统东郡㊵之任。其后皆克复㊶旧职,追寻前轨㊷,今独不然,不亦异乎?张敞㊸在外,自谓无奇。陈咸㊹愤积,思入京城。彼岂虚谈夸论,诳耀㊺世俗哉?斯实薄㊻郡守㊼之荣,显左右之勤也。古今一揆㊽,先后不贸㊾,焉知来者之不如今?聊以当觐㊿,不敢多云。质死罪、死罪。

【注释】 ①延纳:接纳。 ②耀灵:指太阳。语出《楚辞》:"角宿未旦,耀灵焉藏。" ③匿景:隐藏行迹,这里指太阳落山。 ④虞卿:《史记》记载,虞卿为游说之士,游说赵孝王时被赐百金,第二次见即拜为上卿,故称虞卿。 ⑤平原:平原君赵胜是赵武灵王的儿子,在诸公子中最为贤明。秦昭王写信给平原君说,听闻他的高义,想跟他结为布衣之交,如果你来,我愿跟你共饮十日。平原君于是去见秦昭王。 ⑥浮觞:饮酒。 ⑦旬:十日为一旬。 ⑧器小易盈:原指酒量很小,后比喻气量狭小,容易自满。 ⑨沈顿:疲惫,精神不振的样子,此指醉酒。 ⑩醒寤:即醒悟。 ⑪承前:遵循前者。 ⑫土宜:语出《逸周书·度训》:"土宜天时,百物行治。"意思是各种不同性质的土壤,适宜不同的生物。 ⑬常山:即恒山,五岳之一。汉代因避孝文帝刘恒讳而改名常山。 ⑭平代:平邑县与代县,属于代郡,在今河北西北、山西北部及内蒙古河套地区。 ⑮柏人:古地名,在今河北省隆尧县。 ⑯高帝:即汉高祖刘邦。 ⑰泜(zhǐ)水:即今槐河,在河北省南部,源出内丘西北,东流入滏阳河。 ⑱淮阴侯:指韩信。 ⑲奇谲:奇特而有计谋。 ⑳"亮成安"句:指汉代成安君陈余背汉投赵,拔赵帜立汉帜。 ㉑廉、蔺之风:故事见《史记·廉颇蔺相如传》,蔺相如拜相,廉颇不服,想与其为难,蔺相如以国家为重。后来,廉颇醒悟,两人结为刎颈之交。 ㉒李齐:赵国的将领。 ㉓慷慨:情绪激昂。 ㉔左车之计:李左车,西汉柏人(今河北隆尧)人,赵国名将李牧之孙,曾辅佐赵王歇,为赵国立下战功,被封为广武君。赵亡以后,韩信向他求计,他提出了"百战奇胜"的计策,帮助收服燕、齐之地。 ㉕闇(ān)弱:意思是懦弱而不明事理。 ㉖莅:管理。 ㉗迈德种恩:勉行其德,布施恩惠。 ㉘逸豫:即安乐。语出《诗经·小雅·白驹》:"尔公尔侯,逸豫无期。" ㉙疆畔:田头。 ㉚科教:条例教令。 ㉛班扬:颁布宣扬。 ㉜威福:语出《书·洪范》:"惟辟作福,惟辟作威。"原指统治者的赏罚之权,后来形容当权者的妄自尊大,仗势弄权。 ㉝赋:田地之税收。 ㉞行刑:实施刑罚。 ㉟懔懔:严正刚烈的样子。 ㊱庶几:指贤者或可以成才的人。 ㊲严助:本名庄助,西汉辞赋家。汉武帝初即位,严助擢为中大夫,后迁会稽太守。他与淮南王刘安交好,刘安谋反后,他受牵连被杀。 ㊳承明:汉代官殿名,在未央宫中,旁边为承明庐,是侍臣值班所住。后用为入朝为官的典故。 ㊴寿王:即吾丘寿王,字子赣,赵国人。少年时因善于下棋被召为待诏,后为东郡尉。 ㊵东郡:治所在今河南濮阳。 ㊶克复:能够恢复。 ㊷前轨:前人立下的榜样。 ㊸张敞:西汉河东平阳人,初为太仆丞,宣帝时为太中大夫,得罪权臣霍光,出任函谷关都尉。 ㊹陈咸:即陈子康,为南阳守。 ㊺诳耀:也作"迋耀",意思为欺骗迷惑。 ㊻薄:看轻。 ㊼郡守:一个郡的最高行政长官,汉景帝时改为太守。 ㊽一揆:本义指同心协力,团结一致。后指同一道理、原则。揆,尺度,法则。 ㊾贸:易,变。 ㊿觐:进见。

【赏析】 在历史上,吴质并不是一个单纯的文人,他与曹丕的关系非同一般,曹丕与曹植争夺帝位之时,他便是曹丕的谋士。曹丕曾有《与朝歌令吴质书》,追述南皮之游的赏心悦目之景。此次奉笺,吴质首先回忆了当日过邺城时的情景,"耀灵匿景,继以华灯",足见太子曹丕对他的重视。第二段写元城初任的感受和忠于职守的一腔至诚。第三段委婉提出了再返邺城的要求。

但是,这并不是一次单纯的工作汇报。信中吴质表达了对曹丕的忠心,表明其与曹丕观点一致之外,还滴水不漏地回应了曹丕所关注的政治前景问题。此外,吴质在书信中借张敞、陈咸等人的典故,委婉地提出返回邺城为曹丕效力的心愿,态度点到为止。

文章贴合情境,用典丰富而又真切自然,言约意丰。抒情感慨之处,也深得建安风骨之长,显得慷慨苍凉。

诸葛亮

作者简介

诸葛亮(181—234),字孔明,号卧龙,徐州琅琊(今山东临沂)人。东汉末年,为躲避战乱,曾躬耕于南阳。后刘备三顾茅庐,恳请诸葛亮出山相助。助刘备建立蜀国,封丞相。刘备死后,以丞相之名辅佐后主刘禅,曾先后六次出师伐魏,因操劳过度,病逝于五丈原,谥忠武。诸葛亮鞠躬尽瘁死而后已的形象,成为后世忠臣的楷模。有《诸葛丞相集》。本文选自《三国志·蜀书·诸葛亮传》。

出 师 表

【题解】 表是一种特殊的文体,是古代社会臣子写给君主的奏书。蜀建兴五年(227年)诸葛亮决定北上伐魏,出征之前上此表于后主刘禅,劝勉后主要广开言路,亲贤远佞,继承刘备的遗志。篇名为后人所加。

【原文】

先帝创业未半而中道崩殂①,今天下三分②,益州③疲弊④,此诚⑤危急⑥存亡之秋⑦也。然侍卫之臣不懈⑧于内,忠志之士忘身于外者,盖⑨追⑩先帝之殊遇⑪,欲报之于陛下也。诚宜开张圣听⑫,以光⑬先帝遗德,恢弘⑭志士之气,不宜妄⑮自菲⑯薄,引喻失义⑰,以塞⑱忠谏之路也。

宫中⑲府中⑳,俱为一体,陟罚臧否㉑,不宜异同㉒。若有作奸㉓犯科㉔及为忠善者,宜付有司㉕论其刑赏,以昭陛下平明㉖之理,不宜偏私㉗,使内外㉘异法也。侍中、侍郎郭攸之、费祎、董允㉙等,此皆良实㉚,志虑忠纯,是以先帝简拔㉛以遗陛下。愚㉜以为宫中之事,事无大小,悉㉝以咨之,然后施行,必能裨㉞补阙漏,有所广益。

将军向宠㉟,性行淑均㊱,晓畅军事,试用于昔日,先帝称之曰能,是以众议举宠为督。愚以为营中之事,悉以咨之,必能使行阵㊲和睦,优劣得所。亲贤臣,远小人,此先汉㊳所以兴隆也;亲小人,远贤臣,此后汉所以倾颓㊴也。先帝在时,每与臣论此事,未尝不叹息痛恨⁴⁰于桓、灵⁴¹也。侍中、尚书、长史、参军⁴²，此悉贞良死节之臣⁴³，愿陛下亲之信之，则汉室之隆，可计日而待也。

臣本布衣⁴⁴，躬耕于南阳，苟全性命于乱世，不求闻达⁴⁵于诸侯。先帝不以臣卑鄙⁴⁶，猥⁴⁷自枉屈⁴⁸，三顾臣于草庐之中，咨臣以当世之事，由是感激，遂许先帝以驱驰⁴⁹。后值倾覆⁵⁰，受任于败军之际，奉命于危难之间，尔来⁵¹二十有一年矣。

先帝知臣谨慎，故临崩寄臣以大事也⁵²。受命以来，夙⁵³夜忧叹，恐托付不效，以伤先帝之明，故五月渡泸⁵⁴，深入不毛⁵⁵。今南方已定，兵甲⁵⁶已足，当奖率⁵⁷三军，北定中原，庶竭驽钝⁵⁸，攘除⁵⁹奸凶⁶⁰，兴复汉室，还于旧都⁶¹。此臣所以报先帝而忠陛下之职分⁶²也。至于斟酌⁶³损益⁶⁴，进尽忠言，则攸之、祎、允之任也。

愿陛下托臣以讨贼兴复之效⁶⁵，不效⁶⁶，则治臣之罪，以告先帝之灵。若无兴德之言⁶⁷，则责攸之、祎、允等之慢⁶⁸，以彰其咎⁶⁹；陛下亦宜自谋，以咨诹⁷⁰善道⁷¹，察纳雅言⁷²。深追先帝遗诏，臣不胜受恩感激。今当远离，临表涕⁷³零⁷⁴，不知所言⁷⁵。

【注释】　①"先帝"句：刘备称帝于公元221年，三年后崩逝，因此说"创业未半而中道崩殂"。先帝，指刘备。业，统一中原的大业。崩殂(cú)，天子死称崩，又称殂。　②三分：指分为魏蜀吴三国。　③益州：这里指蜀汉。　④疲敝：人力疲惫，民生凋敝。　⑤诚：实在。　⑥危急：危险而紧急。指关系到生存灭亡的紧急关头。　⑦秋：时期。　⑧懈：松懈。　⑨盖：发语词。　⑩追：追念。　⑪殊遇：特殊的礼遇。　⑫开张圣听：这句是勉励后主广泛听取群臣的意见。张，开。圣听，圣明的听闻。　⑬光：光大。　⑭恢弘：恢复，弘扬。　⑮妄：随意。　⑯菲：薄。　⑰引喻失义：援引譬喻不合道理。引，援引。义，妥当，恰当。　⑱塞(sè)：阻塞。　⑲宫中：指皇帝宫禁之中的随侍之臣。　⑳府中：指丞相府所属官吏。　㉑陟(zhì)罚臧(zàng)否(pǐ)：升降官吏，评论人物好坏。陟，升官。臧，善。否，恶。　㉒异同：偏义复词，偏"异"。　㉓奸：奸邪之事，形容词作名词。　㉔科：科条律例。　㉕有司：有专职的官吏，各有专司，故称有司。　㉖平明：公平英明。　㉗偏私：偏袒，有私心。　㉘内外：即宫中和府中。　㉙"侍中、侍郎"句：郭攸(yōu)之、费祎(yī)是侍中，董允是侍郎。三人都是极具才德之人，为诸葛亮所赏识。侍中、侍郎，都是皇帝亲近的侍臣。　㉚良实：忠良诚实。　㉛简拔：选拔。　㉜愚：我。　㉝悉：全。　㉞裨(bì)：增益。　㉟向宠：字巨违，刘备时为牙门将。刘备伐吴失败，独向宠军完好。后主即位封都亭侯，掌管宿卫兵。诸葛亮北伐时，上表后主，迁为中领军。　㊱性行淑均：即性淑行均。淑，好。均，公平。　㊲行(háng)阵：军队。　㊳先汉：西汉。　㊴倾颓：倾倒覆灭。　㊵恨：遗憾。　㊶桓、灵：即东汉桓帝和灵帝，因信任宦官，加重了政治危机。 ㊷“侍中”句:侍中即郭攸之、费祎、董允,尚书即陈震,长史即张裔,参军为蒋琬。 ㊸贞良死节之臣:坚贞忠直,能以死报国的臣子。 ㊹布衣:代指平民。㊺闻达:闻名显达。 ㊻卑鄙:地位卑下,见识浅陋。 ㊼猥:辱,指降低身份。 ㊽枉屈:屈尊就卑。 ㊾驱驰:奔走效劳。 ㊿倾覆:指兵败。 (51)尔来:从那时以来。(52)“故临崩”句:刘备在临死的时候,把国家大事托付给诸葛亮,并且对刘禅说:“汝与丞相从事,事之如父。”故,所以。临,将要。 (53)夙(sù):早。 (54)渡泸:后主建兴元年(公元223年),南中诸郡发生事变,三年,诸葛亮南征平定南方。泸,古水名。 (55)不毛:指未经开发的土地。 (56)兵甲:兵器装备。 (57)奖率:奖励,率领。 (58)驽(nú)钝:自谦之词,指才能平庸。驽,下等马。钝,迟钝,头脑不灵活。 (59)攘(rǎng)除:清除,排除。 (60)奸凶:指曹魏。 (61)旧都:指长安、洛阳一带,两汉建都于长安和洛阳。 (62)职分:职责本分。 (63)斟酌:反复考虑、权衡。 (64)损益:革旧布新。损,减少。益,增加。 (65)效:效命的任务。 (66)效:效果,这里名词作动词,获得成效。 (67)兴德之言:发扬德行的言论。(68)慢:怠慢。 (69)彰其咎:揭露他们的过失。咎,错误、过失。 (70)咨诹(zōu):询问。(71)善道:这里指治国之良策。 (72)雅言:正言。雅即正。 (73)涕:眼泪。 (74)零:落。(75)不知所言:这是表示作为臣下上表可能失言的自谦之词。

【赏析】 此文系诸葛亮出师伐魏前所作。后主刘禅为人庸懦,诸葛亮极为忧虑,担心朝政不稳,向刘禅提出一些主政建议。全文以议论为主,言辞恳切,感人肺腑。诸葛亮从分析魏、蜀、吴三国的局势入手,点明国家此时正处于生死存亡危急之时,欲引起刘禅的警惕。诸葛亮首先提出要广开言路的主张,希冀后主能亲贤臣,远奸佞,赏罚分明。同时向后主举荐郭攸之、费祎、董允等人,殷切希望刘禅能修明政治,从而能采用正确的治国方针。

诸葛亮不仅晓之以理,更动之以情,将叙事与抒情相结合。他追叙自己追随刘备建立蜀国艰难困苦的历程,以图激励刘禅发愤图强以匡扶汉室。同时,诸葛亮亦表明了此战势在必行,自己将以身报国、忠贞死节的决心,并以此来规劝刘禅需励精图治,继承先帝未竟大业,“北定中原”,“还于旧都”。文中三番两次提及自己欲报先帝知遇之恩,时刻不敢忘先帝的嘱托,表明了谨慎勤恳、效忠国家的心意。

这封奏表言语得宜,不卑不亢。面对不利的局势,奏章中仍然充满了昂扬自励的情怀。诸葛亮深知刘禅之愚顽,忧虑小人惑主,故而期望刘禅能任用贤才,以此来稳定军心。从安排政事到书信用语,诸葛亮都谨慎妥帖,真情恳切,忠肝义胆,因此他也成为后世名臣的典范。

曹　丕

作者简介

曹丕(187—226),字子桓,曹操与卞夫人长子。曹操逝世后继任丞相、魏王,后代汉自立。去世后谥文皇帝。曹丕少有逸才,八岁能文,文学上颇有造诣,尤擅五言诗。与父曹操、弟曹植,并称"三曹"。今存《魏文帝集》二卷。本文选自《昭明文选》卷四十二。

与吴质书

【题解】　吴质因文才而受到曹丕礼重,在曹丕被立为太子的政治斗争中立下大功,官至振威将军,与司马懿、陈群、朱铄一起被称为曹丕的"四友"。曹丕《与吴质书》文学性极强,有很浓烈的抒情意味。在信中,曹丕追忆与建安诸子诗酒流连、日以继夜的欢快情景,并评价他们的文学成就,流露出悲叹岁月无情的流逝的哀感情绪。

【原文】

二月三日,丕白①:岁月易得②,别来行③复④四年。三年不见,东山犹叹其远⑤;况乃过之?思何可支⑥!虽书疏⑦往返,未足解其劳结⑧。

昔年疾疫⑨,亲故多离⑩其灾。徐、陈、应、刘⑪,一时俱逝,痛可言邪?昔日游处,行则连舆⑫,止则接席⑬,何曾须臾相失。每至觞酌流行⑭,丝竹并奏,酒酣耳热,仰而赋诗。当此之时,忽然不自知乐⑮也。谓百年己分⑯,可长共相保⑰;何图⑱数年之间,零落略尽⑲,言之伤心!顷⑳撰其遗文,都为一集。观其姓名,已为鬼录。追思昔游,犹在心目。而此诸子,化为粪壤㉑,可复道哉!

观古今文人,类㉒不护细行㉓,鲜能以名节自立。而伟长㉔独怀文抱质㉕,恬淡寡欲,有箕山之志㉖,可谓彬彬君子㉗者矣。著《中论》㉘二十余篇,成一家之言,辞义典雅,足传于后,此子为不朽矣。德琏㉙常斐然㉚有述㉛作㉜之意,其才学足以著书,美志不遂㉝,良㉞可痛惜!

间者㉟历览诸子之文,对之抆㊱泪;既痛逝者,行自念也㊲。孔璋㊳章表㊴殊健㊵,微为繁富。公干㊶有逸气㊷,但未遒㊸耳;其五言诗之善者,妙绝时人。元瑜㊹书记㊺翩翩㊻,致㊼足乐也。仲宣㊽独自善于辞赋,惜其体弱,不足起其文㊾;至于所善,古人无以远过。

　　昔伯牙绝弦于钟期㊿,仲尼覆醢于子路[51],痛知音之难遇,伤门人之莫逮[52]。诸子但[53]为未及古人,亦一时之隽[54]也。今之存者,已不逮矣。后生可畏,来者难诬[55],恐吾与足下不及见也。年行已长大,所怀万端,时有所虑,至通夜不瞑[56]。志意何时复类昔日?已成老翁,但未白头耳。光武有言:"年三十馀,在兵中十岁,所更非一[57]。"吾德不及之,年与之齐矣。以犬羊之质,服虎豹之文。无众星之明,假日月之光[58]。动见瞻观[59],何时易[60]乎?恐永不复得为昔日游也。少壮真当努力,年一过往,何可攀援[61]?古人思秉烛夜游[62],良有以也[63]。顷何以自娱?颇复有所述造否[64]?东望于邑,裁书[65]叙心。丕白。

【注释】　①白:古人写信抬头的一种格式术语,即禀告,陈述。　②岁月易得:时间过得飞快。　③行:将。　④复:又。　⑤"三年"二句:化用《诗经·豳风·东山》:"自我不见,于今三年。"意喻二人分别之久的思念之情。　⑥支:承受。　⑦书疏:书信。　⑧劳结:因忧思而生的郁结。　⑨昔年疾疫:指建安二十二年发生的疾疫。　⑩离:同"罹",遭遇。　⑪徐陈应刘:即徐干、陈琳、应玚、刘桢。　⑫连舆:车连着车。　⑬接席:座位相挨。　⑭觞酌流行:传杯接盏,饮酒不停。觞,酒杯。酌,斟酒。　⑮不自知乐:不知自乐,不知道自己因何而乐。　⑯谓百年己分(fèn):以为自己长命百岁是当然的事。分,分内的,本应有的。　⑰相保:相互保有同处的欢愉。　⑱图:料想。　⑲零落略尽:大多已经死去。零落,本义是草木凋零,这里喻指人的死亡。略:差不多。　⑳顷:近来。　㉑粪壤:代指死亡。　㉒类:大多。　㉓护:注意。　㉔伟长:徐干的字。　㉕怀文抱质:文质兼备。　㉖箕山之志:鄙弃利禄的高尚之志。箕山,相传为尧时许由、巢父隐居之地,后常用以代指隐逸的人或地方。　㉗彬彬君子:《论语·雍也》:"文质彬彬,然后君子。"彬彬,文质兼备貌。　㉘《中论》:哲理性学术著作,分上下卷,部分散佚。　㉙德琏:应玚的字。　㉚斐然:有文采貌。　㉛述:阐发前人著作。　㉜作:自己创作。　㉝遂:成功,完成。　㉞良:实在。　㉟间(jiàn)者:近来。　㊱抆(wěn):擦拭。　㊲行自念也:又会想到自身。行,又。　㊳孔璋:陈琳,字孔璋。　㊴章表:奏章、奏表,均为臣下上给皇帝的奏书。　㊵殊健:语言非常刚健。　㊶公干:刘桢,字公干。　㊷逸气:俊逸超拔的气质。　㊸遒:遒劲、刚劲。　㊹元瑜:阮瑀,字元瑜。　㊺书记:国家文书。　㊻翩翩:形容词采飞扬。　㊼致:极。　㊽仲宣:王粲,字仲宣。　㊾起其文:增加他的文气。　㊿"昔伯牙"句:春秋时,俞伯牙善弹琴,钟子期是他的知音。子期死,伯牙毁琴,不再弹。 ㊶"仲尼"句:孔子的学生子路在卫国被杀且被剁成肉酱后,孔子便不再吃肉酱一类的食物。覆,倒。醢(hǎi),肉酱。 ㊷逮:及。 ㊸但:只是。 ㊹隽:同"俊"。 ㊺诬:乱说。 ㊻瞑:合眼入睡。 ㊼所更非一:所经历的事情不只一件。 ㊽"以犬羊之质"四句:曹丕谦称自己并无杰出的才能,登上太子之位,全凭曹操指定。 ㊾动见瞻观:这句话的意思是曹丕的一举一动都被人所瞩目。 ㊿易:改变。 ㉛攀援:挽留。 ㉜秉烛夜游:拿着蜡烛,在晚上游玩行乐。秉,持,拿。 ㉝良有以也:确实有原因。良,确实。 ㉞述造:述作,写作。 ㉟裁书:写信,古人所用纸帛作书,书写时要先剪裁下来。

【赏析】 书信作为一种应用文体,在文体上已经制约了自身抒情性的发展。然而,曹丕在这封信中展露了极其强烈的文学色彩,文深辞雅,缠绵动人。"昔日游处,行则连舆,止则接席,何曾须臾相失。每至觞酌流行,丝竹并奏,酒酣耳热,仰而赋诗。当此之时,忽然不自知乐也。谓百年已分,可长共相保;何图数年之间,零落略尽,言之伤心!"曹丕通过刻画往昔游赏的情境来悼念亡友,读来更是凄楚感人。其间流露出往事不可追的悲剧性情调,亦是魏晋文学的主旋律。这种褪尽繁华、看尽世事的痛楚之情,较前代的书札更具艺术的感染力,对后来短篇抒情性散文的发展是有一定影响的。

《与吴质书》不仅具有较高的文学艺术价值,体现了对文学语言美的追求,而且也是中国文学批评史上较早的文艺专论。曹丕对徐干、应玚等人进行评述,着重分析他们的人品、性格等方面的特点,探讨其文章风格。这种"知人论世"的文学批评方式是中国古典文论中最重要的批评方式。曹丕在书信中对建安诸子随感式的文学评论,也许是出于无意识的鉴赏行为,基于他个体创作经验的总结,表现了他的审美趣味。

曹 植

作者简介

曹植(192—232),字子建,魏文帝曹丕同母弟。自幼聪颖,受曹操宠爱,一度欲立为太子。曹操逝世后,屡遭曹丕、曹叡父子排挤,郁郁而终。因生前曾封陈王,逝后谥思,世称"陈思王"。他是建安文学的领军人物,诗歌、散文、辞赋等方面皆有极高的造诣,钟嵘对他更有"骨气奇高,辞采华茂"的赞誉。早期创作多抒写建功立业的雄心与抱负,后期作品多吐露遭遇政治迫害的苦楚。有《曹子建集》。本文选自《昭明文选》卷四十二。

与杨德祖书

【题解】 杨德祖,即杨修(175—219),弘农华阴(今属陕西)人。杨修素有急智,为曹操所赏识,担任主簿一职,与曹植交谊尤深。这封书信大约写于建安二十二年(217)前后,曹植在信中品评建安诸子的文学得失,指出在文学创作中,理应多学习多体悟,哪怕再微不足道的事物都有可资借鉴的地方,尤其提出了好的文章乃反复修改润色而成的观点。

【原文】

植白:数日不见,思子为劳①,想同之也②。仆③少小好为文章,迄④至于今,二十有⑤五年矣。然今世作者,可略⑥而言也。昔仲宣⑦独步⑧于汉南,孔璋鹰扬⑨于河朔,伟长擅名⑩于青土,公干振藻⑪于海隅,德琏发迹⑫于此魏,足下⑬高视⑭于上京。当此之时,人人自谓握灵蛇之珠⑮,家家自谓抱荆山之玉⑯。吾王于是设天网⑰以该⑱之,顿八纮以掩之⑲,今悉集兹国矣。然此数子,犹复不能飞轩绝迹⑳,一举千里。以孔璋之才,不闲㉑于辞赋,而多自谓能与司马长卿㉒同风,譬画虎不成,反为狗也。前书嘲之㉓,反作论盛道㉔仆赞其文。夫钟期不失听㉕,于今称㉖之。吾亦不能忘叹㉗者,畏后世之嗤㉘余也。

世人之著述,不能无病㉙。仆常好人讥弹其文㉚,有不善者,应时㉛改定。昔丁敬礼㉜常作小文，使仆润饰㉝之，仆自以才不过若人㉞，辞㉟不为也。敬礼谓仆：卿何所疑难㊱，文之佳恶，吾自得㊲之，后世谁相知定吾文者邪？吾常叹此达言㊳，以为美谈。

昔尼父㊴之文辞，与人通流㊵，至于制《春秋》㊶，游夏之徒㊷乃不能措㊸一辞。过此而言不病者㊹，吾未之见㊺也。盖有南威之容，乃可以论其淑媛㊻；有龙泉之利，乃可以议其断割㊼。刘季绪才不能逮于作者㊽，而好诋诃㊾文章，掎摭利病㊿。昔田巴(51)毁五帝，罪三王，呰五霸于稷下(52)，一旦而服千人。鲁连(53)一说，使终身杜口。刘生之辩，未若田氏，今之仲连，求之不难，可无息(54)乎！人各有好尚，兰茝荪蕙之芳，众人所好，而海畔有逐臭之夫(55)；《咸池》、《六茎》(56)之发，众人所共乐，而墨翟(57)有非之之论，岂可同哉！

今往仆少小所著辞赋一通相与，夫街谈巷说，必有可采，击辕之歌(58)，有应风雅(59)。匹夫之思，未易轻弃也。辞赋小道，固未足以揄扬(60)大义，彰示来世也。昔扬子云(61)先朝执戟之臣耳，犹称壮夫不为也。吾虽德薄，位为蕃侯，犹庶几(62)戮力上国(63)，流惠下民(64)，建永世之业，留金石之功(65)，岂徒(66)以翰墨为勋绩，辞赋为君子哉！若吾志未果(67)，吾道不行，则将采庶官之实录(68)，辩时俗之得失，定仁义之衷(69)，成一家之言。虽未能藏之于名山，将以传之于同好，非要之皓首(70)，岂今日之论乎！其言之不惭，恃(71)惠子之知我也。明早相迎，书不尽怀(72)。植白。

【注释】 ① 思子为劳：想念你而感到忧伤。劳，忧愁的意思。子，你。 ② 想同之也：想来你也与我一样。之，代词，指代我。 ③ 仆：我，自谦之词。 ④ 迄：到，与"至"同义重复。 ⑤ 有：同"又"。 ⑥ 略：大略、大致。 ⑦ 仲宣：与下文孔璋、伟长、公干、德琏均见曹丕《与吴质书》。 ⑧ 独步：首屈一指的意思。 ⑨ 鹰扬：像老鹰一样飞翔，也是出类拔萃的意思。 ⑩ 擅名：享有盛名。 ⑪ 振藻：显扬文采。 ⑫ 发迹：兴起，立功扬名。 ⑬ 足下：一种平辈或是朋友之间的敬称。 ⑭ 高视：傲视。 ⑮ 灵蛇之珠：无价之宝，后比喻非凡的才能。 ⑯ 荆山之玉：比喻极珍贵的东西。荆山，山名，产宝玉，据传和氏璧就出自此山。 ⑰ 天网：比喻朝廷的统治。 ⑱ 该：完备，引申为网罗。 ⑲ 顿八纮以掩之：整顿天下来保护这些文人。八纮：泛指天下。掩，遮蔽、遮盖，引申为保护。 ⑳ 飞轩绝迹：飞得很高很远而没有踪迹。轩：鸟飞起的样子。 ㉑ 闲：同"娴"，娴熟，擅长。 ㉒ 司马长卿：司马相如，字长卿，西汉著名辞赋家。 ㉓ 前书嘲之：以前，我曾在信中以开玩笑的方式嘲笑他。书，书信。 ㉔ 盛道：极力称说。 ㉕ 钟期不失听：指钟子期和俞伯牙的故事。据《列子·汤问》载:"伯牙善鼓琴,钟子期善听。伯牙鼓琴,志在高山,钟子期曰:'善哉,峨峨兮若泰山!'志在流水,曰:'善哉洋洋兮若江河!'伯牙所念,钟子期必得之。"二人遂成知音。后钟子期死,伯牙乃破琴绝弦,发誓终身不复鼓琴。这里用这个典故意在讥讽陈琳不明白自己的意思,不是知音。失听,听错。　㉖ 称:称赞。　㉗ 忘叹:即"妄叹",妄加赞扬。　㉘ 嗤:嘲笑、讥笑。　㉙ 病:缺点。　㉚ 仆常好人讥弹其文:我曾经喜欢别人批评我的文章。好(hào),喜欢。讥弹,批评、指摘缺点。　㉛ 时:随时。　㉜ 丁敬礼:丁廙(yì),字敬礼。　㉝ 润饰:润色修饰。　㉞ 若人:这个人,这里指代丁廙。　㉟ 辞:推辞。　㊱ 卿何所疑难:你有什么可疑惑为难的地方呢?　㊲ 得:写成,完成。　㊳ 达言:通达的话。　㊴ 尼父:孔子,字仲尼,后世常尊称为尼父。　㊵ 与人通流:与别人的文辞混杂流传。　㊶《春秋》:鲁国史书名,我国历史上现存最早的一部编年体史书,相传为孔子所作。　㊷ 游夏之徒:子游、子夏那些人。游,即言偃,字子游。夏,即卜商,字子夏。二人均为孔子弟子。徒,同一类的人。　㊸ 措:废弃,改动。　㊹ 过此而言不病者:除此而外,声称自己的文章没有瑕疵的人。过,除此。　㊺ 吾未之见:否定句代词宾语前置,吾未见之。　㊻ "盖有"二句:有南威一样容貌的人,才可以评论别人是否娴淑美丽。南威,古代美女。《战国策·魏策》:"晋文公得南之威,三日不听朝,遂推南之威而远之曰:'后人必有以色亡其国者。'"　㊼ "有龙泉"二句:有龙泉宝剑一样锋利的武器,才可以品议别的刀剑是否能斩断切割别的物品。龙泉,古代宝剑名。　㊽ "刘季绪"句:刘季绪的才华还比不上一般的作者。刘季绪:刘表的儿子。逮,及,赶得上。　㊾ 诋诃:毁谤,斥责。　㊿ 掎(jǐ)摭(zhí)利病:指摘毛病。利病,优劣,这里作偏义复词,单指病。　51 田巴:战国时期齐国的一个辩士。　52 稷下:古地名,即齐都城西门。战国时齐宣王喜文学游说之士,不治事而喜议论,于稷下设馆,并称其文学游说之士为稷下学士。　53 鲁连,即鲁仲连,战国时期齐国著名辩士。　54 息:停止。　55 而海畔有逐臭之夫:比喻爱憎好恶违反常情。　56《咸池》、《六茎》:上古乐曲名,相传分别为黄帝、颛顼(Zhuān Xū)所作。　57 墨翟,即墨子,战国时期墨家学派创始人,曾做《非乐》一编,对音乐持否定态度。　58 击辕之歌:这里指乡野之间流传的音乐。辕,犁辕。　59 风雅:指《诗经》中的《国风》和《大雅》、《小雅》。　60 揄扬:宣扬。　61 扬子云:扬雄,字子云,西汉辞赋家,汉成帝时曾任给事黄门侍郎。　62 庶几:或许可以,差不多可以。　63 戮力上国:效力于国家。　64 流惠下民:向百姓流布恩泽。　65 留金石之功:古人常把功业刻在钟鼎和碑石上,以求流传后世。　66 徒:白白地。　67 果:实现。　68 采庶官之实录:收集百官所记录的史料。　69 衷:衷旨。　70 非要之皓首:不是到年纪大了是做不了这些的。皓,白。　71 恃:凭恃,倚仗。　72 怀:心意。

【赏析】　这封信是曹植早期创作的精品,抒情性极强,一展其性格特点与人生理想。曹植对自己的文学才华有着高度的自信,同时却又不甘心仅仅成为一位文学家。他渴望建功立业,富于进取精神,斗志昂扬。文中道:"建永世之业,留金石之功,岂徒以翰墨为勋绩,辞赋为君子哉。"展现出对自己人生价值的实现的热烈追求,期望能名垂青史。全文情调激昂,骈散相间,高下相激，气脉流畅，展现了自负而又外露的浪漫主义文人气质。这种对自己生命意志的实现充满了自信，亢奋进取、不顾一切地追寻自己理想的风格，正是建安时代文学最大的魅力之所在。

和《与吴质书》一样，这也是一篇谈及文学创作的文论，在中国古代文学批评史上具有重大意义。曹丕与曹植相继于书信中谈及作家作品，这不是偶然的现象，他们对文学创作进行了更深入的思考，是建安时代文人的文学意识觉醒的具体体现。曹植认为王粲、陈琳、刘桢之所以没能再创作出传世精品，是因为难以听取他人的意见，继而提出好的文章需要多加润色修改，尤其不能随意指摘他人作品的缺陷，体现了他的文学修养和谨慎的态度。书信中所涉及的曹植创作观，实际上启发了后代文学家批评的新思路，起到了开风气之先的作用。

求 自 试 表

【题解】 曹植向为曹丕所忌，屡遭监视与放逐。直至曹丕之子曹叡即位，处境仍未好转。曹植对自己郁郁不得志的境况极为不满，太和二年（228）上《求自试表》，请求明帝能够给予他施展才华、为国尽忠的机会。本文选自赵幼文《曹植集校注》卷三。

【原文】

臣植言：臣闻士之生世，入则事①父，出则事君；事父尚于荣亲②，事君贵于兴国。故慈父不能爱无益之子，仁君不能畜③无用之臣。夫论德而授官者，成功之君也；量能而受爵者，毕命④之臣也。故君无虚授，臣无虚受。虚授谓之谬举，虚受谓之尸禄⑤，《诗》之素餐⑥，所由作也。昔二虢不辞两国之任，其德厚也⑦；旦、奭不让燕、鲁之封，其功大也⑧。今臣蒙国重恩，三世于今矣。正值陛下升平之际，沐浴圣泽，潜润⑨德教，可谓厚幸矣！而位窃东藩⑩，爵在上列，身被轻暖⑪，口厌⑫百味，目极华靡，耳倦丝竹者，爵重禄厚之所致也。退念古之受爵禄者，有异于此．皆以功勤济国，辅主惠民。今臣无德可述，无功可纪，若此终年，无益国朝，将挂风人"彼己"⑬之讥。是以上惭玄冕⑭，俯愧朱绂⑮。

方今天下一统，九州晏如⑯。顾西尚有违命之蜀，东有不臣之吴，使边境未得税甲⑰、谋士未得高枕者，诚欲混同宇内，以致太和也。故启⑱灭有扈⑲而夏功昭⑳,成克商、奄㉑而周德著。今陛下以圣明统世,将欲卒㉒文、武之功,继成、康之隆,简㉓贤授能,以方叔、召虎㉔之臣,镇卫四境,为国爪牙者,可谓当矣。然而高鸟未挂于轻缴,渊鱼未悬于钩饵者㉕,恐钓射之术或未尽也。昔耿弇不俟光武,亟击张步,言不以贼遗于君父也㉖。故车右伏剑于鸣毂,雍门刎首于齐境㉗,若此二子,岂恶生而尚死哉? 诚忿其慢主而陵君㉘也。夫君之宠臣,欲以除患兴利;臣之事君,必以杀身静㉙乱,以功报主也。昔贾谊弱冠,求试属国,请系单于之颈而制其命㉚。终军以妙年使越,欲得长缨占其王,羁致北阙㉛。此二臣者,岂好为夸主㉜而曜㉝世俗哉! 志或郁结,欲逞其才力,输能于明君也。昔汉武为霍去病治㉞第,辞曰:"匈奴未灭,臣无以家为。"固夫忧国忘家,捐躯济难,忠臣之志也。今臣居外,非不厚也,而寝不安席,食不遑味㉟者,伏以二方未克㊱为念。

伏见先武武臣宿兵,年耆㊲即世㊳者有闻矣。虽贤不乏世,宿将旧卒犹习战也。窃不自量,志在效命,庶立毛发之功,以报所受之恩。若使陛下出不世㊴之诏,效臣锥刀㊵之用,使得西属大将军㊶,当一校之队㊷;若东属大司马㊸,统偏师之任,必乘危蹈险,骋舟奋骊㊹,突刃触锋,为士卒先。虽未能擒权馘㊺亮,庶将虏其雄率㊻,歼其丑类㊼。必效须臾之捷,以减终身之愧,使名挂史笔,事列朝荣。虽身分蜀境,首悬吴阙,犹生之年也。如微才弗试,没世无闻,徒荣其躯而丰其体,生无益于事,死无损于数㊽,虚荷上位而忝重禄㊾,禽息鸟视㊿,终于白首,此徒圈牢之养物㉛,非臣之所志也。流闻㉜东军㉝失备,师徒小衂㉞,辍食忘餐,奋袂攘衽㉟,抚剑东顾,而心已驰于吴会㊱矣。

臣昔从先武皇帝㊷南极㊸赤岸㊹,东临沧海㊺,西望玉门,北出玄塞㊻,伏见所以行军用兵之势,可谓神妙矣。故兵者不可预言,临难而制变者也。志欲自效于明时,立功于圣世。每览史籍,观古忠臣义士,出一朝之命,以殉国家之难,身虽屠裂,而功铭著于景钟㊼,名称垂于竹帛㊽,未尝不拊心而叹息也。臣闻明主使臣,不废有罪。故奔北败军之将用,秦、鲁以成其功㊾;绝缨盗马之臣赦,楚、赵以济其难㊿。臣窃感文帝㊱早崩,威王㊲弃世,臣独何人,以堪长久! 常恐先朝露⁶⁸,填沟壑⁶⁹,坟土未干,而声名并灭。臣闻骐骥长鸣,伯乐昭其能⁷⁰;卢狗⁷¹悲号,韩国⁷²知其才。是以效之齐、楚之路⁷³,以逞千里之任;试之狡兔之捷,以验搏噬之用⁷⁴。今臣志狗马之微功,窃自惟度,终无伯乐韩国之举,是以於悒⁷⁵而窃自痛者也。

夫临博而企竦,闻乐而窃抃者,或有赏音而识道也。昔毛遂赵之陪隶,犹假锥囊之喻,以寤主立功⁷⁶。何况巍巍大魏多士之朝,而无慷慨死难之臣乎!夫自炫自媒者,士女之丑行也;干时⁷⁷求进者,道家之明忌也。而臣敢陈闻于陛下者,诚与国分形同气⁷⁸,忧患共之者也。冀以尘雾之微补益山海;荧烛⁷⁹末光,增辉日月。是以敢冒其丑而献其忠,必知为朝士所笑。圣主不以人废言,伏惟陛下少垂神听,臣则幸矣。

【注释】 ① 事:服侍。 ② "事父"句:事父之道以荣亲为尚。尚,崇尚。 ③ 蓄:养。 ④ 毕命之臣:指奉献出自己全部生命的忠臣。毕命,尽命。 ⑤ 尸禄:形容只接受俸禄而不做事的人。 ⑥ 素餐:无功而食。《诗经·伐檀》:"彼君子兮,不素餐兮!" ⑦ "昔二虢"句:《左传》"宫之奇谏假道"篇:"虢仲、虢叔,王季之穆也,为文王卿士,勋在王室,藏于盟府。"周文王的弟弟虢仲封于东虢,虢叔封于西虢。 ⑧ "旦、奭"二句:周公旦与召公奭都是周文王的儿子,成王时的"三公",功势煊赫。周公旦封于鲁,召公奭封于燕。 ⑨ 潜润:侵润。潜,暗暗地。 ⑩ 藩:封建王朝分封诸侯的领地称藩,曹植曾被分封至鄄城(今山东鄄城县)和雍丘(今河南汜县)。 ⑪ 身被轻暖:指穿着又轻又暖的衣服。被,同"披"。 ⑫ 厌:饱足、满足。 ⑬ "将挂风人"句:意思是说,自己的德行不能与高官厚禄相称。风人,这里代指作者自己。《诗经》中各国的歌谣称为"风",后世遂将诗人称做"风人",彼己,《诗经·曹风》:"彼之子兮,不称其服。" ⑭ 冕:王者的礼冠。 ⑮ 朱绂:朱绶,红色的带子,借代高官。 ⑯ 晏如:安然。 ⑰ 税(tuō)甲:解甲,犹言息兵。税,通"脱"。 ⑱ 启:夏启,夏禹之子。 ⑲ 有扈:夏朝的臣子,不臣于夏启,夏启讨伐了他,于是天下诸侯皆朝拜夏朝。 ⑳ 昭:明显、显著。 ㉑ 奄:古国名,今之山东曲阜。 ㉒ 卒:完成。 ㉓ 简:选择。 ㉔ 方叔、召虎:都是周宣王时的贤臣。方叔曾率兵车三千攻打楚国,使其臣服。召虎进兵淮夷,并奉命经营谢邑。 ㉕ "然而"二句:指吴、蜀二国尚未平定。缴,生丝缕,系在弓箭的尾部,用于射禽鸟。 ㉖ "昔耿弇(yǎn)"三句:耿弇,光武帝之臣,曾与张步作战,张步兵多,刘秀亲自率军营救耿弇,而耿弇并不愿让刘秀来助战,说:"乘舆且到,臣子当击牛尾酒以待百官,反欲以贼虏遗君父邪?"亟,急。遗,留给。 ㉗ "故车右"二句:先秦时,齐王出猎,车左毂发出声音,坐在车子右边的守护人员觉得惊动了齐王而自刎。后来越国与齐国交战,齐雍门子狄说:"今越甲至,其鸣吾君也,岂左毂之下哉?"于是也自刎而死。车右,坐在车子右边的保护人员。毂,车轮中心的原木。 ㉘ 殒主而陵君:分别指代车右鸣毂自刎而死、越军至齐雍门子狄自刎而死之事。

慢,轻慢。陵,侵犯。 ㉙ 静:使安静,使平定。 ㉚ "请系单于"句:贾谊《陈政事疏》:"请必系单于之颈而制其命。"单于,对匈奴君主的称呼。 ㉛ "终军"三句:终军,汉武帝时人,年十八即上书武帝:"愿受长缨,必羁南越王而致阙下"。妙年,年少,阙,宫阙。 ㉜ 夸主:夸大自己。 ㉝ 曜:炫耀。 ㉞ 治:修建。 ㉟ 食不遑味:吃东西没有空暇分辨味道。遑,空暇,空闲。 ㊱ 克:平定。 ㊲ 耆:六十岁以上。 ㊳ 即世:去世。 ㊴ 不世:非常。 ㊵ 锥刀:比喻微小、微末。 ㊶ 大将军:这里指曹真。太和二年(228年),曹真击诸葛亮于街亭。 ㊷ 当一校之队:这里是曹植的自谦之词,意谓只愿充当军中小卒。 ㊸ 大司马:这里指曹休,太和二年曹休驻军于皖,东击孙吴。 ㊹ 骊:黑色的马。 ㊺ 馘(guó):斩杀敌人,将其耳朵割下来。 ㊻ 率:同"帅"。 ㊼ 丑类:代指士卒。 ㊽ 数:国家的运数。 ㊾ 忝重禄:没有功劳而耻于享受丰厚的俸禄。忝,辱,这里是作者的自谦之词。 ㊿ 禽息鸟视:像禽鸟一样生长和观察事物,只知求食而没有志向。 ○51 圈牢之养物:意指畜生。 ○52 流闻:传闻。 ○53 东军:曹休伐吴之军。 ○54 衄(nǜ):挫折,败北。 ○55 奋袂攘衽:这里比喻激奋状。 ○56 吴会:吴郡与会稽,今在江苏与浙江两省,当时属于孙吴政权。 ○57 先武皇帝:指曹操。 ○58 极:尽,到。 ○59 赤岸:赤壁。 ○60 沧海:东海。 ○61 玄塞:指长城。玄,指黑,古代以玄代指北方。 ○62 景钟:指晋景公钟。春秋时,晋将魏颗击退秦军,他的功劳被刻在景钟上。 ○63 竹帛:史书,古代没有纸,文字写在竹帛上。 ○64 "故奔北"二句:春秋秦穆公三将孟明视、西乞术和白乞丙败于晋国而被俘放还,秦穆公依然重用他们,终大败晋军。鲁将曹沫曾三次败于齐国,鲁国欲割地求和,齐、鲁二君在柯地会盟,曹沫劫持了齐桓公,齐桓公遂还地于鲁。 ○65 "绝缨盗马"二句:绝缨:楚庄王与群臣夜宴,烛灭有人趁乱调戏楚王美人,美人绝其缨,并且告诉了楚王。楚王命所有人绝缨才重新点燃了蜡烛,后楚王与晋战败,调戏楚王美人之人奋力作战,救出了楚王。盗马:秦穆公走失了马,岐山脚下的农民捉得并分食了它。官吏追捕到这些人,想按照法律来处置他们。秦穆公却放了他们并赏赐美酒。后来秦穆公攻晋战败,这些人以死相救。 ○66 文帝:即曹丕。 ○67 威王:任城王曹彰的谥号。 ○68 朝露:早上的露水,不久既干,比喻不久于人世。 ○69 填沟壑:身死埋葬。 ○70 "臣闻"二句:《战国策·楚策》:骐骥驾盐车上坂,遇伯乐而长鸣。骐骥,千里马。伯乐,善相马者。昭,昭显,明显地表现出来。 ○71 卢狗:即韩卢,古代韩国黑色壮犬名,曾逐狡兔,环绕山三次,腾跃过五座山。 ○72 韩国:齐国人,相狗于市,有狗好鸣,就知道他是善狗。 ○73 齐、楚之路:指远路。 ○74 "试之"二句:意思是说,让它尝试追逐敏捷的兔子,以考验其搏噬的能力。 ○75 於(wū)悒:忧郁,伤心。 ○76 "昔毛遂"三句:战国时秦围赵之邯郸,平原君奉使至楚求救,门客毛遂自请同往。平原君曰:"夫贤士之处世也,譬若锥之处囊中,其末立见。今先生处胜之门下三年于此矣,左右未有所称诵,胜未有所闻,是先生无所有也。先生不能,先生留。"毛遂曰:"臣乃今日请处囊中耳。使遂蚤得处囊中,乃颖脱而出,非特其末见而已。"平原君竟与毛遂偕,赖毛遂之力,与楚定合纵抗秦之约。陪隶,家臣。寤,同"悟"。 ○77 干时:求得符合时宜。干,求。 ○78 分形同气:指自己与魏帝为骨肉至亲。分形,从一个身体中分出来的形体。同气,气血相同。 ○79 荧:小火。

26

【赏析】 前篇《与杨德祖书》创作于曹植生活早期,意气风发,展现了他开朗奋进的建功立业的愿望。而《求自试表》则作于曹植生活后期。全篇写得激情淋漓,声泪俱下,流宕着悲凉慷慨之气。早期的弘道济世的理想难以实现,形同拘役的软禁生活与他的理想产生的矛盾,不断促使曹植对人生进行反思。因此,曹植后期的文学创作多有哀怨缠绵之态,以弃妇自比。文中所言"庶立毛发之功,以报所受之恩"及"志欲自效于明时,立功于圣世"等,充分表明了本疏的主旨,意在得到朝廷的任用,实现为国效力、建功立业的宿愿。为此,文中多方排比事典,盛赞古代忠臣烈士,颂扬"杀身静乱"、"捐躯济难"的"忠臣之志",言辞剀切,意存君国。

李　康

作者简介

　　李康（196—265），字萧远，中山（今河北定县）人，三国魏时文学家。性格狷介不俗。曾为浔阳长。有集，已散佚，仅存《运命论》一篇。

运　命　论

　　【题解】　汉魏六朝论运命之作极多，王充《论衡》持命定论，刘峻亦有《辩命论》一文，李康此文便继承了王充的观点，认为命中有定，但他主要是探讨国家治乱与士人个人出处之间的关系问题。本文选自《昭明文选》卷五十三。

　　【原文】
　　夫治乱，运也；穷达，命也；贵贱，时也。故运之将隆，必生圣明之君。圣明之君，必有忠贤之臣。其所以相遇也，不求而自合；其所以相亲也，不介①而自亲。唱之而必和，谋之而必从，道德玄同②，曲折合符，得失不能疑其志，谗构③不能离其交，然后得成功也。其所以得然者，岂徒人事哉？授之者天也，告之者神也，成之者运也。
　　夫黄河清而圣人生④，里社鸣而圣人出⑤，群龙见而圣人用⑥。故伊尹⑦，有莘氏⑧之媵臣⑨也，而阿衡于商。太公⑩，渭滨之贱老也，而尚父于周。百里奚⑪在虞而虞亡，在秦而秦霸，非不才于虞而才于秦也。张良⑫受黄石⑬之符，诵三略之说，以游于群雄，其言也，如以水投石⑭，莫之受也；及其遭汉祖，其言也，如以石投水，莫之逆也。非张良之拙说于陈项，而巧言于沛公也。然则张良之言一也，不识其所以合离⑮？合离之由，神明之道也。故彼四贤者，名载于策图⑯，事应乎天人，其可格之贤愚哉？孔子曰："清明在躬，气志如神。嗜欲将至，有开必先。天降时雨，山川出云。"诗云："惟岳降神，生甫及申；惟申及甫，惟周之翰⑰。"运命之谓也。幽王之惑褒女也，祅始于夏庭⑱。曹伯阳之获公孙彊也，徵发于社宫⑲。叔孙豹之瞎竖牛也,祸成于庚宗⑳。吉凶成败,各以数㉑至。咸㉒皆不求而自合,不介而自亲矣。

昔者,圣人受命河洛㉓曰:以文命者㉔,七九㉕而衰;以武兴者㉖,六八㉗而谋。及成王定鼎㉘于郏鄏㉙,卜世三十,卜年七百,天所命也。故自幽厉之间,周道㉚大坏;二霸㉛之后,礼乐陵迟㉜。文薄㉝之弊,渐于灵景㉞;辩诈㉟之伪,成于七国。酷烈㊱之极,积于亡秦;文章之贵,弃于汉祖。虽仲尼至圣,颜冉大贤,揖让㊲于规矩之内,闾阎㊳于洙、泗之上,不能遏其端;孟轲、孙卿体二希圣,从容正道,不能维其末㊴,天下卒至于溺而不可援。夫以仲尼之才也,而器不周于鲁卫㊵;以仲尼之辩也,而言不行于定哀;以仲尼之谦也,而见忌于子西㊶;以仲尼之仁也,而取仇于桓魋㊷;以仲尼之智也,而屈厄于陈蔡㊸;以仲尼之行也,而招毁于叔孙。夫道足以济㊹天下,而不得贵于人;言足以经万世,而不见信于时;行足以应神明,而不能弥纶于俗㊺;应聘七十国,而不一获其主;驱骤㊻于蛮夏之域,屈辱于公卿㊼之门,其不遇也如此。及其孙子思㊽,希圣备体㊾,而未之至,封己养高,势动人主。其所游历诸侯,莫不结驷而造门㊿;虽造门犹有不得宾者焉。其徒子夏,升堂而未入于室者也㉛。退老于家,魏文侯师之,西河之人肃然归德㉜,比之于夫子而莫敢间其言。故曰:治乱,运也;穷达,命也;贵贱,时也。而后之君子,区区于一主,叹息于一朝。屈原以之沉湘,贾谊以之发愤,不亦过乎!

然则圣人所以为圣者,盖在乎乐天知命㊝矣。故遇之而不怨,居之而不疑㊞也。其身可抑,而道不可屈;其位可排,而名不可夺。譬如水也,通之斯为川焉,塞之斯为渊焉,升之于云则雨施,沈之于地则土润。体清㊟以洗物,不乱于浊;受浊以济物,不伤于清。是以圣人处穷达如一也。夫忠直之迕㊠于主,独立之负于俗,理势然㊡也。故木秀于林,风必摧之;堆出于岸,流必湍之;行高于人,众必非之。前监不远,覆车继轨㊢。然而志士仁人,犹蹈之而弗悔,操之而弗失,何哉?将以遂志而成名也。求遂其志,而冒风波于险涂㊣;求成其名,而历谤议于当时。彼所以处之,盖有算矣。子夏曰:"死生有命,富贵在天。"故道之将行也,命之将贵也,则伊尹吕尚之兴于商周,百里子房之用于秦汉,不求而自得,不徼㊤而自遇矣。道之将废也,命之将贱也,岂独君子耻之而弗为乎？盖亦知为之而弗得矣。凡希世苟合之士,蓬蒢戚施㉛之人,俯仰尊贵之颜,逶迤㉜势利之间,意无是非,赞之如流；言无可否,应之如响㉝。以窥看㉞为精神,以向背㉟为变通。势之所集,从之如归市；势之所去,弃之如脱遗㊱。其言曰：名与身孰亲也？得与失孰贤也？荣与辱孰珍也？故遂絜其衣服,矜其车徒㊲,冒其货贿㊳,淫其声色,脉脉然㊴自以为得矣。盖见龙逢、比干㊵之亡其身,而不惟飞廉、恶来㊶之灭其族也。盖知伍子胥之属镂㊷于吴,而不戒费无忌㊸之诛夷于楚也。盖讥汲黯之白首于主爵,而不惩张汤牛车之祸也㊹。盖笑萧望之跋踬于前㊺,而不惧石显之绞缢于后也。

故夫达者之算也,亦各有尽矣。曰：凡人之所以奔竞于富贵,何为者哉？若夫立德必须贵乎？则幽厉之为天子,不如仲尼之为陪臣㊻也。必须势乎？则王莽董贤之为三公,不如杨雄仲舒之闑㊼其门也。必须富乎？则齐景之千驷㊽,不如颜回原宪㊾之约其身也。其为实乎？则执枸而饮河㊿者,不过满腹；弃室而洒雨[51]者,不过濡身。过此以往,弗能受也。其为名乎？则善恶书于史册,毁誉流于千载；赏罚悬于天道,吉凶灼乎鬼神[52],固可畏也。将以娱耳目、乐心意乎？譬命驾而游五都之市,则天下之货毕陈矣。褰裳而涉汶阳之丘[53],则天下之稼如云矣。椎绀[54]而守敖庾[55]海陵[56]之仓,则山坻之积在前矣。扱衽[57]而登钟山蓝田[58]之上,则夜光玙璠[59]之珍可观矣。夫如是也,为物甚众,为己甚寡,不爱其身,而啬其神。风惊尘起,散而不止。六疾[60]待其前,五刑[61]随其后。利害生其左,攻夺出其右[62],而自以为见身名之亲疏,分荣辱之客主哉。天地之大德曰生,圣人之大宝曰位,何以守位曰仁,何以正人曰义。故古之王[63]者,盖以一人治天下,不以天下奉一人也。古之仕者,盖以官行其义,不以利冒其官也。古之君子,盖耻得之而弗能治也,不耻能治而弗得也。原乎天人之性,核乎邪正之分,权乎祸福之门,终乎荣辱之算,其昭然矣。故君子舍彼取此。若夫出处不违其时,默语[64]不失其人。天动星回,而辰极犹居其所[65]；玑旋[66]轮转,而衡轴[67]犹执其中。既明且哲,以保其身。贻厥孙谋,以燕翼[68]子者。昔吾先友,尝从事于斯矣。

【注释】　① 介：介绍。　② 玄同：混同，相一致。　③ 谗构：谗言和诬陷。　④ "黄河清"句：古人认为黄河五百年才能清澈一次，那时才有圣人出现。　⑤ "里社鸣"句：里社有人带头奔走呼号，才有圣人出现的可能。里社，古时村镇祭祀土地神的地方。鸣，抒发或表示思想、意见。　⑥ "群龙见"句：出现了众多的英雄后，圣人才会得到重用。　⑦ 伊尹：有莘氏之媵臣，辅佐商汤建立商朝，被立为三公，后人尊称为贤相。　⑧ 有莘氏：公元前21世纪左右，夏启封支子于莘，称有莘国。　⑨ 媵臣：古代随嫁的臣仆。　⑩ 太公：即姜尚，字子牙。　⑪ 百里奚：春秋时秦国大夫，后被楚人所执，秦穆公用五张羊皮赎回，与蹇叔、由余等人共同助秦穆公成就霸业。　⑫ 张良：据《史记》记载，张良因为刺杀秦始皇不成，流亡下邳，在桥上遇到黄石公，黄石公三试张良后，授予他《太公兵法》。　⑬ 黄石：即黄石公，本为秦汉时人，后得道成仙，被道教纳入神谱。　⑭ 如水投石：即石沉大海，无人理会之意。　⑮ 合离：会合与分离。　⑯ 箓（lù）图：图谶符命之书。　⑰ "惟岳降神"四句：语出《诗经·大雅·崧高》。甫，即仲山甫，周太王古公亶父的后裔，虽然家世显赫，本人却是平民。他早年务农经商，在农人和工商业中很有威望。申，即申伯，西周周厉王至宣王时人，周宣王的元舅，著名政治家、军事家，也是申国（今河南南阳）的开国君主。　⑱ "幽王"二句：《史记·周本纪》载，周幽王三年，周幽王在后宫见到了褒姒，便极为宠爱，生了伯服后，周幽王竟废了申后及太子，立褒姒为后，伯服为太子。祅，同"妖"。　⑲ "曹伯阳"二句：曹伯阳得到公孙强，让他处理政事，奉行与金果绝交及入侵宋国的政策，最终曹国被宋国所灭，两人都身首异处。这件事的征兆便发生在社宫的梦中。　⑳ "叔孙豹"二句：典出《左传·昭公·四年》。大致意思是，春秋时，鲁叔孙穆子与庚宗妇人所生之子号曰"牛"，官名"竖"，称"竖牛"，颇受宠爱。年长后参与政事，后来酿成祸乱。　㉑ 数，即历数。　㉒ 咸：全，都。　㉓ 河洛：《河图》、《洛书》，即后来的图谶之学。　㉔ 以文命者：以文德接受天命。文，文德，此言文王。武，武功，此言武王。　㉕ 七九：指七代、九代。　㉖ 以武兴者：以武功兴起。武，武功。此言周武王。　㉗ 六八：六代、八代。　㉘ 定鼎：新皇朝定都建国的意思。相传禹铸九鼎，夏商周三代都把它们当作传国之宝，此后"鼎"便成为拥有皇权的象征。鼎，古代的一种青铜炊具，三足两耳。　㉙ 郏鄏（jiá rǔ）：周朝东都，在今河南洛阳市。　㉚ 周道：周代治国之道。　㉛ 二霸：即齐桓公、晋文公两位春秋霸主。　㉜ 陵迟：衰落。　㉝ 文薄：教化薄弱。　㉞ 灵景：指周灵王和周景王。　㉟ 辩诈：言语诡诈，指战国纵横家之言。　㊱ 酷烈：残酷剧烈。　㊲ 揖让：指古代宾主相见的礼节，按尊卑分为三种，一为上揖，二为时揖，三为天揖。　㊳ 訚訚（yín yín）：语出《论语》："孔子朝与上大夫言，訚訚如也。"中正温和的样子。　㊴ 维其末：挽救走向末世的命运。　㊵ 器不周于鲁卫：不能在鲁国和卫国得到重用。　㊶ 子西：春秋末楚国令尹，楚平王之庶子，楚昭王的兄长，公元前497年被白公胜所杀。　㊷ 桓魋（tuí）：宋国主管军事行政的官员——司马，宋桓公的后代，相传他的弟弟司马牛是孔子的弟子。　㊸ 屈厄于陈蔡：典出《论语·卫灵公》："在陈绝粮，从者病，莫能兴。子路愠，见曰：'君子亦有穷乎？'子曰：'君子固穷，小人斯滥矣。'"　㊹ 济：周济。　㊺ 弥纶于俗：被世俗包容。　㊻ 驱骤：奔驰。　㊼ 公卿：即"三公九卿"的简称，后是古代贵族阶层的代称。　㊽ 子思：名孔伋，孔子的孙子，他是春秋战国时著名思想家，受教于孔子的弟子曾参，然后由子思门人传给孟子。故而子思与孟子的学说合称"思孟之学"。　㊾ 希圣备体：达到圣

魏晋南北朝卷

31

人所应具备的道德。 ㊿ 结驷而造门：驾着四匹马车登门造访。 (51) 升堂未入于室：比喻学习小有成就，但还没达到最高的地步。堂，正厅；室，内室。 (52) 肃然归德：肃然归附他的道德。 (53) 乐天知命：遵循天道的安排，安守命运的分限。引申为安于现状，乐守本分。 (54) 不疑：不犹豫。 (55) 体清：水的本体是清净的。 (56) 忠直之迕：忠厚直率，敢于冒犯。 (57) 势然：形势所使然。 (58) “前监(jiàn)”二句：前人的教训不远，后车又倒在了前车的轨辙上。监，通“鉴”，教训。继轨，接继前人的轨迹。 (59) 险涂：危险的道路。涂，同“途”。 (60) 徼(jiǎo)：求取。 (61) 籧篨(qú chú)戚施：语出《国语·晋语》：“籧篨不可使俯，戚施不可使仰。”籧篨，亦作籧除，身有残疾不能俯视的人，即脊椎强直者。戚施，驼背的人，因为蟾蜍无颈不能仰视而名。戚施原指蟾蜍。后来用此比喻奸佞和谄媚的人。 (62) 逶迤：辗转徘徊。 (63) 应之如响：回应起来如同回音。 (64) 窥(kuī)看：即偷看。 (65) 向背：迎合或背弃。 (66) 脱遗：即脱落、遗失。 (67) 矜其车徒：注重车骑仆从的规模。 (68) 冒其货贿：贪恋自己的财富。 (69) 脉脉然：两人对视的样子。 (70) 龙逢、比干：分别为夏、商的重臣，因谏而被杀。 (71) 飞廉、恶来：都是商朝纣王的臣子，武王伐纣时被杀。 (72) 属镂：剑名，吴王夫差赐伍子胥用此剑自刎。 (73) 费无忌：即费无极，春秋时楚国大夫，好进谗言，后被昭王诛杀。 (74) 此句意思：知道讥笑汲黯在主爵都尉的位子上白头到老，却不警戒张汤死是只能以牛车出殡的灾祸。 (75) 跋踬(zhì)：挫折，进退不得。 (76) 陪臣：古代诸侯的卿大夫，对天子自称为“陪臣”。 (77) 阒(qù)：形容十分寂静。 (78) 驷：古代同驾一辆车的四匹马。 (79) 原宪：字子思，宋人，清约守节，贫而乐道。 (80) 执杓而饮河：拿着勺子到河边饮水。 (81) 弃室而洒雨：离开房间让雨撒到身上。 (82) 灼乎鬼神：吉凶显现于鬼神。 (83) 褰裳而涉汶阳之丘：如果提着衣裳跋涉在汶阳的山丘上。 (84) 椎(zhuī)纷(jì)：同“椎髻”。兵士椎头挽髻的意思。 (85) 敖庾：即敖仓，秦代所建谷仓名，在河南省郑州市西北。 (86) 海陵：即海陵仓，汉代吴王刘濞建，在今江苏省泰州东面的海陵。 (87) 扱衽(xī rèn)：扎起衣襟。 (88) 钟山蓝田：两个地名，皆以产美玉而著称。 (89) 玙璠(yú fán)：皆指美玉。 (90) 六疾：语出《左传》：“天有六气，淫生六疾。”六疾指寒疾、热疾、末疾、腹疾、惑疾和心疾。 (91) 五刑：中国古代的五种刑罚，即墨、劓(yì)、刵(fei)、宫、大辟。墨刑即在额头上刻字涂墨，劓即割鼻子，刵即砍脚，宫即毁坏生殖器，大辟即是死刑。 (92) 攻夺出其右：利害攻夺生其左右。 (93) 王：名词作动词，称王。 (94) 默语：语出《周易》：“君子之道，或出或处，或默或语。” (95) 辰极犹居其所：语出《论语》：“子曰：‘为政以德，譬如北辰，居其所而众星拱之。’”辰极，北斗。 (96) 玑旋：语出《尚书》：“璇玑玉衡，以齐七政。”璇玑，即浑天仪，可转旋。 (97) 衡轴：古代天文仪器的转轴。 (98) 燕翼：语出《诗经·大雅·文王有声》：“贻厥孙谋，以燕翼子。”像燕翼一样遮蔽，比喻为子孙后代谋虑。

【赏析】 中国古代极其重视关于命运的轮转，从齐国邹衍“五德终始说”到后来的王充《论衡》之说，都探讨了人一生与命运的关系。李康的《运命论》也从“五德更始”的观点出发，认为每个朝代按五行更始，这暗合了邹衍的“五德终始说”。但是，他着重探讨的是国家治乱状况与士人出处间的关系，认为个人的穷与达深受个人的“命”与时代的“运”所制约，不是杰出人物的努力所能改变的。

　　他首先给出了"命"、"运"的定义,认为两者的关系密不可分。然后便列举了大量的历史人物,如伊尹、百里奚、张良等人证明自己的推论。还强调了"圣人所以为圣者,盖在乎乐天知命矣",但这样的理由总显得单薄无力。强调"木秀于林,风必摧之;堆出于岸,流必湍之;行高于人,众必非之",可是仍然有众多的仁人志士重蹈覆辙,为了成名而显露自己。一方面想要有所作为,一方面又担心"枪打出头鸟"。李康在密实的论述之中也流露出自己对命运的层层隐忧,这也正是三国乱世之中文人知识分子不可避免的矛盾现状。

　　总的来说,此文篇幅虽长而不拖沓,论据充足,文笔雄健,排比对偶的句式读起来荡气回肠,李康能以此一文而著名也在情理之中。"木秀于林,风必摧之;堆出于岸,流必湍之"这样的千古名言,也足以启迪后人。

韦 曜

作者简介

韦曜(204—273),字弘嗣,本名昭,因避司马昭讳而改为曜,吴郡云阳(今江苏丹阳)人。少时好学能文,曾为丞相掾、西安令、尚书郎、太子中庶子、中书仆射、侍中,领左国史。是我国古代著名的史学家,著有《吴书》、《国语注》、《三吴郡国志》等。

博 弈 论

【题解】 博弈,即局戏和围棋。三国吴时盛行围棋与六博,官僚士大夫常常沉迷其中,废寝忘食,以至于不思政事,不修业身。当时太子孙和身边的蔡颖,性好博弈,孙和认为弈棋没什么益处,令时为中庶子的韦曜来讲述其中的道理,韦曜便作了此篇《博弈论》。本文选自《昭明文选》卷五十二。

【原文】

盖君子耻当年而功不立,疾没世而名不称,故曰:"学如不及,犹恐失之①。"是以古之志士,悼年齿②之流迈③,而惧名称④之不建也。勉精厉操⑤,晨兴夜寐,不遑⑥宁息。经之以岁月,累之以日力。若宁越⑦之勤,董生⑧之笃,渐渍⑨德义之渊,栖迟道艺之域。且以西伯⑩之圣,姬公⑪之才,犹有日昃待旦⑫之劳,故能隆兴周道,垂名亿载。况在臣庶,而可以已乎?

历观古今功名之士,皆有积累殊异之迹⑬,劳神苦体,契阔勤思,平居⑭不惰⑮其业,穷困不易其素⑯。是以卜式立志于耕牧⑰,而黄霸受道于图圄⑱,终有荣显之福⑲,以成不朽之名。故山甫⑳勤于夙夜,而吴汉㉑不离公门,岂有游惰㉒哉?

今世之人,多不务经术㉓,好玩博弈,废事弃业,忘寝与食,穷日尽明,继以脂烛㉔。当其临局交争㉕,雌雄未决,专精锐意,神迷体倦㉖,人事㉗旷㉘而不修㉙,宾旅阙㉚而不接㉛,虽有太牢㉜之馔,韶夏㉝之乐,不暇存也㉞。至或赌及㉟衣物,徙钌易行㊱,廉耻之意弛㊲,而忿戾之色㊴发。然其所志不出一枰之上,所务不过方罫㊵之间;胜敌无封爵之赏,获地无兼㊶土之实。技非六艺㊷,用非经国㊸。立身⑭者不阶㊺其术,征选㊻者不由其道。求之于㊼战阵,则非孙、吴㊽之伦也;考㊾之于道艺,则非孔氏之门也。以变诈为务㊿,则非忠信之事也;以劫杀(51)为名,则非仁者之意也。而空妨日废业,终无补益(52)。是何异设木而击之,置石而投之哉(53)!且君子之居室也,勤身(54)以致养(55);其在朝也,竭(56)命以纳忠(57);临事且犹旰食(58),而何暇(59)博弈之足耽(60)?夫然,故孝友之行(61)立,贞纯之名(62)章(63)也。

方今大吴受命,海内未平。圣朝干干(64),务在得人。勇略之士,则受熊虎之任(65);儒雅之徒,则处龙凤之署(66)。百行兼苞(67),文武并骛。博选良才,旌(68)简髦俊(69)。设程试(70)之科,垂金爵(71)之赏。诚千载之嘉会,百世之良遇(72)也。当世之士,宜勉思(73)至道,爱功惜力(74),以佐明时(75)。使名书(76)史籍,勋在盟府(77)。乃君子之务,当今之先急也。

夫一木(78)之枰,孰与方国之封;枯钉(79)三百,孰与万人之将。衮龙(80)之服,金石之乐,足以兼釭局而贸(81)博弈矣。假令世士,移博弈之力用之于诗书,是有颜、闵(82)之志也;用之于智计,是有良、平(83)之思也;用之于资(84)货,是有猗顿(85)之富也;用之于射御,是有将帅之备也。如此,则功名立而鄙贱远矣。

【注释】 ①"学如不及"二句:语出《论语·泰伯》,意思是学习知识就像追赶不上那样,又会担心丢掉什么。形容学习勤奋,有较强的进取心。 ②年齿:年岁。 ③流迈:流逝。 ④名称:名誉,名声。 ⑤厉操:磨砺意志。 ⑥不遑:不歇息。遑,闲暇。 ⑦宁越:《吕氏春秋》记载,宁越为中牟一个地位低下的人,勤于耕稼,他问友人怎样才能脱离苦耕。友人告诉他,读书三十年便是出头之日。宁越说:给我十五年的时间,别人休息睡觉,我不休息睡觉。结果十五年后被周威王重用。 ⑧董生:即董仲舒,西汉广川人,著书立说,用志甚笃。他修《春秋》期间,三年不曾出门见过花园。 ⑨渐渍:浸润熏陶,后引申为教化。 ⑩西伯:指周文王。 ⑪姬公:指周公姬旦。 ⑫日昊待旦:《尚书》周公曰:"文王自朝至于日中昊,不遑暇食,用咸和万民。"《孟子·离娄下》曰:"周公思兼三王,其有不合者,仰而思之,夜以继日,幸而得之,坐以待旦。"昊,即天。 ⑬殊异之迹:特别的功业。 ⑭平居:平时闲居在家。 ⑮惰:荒废。 ⑯素:指人的本质。此二句意思为:平时闲居在家也不荒废修业,生计窘迫或境遇艰难也不改变本质。 ⑰卜式立志于耕牧:据《汉书》记载,河南人卜式以田畜为事,入山牧羊,十余年间养了千余头羊。 ⑱黄霸受道于囹圄:据《汉书记载》,黄霸是淮阳人,迁丞相长史,因替夏侯胜进言而被牵连入狱,两人被拘囚。黄霸便想向夏侯胜学习:"朝闻道,夕死可矣。"夏侯胜听了便教授他学问。 ⑲荣显之福:荣华富贵的福分。 ⑳山甫:即仲山甫,周宣王时的贤臣,忠实勤政。 ㉑ 吴汉:东汉云台二十八将之一,骁勇善战,功勋卓著,排名第二,官至大司马,封广平侯。 ㉒ 游惰:游戏懒惰,不务正业。 ㉓ 不务经术:不追求以经书为对象的学术。 ㉔“穷日”二句:浪费了一天的时间,到了晚上又点上油脂做的蜡烛继续。 ㉕ 临局交争:对着棋局相互争战。 ㉖“专精”二句:精神专注,意志坚决,心神迷乱,身体疲累。 ㉗ 人事:世间的事务。 ㉘ 旷:荒废。 ㉙ 修:整理。 ㉚ 阙:短少。 ㉛ 接:招待。 ㉜ 太牢:古代祭祀社稷时牛、羊、猪三牲全备为太牢,少牢只有羊和猪。 ㉝ 韶夏:指舜乐和禹乐,后代指优雅古朴的音乐。 ㉞ 不暇存也:没有时间花费心力在这些事情上面。暇,时间。存,寄托。 ㉟ 赌及:拿……做赌注。 ㊱ 徙钉(gāng)易行:改变棋子的走法,即悔棋。 ㊲ 廉耻:廉洁的情操与羞耻心。 ㊳ 弛:废弃,忘记。 ㊴ 忿戾之色:愤怒而乖戾的神色。 ㊵ 方罫:指棋盘。 ㊶“胜敌”二句:战胜了棋盘上的敌人没有封土地、授官职的赏赐,赢了棋盘上的土地也不是现实中吞并的土地。兼,吞并。 ㊷ 六艺:中国古代儒家要求学生具备的六种基本才能,指礼、乐、射、御、书、数。 ㊸ 经国:治理国家。 ㊹ 立身:为人处世。 ㊺ 阶:因,凭借。 ㊻ 征选:公开挑选人才。 ㊼ 求之于:把……用在。 ㊽ 孙吴:即孙武和吴起,两人以善用兵而著名。 ㊾ 考:研究。 ㊿ 以变诈为务:以诡变狡诈作为谋胜的手段。 (51) 劫杀:劫地杀棋子。 (52)“空妨日废业”二句:白白地浪费光阴,不勤于修业,最终是没有什么益处的。 (53)“是何异”二句:这与把石头放在大木上来击打的游戏有什么区别?设木、置石,古代两种儿童游戏。 (54) 勤身:勤于修身。 (55) 致养:致力于陶冶品德。 (56) 竭:尽。 (57) 纳忠:尽忠。 (58) 旰(gàn)食:事务繁忙而不能按时吃饭。后来指勤于政事。 (59) 何暇:哪里有闲暇。 (60) 足耽(dān):足以沉溺其中。 (61) 孝友之行:孝顺父母、友爱兄弟的德行。 (62) 贞纯之名:正道至诚的名声。 (63) 章:显扬。 (64) 干干:干枯的样子,比喻朝廷亟缺人才。 (65) 熊虎之任:比喻征战的任务。 (66) 龙凤之署:指朝廷办公的地方。龙凤,因其五彩之色,用以比喻文章。 (67) 苞:同“包”,容纳。 (68) 旌:表彰。 (69) 髦俊:亦作“髦隽”,指才能杰出之士。 (70) 程试:按规定的程式考试,选拔人才。 (71) 金爵:金钱和爵位,指读书获得的回报。 (72) 良遇:好的机遇。 (73) 勉思:努力深思。 (74) 爱功惜力:爱惜功业和精力。 (75) 明时:政治清明之时。 (76) 书:名词作动词,记录。 (77) 盟府:保存盟约之地。语出《左传》:“宫之奇曰:‘虢叔为文王卿士,勋在王室,藏於盟府。’” (78) 一木:一块木头大小的样子。 (79) 钉局:邯郸淳《艺经》记载:“钉局,纵横各十七道,合二百八十九道。白黑钉子,各一百五十枚。” (80) 衮龙:朝服上的龙,指龙袍。 (81) 贸:取代。 (82) 颜、闵:孔子的弟子颜回和闵子骞,两人皆以清贫不仕、贤德好学而著称。 (83) 良、平:张良和陈平,两人都是刘邦的谋臣,西汉王朝的开国功臣。 (84) 资:买卖。 (85) 猗顿之富:猗顿是春秋时鲁国的一个贫寒书生,听说范蠡弃官经商很快致富,便去西河(今山西南部)一带,以盐业致富,与范蠡齐名。

【赏析】 从严格的观点来说,《博弈论》是一篇应命之作,宣扬的是太子孙和的观点。韦曜完全是从实用主义的立场出发来论述,人生在世,首先要考虑的应该是前途和事业,即“勉思至道,爱功惜力,以佐明时”,通俗一点说也就是围棋于士大夫安身立命无什么用处,而应追求功名利禄。在中国古代社会,士大夫文人读书的目的本就是经世致用,因而韦曜的观点对中国古代社会的读书人来说具有很大的说服力和煽动作用。文章的最后,更是一以贯之地说,将下围棋的心力不管用在诗书、计谋、商业还是射御之上,都会有一番大的成就。然而,这样的一篇应制之作却忽视了那些真正将弈棋作为爱好的人,而是将弈棋这项活动一棒子打死,未免显得冠冕堂皇而有失公允。

韦曜作为一名史学家,在《博弈论》里纵横古今,恰如其分地引用了大批历史典故来反证弈棋的消极作用,厚重有力。文章自始至终都没有脱离替太子劝解读书人的主题,可谓层层推进,论法严谨,论据充足。此文的语言渐近骈俪,质实而不靡,具有一定的欣赏价值。

曹 冏

作者简介

曹冏,生卒年不详,字元首,沛国谯县(安徽亳州)人,曹魏宗室,齐王曹芳族祖,官至弘农太守。

六 代 论

【题解】《六代论》是一篇政论文。魏少帝曹芳幼龄登基,曹爽与司马懿受命辅政,但司马氏父子逐渐掌握实权。曹冏遂于正始四年(243)作《六代论》,论夏、商、周、秦、汉、魏六代兴亡之事,主张抑制异姓权臣,并希望大将军曹爽能够接纳自己的见解,从而达到巩固曹魏统治的目的。本文选自《昭明文选》卷五十二。

【原文】

臣闻古之王者,必建①同姓以明亲亲②,必树异姓以明贤贤③。故《传》④曰:"庸勋亲亲,昵近尊贤⑤。"《书》⑥曰:"克明俊德,以亲九族⑦。"《诗》⑧云:"怀德维宁,宗子维城⑨。"由是观之,非贤无与兴功,非亲无与辅治。夫亲亲之道,专用则其渐⑩也微弱;贤贤之道,偏任⑪则其弊也劫夺⑫。先圣知其然⑬也,故博求亲疏而并用之:近则有宗盟藩卫之固,远则有仁贤辅弼之助;盛则有与共其治,衰则有与守其土;安则有与享其福,危则有与同其祸。夫然⑭,故能有其国家,保其社稷,历纪⑮长久,本枝百世⑯也。今魏尊尊之法虽明,亲亲之道未备。《诗》不云乎:"鹡鸰在原,兄弟急难⑰。"以斯言之,明兄弟相求于丧乱之际,同心于忧祸之间,虽有阋墙之忿,不忘御侮之事⑱。何则?忧患同也。今则不然。或任而不重,或释而不任。一旦疆场称警⑲,关门反拒,股肱⑳不扶,胸心㉑无卫。臣窃惟此寝不安席,思献丹诚,贡策朱阙㉒,谨撰合所闻,叙论成败。

论曰:昔夏、殷、周历世数十,而秦二世而亡。何则?三代之君,与天下共其民,故天下同其忧。秦王独制其民,故倾危㉓而莫㉔救。

夫与民共其乐者，人必忧其忧；与民同其安者，人必拯其危。先王知独治之不能久也，故与人共治之；知独守之不能固也，故与人共守之。兼亲疏而两用，参同异而并建。是以轻重足以相镇，亲疏足以相卫。并兼路塞，逆节不生㉕。及其衰也，桓文帅礼，苞茅不贡，齐师伐楚㉖。宋不城周㉗，晋戮其宰㉘，王纲弛而复张，诸侯傲而复肃㉙。二霸㉚之后，浸㉛以陵迟㉜。吴楚凭江，负固方城㉝。虽心希九鼎㉞，而畏迫宗姬㉟。奸情㊱散于胸怀，逆谋消于唇吻㊲。斯岂非信重亲戚，任用贤能，枝叶硕茂，本根赖之与㊳？自此之后，转相攻伐。吴并于越，晋分为三，鲁灭于楚，郑兼于韩。暨㊴于战国，诸姬微矣，惟燕、卫独存，然皆弱小。西迫强秦，南畏齐、楚，忧惧灭亡，匪遑㊵相恤。至于王赧㊶，降为庶人，犹枝干相持，得居虚位。海内无主，四十馀年。

秦据势胜之地，骋谲诈㊷之术，征伐关东，蚕食九国。至于始皇，乃定天位，旷日㊸若彼，用力若此，岂非深固根蒂，不拔㊹之道乎？《易》曰："其亡其亡，系于苞桑㊺。"周德其可谓当㊻之矣。秦观周之弊，将以为小弱见夺。于是废五等之爵，立郡县之官，弃礼乐之教，任苛刻之政。子弟无尺寸之封，功臣无立锥之地。内无宗子以自毗辅㊼，外无诸侯以为藩卫。仁心不加于亲戚，惠泽㊽不流于枝叶。譬犹芟刈㊾股肱，独任胸腹；浮舟江海，捐弃楫棹。观者为之寒心，而始皇晏然，自以为关中之固，金城千里，子孙帝王万世之业也。岂不悖㊿哉！是时淳于越㊿谏曰："臣闻殷周之王，分子弟功臣千有馀城。今陛下君有海内，而子弟为匹夫，卒有田常六卿之臣，而无辅弼，何以相救？事不师古而能长久者，非所闻也。"始皇听李斯偏说，而绌㊿其议，至于身死之日，无所寄付。委天下之重于凡夫之手，托废立之命于奸臣之口，至令赵高㊿之徒，诛锄宗室。胡亥少习刻薄之教，长遭凶父之业，不能改制易法，宠任兄弟，而乃师谟㊿申、商㊿，谘谋赵高，自幽深宫，委政谗贼，身残望夷，求为黔首㊿，岂可得哉！遂乃郡国离心，众庶溃叛，胜、广倡之于前，刘、项弊之于后。向使始皇纳淳于之策，抑李斯之论，割裂州国，分王子弟，封三代之后，报功臣之劳，士有常君，民有定主，枝叶相扶，首尾为用，虽使子孙有失道之行，时人无汤武之贤，奸谋未发而身已屠戮，何区区之陈项，而复得措其手足哉！

故汉祖⁵⁷奋三尺之剑，驱乌集之众，五年之中，遂成帝业。自开关以来，其兴立功勋，未有若汉祖之易也。夫伐深根者难为功，摧枯朽者易为力，理势然也。汉监秦之失，封殖子弟。及诸吕擅权，图危刘氏。而天下所以不倾动，百姓所以不易心者，徒以诸侯强大，盘石胶固，东牟、朱虚⁵⁸授命于内，齐、代、吴、楚作卫于外故也。向使高祖踵⁵⁹亡秦之法，忽先王之制，则天下已传，非刘氏有也。然高祖封建，地过古制，大者跨州兼郡，小者连城数十，上下无别，权牢京室，故有吴楚七国之患。贾谊曰："诸侯强盛，长乱起奸。夫欲天下之治安，莫若众诸侯而少其力，令海内之势，若身之使臂，臂之使指，则下无背叛之心，上无诛伐之事。"文帝不从，至于孝景猥用晁错之计，削黜诸侯，亲者怨恨，疏者震恐。吴楚倡谋，五国从风，兆发高帝，衅钟⁶⁰文、景，由宽之过制，急之不渐故也。所谓末大必折，尾大难掉。尾同于体，犹或不从，况乎非体之尾，其可掉哉！武帝从主父之策，下推恩之令。自是之后，齐分为七，赵分为六，淮南三割，梁代五分。遂以陵迟，子孙微弱，衣食租税，不预⁶¹政事。或以酎金免削，或以无后国除。至于成帝王氏擅朝，刘向谏曰："臣闻公族者国之枝叶，枝叶落则本根无所庇荫。方令同姓疏远，母党专政，排摈宗室，孤弱公族，非所以保守社稷安固国嗣也。"其言深切，多所称引，成帝虽悲伤叹息，而不能用。至于哀平，异姓秉权，假周公之事，而为田常之乱。高拱而窃天位，一朝而臣四海。汉宗室王侯解印释绂⁶²，贡奉社稷，犹惧不得为臣妾。或乃为之符命，颂莽恩德，岂不哀哉！由斯言之，非宗子独忠孝于惠、文之间，而叛逆于哀、平之际也。徒以权轻势弱，不能有定耳。赖光武皇帝挺不世之姿，禽⁶³王莽于已成，绍汉嗣于既绝，斯岂非宗子之力邪？而曾不监秦之失策，袭周之旧制，踵亡国之法，而徼幸无疆之期。至于桓灵，阉竖⁶⁴执衡⁶⁵，朝无死难之臣，外无同忧之国，君孤立于上，臣弄权于下，本末不能相御，身首不能相使。由是天下鼎沸，奸凶并争，宗庙焚为灰烬，宫室变为榛薮⁶⁶，居九州之地，而身无所安处。悲夫！

魏太祖武皇帝躬圣明之资，兼神武之略，耻王纲之废绝，愍⁶⁷汉室之倾覆。龙飞谯沛，凤翔衮豫⁶⁸。扫除凶逆，翦灭鲸鲵⁶⁹。迎帝西京，定都颖邑。德动天地，义感人神。汉氏奉天，禅位大魏。大魏之兴，于今二十有四年矣。观五代之存亡，而不用其长策；睹前车之倾覆，而不改其辙迹。子弟王空虚之地，君有不使之民。宗室窜于闾阎⑩，不闻邦国之政。权均⑪匹夫，势齐凡庶。内无深根不拔之固，外无盘石宗盟之助，非所以安社稷为万世之业也。且今之州牧郡守，古之方伯诸侯，皆跨有千里之土，兼军武之任。或比⑫国数人，或兄弟并据，而宗室子弟，曾无一人间厕⑬其间与相维持，非所以强干弱枝，备万一之虑⑭也。

今之用贤，或超⑮为名都之主，名为偏师⑯之帅。而宗室有文者，必限以小县之宰；有武者，必置于百人之上。使夫廉高之士，毕⑰志于衡轭⑱之内；才能之人，耻与非类为伍，非所以劝进贤能褒异宗室之礼也。夫泉竭则流涸，根朽则叶枯。枝繁者荫根，条落者本孤。故语曰："百足之虫，至死不僵。"以扶之者众也。此言虽小，可以譬大。且塘基⑲不可仓卒而成，威名不可一朝而立，皆为之有渐⑳，建之有素㉑。譬之种树，久则深固其本根，茂盛其枝叶。若造次徙㉒于山林之中，植于宫阙之下，虽壅㉓之以黑坟㉔，暖之以春日，犹不救于枯槁，而何暇繁育哉？夫树犹亲戚，土犹士民。建置不久，则轻下慢上。平居㉕犹惧其离叛，危急将若之何㉖。是以圣王安而不逸㉗，以虑危也；存而设备㉘，以惧亡也。故疾风卒至，而无摧拔之忧；天下有变，而无颂危之患矣。

【注释】 ①建：封建，分封。 ②亲亲：以宗亲为亲。 ③贤贤：以贤者为贤。 ④《传》：《左传》。 ⑤"庸勋"二句：《左传·僖公二十三年》："庸勋亲亲，昵近尊贤，德之大者也。"庸勋，酬赏有功劳的人。昵近，亲近。 ⑥《书》：《尚书》。 ⑦"克明"二句：《尚书·禹夏书·尧典》："克明俊德，以亲九族。九族既睦，平章百姓。百姓昭明，协和万邦。"克，能够。明，发扬。俊德，才德杰出的人。 ⑧《诗》：《诗经》。 ⑨"怀德"二句：《诗经·大雅·板》："大邦维屏，大宗维翰。怀德维宁，宗子维城。"意思是，为政有德国家才安宁，宗室之子是国家的城墙。 ⑩渐：渐进、缓进。 ⑪偏任：片面信任。 ⑫劫夺：掠夺的行为，喧宾夺主。 ⑬然：原因。 ⑭夫然：如果是这样。夫，发语词。 ⑮历纪：经历的年代。 ⑯本枝百世：宗室子孙昌盛百代不衰。文中多次以枝叶比喻宗亲。 ⑰"鹡鸰"二句：《诗经·小雅·棠棣》："鹡鸰在原，兄弟急难。每有良朋，况也求叹。"比喻漂泊异地的兄弟急待救援。 ⑱"虽有"二句：语出《诗经·小雅·棠棣》："兄弟阋于墙，外御其侮。"阋墙，喻指兄弟间的斗争。御，抵抗。 ⑲称警：领兵作乱。称，举兵之意。

⑳股肱(gōng):左右辅佐的大臣。　㉑胸心:比喻要害之地。　㉒贡策朱阙:于朱阙贡策。朱阙,借指朝廷。　㉓倾危:倾覆灭亡。　㉔莫:没有人。　㉕"并兼路塞"二句:互相不会攻掠侵夺,不会产生叛逆的情况。并兼,吞并。路塞,道路阻塞。逆节,叛逆的念头和行为。　㉖"桓文帅礼"三句:出自《左传·僖公四年》:桓公怒蔡姬改嫁,南袭蔡,管仲因而伐楚,责包茅不入贡于周室:"尔贡包茅不入,王祭不共,无以缩酒,寡人是徵。"　㉗宋不城周:城,筑城。周,成周,东周王城。　㉘晋戮其宰:晋,晋文公。宰:宋国宰相仲几。以上两句说晋文公以宋拒为周天子筑城而杀其相仲几事。　㉙肃:恭敬。　㉚二霸:指宋襄公与晋文公。　㉛浸:逐渐。　㉜陵迟:败坏,衰坏。　㉝"吴楚"二句:指吴王阖闾与楚国争雄之事。吴楚,即吴国和楚国。凭,临、倚靠。负固,依仗险阻。方城,春秋时,楚国北部的城墙名。　㉞九鼎:夏禹立国之后,用天下九牧所贡之铜铸成九鼎,是封建皇权的象征。　㉟宗姬:指代周王室,周王室以"姬"姓,故称宗姬。　㊱奸情:奸心,坏的念头。　㊲唇吻:比喻议论、口才。　㊳与:同"欤"。　㊴暨:及,等到。　㊵匪遑:没有闲暇,来不及。　㊶王赧(nǎn):即赧王,东周最后一位君主,姓姬,名延。　㊷谲诈:诡谲狡诈。　㊸旷日:耗费时日。　㊹不拔:不可动摇,比喻牢固。　㊺"其亡"二句:意为帝王能经常居危而不自安,国家就能兴旺。　㊻当:相称,相配。　㊼毗辅:辅助,辅佐。　㊽惠泽:即恩泽。　㊾芟刈(shān yì):割。　㊿悖:反常。　㊿淳于越:战国时齐国博士,秦朝时曾任仆射(pú yè)。秦始皇三十四年(公元前213年),建议实行分封制,提出"事不师古而能长久者,非所闻也"的观点。　㊿绌:同"黜",废除,反对。　㊿赵高:秦朝二世皇帝胡亥的丞相,一说为宦官,颇受宠信。始皇时任中车府令,兼行符玺令事。秦始皇死后,发动沙丘政变,与李斯一起伪造诏书,逼死始皇长子扶苏,拥立幼子胡亥登基。　㊿谟:谋略,策略。　㊿申、商:申不害和商鞅的合称。　㊿黔首:代指平民。　㊿汉祖:即汉高祖刘邦。　㊿东牟、朱虚:指东牟侯刘兴居与朱虚侯刘章,他们都是汉室宗子,雄姿英发,智平诸吕,安定汉室。　㊿踵:继承。　㊿衅钟:古代杀牲以血涂钟行祭。　㊿预:参与。　㊿释绂:辞去官职。　㊿禽:同"擒",捉拿。　㊿阉竖:指宦官。　㊿执衡:执掌朝政。　㊿榛薮:山林,丛林。　㊿愍(mǐn):同"悯"。　㊿"龙飞"二句:指曹操凭借谯沛集团和豫州颍川集团获得了军事胜利,统一了黄河以北。　㊿鲸鲵:比喻凶恶的敌人。　㊿间阎:泛指民间。　㊿均:平、平等。　㊿比:挨着,靠近。　㊿厕:参与。　㊿虑:思考,谋划。　㊿超:提拔,荣升。　㊿偏师:主力军队以外的部队。　㊿毕:完成。　㊿衡轭:比喻控制、束缚。　㊿埒基:城墙的根基。　㊿渐:渐进,缓进。　㊿有素:由来已久。　㊿徙:搬移,迁移。　㊿壅:施肥于植物的根部。　㊿黑坟:意谓肥沃的土地。　㊿平居:安居无事。　㊿若之何:该怎么办?　㊿逸:安闲,安乐。　㊿设备:设防。

【赏析】　曹冏之《六代论》是一篇政论文。全文细论夏、商、周、秦、汉、魏六代兴替之事,并不是为了总结六代灭亡之教训,而是为了借古喻今,以谈论历史供当代统治者借鉴。他认为国家应推行"分封制",以巩固日益衰落的曹氏政权的统治地位。

作者开篇明义,首先论述了分封宗室子弟的必要性,即"非贤无与兴功,非亲无与辅治",言简意赅,要言不烦。随后将夏、商、周实行分封制而得长治与秦朝实行郡县制二世而亡作对比,举例论证分封制的优点。继而以实行分封制的汉代做反面例证,阐述汉代虽实行分封制却颁布了推恩令,瓦解了自身军事实力,遂不得久治。继而亮明自己的观点:应授宗室以军政实权,以抑制异姓权臣。这些论述层层递进,步步进逼,条理分明,结构严谨。

　　文章的语言生动而富有力度,骈散间行,读起来铿锵有力,起到了增强语势的作用。同时,作者运用大量的史实论据,典型而妥帖,论证严密,逻辑性极强。这些议论性的语句又极富感染力,采用了引用、对比、比喻等修辞手法,将国家比喻为大树,宗亲为枝干,认为治国须强干弱枝,深入浅出地说明了治国应重用宗亲的道理。作者借古讽今,切中要害,其用意是要警醒执政者曹爽,在与司马懿争夺统治利益的时候,只有以武力授予宗室,才不致大权旁落。

阮 籍

作者简介

　　阮籍(210—263),字嗣宗,陈留(今属河南)尉氏人。曾任步兵校尉,世称阮步兵。阮籍是"竹林七贤"之一,崇尚老庄之学,尝言"礼岂为我辈设也",展现了他简傲不羁、风流自得的精神追求。阮籍是正始文学的代表人物,其文学成就主要在诗歌,《咏怀诗》八十二首将哲学式的思考引入诗歌创作,富有更深的寓意,刘勰对他有"阮旨遥深"的赞誉。有《阮嗣宗集》。

为郑冲劝晋王笺

【题解】　郑冲(？—274),字文和。初为魏文帝曹丕文学,累迁尚书郎、陈留太守,封寿光侯。郑冲博通儒术,曾与何晏注《论语集解》。曹魏末年,魏晋易代已成定局。在此过程中,晋王司马昭曾假装辞让九锡(古代帝王赐给有特殊功勋的诸侯、大臣的九种礼器。这些礼器通常只有天子才能享用),然后公卿劝进。《为郑冲劝晋王笺》便是阮籍为郑冲代拟的一份劝进表。本文选自《昭明文选》卷四十。

【原文】

　　冲等死罪。伏见嘉命显至,窃闻明公固让①,冲等眷眷②,实有愚心,以为圣王作③制④,百代同风,褒德赏功⑤,有自来矣⑥。

　　昔伊尹⑦,有莘氏⑧之媵臣⑨耳,一佐成汤⑩,遂荷⑪阿衡⑫之号;周公⑬藉⑭已成之势,据既安之业,光宅⑮曲阜⑯,奄有龟、蒙⑰;吕尚⑱,磻溪之渔者,一朝指麾⑲,乃封营丘⑳。自是以来,功薄而赏厚者不可胜㉑数,然贤哲之士犹㉒以为美谈。

　　况自先相国㉓以来,世有明德,翼㉔辅魏室以绥㉕天下,朝无阙㉖政,民无谤㉗言。前者明公㉘西征灵州,北临沙漠。榆中以西,望风震服㉙,羌戎东驰㉚。回首内向㉛,东诛叛逆㉜,全军独克㉝,禽阖间之将㉞,斩轻锐之卒㉟以万万计,威加南海㊱,名慑三越㊲,宇内康宁,苟慝不作㊲。是以殊俗畏威㊴,东夷献舞㊵。故圣上览乃昔㊶以来礼典旧章,开国光宅,显兹㊷太原。

明公宜承圣旨,受兹介㊸福,允当天人。元功盛勋㊹,光光如彼㊺。国士嘉祚,巍巍如此㊻。内外协同,靡愆靡违㊼。由斯征伐,则可朝服济江㊽,扫除吴会㊾;西塞江源,望祀岷山㊿,回戈㊼弭节㊽以麾㊾天下,远无不服,迩㊿无不肃。今大魏之德光于唐、虞㊿,明公盛勋超于桓、文㊿。然后临沧州而谢支伯,登箕山而揖许由㊿,岂不盛乎!至公至平,谁与为邻!何必勤勤㊿小让也哉?

冲等不通大体,敢以陈闻。

【注释】　①固让:执意、坚决地退让。固,副词,执意、坚决。　②眷眷:意志专一的样子。　③作:创造。　④制:制度。　⑤褒德赏功:褒扬有德行的人,奖赏有功劳的人。　⑥有自来矣:有所由来的。　⑦伊尹:相传夏末商初助汤伐桀的商代大臣。　⑧有莘氏:夏启封支子于莘(今合阳),称"有莘国",遂以国为姓。　⑨媵(yìng)臣:古代随嫁的臣仆。　⑩成汤:即商汤,商朝的建立者。　⑪荷:承担,负荷。　⑫阿衡:商代官名,师保之官,伊尹曾任此职,后世以阿衡代指伊尹。　⑬周公:周代的爵位,这里指周公旦。　⑭籍:借,凭借。　⑮光宅:代指建都。光,光大。宅,居所。　⑯曲阜:周代鲁国国都,周公旦分封于此。　⑰奄有龟、蒙:出自《诗·鲁颂·閟宫》:"奄有龟、蒙,遂荒大东。"指占据了山东一带。奄,覆盖。龟、蒙:山东境内二山名,代指山东。　⑱吕尚:姜太公,姓姜,名尚,字子牙。姜太公的先祖曾封于吕,故以吕为氏。　⑲指麾:即指挥。麾,古代指挥军队的旗子。　⑳营丘:古邑名,今山东省淄博市。临淄北,以营丘山而得名。周武王封吕尚于齐,建都于此。　㉑胜:能承受,能承担。　㉒犹:仍然。　㉓先相国:这里指司马懿。司马懿生前曾多次辞让相国一职,死后被追赠。　㉔翼:希望。　㉕绥:安抚。　㉖阙:缺点,错误。　㉗谤:恶意攻击别人的话。　㉘明公:此指司马昭。　㉙望风震服:敌人远远地看见(司马昭)的气势,就被震慑屈服了。风,风声,气势。震服,震慑屈服。　㉚东驰:向东跑。　㉛回首内向:回过头向内陆地带看。　㉜东诛叛逆:在东边诛杀叛逆之辈,这里指东吴政权。　㉝克:战胜,制服。　㉞禽阖闾之将:捉住了东吴的将领。禽,同"擒",捉住,擒拿。阖闾:春秋时吴国君主,名阖闾。这里代指东吴的君主。　㉟轻锐之卒:轻捷精锐的士卒。　㊱威加南海:威势加诸于南海一带。　㊲名慑三越:名号震慑了南方诸地。三,泛指多。越,地域的代称,泛指中国南方一带。　㊳苛慝(kè)不作:暴虐邪恶不会产生。　㊴是以殊俗畏威:因此不同习俗的国家也畏惧你的威严。　㊵东夷献舞:东边的国家也向您称颂称臣。东夷,中原以东民族的泛称。　㊶乃昔:往昔。　㊷兹:于,在。　㊸介:这样,这个。　㊹元功盛勋:功勋卓著的意思。元,首。盛,大。　㊺光光如彼:如此光明而显耀。　㊻"国士"二句:你作为一国之勇士被赐福,地位极为尊崇。国士,一国之勇士。祚,福气。巍巍,形容崇高的样子。　㊼靡愆靡违:互文用法,意思是从来没有过失。靡,没有。愆,过错。违,邪恶、过失。　㊽朝服济江:使南方臣服。朝,使动用法,使朝拜。服,使臣服。济江,代指南方。济,济水,古水名。江,长江。㊾ 吴会:今绍兴的别称,古代会稽郡分成三吴(吴会、吴郡、吴兴),这里亦以此指代江南一带。 ㊿ 岷山:山名,位于四川与甘肃的边境,以此代指蜀汉政权。 (51) 回戈:掉转兵戈、回师之意,多用以称颂军队的赫赫之威。 (52) 弭节:驾驭车子,代指统御军队。 (53) 麾:指挥。 (54) 迩:近。 (55) 唐、虞:唐尧与虞舜的合称,以此指代太平盛世。 (56) 桓、文:春秋五霸齐桓公与晋文公的合称,以此代指所成就的霸业。 (57)"临沧州"二句:许由与支伯都是尧舜时代的贤人。尧禅让于许由,许由不受,又禅让于支伯,支伯以病辞。 (58) 勤勤:勤苦不倦。

【赏析】 据《晋书·阮籍传》记载:"会帝让九锡,公卿将劝进,使籍为其辞。籍沉醉忘作,临诣府,使取之,见籍方据案醉眠。使者以告,籍便书案,使写之,无所改窜。辞甚清壮,为时所重。"虽然由于此表,阮籍的名节在后世备受争议。但就笺表本身而言,写得颇为得体。文章先从晋王应接受敕封写起,援历史上伊尹、周公、吕尚等为例,阐述"功薄而赏厚者"是自古以来的通制。再以"自先相国以来,世有明德"作为铺垫,自然过渡到对司马昭本人之功的陈述。因此接受敕封乃"至公至平",不必"勤勤小让"。全文结构清晰,层层推进。用典贴切,文辞雅丽,诚如《汉魏别解》中引茅坤所言,确实"深合大雅之体"。

阮籍虽为人清逸脱俗,但身处乱世,为全身远祸,有时难免有违心之语。因此,文中对司马昭的赞誉,需要与一般的"谀闻饰说"区别开来。

羊 祜

作者简介

羊祜(212—278),字叔子,泰山(今山东费县西南)人,东汉文学家蔡邕的外孙。曹魏末年历任中书侍郎、秘书监、相国从事中郎等职。司马炎称帝后升任尚书左仆射、车骑将军,去世后追赠太傅。羊祜博学能文,孙楚称其"文为辞宗,行作世表"(《故太傅羊祜碑》)。《隋书·经籍志》著录其《老子传》二卷、文集二卷,皆佚。现存《雁赋》、《让开府表》、《请伐吴表》等8篇。

让 开 府 表

【题解】 公元270年,晋武帝司马炎加封当时为荆州都督的羊祜为车骑将军,开府仪同三司。本来羊祜身为外戚,手握重兵,又为晋武帝的长辈,加封是名正言顺的。但是,羊祜接到诏书后,于太始八年(272)上了此表,不仅推辞谦让,还提携后进,举荐李憙、鲁直等正直之人。本文选自《昭明文选》卷三十四。

【原文】

臣祜言:臣昨出①,伏闻恩诏,拔②臣使同台司③。臣自出身④已来,适十数年,受任外内,每极⑤显重之地,常以智力不可强进⑥,恩宠不可久谬⑦,夙夜战栗,以荣为忧。臣闻古人之言,德未为众所服,而受高爵,则使才臣不进;功未为众所归⑧,而荷厚禄⑨,则使劳臣不劝⑩。今臣身讬外戚,事遭运会,诚⑪在宠过,不患见遗,而猥⑫超然降发中⑬之诏,加非次⑭之荣,臣有何功可以堪之?何心可以安之?以身误陛下,辱高位,倾覆亦寻⑮而至。原复守先人弊庐⑯,岂可得哉!违命诚忤天威,曲从即复若此。盖闻古人申于见知,大臣之节,不可则止⑰。臣虽小人,敢缘⑱所蒙,念存斯义。

今天下自服化⑲已来,方渐八年,虽侧席⑳求贤,不遗幽贱㉑,然臣等不能推有德,进有功,使圣听知胜臣者多,而未达者不少。假令有遗德㉒于版筑㉓之下,有隐才于屠钓㉔之间,而令朝议用臣不以为非,臣处之不以为愧,所失岂不大哉!

且臣忝窃㉕虽久,未若今日兼文武之极宠,等宰辅㉖之高位也。臣所见虽狭,据今光禄大夫李憙㉗,秉节高亮,正身㉘在朝。光禄大夫鲁芝㉙,洁身㉚寡欲,和而不同㉛。光禄大夫李胤,莅政弘简㉜,在公正色。皆服事华发,以礼终始。虽历内外㉝之宠,不异寒贱之家,而犹未蒙此选,臣更越之,何以塞天下之望㉞,少益㉟日月。

是以誓心㊱守节,无苟进㊲之志。今道路行通㊳,方隅㊴多事,乞留前恩,使臣得速还屯,不尔㊵留连,必于外虞㊶有阙。臣不胜忧惧,谨触冒㊷拜表。惟陛下察匹夫之志,不可以夺㊸。

【注释】 ① 昨出:昨日出外休息洗沐。 ② 拔:升迁。 ③ 使同台司:即开府仪同三司。汉代指大司马、大司徒、大司空,皆为辅佐皇帝掌握军政机要的重臣。 ④ 出身:即出仕。 ⑤ 极:担当。 ⑥ 强进:亦作"彊进",即勉强进用。 ⑦ 谬:此处作动词,保持。 ⑧ 所归:称赞。 ⑨ 荷厚禄:享受丰厚的俸禄。 ⑩ 劳臣不劝:辛劳有功之臣得不到鼓励。劝,奖勉,鼓励。 ⑪ 诚:以……为患。 ⑫ 猥:表谦虚之词。 ⑬ 发中:发自内心。 ⑭ 非次:非依正常的顺序。 ⑮ 寻:不久。 ⑯ 弊庐:陋室。 ⑰ "盖闻"三句:臣曾听闻古人贵有自知之明,大臣的权位,不适当就要阻止。语出《论语》:"子曰:周任有言曰:陈力就列,不能者止。" ⑱ 敢缘:冒昧依据。 ⑲ 服化:顺服归化。 ⑳ 侧席:不正坐,因为忧惧而坐不安稳。语出《国语》:"越王夫人侧席而坐。" ㉑ 不遗幽贱:不论贵贱。幽贱,地位低下而贫贱的人,此处指未出仕的贤德之士。 ㉒ 遗德:指弃置未用的贤德之人。 ㉓ 版筑:古代的一种筑墙方法,以两版相夹,中间填土,然后夯实。这里指修建城墙。 ㉔ 屠钓:宰牲和钓鱼,旧指操贱业者。 ㉕ 忝窃:谦言辱居其位或愧得其名。 ㉖ 宰辅:辅政的大臣,一般指宰相。 ㉗ 李憙(xǐ):字季和,上党人。少有高行,为仆射,年老逊位,拜光禄大夫。 ㉘ 正身:正直不阿。 ㉙ 鲁芝:字世英,陕西扶风人。耽思坟籍,为镇东将军,征光禄大夫。 ㉚ 洁身:即修身。 ㉛ 和而不同:语出《论语》:"君子和而不同。" ㉜ 弘简:宽宏简易。 ㉝ 内外:指中央和地方,外为地方官,内为朝臣。 ㉞ 塞天下之望:阻塞了天下人对朝廷的期望。 ㉟ 少益:稍加补益。 ㊱ 誓心:心中发誓,立定心愿。 ㊲ 苟进:苟且擢升。 ㊳ 行通:即通行。 ㊴ 方隅:四方和四隅,借指边疆。 ㊵ 不尔:不如此,即不速还屯。 ㊶ 外虞:对外患的防备。 ㊷ 触冒:抵触冒犯。 ㊸ "匹夫之志"二句:语出《论语·子罕篇》:"子曰:三军可夺帅也,匹夫不可夺志也。"

【赏析】 这是一位古代忠臣的真诚自白。羊祜作为外戚,又是皇帝的长辈,按理说,加官进爵是情理之中的事。但是,他为公忘私,拒受高位,并且推举贤能。这种淡泊名利、谢绝荣宠的高风亮节,为人所称赞。

作者首先陈述自己个人能力不足,因为外戚的关系才得到了荣宠,内心极为忧虑不安。这些虽是谦辞,也表现了羊祜不倚特权的贤德。其次,他揭示出天下诸多贤能之士被埋没的现状,委婉地告诫统治者要举贤任能。最后,他陈述目前的形势紧张,要返回任所,表达推辞加封的决心。

　　羊祜的这篇推辞封赏、举荐贤才的《让开府表》在古时为《文选》的名篇,极富盛名。文章虽小,却条分缕析,在古今对比中层层演进,将自己辞让的决心和荐贤的忠心表露无遗。全篇娓娓道来,诚挚感激之中蕴含着对统治者的警告,十分温厚得体。刘勰称其"有誉于前谈",甚至有人将其与诸葛亮的《出师表》相提并论,足见其文辞恳切,真情可嘉。

皇甫谧

作者简介　皇甫谧(215—282)，幼名静，字士安，自号玄晏先生。安定朝那（今甘肃灵台县）人。他出身名门，是汉代太尉皇甫嵩的曾孙，年二十始读书，潜心典籍。晚年得风痹疾后，仍然手不辍卷。六十一岁时被皇帝诏封太子中庶、著作郎等，皆不应。皇甫谧的《针灸甲乙经》是我国第一部针灸学专著，另有《高士传》、《列女传》、《元晏先生集》等作品。

三都赋序

【题解】　此文是皇甫谧为左思《三都赋》所作的序。左思构思十年而写成《三都赋》，最初并未为人所重，后经皇甫谧作序，遂名扬天下，一时洛阳为之纸贵。本文选自《昭明文选》卷四十五。

【原文】

玄晏先生曰：古人称不歌而颂谓之赋。然则赋也者，所以因物造端，敷弘体理①，欲人不能加也。引而申之，故文必极美；触类而长之②，故辞必尽丽。然则美丽之文，赋之作也。昔之为文者，非苟尚辞而已，将以纽之王教③，本乎劝戒也。自夏、殷以前，其文隐没④，靡得而详焉。周监二代，文质之体，百世可知。故孔子采万国之风，正雅颂之名，集而谓之诗。诗人之作，杂有赋体。子夏⑤序诗曰：一曰风，二曰赋。故知赋者，古诗⑥之流也。

至于战国，王道陵迟⑦，风雅⑧浸顿⑨，于是贤人失志，辞赋作焉。是以孙卿、屈原之属，遗文炳然⑩，辞义可观。存其所感，咸有古诗之意⑪，皆因文以寄其心⑫，托理以全其制，赋之首也。及宋玉之徒，淫文⑬放发，言过于实，夸竞⑭之兴，体失之渐，风雅之则，于是乎乖。逮汉贾谊，颇节之以礼⑮。自时厥后⑯，缀文之士⑰，不率典言⑱，并务恢张⑲，其文博诞⑳空类㉑。大者罩㉒天地之表，细者入毫纤㉓之内，虽充车联驷㉔，不足以载；广夏㉕接榱㉖，不容以居也。其中高者，至如相如《上林》,扬雄《甘泉》㉗,班固《两都》㉘,张衡《二京》㉙,马融《广成》㉚,王生《灵光》㉛,初极宏侈㉜之辞,终以约简之制,焕乎有文㉝,蔚尔㉞鳞集㉟,皆近代辞赋之伟也。若夫土有常产,俗有旧风,方以类聚,物以群分;而长卿之俦,过以非方之物,寄以中域㊱,虚张异类,托有于无㊲。祖构之士,雷同影附㊳,流宕㊴忘反,非一时也。

曩者汉室内溃㊵,四海圮裂㊶。孙、刘二氏,割有交益;魏武拨乱,拥据函夏㊷。故作者先为吴、蜀二客㊸,盛称其本土险阻瑰琦㊹,可以偏王㊺,而却为魏主㊻述其都畿,弘敞㊼丰丽,奄有诸华之意。言吴、蜀以擒灭比亡国,而魏以交禅比唐、虞,既已着逆顺,且以为鉴戒㊽。盖蜀包㊾梁、岷㊿之资,吴割荆南之富。魏跨中区之衍㉛,考分次㉜之多少,计殖物㉝之众寡,比风俗之清浊,课㉞士人之优劣,亦不可同年而语矣。二国之士,各沐浴所闻㉟,家自以为我土乐,人自以为我民良,皆非通方㊱之论也。作者又因客主之辞,正之以魏都,折之以王道,其物土所出,可得披图㊲而校。体国经制,可得按记而验,岂诬㊳也哉!

【注释】 ① 敷弘体理:铺陈阐述文章的内容。 ② 触类而长之:即想象、联想之意。触类,接触相似的事物。 ③ 王教:王道教化。 ④ 隐没:埋没,见不到。 ⑤ 子夏:卜商,字子夏,春秋末年晋国温地(今河南温县)人,"孔门十哲"和"七十二贤"之一,人称"卜子"。子夏以文学著称,相传《诗》和《春秋》都由其传授下来。 ⑥ 古诗:以《诗经》为代表的古代诗歌。 ⑦ 陵迟:衰落。 ⑧ 风雅:教化规范。 ⑨ 浸顿:逐渐消歇。 ⑩ 炳然:光明的样子。 ⑪ 古诗之意:即征实与讽谏相统一的思想。 ⑫ 寄其心:寄托作者讽谏之意。 ⑬ 淫文:大逞文藻。 ⑭ 夸竞:争相夸耀。 ⑮ 节之以礼:指发乎情止乎礼。 ⑯ 自时厥后:自此以后。 ⑰ 缀文之士:指从事写作的人。 ⑱ 典言:典雅有据的言辞。 ⑲ 恢张:张扬,扩张。 ⑳ 博诞:大。 ㉑ 空类:言论不切实际。 ㉒ 罩:超越。 ㉓ 毫纤:比喻极其微细的事物。 ㉔ 联驷:驷马车并排。 ㉕ 广夏:高楼大厦。夏,同"厦"。 ㉖ 榱(cuī):屋椽。 ㉗《甘泉》:西汉扬雄有《甘泉赋》。 ㉘《两都》:东汉辞赋家班固曾作《东都赋》、《西都赋》。 ㉙《二京》:东汉辞赋家张衡曾作《东京赋》、《西京赋》。 ㉚《广成》:广成苑,东汉宫苑,为皇帝狩猎之所。马融曾作《广成颂》,讽谏邓太后。 ㉛《灵光》:即东汉辞赋家王延寿所作的《鲁灵光殿赋》。 ㉜ 宏侈:过分地夸大。 ㉝ 焕乎有文:鲜明光亮,很有文采的样子。 ㉞ 蔚尔:文盛的样子。 ㉟ 鳞集:此处指上列各赋像鱼鳞一样密集而又有光彩。鳞,此处是名词作形容词。 ㊱ 中域:即中原地区。 ㊲ 托有于无:无中生有。 ㊳ 影附:如影随形,比喻机械的模仿。 ㊴ 流宕:放荡。 ㊵ 内溃:内乱。 ㊶ 圮裂:破碎,分裂。 ㊷ 函夏:指全中国。 ㊸ 吴、蜀二客:指

《蜀都赋》虚构的西蜀公子和《吴都赋》中的东吴王孙。 ㊹ 瑰琦:珍宝。 ㊺ 偏王:指吴、蜀可居一隅为王。 ㊻ 魏主:即《魏都赋》中的魏国先生。 ㊼ 弘敞:辽广平阔。 ㊽ 鉴戒:引他事以为警戒。 ㊾ 包:拥有。 ㊿ 梁、岷:二山名。梁,在蜀境内,今四川梁山县东北。东西数千里,形势险峻,古代为军事要地。岷,在蜀境内,绵延甘肃、四川两省。 (51) 中区之衍:中原肥沃的土地。 (52) 分次:星宿的分野。 (53) 殖物:土地所产之物,包括有生命的和无生命的。语出《列子·汤问》:"君舍齐国之广,人民之众,山川之观,殖物之阜,礼义之盛,章服之美。" (54) 课:考察。 (55) 沐浴所闻:比喻身受其润。 (56) 通方:通晓为政之道。 (57) 披图:打开地图。 (58) 诬:无稽之谈。

【赏析】 赋是我国古代的一种文体,介于诗和散文之间。它讲求文采、韵律,兼具诗歌和散文的性质。和汉代相比,晋代的赋作、赋论均有一定发展。皇甫谧为左思《三都赋》所作的序,首先明确赋为古诗之流的观念,然后详细梳理了赋的发展脉络。在此基础上,重点对《三都赋》做内容梳理和评价,肯定了《三都赋》"物土所出,可得披图而校。体国经制,可得按记而验"的成就。从中可以看出皇甫谧比较重视赋的讽谏作用和现实意义,而对汉大赋"虚张异类,托有于无"的写法总体持批评态度。

和左思本人所作《三都赋自序》相比,皇甫谧这篇序还揭示了《三都赋》的政治意义。序文最后认为蜀、吴二客"各沐浴所闻,家自以为我土乐,人自以为我民良,皆非通方之论也",与魏客所言"魏跨中区之衍""不可同年而语"。因为"魏以交禅比唐虞",在三都之中,自是以魏都为本。这种政治阐发,在一定程度上正迎合了当时西晋朝野上下积极进军南方、统一天下的心理。

傅 玄

作者简介

傅玄（217—278），字休奕，号鹑觚子，泥阳县（今陕西铜川）人。祖父傅燮，曾任东汉汉阳太守。父亲傅干，曾任魏扶风太守。魏时傅玄曾为弘农太守兼典农校尉，封鹑觚男。西晋时官至司隶校尉，后追封清泉侯。博学能文，勤于著述，乐府诗有较高成就。《隋书·经籍志》称其有《傅玄集》15卷，已佚，明人张溥辑有《傅鹑觚集》1卷。

马 先 生 传

【题解】 马先生，即三国时期著名科学家马钧，曾经改良和发明了织绫机、翻车等工具。本文通过具体事例，集中描写了马钧的种种发明，对其勤于实践、勇于钻研的精神和毅力，给予了高度评价。本文选自《全上古三代秦汉三国六朝文·全晋文》卷五。

【原文】

马先生①钧，字德衡，天下之名巧②也。少而游豫③，不自知其为巧也。当此之时，言不及巧，焉可以言知④乎？为博士⑤居贫，乃思绫机⑥之变，不言而世人知其巧矣。

旧绫机五十综⑦者五十蹑⑧，六十综者六十蹑，先生患⑨其丧功费日⑩，乃皆易以十二蹑。其奇文异变，因感而作者，犹自然之成形，阴阳之无穷⑪。此轮扁之对，不可以言言者，又焉可以言校也⑫。先生为给事中⑬，与常侍高堂隆、骁骑将军秦朗争论于朝，言及指南车⑭，二子谓古无指南车，记言之虚也。先生曰："古有之，未之思耳，夫何远之有！"二子哂⑮之曰："先生名钧⑯，字德衡，钧者器之模，而衡者所以定物之轻重，轻重无准，而莫不模哉⑰！"先生曰："虚争空言，不如度之易效⑱也。"于是二子遂以白明帝，诏先生作之，而指南车成，此一异⑲也，又不可以言者也，从是天下服其巧矣。

居京师⑳，都城内有地可以为园，患无水以溉，先生乃作翻车㉑，令童儿转之，而灌水自覆，更入更出㉒，其功百倍于常，此二异也。

其后人有上百戏㉓者，能设㉔而不能动也。帝以问先生："可动否？"对曰："可动。"帝曰："其巧可益㉕否？"对曰："可益。"受诏作之。以大木雕构，使其形若轮，平地施㉖之，潜㉗以水发焉。设为女乐舞象㉘，至令木人击鼓吹箫；作山岳，使木人跳丸掷剑，缘绳㉙倒立，出入自在；百官行署，舂磨斗鸡，变巧百端。此三异也。

先生见诸葛亮连弩，曰："巧则巧矣，未尽善㉚也。"言作之可令加五倍。又患发石车，敌人之于楼边县㉛湿牛皮，中之㉜则堕，石不能连属㉝而至。欲作一轮，县大石数十，以机鼓轮为常，则以断县石飞击敌城，使首尾电㉞至。尝试以车轮，县瓴甓㉟数十，飞之数百步矣。

有裴子者，上国㊱之士也。精通见理，闻而哂之。乃难先生，先生口屈㊲不能对。裴子自以为难得其要㊳，言之不已。傅子谓裴子曰："子所长者言也；所短者巧也。马氏所长者巧也，所短者言也。以子所长，击彼所短，则不得不屈㊴；以子所短，难彼所长，则必有所不解者。夫巧者，天下之微事㊵也。有所不解而难之不已，其相击刺，必已远矣㊶。心乖㊷于内，口屈于外，此马氏所以不对㊸也。"

傅子见安乡侯，言及裴子之论，安乡侯又与裴子同。傅子曰："圣人具体备物，取人不以一揆㊹也：有以神取之者，有以言取之者，有以事取之者。有以神取之者，不言而诚心先达，德行颜渊之伦㊺是也。以言取之者，以变㊻辩是非，言语宰我、子贡是也。以事取之者，若政事冉有、季路，文学子游、子夏。虽圣人之明尽物，如有所用，必有所试，然则试冉有以政㊼，试游、夏以学矣。游、夏犹然㊽，况自此而降者乎！何者？县言物理㊾，不可以言尽也，施之于事，言之难尽而试之易知也。今若马氏所欲作者，国之精器，军之要用也。费十寻㊿之木，劳二人之力，不经时[51]而是非定。难试易验之事而轻以言抑人异能，此犹以己智任天下之事，不易其道以御难尽之物，此所以多废也。马氏所作，因变而得是，则初所言者不皆是矣。其不皆是，因不用之，是不世之巧无由出也。夫同情[52]者相妒，同事者相害，中人[53]所不能免也。故君子不以人害人，必以考试为衡石；废衡石而不用，此美玉所以见诬为石，荆和所以抱璞而哭之也。"于是安乡侯悟，遂言之武安侯;武安侯忽⁵⁴之,不果试也。

此既易试之事,又马氏巧名已定,犹忽而不察,况幽深之才无名之璞乎?后之君子其⁵⁵鉴之哉!马先生之巧,虽⁵⁶古公输般、墨翟、王尔,近汉世张平子,不能过也。公输般、墨翟皆见用于时⁵⁷,乃有益于世。平子虽为侍中,马先生虽给事省中⁵⁸,俱不典⁵⁹工官,巧无益于世。用人不当其才⁶⁰,闻贤不试⁶¹以事,良⁶²可恨也。

裴子者,裴秀;安乡侯者,曹羲也。武安侯者,曹爽也。

【注释】　①马先生:马钧,字德衡,扶风(今属陕西省兴平县)人,魏代著名科学家。　②名巧:著名的有技能的人。　③游豫:即"犹豫"。　④知:同"智",聪明。　⑤博士:古官名,通晓古今史事,掌管书籍文典。　⑥绫机:织绫子的提花机。　⑦综(zèng):古时候织机上使经线上下交错以便梭子带着纬线可以通过的一种装置。　⑧蹑:织机上提综的踏板。　⑨患:担心。　⑩丧功费日:浪费人工和时间。　⑪"其奇文异变"四句:意思是靠他灵巧设计而制作的织物,奇妙多变的花纹简直是天然而成,如阴阳的变换无穷。阴阳,原指阳光的向背,借指自然现象的反复。　⑫"此轮扁之对"三句:这就是轮扁说的只能从实践中体会不能言传的技巧,又怎么能语言描述其中的奇妙呢?轮扁,春秋齐国著名的制轮工匠。校,核对。　⑬给事中:侍奉皇帝、提供意见的官员。　⑭指南车:古代可以指示方向的战车,相传为皇帝发明。　⑮哂:讥笑。　⑯钧:古代制造陶器胚子时用的转轮。　⑰"轻重无准"二句:连个轻重都没有定准,怎么能成为世人的楷模呢?这是高堂隆和秦朗拿马钧的名字开玩笑的讥讽之语。　⑱易效:容易见到实效。　⑲异:奇事。　⑳京师:指都城洛阳。　㉑翻车:即水车,又名龙骨车,是一种刮板式连续提水的机械。《后汉书》记载,翻车是毕岚所创,由马钧加以改进。　㉒更入更出:循环出入水中。　㉓百戏:杂技,这里指表演杂技用的木偶。　㉔设:将木偶固定在某个动作。　㉕益:增加,发展。　㉖施:设置,表演。　㉗潜:隐蔽地,暗地里。　㉘舞象:古代的一种武舞。　㉙缘絙:爬绳,古代的一种杂技。絙,粗绳子。　㉚尽善:完善。　㉛县(xuán):通"悬"。　㉜中之:指石块击中湿牛皮。　㉝连属(zhǔ):接连不断。　㉞电:名词做形容词,像闪电一样。　㉟瓴甓(líng pì):瓦块和砖块。　㊱上国:京城,指洛阳。　㊲口屈:不善言辞的意思。　㊳"裴子"句:裴子以为自己的责难击中了马钧的要害。　㊴屈:屈服。　㊵微事:精妙的事。　㊶"有所不解"三句:拿不懂的道理去不停地为难别人,这种非难必定会脱离事实。　㊷乖:背离。　㊸不对:无言以对。　㊹揆:准则,原则。　㊺伦:类。　㊻变:变通。　㊼试冉有以政:倒装句,即"以政试冉有"。　㊽犹然:也是这样。　㊾物理:事物的道理。　㊿寻:古代的长度单位,八尺为一寻。　㊿¹不经时:过了不多久。　㊿²同情:意同"同事",表示共事者。　㊿³中人:普通人。　㊿⁴忽:不注意,不重视。　㊿⁵其:表示揣测语气,或许。　㊿⁶虽:即使。　㊿⁷见用于时:在当时被任用了。　㊿⁸给事省中:在宫中任职。　㊿⁹典:主管。　⑥⁰人不当其才:用人不能因才任使。　⑥¹试:用。　⑥²良:实在,的确。

【赏析】　傅玄作为西晋著名的思想家，鲜有文学著作，而此篇传记集中塑造了与其同时的著名科学家马钧这一人物。文章以递进的笔法，从"不自知其为巧"、"不言而人知其巧"到"天下服其巧"，层层深入地展现出马钧的形象。马钧强调思考探索，重视动手实践，具有科学家的热情和毅力。傅玄在行文描述中，明显流露出对马钧的赞誉，对其勤于创造发明的性格更是欣赏有加。同时，作者也对裴秀、曹爽等扼杀创造的行为表示不满。

　　文中记叙了马钧改进织绫机、制造指南车等事件，通过行为事迹来展示人物形象特征，并充分运用衬托的艺术手法，通过对其他人物的描写来反衬马先生的特色。文章简洁清丽，层次分明，记叙中又偶尔加以议论，使得行文更加自然流畅。傅玄在细致生动地展示马钧形象的同时，还介绍了翻车的机械创造原理和构造，在中国科技史上也是一大贡献。

刘 伶

作者简介　刘伶(约221—300年),字伯伦,西晋沛国(今安徽宿县)人。曾任魏建咸参军,因主张无为而治,被黜免。刘伶喜老庄,好清谈。平时不拘礼法,言行放诞。与嵇康、阮籍交往密切,为"竹林七贤"之一。

酒 德 颂

【题解】　酒德即饮酒的品德,酒德颂即歌颂饮酒的品德。刘伶因对时政不满,每以酗酒排忧,自称"天生刘伶,以酒为名"。其《酒德颂》,称自己"以天地为一朝,万期为须臾,日月为扃牖,八荒为庭衢",融化在自然中。"唯酒是务,焉知其余",正是其心志的写照。本文选自《昭明文选》卷四十七。

【原文】

　　有大人①先生,以天地为一朝②,以万期③为须臾,日月为扃牖④,八荒⑤为庭衢⑥。行无辙⑦迹,居无室庐,幕天席地⑧,纵意所如。止则操卮执觚⑨,动则挈榼⑩提壶,唯酒是务⑪,焉知其馀?

　　有贵介⑫公子,缙绅处士⑬,闻吾风声,议其所以⑭。乃奋袂攘襟⑮,怒目切齿,陈⑯说礼法,是非锋起⑰。先生于是⑱方捧罂⑲承槽,衔杯漱醪⑳;奋髯㉑踑踞㉒,枕麹㉓藉㉔糟;无思无虑,其乐陶陶㉕。兀然㉖而醉,怳尔㉗而醒;静听不闻雷霆之声,熟视㉘不睹泰山之形,不觉寒暑之切肌㉙,利欲之感情㉚。俯观万物,扰扰㉛焉,如江汉之载浮萍;二豪侍侧焉,如蜾蠃之与螟蛉㉜。

【注释】　① 大人:圣贤之人。　② 朝:早晨。一朝代指一日。　③ 期(jī):一年。　④ 扃牖(jiōng yǒu):门窗。　⑤ 八荒:古人将东南西北四方,加东南、西南、东北、西北四隅统称八方,八荒即八方的荒远之地,代指整个天下。　⑥ 衢(qú):街道。　⑦ 辙(zhé):车轮压的痕迹。　⑧ 幕天席地:以天为幕,以地为席。　⑨ 操卮执觚:卮觚(zhī gū),皆是酒杯的意思。　⑩ 挈榼(qiè kē):提着酒壶。　⑪ 务:追求。　⑫ 贵介:地位显要。介,大。　⑬ 缙绅处士:缙绅,古代做过官的人的代称。处士,古代有才德而隐居不仕的人。此处是反讽那些满口礼法的人。　⑭所以:这样做的原因。　⑮奋袂攘襟:卷起袖子,挽上衣襟,形容准备大放厥词的样子。　⑯陈:叙述。　⑰锋起:即蜂起。⑱于是:在此时。　⑲罂(yīng):即罂,酒坛。　⑳醪(láo):浊酒。　㉑奋髯:胡子飘飘。　㉒踑踞:即箕踞,伸开两腿而坐。在古代,这是一种不合于礼节的行为。此处表现"大人先生"的疏狂。　㉓麹(qū):酒曲,用来酿酒。　㉔藉(jiè):枕着、靠着。　㉕陶陶:悠然自得的样子。　㉖兀然:茫然无知的样子。　㉗怳(huǎng)尔:猛然。　㉘熟视:仔细地看。　㉙切肌:侵入肌肤。　㉚感情:惑乱心情。　㉛扰扰:纷乱的样子。㉜蜾蠃之与螟蛉:蜾蠃(guǒ luǒ),蜂的一种。螟蛉(míng líng),蛾的幼虫。蜾蠃是一种寄生蜂,将幼虫产在螟蛉等蛾的幼虫体内。古人误以为蜾蠃不产子,将螟蛉当作自己的义子来养。故而螟蛉引申为养子的代称。

【赏析】　魏晋时,礼教逐渐成为文人的桎梏,文人为了追求身体或精神的解放,会以各式各样的方式宣泄内心情绪,以此展示自己的价值。刘伶这篇文章,虚构了所谓的"大人先生"来寄托自己的思想。这位大人先生,能够以宇宙为家,随着自己的意愿而动而静,只有酒是他的乐趣。贵公子和缙绅处士们拿礼法来非难他,但他不以为意,视这个世界为浮萍而有自己的乐趣。

刘伶在文章中所塑造的"大人先生"正是他自己的写照,因为刘伶的一生便是与酒紧密联系的,出门也是"携一壶酒,使人荷锸而随",看起来极其洒脱。他追求精神自由,抨击所谓的贵公子,在酒中纵横放浪,都是缘于对这个污浊社会的无力,都是对政治黑暗的控诉。正因为现实中无处倾诉,只能在酒中遨游,放自己一条生路,这未尝不是一种悲哀。

纵观全文,渗透出的是"齐万物"、"一死生"的老庄思想,故而语言也恬淡自然,化哲理于无形,塑造人物形象的同时,也塑造着思想。

嵇 康

作者简介

嵇康（223—262），字叔夜，谯郡铚县（今安徽宿县）人，"竹林七贤"之一。官至中散大夫，世称"嵇中散"。娶魏宗室女，与曹魏政权的关系尤为密切，因此对司马氏的篡权反抗得更为激烈，终被司马昭处死。嵇康通音律，善弹奏，著有《琴赋》、《声无哀乐论》等音乐理论著作。为人性好老庄玄学，讲究服食养生之道。风姿特秀，旷达狂放，洒脱刚傲，有不羁之才，是魏晋时期名士风范的代表。嵇康的文学成就主要在散文，有《嵇中散集》。

养 生 论

【题解】《养生论》阐述养生之道。作者认为，神仙"特受异气，禀之自然"，其长生非人所能及。但人如能"导养得理"，则"上获千余岁，下可数百年"是有可能的。而养生包括养神和养形两个方面。养神的宗旨在于去除"五难"；而养形的途径，则在于"呼吸吐纳，服食养身"。二者兼顾，便可延年益寿。本文选自《嵇康集校注》卷第三。

【原文】

世或有谓神仙可以学得，不死可以力致者；或云上寿①百二十，古今所同，过此以往，莫非妖妄②者。此皆两失其情，请试粗论之。

夫神仙虽不目见，然记籍③所载，前史所传，较而论之，其有必矣。似特受异气④，禀⑤之自然，非积学⑥所能致也。至于导养⑦得理，以尽性命，上获⑧千余岁，下可数百年，可有之耳。而世皆不精⑨，故莫能得之。何以言之？夫服药求汗，或有弗获；而愧情一集⑩，涣然流离⑪。终朝未餐，则嚣然⑫思食；而曾子⑬衔哀⑭，七日不饥。夜分而坐，则低迷⑮思寝；内怀殷忧⑯，则达旦不瞑⑰。劲刷⑱理鬓⑲，醇醴⑳发颜㉑，仅乃得之；壮士之怒，赫然㉒殊观，植发冲冠㉓。由此言之，精神之于形骸㉔，犹国之有君也。神躁于中，而形丧于外，犹君昏于上，国乱于下也。

夫为稼㉕于汤之世，偏有一溉之功者，虽终归燋烂，必一溉者后枯。然则一溉之益，固不可诬也。而世常谓一怒不足以侵性㉖，一哀不足以伤身，轻而肆㉗之，是犹不识一溉之益，而望嘉谷㉘于旱苗者也。是以君子知形恃神以立，神须形以存，悟生理㉙之易失，知一过㉚之害生。故修性以保神，安心以全身，爱憎不栖于情，忧喜不留于意，泊然㉛无感，而体气㉜和平。又呼吸吐纳㉝，服食养身，使形神相亲，表里俱济也。

夫田种者，一亩十斛，谓之良田，此天下之通称也。不知区种㉞可百余斛。田种一也，至于树养㉟不同，则功收㊱相悬。谓商无十倍之价，农无百斛之望，此守常而不变者也。且豆令人重，榆令人瞑，合欢㊲蠲忿㊳，萱草忘忧，愚智所共知也。薰辛㊴害目，豚鱼㊵不养㊶，常世所识也。虱处头而黑，麝食柏而香；颈处险而瘿㊷，齿居晋而黄。推此而言，凡所食之气㊸，蒸性㊹染身，莫不相应。岂惟蒸之使重而无使轻，害之使暗而无使明，薰之使黄㊺而无使坚，芬之使香而无使延哉？故神农曰"上药养命，中药养性"者，诚知性命之理，因辅养㊻以通也。而世人不察㊼，惟五谷㊽是见，声色是耽。目惑玄黄，耳务淫哇㊾。滋味煎其府藏㊿，醴醪[51]鬻其肠胃。香芳腐其骨髓，喜怒悖其正气[52]。思虑销其精神，哀乐殃其平粹[53]。

夫以蕞尔[54]之躯，攻之者非一涂，易竭[55]之身，而外内[56]受敌，身非木石，其能久乎？其自用[57]甚者，饮食不节，以生百病；好色不倦，以致乏绝[58]；风寒所灾，百毒所伤，中道夭于众难。世皆知笑悼[59]，谓之不善持生也。至于措身[60]失理[61]，亡之于微，积微成损，积损成衰[62]，从衰得白，从白得老，从老得终，闷若无端[63]。中智以下，谓之自然。纵少觉悟，咸叹恨[64]于所遇之初[65]，而不知慎众险[66]于未兆。是由桓侯抱将死之疾，而怒扁鹊之先见，以觉痛之日，为受病之始也。害成于微而救之于著，故有无功之治；驰骋常人之域，故有一切[67]之寿。仰观俯察[68]，莫不皆然。以多自证，以同自慰[69]，谓天地之理尽此而已矣。纵闻养生之事，则断以所见，谓之不然。其次狐疑，虽少庶几，莫知所由。其次，自力[70]服药，半年一年，劳而未验，志以厌衰[71]，中路复废。或益之以畎浍[72]，而泄之以尾闾[73]。欲坐望显报[74]

者,或抑情忍欲,割弃荣原⑦⑤,而嗜好常在耳目之前,所希在数十年之后,又恐两失⑦⑥,内怀犹豫,心战⑦⑦于内,物诱于外,交赊⑦⑧相倾,如此复败者。

夫至物⑦⑨微妙,可以理知,难以目识,譬犹豫章,生七年然后可觉耳。今以躁竞之心,涉希静⑧⓪之涂,意速而事迟⑧①,望近而应远⑧②,故莫能相终⑧③。夫悠悠者⑧④既以未效不求,而求者以不专丧业,偏恃者⑧⑤以不兼无功,追术者⑧⑥以小道自溺。凡若此类,故欲之者⑧⑦万无一能成也。善养生者则不然矣。清虚静泰⑧⑧,少私寡欲。知名位之伤德,故忽而不营⑧⑨,非欲而强禁也。识厚味⑨⓪之害性⑨①,故弃而弗顾,非贪而后抑也。外物以累心不存,神气以醇白⑨②独著⑨③,旷然⑨④无忧患,寂然无思虑。又守之以一,养之以和,和理日济,同乎大顺。然后蒸以灵芝⑨⑤,润以醴泉,晞以朝阳,绥以五弦,无为自得,体妙心玄,忘欢⑨⑥而后乐足,遗生⑨⑦而后身存。若此以往,恕可与羡门⑨⑧比寿,王乔⑨⑨争年,何为其无有哉?

【注释】 ① 上寿:古有"三寿"之说,《庄子·盗跖》:"人上寿百岁,中寿八十,下寿六十。"或云上寿百二十岁。上寿,即三寿之上者。 ② 妖妄:荒诞无稽。 ③ 记籍:历史传记和历史典籍。 ④ 异气:奇特的精气。 ⑤ 秉:领受、承受。 ⑥ 积学:多学习。 ⑦ 导养:导引与保养。导,导引,古代道宗的一种养生术。 ⑧ 上获:最高年龄。 ⑨ 不精:不精通,指不精通导引养生之理。 ⑩ 愧情一集:羞愧之情一旦集聚起来。 ⑪ 涣然流离:大汗淋漓。 ⑫ 嚣然:浮躁,指因饥饿而浮躁不安。 ⑬ 曾子:孔子的学生,字子舆,以贤德著称。 ⑭ 衔哀:含悲。 ⑮ 低迷:低头迷糊。 ⑯ 殷忧:深切的忧虑。 ⑰ 瞑:眠。 ⑱ 劲刷:梳子。 ⑲ 理鬓:梳理鬓发。 ⑳ 醇醴:纯厚之酒。 ㉑ 发颜:使脸色发红。 ㉒ 赫然:盛怒的样子。 ㉓ 植发冲冠:即怒发冲冠。植,同"直"。 ㉔ 形骸:人的形体、躯壳。 ㉕ 为稼:种田。 ㉖ 侵性:侵蚀人的性格。 ㉗ 肆:放肆、放纵。 ㉘ 嘉谷:美谷,生长茂盛的谷子。 ㉙ 生理:养生之理。 ㉚ 一过:怒、哀过分。 ㉛ 泊然:恬淡静默的样子。 ㉜ 体气:气质,心理状态。 ㉝ 呼吸吐纳:呼气吸气,吐出废气,吸纳新鲜空气。古代道家的一种养生法。 ㉞ 区(ōu)种:古代的一种耕地法,在田里按一定距离挖穴,将种子播入其间。 ㉟ 莳:种植养育。 ㊱ 功收:所用工夫与收获。 ㊲ 合欢:植物名,叶似槐叶,至晚则合,俗称夜合花、马樱花,夏季开淡红色花。古人认为合欢可以消怨合好。 ㊳ 蠲(juān)忿:消除愤怒。 ㊴ 熏辛:辛而辣的葱、蒜、姜等。 ㊵ 豚鱼:河豚,肉味鲜美,但血液与肝脏有毒。 ㊶ 不养:不利养生。 ㊷ 颈处险而瘿:谓人居于山险,树木瘤临其水上,饮此水则患瘿。瘿,颈部的囊状瘤子。 ㊸ 气:构成万物的物质。 ㊹ 蒸性:熏陶性情。 ㊺ 黄:指齿黄必脆。句中"蒸之"及下文"害之"、"熏之"、"芬之",都指服药。 ㊻ 辅养:指以服药辅助养生。 ㊼ 不察:不懂服药养生之理。

㊽ 五谷:指谷、黍、翟、麦、豆。 ㊾ 淫哇:放荡的歌曲。 ㊿ 府藏:即"腑脏",指人的五脏六腑。胆、胃、大肠、小肠、膀胱、三焦叫六腑。 ㉛ 醴醪:甜酒和浊酒,指美酒。 ㉜ 正气:人体内的元气,与邪气相对。 ㉝ 平粹:平和纯粹,指性情。 ㉞ 蕞(zuì)尔:很小的样子。 ㉟ 竭:枯竭。 ㊱ 外内:外体内心。外,指耳目、腑脏、肠胃、骨髓;内,指正气、精神等。 ㊲ 自用:自以为是,主观自信。 ㊳ 乏绝:指困倦以致死亡。 ㊴ 笑悼:嘲笑悲怜。 ㊵ 措身:安身置身,指安排生命。 ㊶ 失理:指失于养生之理。 ㊷ 衰:衰败,指精力减退。 ㊸ 闷若无端:愚昧浑噩不知生死之由来。 ㊹ 叹恨:叹息遗憾。 ㊺ 所遇之初:指当初沉溺于声色美味之中。 ㊻ 众险:多种伤身之患。 ㊼ 一切:长短不定之时。 ㊽ 仰观俯察:仔细观察分析。 ㊾ 自慰:自我安慰。 ㊿ 自力:自我勉力。 ㋀ 厌衰:厌倦而衰落。 ㋁ 畎浍:田间的水沟、排水沟。 ㋂ 尾闾:古代传说中海水归宿之处,后引申为事物的归向。 ㋃ 显报:显著的功效。 ㋄ 荣原:富贵荣耀的愿望。 ㋅ 两失:指眼前的美味、美色与所企望的延年长生的愿望都失去。 ㋆ 心战:内心的矛盾斗争。指物欲之好与长生之志的矛盾斗争。 ㋇ 交赊:近远。交,即近,指眼前的嗜好之物;赊,即远,指长远的服药延年。 ㋈ 至物:至妙之物,指养生之理。 ㋉ 希静:淡泊平静无所欲求,指长生之道。 ㋊ 事迟:事情的功效迟缓。 ㋋ 应远:效应遥远。 ㋌ 相终:保持始终。 ㋍ 悠悠者:来去匆匆的一般人。 ㋎ 偏恃者:片面依恃一事的人。 ㋏ 追术者:追求法术者,指以法术求长生者。 ㋐ 欲之者:指想养生长寿的人。 ㋑ 清虚静泰:纯净空虚安静闲适的样子。 ㋒ 不营:不去追求。 ㋓ 厚味:味道香浓的食物。 ㋔ 害性:伤害性命。 ㋕ 醇白:朴素淡泊。 ㋖ 独著:独能显示于外。 ㋗ 旷然:心胸开阔的样子。 ㋘ 灵芝:菌类植物,古人认为灵芝为仙草。 ㋙ 忘欢:排除寻欢作乐。 ㋚ 遗生:忘掉生命的存在。 ㋛ 羡门:传说中的古仙人。《史记》记载,秦始皇到了碣石,派燕人卢生去寻找羡门。 ㋜ 王乔:古代传说中的仙人。

【赏析】 魏晋之际是中国历史上思想最为活跃的时期,尤其围绕"才性"、"养生"等话题展开玄学之辨。嵇康继承了老庄的养生思想,《养生论》根据自己的养生实践而得出心得,论述了养生之道,后世陶弘景、孙思邈等养生大家对他的养生思想都有借鉴。

本文论述了养生的必要性与重要性,主张形神共养,尤其注重人格修养;提出养生应见微知著,防微杜渐,以防患于未然;要求养生须持之以恒,通达明理,并提出了一些具体的养生途径。首先正面论述了养生长寿的道理。"形恃神以立,神须形以存",说的是精神与人的形体的关系,表现了作者朴素的辩证法思想。其次,批判了那些怀着"躁竞之心"的养生之道。再次,批判了士大夫中一些人纵情声色。

但是,魏晋时期的文人处境极为尴尬,动辄得咎,从文章的字里行间可以看出嵇康消极避世的态度,反映了对司马氏统治集团的不满。而嵇康含冤临刑前泰然自若,视死如归,可以说实践了他自己的养生主张。

文章阐发事理层层递进，用长句引申譬喻，反复论辩养生的必要性与重要性。而玄学之理自然而然蕴含于字里行间，文采不减，极富感染力和说服力。

与山巨源绝交书

【题解】 山巨源，即山涛（205—283），河内怀县（今河南省武陟县西南）人。山涛与嵇康、阮籍等交好，为"竹林七贤"之一。嵇康一直对司马氏的执政反抗得最为激烈彻底，山涛从吏部郎转迁散骑常侍，曾举荐嵇康任其原职，希望能缓和嵇康与司马集团对立的情绪。然而嵇康却写了这封信与他割袍断义，严词拒绝了他的引荐，表示决不向司马氏妥协。本文选自《嵇康集校注》卷第二。

【原文】

康白：足下昔称吾于颍川①，吾常谓之知言②。然经③怪④此意尚未熟悉于足下，何从便得之也？前年从河东⑤还，显宗、阿都⑥说足下议以吾自代，事虽不行，知足下故⑦不知之。足下傍通⑧，多可而少怪⑨；吾直性狭中⑩，多所不堪⑪，偶与足下相知耳。闲⑫闻足下迁⑬，惕然⑭不喜，恐足下羞庖人之独割，引尸祝以自助⑮，手荐鸾刀⑯，漫⑰之膻腥，故具为足下陈其可否。

吾昔读书，得并介之人⑱，或谓无之，今乃信其真有耳。性有所不堪，真不可强。今空语同知有达人无所不堪，外不殊俗⑲，而内不失正，与一世同其波流，而悔吝⑳不生耳。老子、庄周，吾之师也，亲居贱职㉑；柳下惠、东方朔㉒，达人也，安乎卑位，吾岂敢短㉓之哉！又仲尼兼爱㉔，不羞执鞭㉕；子文㉖无欲卿相，而三登令尹㉗，是乃君子思济物㉘之意也。所谓达㉙能兼善而不渝，穷㉚则自得而无闷。以此观之，故尧、舜之君世，许由之岩栖㉛，子房㉜之佐汉，接舆㉝之行歌，其揆㉞一也。仰瞻数君，可谓能遂其志者也。故君子百行，殊途而同致㉟，循㊱性而动，各附所安。故有处朝廷而不出，入山林而不返之论。且延陵高子臧之风㊲，长卿慕相如之节㊳，志气所托，不可夺也。吾每读尚子平㊴、台孝威传㊵，慨然慕之，想其为人。少加孤露㊶，母、兄见骄㊷，不涉经学。性复疏懒，筋驽㊸肉缓㊹，头面常一月十五日不洗,不大闷痒,不能㊺沐㊻也。每常小便而忍不起,令胞中略转乃起耳㊼。又纵逸来久,情意傲散,简与礼相背,懒与慢相成㊽,而为侪类见宽㊾,不攻其过。又读《庄》、《老》,重增其放,故使荣进之心日颓㊿,任实㉕之情转笃㉖。此犹禽㉝鹿,少见驯育,则服从教制;长而见羁㊴,则狂顾㊵顿缨㊶,赴蹈汤火;虽饰以金镳㊷,飨㊸以嘉肴,愈思长林而志在丰草也。

阮嗣宗㊹口不论人过,吾每师之而未能及;至性过人,与物无伤,唯饮酒过差㊿耳。至为礼法之士所绳㉑,疾㉒之如仇,幸赖大将军保持之耳。吾不如嗣宗之资,而有慢弛之阙㉓;又不识人情,暗于机宜㉔;无万石㉕之慎,而有好尽㉖之累㉗。久与事接,疵㉘衅㉙日兴,虽欲无患,其可得乎?又人伦有礼,朝廷有法,自惟㊀至熟㊁,有必不堪者七,甚不可者二:卧喜晚起,而当关㊂呼之不置㊃,一不堪也。抱琴行吟,弋㊄钓草野,而吏卒守之,不得妄动,二不堪也。危坐㊅一时,痹不得摇,性㊆复多虱,把搔无已,而当裹以章服㊇,揖拜上官,三不堪也。素不便书,又不喜作书,而人间多事,堆案盈机㊈,不相酬答,则犯教伤义㊉,欲自勉强,则不能久,四不堪也。不喜吊丧,而人道以此为重,已为未见恕者所怨㊊,至欲见中伤者;虽瞿然㊋自责,然性不可化,欲降心㊌顺俗,则诡故㊍不情㊎,亦终不能获无咎无誉㊏如此,五不堪也。不喜俗人,而当与之共事,或宾客盈坐,鸣声聒耳㊐,嚣尘臭处,千变百伎,在人目前,六不堪也。心不耐烦,而官事鞅掌㊑,机务缠其心,世故烦其虑,七不堪也。又每非㊒汤、武而薄㊓周、孔,在人间不止,此事㊔会显㊕,世教所不容,此甚不可一也。刚肠疾恶,轻肆直言,遇事便发,此甚不可二也。以促中小心㊖之性,统此九患,不有外难,当有内病,宁可久处人间邪?又闻道士遗言,饵术、黄精㊗,令人久寿,意甚信之;游山泽,观鱼鸟,心甚乐之。一行作吏,此事便废,安能舍其所乐而从其所惧哉!

夫人之相知,贵识其天性,因而济㊘之。禹不逼伯成子高㊙,全其节也;仲尼不假盖于子夏,护其短也㊚;近诸葛孔明不逼元直以入蜀㊛,华子鱼不强幼安以卿相㊜,此可谓能相终始㊝,真相知者也。足下见直木不可以为轮,曲木不可以为桷㊞,盖不欲枉㊟其天才㊠,令得其所也。故四民㊡有业,各以得志为乐,唯达者为能通之,此足下度内⁽¹⁰⁴⁾耳。不可自见好章甫⁽¹⁰⁵⁾，强⁽¹⁰⁶⁾越人⁽¹⁰⁷⁾以文冕⁽¹⁰⁸⁾也；已嗜臭腐，养鸳雏以死鼠也。吾顷学养生之术，方外⁽¹⁰⁹⁾荣华，去⁽¹¹⁰⁾滋味⁽¹¹¹⁾，游心⁽¹¹²⁾于寂寞⁽¹¹³⁾，以无为为贵。纵无九患⁽¹¹⁴⁾，尚不顾足下所好者。又有心闷疾，顷转增笃，私意自试⁽¹¹⁵⁾，不能堪其所不乐。自卜⁽¹¹⁶⁾已审⁽¹¹⁷⁾，若道尽途穷则已耳。足下无事⁽¹¹⁸⁾冤之⁽¹¹⁹⁾，令转于沟壑⁽¹²⁰⁾也。

吾新失母、兄之欢，意常凄切。女年十三，男年八岁，未及成人，况复多病。顾此恨恨⁽¹²¹⁾，如何可言！今但愿守陋巷，教养子孙，时与亲旧叙离阔，陈说平生，浊酒一杯，弹琴一曲，志愿毕矣。足下若嬲⁽¹²²⁾之不置，不过欲为官得人，以益时用耳。足下旧知吾潦倒粗疏⁽¹²³⁾，不切事情，自惟亦皆不如今日之贤能也。若以俗人皆喜荣华，独能离之，以此为快；此最近之，可得言耳。然使长才广度⁽¹²⁴⁾，无所不淹⁽¹²⁵⁾，而能不营⁽¹²⁶⁾，乃可贵耳。若吾多病困，欲离事自全，以保馀年，此真所乏耳，岂可见黄门⁽¹²⁷⁾而称贞哉⁽¹²⁸⁾！若趣⁽¹²⁹⁾欲共登王途，期于相致，时为欢益，一旦迫之，必发狂疾。自非重怨⁽¹³⁰⁾，不至于此也。

野人有快炙背而美芹子者⁽¹³¹⁾，欲献之至尊⁽¹³²⁾，虽有区区⁽¹³³⁾之意，亦已疏矣。愿足下勿似之。其意如此，既以解足下，并以为别⁽¹³⁴⁾。嵇康白。

【注释】　①称吾于颍川：介宾短语后置，即"于颍川称吾"，向你的叔父称赞我。称，称赞。颍川，指山嵚，山涛的叔父，曾经做过颍川太守，故以代称。古代往往以所任的官职或地名等作为对人的代称。　②知言：知音。　③经：常常。　④怪：意动用法，感到奇怪。　⑤河东：黄河流经山西西境，在黄河以东的地区称为河东。　⑥显宗、阿都：显宗，即公孙崇，字显宗。阿都，即吕安，字仲悌，小名阿都。二人都是嵇康的好友。　⑦故：本来。　⑧傍通：善于应付变化。　⑨多可而少怪：多所许可而少所奇怪。　⑩狭中：心地狭窄。　⑪堪：承受。　⑫闲：同"间"，近来。　⑬迁：升官。指山涛从选曹郎迁为大将军从事中郎。　⑭惕然：忧惧的样子。　⑮"恐足下"二句：语出《庄子·逍遥游》："庖人虽不治庖，尸祝不越樽俎而代之。"意思是说，即使厨师（庖人）不做菜，祭师（祭祀时读祝辞的人）也不应该越职替代他。这里引用这个典故，是为了说明嵇康不愿意山涛推荐他出仕。　⑯鸾刀：刀柄缀有鸾铃的屠刀。　⑰漫：玷污，沾污。　⑱并介之人：兼济天下而又孤介耿直的人。并，兼济天下。介，孤介耿直。　⑲外不殊俗：从外在行为来看，与时俗也没有什么不一样。　⑳悔吝：后悔，悔恨。　㉑亲居贱职：他们的职位都很低。　㉒柳下惠、东方朔：柳下惠，即展禽。名获，字季，春秋时鲁国人。为鲁国典狱官，曾被罢职三次，有人劝他到别国去，他自己却不以为意。居于柳下，死后谥"惠"，故称柳下惠。东方朔，字曼卿，汉武帝时人，常为侍郎。二人职位都很低下，所以说"安乎卑位"。卑，低。　㉓短：轻视。　㉔兼爱：博爱无私。　㉕执鞭：执鞭赶车的人。《论语·述而》："子曰：'富而好求也，虽执鞭之士，吾亦为之。'"　㉖子文：芈（mǐ）姓，鬭氏，名谷於菟（gòu wū tū），春秋时楚国令尹，曾毁家纾国，为后人盛赞。　㉗令尹：楚国官名，相当于宰相。《论语·公冶长》："令尹子文，三仕为令尹，无喜色；三已之，无愠色。"　㉘济物：救济万民。　㉙达：得意时。　㉚穷：失意，仕途不顺。　㉛岩栖：隐居山林。　㉜子房：张良，字子房。　㉝接舆：春秋时楚国隐士。孔子游宦楚国时，接舆唱着讽劝孔子归隐的歌从其车边走过。　㉞揆（kuí）：原则，道理。　㉟殊途而同致：所走道路不同而达到相同的目的。语出《易·系辞》："天下同归而殊途，一致而百虑。"　㊱循：沿着。　㊲延陵高子臧之风：延陵，名季札，春秋时吴国公子。居于延陵，人称延陵季子。子臧，一名欣时，曹国公子。曹宣公死后，曹人要立子臧为君，子臧拒不接受，离国而去。季札的父兄要立季札为嗣君，季札引子臧不为曹国君为例，拒不接受。高，意动用法，以……为高。风，风概。指高尚情操。　㊳长卿慕相如之节：长卿，汉代司马相如的字。相如，指战国时赵国人蔺相如，以"完璧归赵"功拜上大夫。《史记·司马相如传》载："（司马）相如既学，慕蔺相如之为人，更名相如。"节，气概。　㊴尚子平：东汉时人。《文选》李善注引《英雄记》说他："有道术，为县功曹，休归，自入山担薪，卖以供食饮。"《后汉书·逸民传》作"向子平"，说他在儿女婚嫁后，即不再过问家事，恣意游五岳名山，不知所终。　㊵台孝威：名佟，东汉时人。隐居武安山，凿穴而居，以采药为业。　㊶露：羸弱。　㊷母兄见骄：被母亲和兄长骄纵。　㊸驽：原指劣马，这里是迟钝的意思。　㊹缓：松弛。　㊺能：通"耐"，不耐即不愿意。　㊻沐：洗头。　㊼"每常"二句：小便常常忍到膀胱涨得几乎转动，才起身去小便。胞，指膀胱。　㊽"简与礼"二句：指行为简慢失礼。简，简慢。背，违背。慢，怠慢。　㊾侪（chái）类见宽：被友朋宽恕。侪类，朋辈。　㊿颓：衰落，衰败。　㉑任实：放诞的本性。　㉒笃：深。　㉓禽：古代对鸟兽的通称。一说通"擒"。　㉔羁：束缚。　㉕狂顾：疯狂地四面张望。顾，回头。　㉖顿缨：挣脱羁索。　㉗金镳（biāo）：黄金制作的马笼头，这里指鹿笼头。　㉘飨：使……吃。　㉙阮嗣宗：阮籍，字嗣宗。　㉚过差：过度。　㉛绳：纠正过失。　㉜疾：憎恨。　㉝阙：缺点。　㉞暗于机宜：不懂得随机应变。　㉟万石：汉代石奋。他和四个儿子都官至二千石，共一万石，所以汉景帝称他为"万石君"。一生以谨慎著称。　㊱好尽：尽情直言，不知忌讳。　㊲累：过失，毛病。　㊳疵（cī）：缺点。　㊴衅：争端。　㊵惟：思。　㊶熟：精详。　㊷当关：守门的差役。　㊸不置：不放。　㊹弋（yì）：系有绳子的箭，用来射取禽鸟。这里即指射禽鸟。　㊺危坐：端端正正地坐着。　㊻性：身体。　㊼章服：指官服。　㊽机：同"几"，几案，小桌子。　㊾犯教伤义：触犯封建礼法及教义。　㊿为未见者所怨：被没有宽恕我的人所怨恨。　㉑瞿然：惊惧的样子。　㉒降心：抑制自己的心意。　㉓故：违背自己本性。　㉔不情：不符合真情。　㉕无咎无誉：指既不遭到罪责也得不到称赞。　㉖聒（guō）：喧闹。　㉗鞅（yāng）掌：职事忙碌。　㉘非：非难。　㉙薄：轻视。　㉚此事：指非难成汤、武王，鄙薄周公、孔子的事。　㉛会显：会当显著，为众人所知。　㉜促中小心：指心胸狭隘。　㉝术、黄精：两种中草药名，古人认为服食后可以轻身延年。　㉞济：成全。　㉟伯成子高：禹时隐士。《庄子·天地》："尧治天下，伯成子高立为诸侯。尧授舜，舜授禹，伯成子高辞为诸侯而耕。禹往见之，则耕在野。禹趋就下风，立而问焉，曰：'昔尧治天下,吾子立为诸侯,尧授舜,舜授予,而吾子辞为诸侯而耕,敢问其何故也?'子高曰:'昔尧治天下,不赏而民劝,不罚而民畏;今子赏罚,而民且不仁,德自此衰,刑自此立,后世之乱自此始矣。夫子阖行邪,无落吾事!'俋俋乎耕而不顾。" ⑯"仲尼"二句:《孔子家语·致思》:"孔子将行,雨而无盖。门人曰:'商也有之。'孔子曰:"商之为人也,甚吝于财。吾闻与人交,推其长者,违其短者,故能久也。'"假,借。盖,雨伞。子夏,孔子弟子卜商的字。 ⑰"诸葛孔明"句:诸葛孔明,三国时诸葛亮的字。元直,徐庶的字。两人原来都在刘备部下,后来徐庶的母亲被曹操捉去,他就辞别刘备而投奔曹操,诸葛亮没有加以阻留。 ⑱"华子鱼"句:华子鱼,三国时华歆的字。幼安,管宁的字。两人为同学好友,魏文帝时,华歆为太尉,想推举管宁接任自己的职务,管宁便举家渡海而归,华歆也不加强迫。 ⑲相终始:对朋友的保护和了解能始终如一。 ⑳桷(jué):屋上承瓦的椽子。 ㉑枉:屈。 ㉒天才:天性,本性。 ㉓四民:指士农工商。 ㉔度内:意料之中。 ㉕章甫:古代一种须绾在发髻上的帽子。 ㉖强:勉强。 ㉗越人:指今浙江、福建一带居民。 ㉘文冕(miǎn):饰有花纹的帽子。《庄子·逍遥游》:"宋人资章甫而适诸越,越人断发文身,无所用之。" ㉙外:疏远。 ㉚去:除去,排斥。 ㉛滋味:美味。 ㉜游心:潜心,专心。 ㉝寂寞:安静。 ㉞九患:指以上之"七不堪"和"二不可"。 ㉟自试:自己设想。 ㊱卜:考虑。 ㊲审:明确。 ㊳无事:不要做。 ㊴冤:使动用法,使……委屈。 ㊵转于沟壑:这里指死亡。 ㊶恨恨:悲恨。 ㊷嬲(niǎo):纠缠。 ㊸潦倒粗疏:放任散漫的意思。 ㊹长才广度:指有高才大度的人。 ㊺淹:贯通。 ㊻不营:不营求。指不求仕进。 ㊼黄门:宦官。 ㊽贞:同"正",端正方直。 ㊾趣(cù):急于。 ㊿自非重怨:如果不是有非常深的仇怨。 ㉛"野人"句:居住在乡野的人有对太阳晒背感到快意,以芹菜为美味的情况。 ㉜至尊:君主。 ㉝区区:形容感情恳切。 ㉞别:告别。这是绝交的委婉说法。

【赏析】《与山巨源绝交书》是一封恣肆奔放、毫无顾忌的绝交信。

信中嵇康指出人的秉性各有所好,申明他自己赋性疏懒,不堪礼法约束,不可加以勉强。他强调放任自然,既是崇尚老、庄消极无为思想的一种反映,也是对世俗礼法的蔑视。中间一段列出出仕"必不堪者七,甚不可者二",与其是说自己不合礼教,倒不如说是在貌似自嘲中讥讽打着礼教旗号而谋权篡位的可耻行径,显示出其耿介孤傲、刚肠嫉恶的性格以及与司马氏政权不合作的政治立场。其词锋犀利大胆,畅所欲言,与司马昭政权的虚伪矫饰相比,自有一股堂堂正正的浩然正气充斥其中。作者还善于运用寓言来增加讽刺力度,又能巧设比喻增加艺术表现力,如讽刺山涛"不可自见好章甫,强越人以文冕也;已嗜臭腐,养鸳雏以死鼠也",极为辛辣。以麋鹿"狂顾顿缨,赴蹈汤火"比喻自己桀骜不驯的性格,生动形象。

魏晋南北朝卷

管　蔡　论

【题解】 周武王灭商，封商纣王之子武庚于殷，将商王畿之地分为邶、鄘、卫三地，另派管叔、蔡叔、霍叔三人分驻此处，共同监视武庚。后武王崩，成王年幼，周公辅政。管、蔡二人认为周公的摄政将不利于成王，故与武庚发动叛乱。武庚之乱终被平定，管叔被杀，蔡叔遭到放逐。古今之人皆批判管蔡二人发动叛乱，但嵇康却称赞他们为忠贞之臣，立意新颖。本文选自《嵇康集校注》卷第六。

【原文】

或问曰：案[①]《记》[②]：管、蔡流言[③]，叛戾[④]东都。周公征讨，诛以凶逆[⑤]。顽恶显著，流名千里[⑥]。且明父圣兄[⑦]，曾不鉴凶愚于幼稚，觉无良之子弟；而乃使理乱殷之弊民[⑧]，显荣爵于藩国[⑨]；使恶积罪成，终遇祸害。于理不通，心无所安。愿闻其说。

答曰：善哉！子之问也。昔文武之用管、蔡以实[⑩]，周公之诛管、蔡以权[⑪]。权事显，实理沈[⑫]，故令时人全谓管、蔡为顽凶，方[⑬]为吾子[⑭]论之。夫管、蔡皆服教殉义，忠诚自然。是以文王列[⑮]而显之，发旦二圣[⑯]，举而任之。非以情亲[⑰]而相私[⑱]也，乃所以崇德礼贤[⑲]。济殷弊民，绥[⑳]辅武庚，以兴顽俗[㉑]，功业有绩，故旷世不废，名冠当时，列为藩臣。逮至武卒，嗣[㉒]诵[㉓]幼冲[㉔]。周公践政[㉕]，率朝[㉖]诸侯；思光前载[㉗]，以隆王业。而管、蔡服教，不达圣权[㉘]；卒[㉙]遇大变，不能自通。忠于乃心，思在王室。遂乃抗言率众，欲除国患，翼[㉚]存天子，甘心毁旦，斯乃愚诚[㉛]愤发所以徼[㉜]祸也。成王大悟，周公显复，一化齐俗[㉝]，义[㉞]以断恩。虽内信如心，外体不立[㉟]。称兵叛乱，所惑者广。是以隐忍授刑，流涕行诛。示以赏罚，不避亲戚；荣爵所显，必钟[㊱]盛德；戮挞[㊲]所施，必加有罪。斯乃为教之正，体[㊳]古今之明议也。管、蔡虽怀忠抱诚，要[㊴]为罪诛。罪诛已显，不得复理[㊵]。内必幽伏[㊶]，罪恶遂章[㊷]。幽、章之路大殊，故令奕世未[㊸]蒙[㊹]发起[㊺]。然论者承名信行[㊻]，便以管、蔡为恶，不知管、蔡之恶，乃所以令三圣为不明也。若三圣未为不明，则圣不佑[㊼]恶而任顽凶也。顽凶不容于时世，则管、蔡无取私于父兄；而见任必以忠良，则二叔故为淑[㊽]善矣。今若本㊾三圣之用明，思显授之实理，推忠贤暗权，论为国之大纪，则二叔之良乃显，万显三圣之用也有以㊿，流言之故有缘(51)，周公之诛是(52)矣。且周公居摄，邵公(53)不悦。推此言则管、蔡怀疑，未为不贤。而忠贤可不达权，三圣未为用恶，而周公不得不诛。若此，三圣所用信(54)良，周公之诛得宜，管、蔡之心见理(55)，尔乃大义得通(56)，内外兼叙，无相伐负者(57)，则时论亦得释然而大解也。

【注释】 ① 案：同"按"。 ②《记》：指《尚书·金滕》。 ③ 流言：无稽之言。④ 叛戾：叛逆。 ⑤ 诛以凶逆：以凶逆之罪诛杀了管、蔡二人。 ⑥"顽恶"二句：蔡二人以顽恶的罪名而遗臭百年。顽恶，愚顽而桀骜不驯。 ⑦ 明父圣兄：这是指周文王、周武王。周文王是管、蔡二人的父亲，武王乃其兄。 ⑧ 理乱殷之弊民：治理混乱的商朝遗留下来的人民。 ⑨ 藩国：封建王朝分封的诸侯乃是其朝廷的屏藩，故称藩国，这里是指管、蔡二人。 ⑩"昔文武"名：文王和武王任用管、蔡，是因为他们的实际本质并不坏。实，本质。 ⑪ 权：权变，权宜之计。 ⑫ 权事显，实理沈：周公因权宜之计而诛杀管、蔡的事情为人所熟知，但管、蔡二人因为本质不坏而被任用的道理却不被人知。 ⑬ 方：且。⑭ 吾子：古时对人的尊称，可译为"您"，比子更亲切。 ⑮ 列：列位，指文王使他们列入班位，给予他们官职。 ⑯ 发旦二圣：指姬发与姬旦。 ⑰ 情亲：感情亲近。 ⑱ 相私：偏袒他们。 ⑲ 崇德礼贤：崇尚美德，礼敬贤才。 ⑳ 绥：安抚。 ㉑ 以兴顽俗：来振兴殷商不顺从的遗民。顽俗，周灭商后，将其遗民称为顽民。 ㉒ 嗣：继承。㉓ 诵：周成王名。㉔ 冲：幼小，年幼。 ㉕ 践政：这里指周公旦摄政当国。 ㉖ 朝：受……朝见。 ㉗ 思光前载：想要发扬光大先辈的事业。 ㉘ 不达圣权：不懂得周公旦临朝摄政的用心。达，懂得。 ㉙ 卒：同"猝"，突然。 ㉚ 翼：希望。 ㉛ 愚诚：谦指己之诚意、衷情。 ㉜ 徼(yāo)：招致。 ㉝"成王大悟"三句：成王听说了谣言后，曾怀疑过周公，但幡然醒悟，明白了他的苦心，恢复了周公官职，统一教化。显，显要的官职、地位。 ㉞ 义：名词作状语，按照道义。 ㉟"虽内信"二句：周公旦虽然相信他们的本质不坏，但他们发起叛乱，就不得不加以征服，以维护国家的法制。 ㊱ 钟：集聚。 ㊲ 戮挞：杀戮和鞭挞。 ㊳ 体：效法。 ㊴ 要：总而言之的意思。 ㊵ 复理：再审理。 ㊶ 内必幽伏：管、蔡忠于国家的忠心不被彰显。 ㊷ 章：同"彰"，彰显。 ㊸ 奕世：累世。奕，重叠。 ㊹ 蒙：遭受。㊺ 发起：与幽伏相对，表彰扬之意。 ㊻ 承名信行：承受了他们恶名的影响而确信他们的行为也是不好的。 ㊼ 佑：宽宥。 ㊽ 淑：好。 ㊾ 本：推究，推原。 ㊿ 有以：有因，有故。 (51) 缘：缘由，原因。 (52) 是：意动用法，以……为正确。 (53) 邵公：周公奭(shì)，周成王时的三公之一。 (54) 信：确实。 (55) 理：理解。 (56) 通：通晓，明白。 (57) 无相伐负者：没有相违背之处。

【赏析】 嵇康作此文的目的在于论述管、蔡发动武庚之乱的动机是否源于用心险恶，想要以私篡权的问题。他首先论证管、蔡"服教殉义"，乃是忠贤之人，他们得到了周武王的重用，并不是因为宗室之情，而是武王"崇德礼贤"。正是基于管、蔡服教礼仪的缘由，因此并不能理解周公辅政的用心而起兵讨伐，也不是为了一己之私利。而周公为了"示以赏罚，不避亲戚"，维护礼法尊严而严惩管、蔡。最后嵇康总结管叔、蔡叔、周公都是周王室的贤臣，他们为了维护周王室的统治才互相征伐。

  嵇康作此文具有极强的现实意义，司马集团用残酷的血腥手段大量诛杀异己以达到稳定统治的目的。他们满手血腥，却为了掩饰自己的恐怖行径，而竭力提倡儒家礼法。嵇康的伟大在于他永不妥协的精神世界，面对虚伪而丑陋的社会现实，嵇康时刻以清醒的眼光来观察，毫不容情地鞭挞。嵇康并没有直接对现实政治发表见解，但他从更深远的历史的维度来审视社会，进行哲理式的辩证思考。

李 密

> **作者简介**
> 李密(224—287),字令伯,一名虔,犍为武阳(今四川彭山)人。六月父亡,四岁母亲改嫁。赖祖母抚养成人,侍奉祖母至孝。少好读书,师从谯周,尤精《春秋左氏传》。曾任蜀尚书郎,西晋时任太子洗马,官至汉中太守,后被罢免,卒于家。著有《述理论》十篇,不传。今存文三篇,见《全上古三代秦汉三国六朝文》;存诗一章,见《晋书》本传。

陈 情 表

【题解】 《陈情表》是李密写给晋武帝的一封奏章,以纯孝之心动人情肠。晋武帝多次征召李密入朝为官,李密以祖母年逾九旬,自己须报祖母抚育大恩为由,上表陈情请辞。晋武帝终被感动,同意李密可暂不应诏,同时命郡县按时发给其祖母供养。本文选自《昭明文选》卷三十七。

【原文】

臣密言:臣以险衅①,夙②遭闵凶③。生孩六月,慈父见背④;行年四岁,舅夺母志⑤。祖母刘悯⑥臣孤弱,躬亲抚养。臣少多疾病,九岁不行,零丁孤苦,至于成立⑦。既无伯叔,终鲜⑧兄弟,门衰祚⑨薄,晚有儿息⑩。外无期功强近之亲⑪,内无应门五尺之僮,茕茕孑立⑫,形影相吊⑬。而刘夙婴⑭疾病,常在床蓐⑮,臣侍汤药,未曾废离⑯。

逮奉圣朝,沐浴清化⑰。前太守臣逵察⑱臣孝廉⑲,后刺史臣荣举臣秀才⑳,臣以供养无主,辞不赴命。诏书特下,拜㉑臣郎中,寻㉒蒙国恩,除㉓臣洗马。猥㉔以微贱,当侍东宫㉕,非臣陨首㉖所能上报。臣具以表闻㉗,辞不就职。诏书切峻㉘,责臣逋慢㉙;郡县逼迫,催臣上道;州司临门,急于星火。臣欲奉诏奔驰,则刘病日笃㉚;欲苟顺㉛私情,则告诉不许。臣之进退,实为狼狈。

伏惟㉜圣朝以孝治天下,凡在故老㉝,犹蒙矜育㉞,况臣孤苦,特为尤甚。且臣少仕伪朝,历职郎署,本图㉟宦达,不矜㊱名节。今臣亡国贱俘,至微至陋,过蒙拔擢㊲,宠命㊳优渥㊴,岂敢盘桓㊵,有所希冀!但以刘日薄㊶西山,气息奄奄,人命危浅,朝不虑夕。臣无祖母,无以至今日;祖母无臣,无以终馀年。母孙二人,更相为命。是以区区㊷不能废远。

臣密今年四十有四,祖母今年九十有六,是臣尽节于陛下之日长,报养刘之日短也。乌鸟私情㊸,愿乞终养。臣之辛苦,非独蜀之人士及二州㊹牧伯所见明知,皇天后土㊺,实所共鉴㊻。愿陛下矜悯愚㊼诚,听㊽臣微志,庶刘侥幸㊾,保卒㊿馀年。臣生当陨首,死当结草[51]。臣不胜犬马[52]怖惧之情,谨拜表以闻。

【注释】 ① 险衅:灾难祸患。指命运坎坷。 ② 夙:早。这里指幼年时。 ③ 闵凶:忧患。 ④ 见背:离开,这里是死亡的意思。 ⑤ 舅夺母志:舅父侵夺了李密母亲守节的志向,逼迫其改嫁。 ⑥ 悯:同情。 ⑦ 成立:成年长大。 ⑧ 鲜(xiǎn):缺少,不足。 ⑨ 祚(zuò):福运,福气。 ⑩ 儿息:子嗣。 ⑪ 期功强近之亲:指比较亲近的亲戚。古代丧礼制度以亲属关系的亲疏规定服丧时间的长短,服丧一年称"期",九月称"大功",五月称"小功"。 ⑫ 茕茕孑立:生活孤单,没有依靠。 ⑬ 吊:安慰。 ⑭ 婴:遭受。 ⑮ 蓐:通"褥",褥子。 ⑯ 废离:放弃,远离。 ⑰ 清化:清明的政治教化。 ⑱ 察:考察,这里是推举的意思。 ⑲ 孝廉:当时推举人才的一种科目,"孝"指孝顺父母,"廉"指品行廉洁。 ⑳ 秀才:当时地方推举优秀人才的一种科目,由州推举,与后来经过考试的秀才不同。 ㉑ 拜:授予,授官。 ㉒ 寻:不久。 ㉓ 除:授予官职。 ㉔ 猥:辱,自谦之词。 ㉕ 东宫:指代太子。 ㉖ 陨首:丧命。 ㉗ 臣具以表闻:我写了奏表来使皇上您知道具体的详情。闻,使了解。 ㉘ 切峻:急切而严峻。 ㉙ 逋慢:怠慢,缓慢。 ㉚ 日笃:日益严重。笃,深。 ㉛ 苟顺:暂且迁就。 ㉜ 伏惟:旧时奏疏、书信中下级对上级常用的敬语。 ㉝ 故老:遗民。 ㉞ 矜育:怜惜抚育。 ㉟ 图:计划。 ㊱ 矜:爱惜,矜持。 ㊲ 过蒙拔擢:破格提拔。拔擢,提拔。 ㊳ 宠命:这里指恩遇,授予了许多官职的恩遇。 ㊴ 优渥:优厚。 ㊵ 盘桓:徘徊。这里是滞留不去就职的意思。 ㊶ 薄:近。 ㊷ 区区:形容感情恳切。 ㊸ 乌鸟私情:相传乌鸦能反哺,所以常用来比喻子女对父母的孝养之情。 ㊹ 二州:益州和梁州,皆属今四川省。 ㊺ 皇天后土:即天地神明。 ㊻ 鉴:观察,审查。 ㊼ 愚:我,自谦之词。 ㊽ 听:听凭,允许。 ㊾ 侥幸:免去灾害。 ㊿ 卒:结束。 [51] 结草:据《左传·宣公十五年》记载,晋国大夫魏武子临死的时候,嘱咐他的儿子魏颗,把他的遗妾杀死以后殉葬。魏颗没有照他父亲说的话做。后来魏颗跟秦国的杜回作战,看见一个老人把草打了结把杜回绊倒,杜回因此被擒。到了晚上,魏颗梦见结草的老人,他自称是没有被杀死的魏武子遗妾的父亲。后来就把"结草"用来作为报答恩人的典故。 [52] 犬马:作者自比,表示谦卑。

【赏析】《陈情表》是中国古代文学史上最优美的抒情文之一,一直以来都被历代文人所推崇。这不仅仅因为这封奏表所收到的奇效能激发起古代文人的仰慕之情,而且文中处处流露出的"孝心"感动了无数的读者。

李密完全撇开自己应诏入职之事,述说自己幼年时的艰辛,六月而孤,少失母爱,九岁不行,在这样凄苦的环境中,祖母含辛茹苦地将自己养育成人。李密着重刻画两人相依为命的境况,烘托出彼此之间无法割舍的深情,"臣无祖母,无以至今日;祖母无臣,无以终馀年",倾述自己不能赴诏入职的苦衷。同时,李密为了平息晋武帝屡次征召而不仕的怒火,以退为进,称颂皇恩,"逮奉圣朝,沐浴清化"。他反复陈说自己的德才难当大任,但仍然有一颗报效国家的赤诚之心,"今臣亡国贱俘,至微至陋,过蒙拔擢,宠命优渥,岂敢盘桓,有所希冀",将忠孝不得两全的两难处境一一细化开来,娓娓动人。

如果说诸葛亮的《出师表》是晓之以理,动之以情的话,那么李密的《陈情表》就完全是动之以情,借情来说服晋武帝。文章语言简洁生动,辞意恳切,如"臣欲奉诏奔驰","奔驰"两字生动地描绘出李密渴望为国效劳的急切心情,又能向晋武帝表示自己的忠爱之心。又如"但以刘日薄西山,气息奄奄,人命危浅,朝不虑夕",描绘祖母卧病在床、大限将至的凄惶境况,字字哀痛,声声落泪,表现出一个孤苦无依老人的哀楚现状,极富感染力。

陈　寿

作者简介

陈寿(233—297)，字承祚，巴西安汉(今四川南充)人，西晋著名史学家。他与李密皆师事谯周，初仕蜀汉，历任东观秘书郎、观阁令史等职，入晋之后任著作郎。西晋灭吴后，陈寿开始撰写《三国志》，历时十年方完成这一历史巨著。

魏 武 帝 纪

【题解】　《三国志》全书一共六十五卷，包括《魏书》三十卷，《蜀书》十五卷，《吴书》二十卷。因晋承魏而得天下，《三国志》尊魏为正统。故《魏书》有本纪、列传，而《蜀书》《吴书》只有列传。

曹操是三国时期著名的政治家、军事家和文学家。年二十举孝廉，除洛阳北部尉。后起兵讨伐董卓，并迎汉献帝，迁都许昌。累进丞相、大将军，封魏王，是当时北方的实际统治者。曹丕登帝位后，追尊曹操为武皇帝，世称魏武帝。《魏武帝纪》对曹操在东汉末年的叱咤风云做了较为详尽客观的描述，是后人了解曹操生平的基本文献。原文较长，本文节选其中几段，集中展现曹操的性格与军事谋略。本文选自《三国志·魏书》。

【原文】

太祖武皇帝①，沛国谯②人也，姓曹，讳操，字孟德，汉相国参之后。桓帝③世，曹腾为中常侍④、大长秋⑤，封费亭侯。养子嵩嗣，官至太尉，莫能审⑥其生出本末。嵩生太祖。

太祖少机警，有权数⑦，而任侠⑧放荡，不治行业⑨，故世人未之奇⑩也；惟梁国桥玄、南阳何颙异焉。玄谓太祖曰："天下将乱，非命世之才⑪不能济也，能安之者，其在君乎！"年二十，举孝廉⑫为郎，除洛阳北部尉，迁顿丘令，征拜议郎。

光和⑬末，黄巾⑭起。拜骑都尉，讨颍川贼。迁为济南相，国有十余县，长吏⑮多阿附贵戚，赃污狼藉。于是奏免其八，禁断淫祀⑯，奸宄⑰逃窜,郡界肃然。久之,征还为东郡太守;不就,称疾归乡里。顷之,冀州刺史王芬、南阳许攸、沛国周旌等连结豪杰,谋废灵帝,立合肥侯⑱,以告太祖。太祖拒之,芬等遂败。

金城⑲边章、韩遂杀刺史郡守以叛,众十余万,天下骚动。征太祖为典军校尉。会灵帝崩,太子⑳即位,太后㉑临朝。大将军何进与袁绍谋诛宦官,太后不听。进乃召董卓,欲以胁太后,卓未至而进见杀。卓到,废帝为弘农王而立献帝㉒,京都大乱。卓表太祖为骁骑校尉,欲与计事㉓。太祖乃变易姓名,间行㉔东归。出关㉕,过中牟,为亭长㉖所疑,执诣县,邑中或窃识之,为请得解。卓遂杀太后及弘农王。太祖至陈留,散家财,合义兵,将以诛卓。冬十二月,始起兵于己吾㉗,是岁中平六年也。

初平元年㉘春正月,后将军㉙袁术、冀州牧韩馥、豫州刺史孔伷、兖州刺史刘岱、河内太守王匡、勃海太守袁绍、陈留太守张邈、东郡太守桥瑁、山阳太守袁遗、济北相鲍信同时俱起兵,众各数万,推绍为盟主。太祖行㉚奋武将军。

二月,卓闻兵起,乃徙天子都长安。卓留屯洛阳,遂焚宫室。是时绍屯河内㉛,邈、岱、瑁、遗屯酸枣㉜,术屯南阳㉝,伷屯颍川,馥在邺。卓兵强,绍等莫敢先进。太祖曰:"举义兵以诛暴乱,大众已合,诸君何疑?向使董卓闻山东㉞兵起,倚王室之重,据二周㉟之险,东向以临天下,虽以无道行之,犹足为患;今焚烧宫室,劫迁天子,海内震动,不知所归,此天亡之时也。一战而天下定矣,不可失也。"遂引兵西,将据成皋。遣将卫兹分兵随太祖。到荥阳汴水,遇卓将徐荣,与战不利,士卒死伤甚多。太祖为流矢所中,所乘马被创㊱,从弟㊲洪以马与太祖,得夜遁去。荣见太祖所将兵少,力战尽日,谓酸枣未易攻也,亦引兵还。

太祖到酸枣,诸军兵十余万,日置酒高会,不图进取,太祖责让㊳之,因为谋曰:"诸君听吾计,使勃海引河内之众临孟津,酸枣诸将守成皋,据敖仓、塞轘辕、太谷,全制其险;使袁将军率南阳之军军丹、析,入武关,以震三辅㊴:皆高垒深壁,勿与战,益为㊵疑兵,示天下形势,以顺诛逆㊶,可立定也。今兵以义动,持疑㊷而不进,失天下之望,窃为诸君耻之!"邈等不能用。

太祖兵少，乃与夏侯惇等诣扬州募兵，刺史陈温、丹阳太守周昕与兵四千余人。还到龙亢，士卒多叛。至铚、建平，复收兵得千余人，进屯河内。刘岱与桥瑁相恶㊸，岱杀瑁，以王肱领东郡太守。袁绍与韩馥谋立幽州牧刘虞为帝，太祖拒之。绍又尝得一玉印㊹，于太祖坐中举向其肘㊺，太祖由是笑而恶㊻焉。

建安元年㊼春正月，太祖军临武平，袁术所置陈相袁嗣降。太祖将迎天子，诸将或疑，荀彧、程昱劝之。乃遣曹洪将兵西迎，卫将军董承与袁术将苌奴㊽拒险，洪不得进。

汝南、颍川黄巾何仪、刘辟、黄邵、何曼等，众各数万，初应袁术，又附孙坚。二月，太祖进军讨破之，斩（辟）、邵等，仪及其众皆降。天子拜太祖建德将军，夏六月，迁镇东将军，封费亭侯。秋七月，杨奉、韩暹以天子还洛阳，奉别屯梁。太祖遂至洛阳，卫京都，暹遁走。天子假㊾太祖节钺㊿，录尚书事㉑。洛阳残破，董昭等劝太祖都许。九月，车驾出辕㉒而东，以太祖为大将军，封武平侯。自天子西迁，朝廷日乱。至是宗庙社稷制度始立。

天子之东也，奉自梁欲要㉓之，不及。冬十月，公征奉，奉南奔袁术，遂攻其梁屯，拔之。于是以袁绍为太尉，绍耻班在公下㉔，不肯受。公乃固辞，以大将军让绍。天子拜公司空，行㉕车骑将军。是岁用枣祗、韩浩等议，始兴屯田。

二十五年㉖春正月，至洛阳。权击斩羽㉗，传其首㉘。庚子，王崩于洛阳，年六十六。遗令曰："天下尚未安定，未得遵古㉙也。葬毕，皆除服㉚。其将兵屯戍者，皆不得离屯部。有司各率乃职。殓以时服㉛，无藏金玉珍宝。"谥曰武王。二月丁卯，葬高陵。

评曰：汉末，天下大乱，雄豪并起，而袁绍虎视四州，强盛莫敌。太祖运筹演谋㉜，鞭挞㉝宇内，揽申、商之法术㉞，该韩、白之奇策㉟，官方授材，各因其器，矫情㊱任算㊲，不念旧恶，终能总御皇机㊳，克成洪业者，惟其明略最优也。抑可谓非常之人，超世之杰矣。

【注释】　①太祖武皇帝：曹操生前未称帝，曹丕以魏代汉之后，追尊曹操为武皇帝，定庙号为太祖。　②谯：谯县，治在今安徽亳州。　③桓帝：即刘志，东汉皇帝，公元146年至167年在位。　④中常侍：官名。皇帝的侍从官，多由宦官充任。其职掌为传达诏书，处理文书。　⑤大长秋：官名。为皇后近侍，多由宦官充任。其职掌为宣达皇后旨意,管理宫中事宜。　⑥审:辨别,弄清楚。　⑦权数:指掌握权力的术数、要领。　⑧任侠:凭借权威、勇力或财力等手段帮助他人。　⑨行业:操行,学业。　⑩未之奇:不引以为奇,意谓不看重他。　⑪命世之才:原指顺应天命而降世的人才。后多指名望、才能为世人所重的杰出人才。　⑫孝廉:汉代选拔人才的科目,注重德行。孝,指孝悌者;廉,清廉之士。　⑬光和:东汉灵帝年号。　⑭黄巾:东汉末年张角所领导的农民起义军,因头包黄巾而得名。　⑮长吏:指地位较高的县级官吏。　⑯淫祀:不合礼制的祭祀。　⑰奸宄(guǐ):指违法作乱的人。宄,奸邪、作乱。　⑱合肥侯:东汉某皇族成员。　⑲金城:金城郡,在今甘肃兰州西北。　⑳太子:即刘辩,即位不久即被董卓废黜杀死。　㉑太后:即何太后,刘辩生母。　㉒献帝:即刘协,刘辩异母弟。东汉最后一位皇帝。　㉓计事:谋事划策。　㉔间行:偷偷地从小路走。　㉕关:指旋门关,为东汉洛阳八关之一,地在今河南荥阳西北。　㉖亭长:汉时在乡村每十里设一亭,置亭长,掌治安,捕盗贼,理民事,兼管停留旅客。　㉗已吾:县名,治在今河南宁陵西南。　㉘初平元年:公元190年。初平,汉献帝年号。　㉙后将军:汉代设有前、后、左、右将军,负责带兵讨伐。　㉚行:代理。　㉛河内:河内郡,治在今河南武陟县西。　㉜酸枣:酸枣县,治在今河南延津县西。　㉝南阳:南阳郡,治在今河南南阳市。　㉞山东:指崤山以东地区。　㉟二周:周朝末年,把周分为东、西二周。东周都巩(今河南巩县),史称东周君;西周仍都王城(洛阳),史称西周君。这里指洛阳近郊的两处屏障。　㊱被创:受伤。　㊲从弟:堂弟。　㊳责让:责备。　㊴三辅:汉初京畿官称内史,景帝二年分置左、右内史,与主爵中尉(后改都尉)合称三辅。亦用来称呼三辅所辖地区,泛指京城附近地区。　㊵益为:增加布置。　㊶以顺诛逆:以正义之师讨伐叛逆之贼。　㊷持疑:犹豫,迟疑。　㊸相恶:相互憎恶。　㊹玉印:皇帝之印。东汉时皇帝之印以玉制,一般官员以金、银、铜等制。　㊺举向其肘:这里指提着系玉印的丝绳在自己肘部晃来晃去炫耀。　㊻恶:厌恶。　㊼建安元年:公元196年。建安,汉献帝年号。　㊽苌奴:人名,袁术部将。　㊾假:授予。　㊿节钺:符节和斧钺。古代授予将帅,作为加重权力的标志。　(51)录尚书事:官名,总领朝廷军国事务,权在尚书令及尚书仆射之上。　(52)辗辕:关口名,为汉洛阳八关之一,在河南登封县西北。　(53)要:同"邀",中途拦截。　(54)耻班在公下:以官位在曹操之下为耻。汉代太尉比大将军低一等。　(55)行:这里有兼任之意。　(56)二十五年:指建安二十五年,即公元220年。　(57)权击斩羽:赤壁之战后,刘备入蜀,留关羽镇守荆州。建安二十四年(219年),关羽率军攻打樊城,而此时孙权与曹操结盟,派吕蒙趁机偷袭荆州。结果荆州失守,关羽退至麦城,为吴国将领马忠所俘,遇害。　(58)传其首:指将关羽的首级献给曹操。　(59)遵古:意谓遵从丧葬的旧制。　(60)除服:脱去丧服,意思是不再守孝。　(61)殓以时服:以当时所穿的服装入殓。　(62)运筹演谋:筹划情况,拟订作战策略。　(63)鞭挞:这里是驾驭、征服的意思。　(64)揽申、商之法术:运用申不害、商鞅的治国之方。揽,取。　(65)该韩、白之奇策:兼采韩信、白起的奇谋妙策。该,包括。　(66)矫情:掩饰真情。　(67)任算:进行谋算,施用计谋。　(68)皇机:即朝政。

【赏析】　曹操是东汉末年著名的政治家与军事家,在镇压黄巾军起义过程中,逐步扩充军事力量。建安元年在洛阳奉迎汉献帝,并迁都许昌,挟天

魏晋南北朝卷

子以令诸侯,先后削平各地割据势力。官渡之战大破袁绍,逐渐统一了北方。后在赤壁之战中败于刘备孙权联军,从此天下形成了三足鼎立的局面。在汉末社会大动乱中,曹操依靠自己的雄才大略,政治上抑制豪强,加强集权,军事上战术战略灵活多变,加之唯才是用,终于建立了自己的功业。

与小说《三国演义》表现出的明显贬曹倾向不同,陈寿的《三国志》对曹操评价极高,认为"汉末,天下大乱,雄豪并起,而袁绍虎视四州,强盛莫敌。太祖运筹演谋,鞭挞宇内,揽申、商之法术,该韩、白之奇策,官方授材,各因其器,矫情任算,不念旧恶,终能总御皇机,克成洪业者,惟其明略最优也。抑可谓非常之人,超世之杰"。这一评价,对曹操的历史地位有着比较客观的认识。

与《三国志》其他纪传一样,《魏武帝纪》对曹操一生功业的展现,亦表现出剪裁得当、叙事生动、语言洗练的特点。以节选的这部分为例,纪传对曹操在镇压黄巾军起义之前的人生经历,如任洛阳北部尉、顿丘令、拜议郎等职时的所作所为,陈寿并未做过多渲染。讨伐董卓是曹操真正展现其军事谋略的关键行动,因此陈寿对此着墨较多,且多通过人物自身的语言表现其性格。当袁绍等怯战不敢前进的时候,曹操云:"举义兵以诛暴乱,大众已合,诸君何疑?向使董卓闻山东兵起,倚王室之重,据二周之险,东向以临天下,虽以无道行之,犹足为患;今焚烧宫室,劫迁天子,海内震动,不知所归,此天亡之时也。一战而天下定矣,不可失也。"这段话义正辞严,生动洗练,极具鼓动力,显示出曹操过人的胸襟、气度和能力。

董 卓 传

【题解】 本文选自《三国志·魏书》,通过对董卓生平几个具有重要意义事件的描述,表现了一代枭雄董卓残暴凶逆不得善终的一生。区别于小说《三国演义》中的写法,《董卓传》尽量客观地展现出董卓性格为人的多面性。读《董卓传》,有助于我们更加全面、真实地了解董卓这一历史人物。

【原文】

董卓字仲颖,陇西临洮人也。少好侠①,尝游羌中②,尽与诸豪帅③相结。后归耕于野,而豪帅有来从之者,卓与俱还,杀耕牛与相宴乐。诸豪帅感其意,归相敛,得杂畜千余头以赠卓。汉桓帝末,以六郡良家子④为羽林郎。卓有才武,旅力⑤少比,双带两鞬⑥,左右驰射。为军司马，从中郎将张奂征并州有功，拜郎中，赐缣九千匹，卓悉以分与吏士。迁广武令，蜀郡北部都尉，西域戊己校尉，免。征拜并州刺史、河东太守，迁中郎将，讨黄巾⑦，军败抵罪。韩遂等起凉州，复为中郎将，西拒遂。于望垣硖北，为羌胡数万人所围，粮食乏绝。卓伪欲捕鱼，堰⑧其还道当所渡水为池，使水渟⑨满数十里，默从堰下过其军而决堰。比羌胡闻知追逐，水已深，不得渡。时六军⑩上陇西，五军败绩⑪，卓独全众而还，屯住扶风。拜前将军，封斄乡⑫侯，征为并州牧。

灵帝崩，少帝即位。大将军何进与司隶校尉袁绍谋诛诸阉官⑬，太后不从。进乃召卓使将兵诣京师，并密令上书曰："中常侍张让等窃幸乘宠⑭，浊乱⑮海内。昔赵鞅兴晋阳之甲⑯，以逐君侧之恶。臣辄鸣钟鼓⑰如⑱洛阳，即讨让等。"欲以胁迫太后。卓未至，进败。中常侍段珪等劫帝走⑲小平津，卓遂将其众迎帝于北芒，还宫。时进弟车骑将军苗为进众所杀，进、苗部曲⑳无所属，皆诣卓。卓又使吕布杀执金吾㉑丁原，并其众，故京都兵权唯在卓。

于是㉒以久不雨，策免司空刘弘而卓代之，俄迁太尉，假节钺虎贲㉓。遂废帝为弘农王。寻又杀王及何太后。立灵帝少子陈留王，是为献帝。卓迁相国，封郿侯，赞拜不名㉔，剑履上殿，又封卓母为池阳君，置家令、丞。卓既率精兵来，适值帝室大乱，得专废立，据有武库甲兵，国家珍宝，威震天下。卓性残忍不仁，遂以严刑胁众，睚眦㉕之隙必报，人不自保。尝遣军到阳城。时适二月社㉖，民各在其社下，悉就断其男子头，驾其车牛，载其妇女财物，以所断头系车辕轴，连轸㉗而还洛，云攻贼大获，称万岁。入开阳城门，焚烧其头，以妇女与甲兵为婢妾。至于奸乱宫人㉘公主。其凶逆㉙如此。

河内太守王匡遣泰山兵屯河阳津㉚，将以图卓。卓遣疑兵㉛若将于平阴渡者，潜遣锐众㉜从小平北渡，绕击其后，大破之津北，死者略尽。卓以山东㉝豪杰并起，恐惧不宁。初平元年二月，乃徙天子都长安。焚烧洛阳宫室，悉发掘陵墓，取宝物。卓至西京，为太师，号曰尚父㉞。乘青盖金华车㉟，爪画两辖㊱，时人号曰竿摩车㊲。卓弟旻为左将军，封鄠侯；兄子璜为侍中、中军校尉典兵；宗族内外并列朝廷。公卿见卓，谒拜车下，卓不为礼㊳。召呼三台㊴尚书以下自诣卓府启事㊵。筑郿坞,高与长安城埒㊶,积谷为三十年储。云事成,雄据天下;不成,守此足以毕老。尝至郿行坞,公卿已下祖道㊷于横门㊸外。卓豫施㊹帐幔饮,诱降北地反者数百人,于坐中先断其舌,或斩手足,或凿眼,或镬㊺煮之,未死,偃转杯案间㊻,会者皆战栗㊼亡失匕箸㊽,而卓饮食自若。太史望气㊾,言当有大臣戮死者。故太尉张温时为卫尉,素不善卓,卓心怨之,因天有变,欲以塞咎,使人言温与袁术交关,遂笞杀㊿之。法令苛酷,爱憎淫刑㊶,更相被诬,冤死者千数,百姓嗷嗷,道路以目。悉椎㊷破铜人、钟虡㊸及坏五铢钱。更铸为小钱,大五分,无文章㊹,肉好㊺无轮郭,不磨鑢㊻。于是货㊼轻而物贵,谷一斛至数十万。自是后钱货不行。

　　三年四月㊽,司徒王允、尚书仆射士孙瑞、卓将吕布共谋诛卓。是时,天子有疾新愈,大会未央殿㊾。布使同郡骑都尉李肃等,将亲兵十余人,伪著卫士服守掖门㊿。布怀诏书。卓至,肃等格卓。卓惊呼:"布所在?"布曰:"有诏。"遂杀卓,夷三族㊶。主簿田景前趋㊷卓尸,布又杀之;凡所杀三人,馀莫敢动。长安士庶咸相庆贺,诸阿附㊸卓者皆下狱死。

【注释】　①好侠:豪爽,喜好结交,轻生重义。　②羌中:今甘肃西南及青海一带,为羌族聚居地。　③豪帅:指部落首领。　④六郡良家子:六郡指汉代陇西、天水、安定、北地、上郡、西河六郡。《汉书·地理志下》:"天水、陇西,山多林木,民以板为室屋。及安定、北地、上郡、西河,皆迫近戎狄,修习战备,高上气力,以射猎为先……汉兴,六郡良家子选给羽林、期门,以材力为官,名将多出焉。"汉代医、巫、商贾、百工被称为贱业,除此以外的人家方称良家。　⑤旅力:即膂(lǚ)力,体力的意思。　⑥鞬(jiàn):马上盛弓箭的器具。　⑦黄巾:指黄巾军。东汉末年张角兄弟领导的农民起义军,因头包黄巾而得名。⑧堰:筑堤挡水。　⑨渟(tíng):水集聚不流动。　⑩六军:国家军队的统称。《周礼·夏官·序官》:"凡制军,万有二千五百人为军。王六军,大国三军,次国二军,小国一军。"⑪败绩:溃败,大败。　⑫鳌(tái)乡:地名,在今陕西武功县南。　⑬阉官:即宦官。⑭窃幸乘宠:窃取并依仗皇帝的宠爱。乘,依仗、利用。　⑮浊乱:搅扰使之混乱⑯晋阳之甲:《公羊传·定公十三年》记晋赵鞅兴晋阳之甲,以清君侧为名,逐荀寅、士吉射。　⑰鸣钟鼓:声讨他人的罪恶。《国语·晋语五》:"宣子曰:……今宋人弑其君,罪莫大焉!明声之,犹恐其不闻也。吾备钟鼓,为君故也。'乃使旁告于诸侯,治兵振旅,鸣钟鼓,以至于宋。"　⑱如:到。　⑲走:逃跑。　⑳部曲:部属,部下。部和曲原来都是古代军队编制单位,大将军营一般设五部,部下有曲。　㉑执金吾:负责皇帝大臣警卫、仪仗以及京师治安的武职官员。　㉒于是:在这个时候。　㉓假节钺(yuè)虎贲(bēn):授予他符节、黄钺及虎贲卫士。虎贲,侍卫国君及保卫王宫、王门的卫士。　㉔ 赞拜不名:朝拜时司仪官不用称呼他的名字。赞拜,朝拜、礼拜祭祀时,司仪大声唱出行礼的仪式。　㉕ 眦睚(yá zì):发怒时瞪眼睛,借指微小的怨恨。　㉖ 社:古代指土地神和祭祀土地神的地方、日子以及祭礼。　㉗ 軨:车箱底部四周的横木,借指车辆。　㉘ 宫人:即宫女。㉙ 凶逆:凶残叛逆。　㉚ 河阳津:黄河北岸的一个渡口,在今河南孟县西。　㉛ 疑兵:为了虚张声势、迷惑敌人而布置的军队。　㉜ 锐众:精锐部队。　㉝ 山东:泛指崤山以东的地区。　㉞ 尚父:原用来称周代吕望,意思是可尊敬的父辈,后世用作尊礼大臣的称号。㉟ 青盖金华车:东汉时皇太子、皇子所乘之车。　㊱ 爪画两辐:勾画车厢两边的障板。辐,车厢两旁用以遮挡尘土的屏障。　㊲ 竿摩车:竿摩谓相逼近,竿摩车的意思是说董卓出行的车服逼近天子的规制。　㊳ 不为礼:不还礼。　㊴ 三台:汉承秦制,以尚书(掌行政事务)为中台,御史(掌监察)为宪台,谒者(掌宾赞受事)为外台,合称三台。　㊵ 启事:呈报公事。　㊶ 埒(liè):等同。　㊷ 祖道:古代为出行者祭祀路神,并饮宴送行。祖为送行之祭。　㊸ 横门:汉代长安城北头的第一门,门外是通向西域的大道。　㊹ 豫施:预先张设。豫,同"预"。　㊺ 镬(huò):大锅。　㊻ 偃转杯案间:倒在宴席前的地上翻转挣扎。杯案,代指宴席。　㊼ 战栗:亦作"战栗",因恐惧而颤抖。　㊽ 匕箸:勺子与筷子。㊾ 望气:古代方士的一种占候术。观察云气以预测吉凶。　㊿ 笞杀:用竹板打人致死。㉛ 淫刑:烂施刑法。　㉒ 椎:捶打。　㉓ 钟虡(jù):一种悬钟的格架。上有猛兽为饰。㉔ 文章:花纹。　㉕ 肉好:钱币的边和孔。肉,边;好,中间的孔。　㉖ 磨鑢(lǜ):打磨。㉗ 货:钱币。　㉘ 三年四月:指汉献帝初平三年(192)四月。　㉙ 未央殿:汉高祖在长安建有未央宫,为朝见之处。新莽末年毁坏,东汉末年董卓复葺未央殿。　㉚ 掖门:宫殿正门两旁的边门。　㉛ 三族:谓父族、母族、妻族。亦有指父、子、孙;或父母、兄弟、妻子。㉜ 趋:奔向。　㉝ 阿附:逢迎依附。

【赏析】　董卓是中国历史上实施暴政的代表,具有较为典型的"暴君"形象,在古代即有"董卓乱天常"的批评之声。陈寿《三国志》中的《董卓传》,则区别于小说中的写法,尽量客观地展现出董卓性格为人的多面性。读《董卓传》,有助于我们更加全面、真实地了解董卓这一历史人物。

选文通过对董卓一生几次重要事件的描写,勾勒出其起伏的人生:早年因战功卓著为朝廷所赏识,拜将封侯;后又因"逐君侧"之机铲除了何进、丁原等一班劲敌,将兵权集于一手,拥立献帝,官拜相国,可谓位极人臣,走向了人生的顶峰。但他残忍不仁,荒淫成性,贪财重利,奢靡无度,最终反被自己的义子吕布所杀。陈寿对董卓无道的分析,不仅体现在其"法令苛酷,爱憎淫刑",更突出了其心理特点,即由于心胸狭窄、性格残暴而导致"冤死者千数,百姓嗷嗷",并通过"长安士庶咸相庆贺"来体现董卓死后群臣百姓的喜悦之情。

华 佗 传

【题解】 本文节选自《三国志·魏书》卷二十九《方伎传》。通过若干典型事例,突出表现华佗高超的医术,描绘出一代医神的形象。

【原文】

华佗字元化,沛国谯人也,一名旉。游学徐土①,兼通数经。沛相陈圭举孝廉,太尉黄琬辟②,皆不就。晓养性之术③,时人以为年且百岁而貌有壮容。又精方药④,其疗疾,合汤不过数种,心解分剂⑤,不复称量,煮熟便饮,语其节度⑥,舍去辄愈。若当灸,不过一两处,每处不过七八壮⑦,病亦应除⑧。若当针,亦不过一两处,下针言:"当引某许⑨,若至,语人。"病者言"已到",应便拔针,病亦行差⑩。若病结积在内,针药所不能及,当须刳割⑪者,便饮其麻沸散⑫,须臾便如醉死,无所知,因破取。病若在肠中,便断肠湔洗⑬,缝腹膏摩⑭,四五日差,不痛,人亦不自寤⑮,一月之间,即平复⑯矣。

故甘陵⑰相夫人有娠六月,腹痛不安,佗视脉,曰:"胎已死矣。"使人手摸知所在⑱,在左则男,在右则女。人云"在左",于是为汤下之,果下男形,即愈。

县吏尹世苦四支烦⑲,口中干,不欲闻人声,小便不利。佗曰:"试作热食,得汗则愈;不汗,后三日死。"即作热食而不汗出,佗曰:"藏气⑳已绝于内,当啼泣而绝。"果如佗言。

府吏倪寻、李延共止㉑,俱头痛身热,所苦正同。佗曰:"寻当下之㉒,延当发汗㉓。"或难㉔其异。佗曰:"寻外实㉕,延内实,故治之宜殊。"即各与药,明旦并起。

盐渎严昕与数人共候㉖佗,适㉗至,佗谓昕曰:"君身中佳否?"昕曰:"自如常。"佗曰:"君有急病见㉘于面,莫多饮酒。"坐毕归,行数里,昕卒头眩堕车,人扶将还,载归家,中宿㉙死。

故督邮顿子献得病已差㉚,诣佗视脉,曰:"尚虚,未得复,勿为劳事,御内㉛即死。临死,当吐舌数寸。"其妻闻其病除,从百余里来省之,止宿交接,中间三日发病,一如佗言。

督邮徐毅得病,佗往省之。毅谓佗曰:"昨使医曹吏㉜刘租针胃管㉝讫,便苦咳嗽,欲卧不安。"佗曰:"刺不得胃管,误中肝也,食当日减㉞,五日不救㉟。"遂如佗言。

东阳陈叔山小男㊱二岁得疾,下利㊲,常先啼,日以羸困㊳。问佗,佗曰:"其母怀躯㊴,阳气内养,乳中虚冷,儿得母寒,故令不时愈㊵。"佗与四物女宛丸㊶,十日即除。

彭城夫人夜之厕㊷,蚤㊸螫㊹其手,呻呼无赖㊺。佗令温汤近热,渍㊻手其中,卒㊼可得寐。但㊽旁人数为易汤,汤令暖之,其旦即愈。

军吏梅平得病,除名㊾还家,家居广陵,未至二百里,止亲人舍。有顷㊿,佗偶至主人计㉛,主人令佗视平,佗谓平曰:"君早见我,可不至此。今疾已结㉜,促㉝去可得与家相见,五日卒。"应时归,如佗所刻㉞。

佗行道,见一人病咽塞㉟,嗜食㊱而不得下,家人车载㊲欲往就医。佗闻其呻吟,驻车㊳往视,语之曰:"向来㊴道边有卖饼家蒜齑㊵大酢㊶,从取三升饮之,病自当去。"即如佗言,立吐蛇㊷一枚,县㊸车边,欲造佗。佗尚未还,小儿戏门前,逆㊹见,自相谓曰:"似逢我公,车边病是也。"疾者前入坐,见佗北壁县此蛇辈约以十数。

又有一郡守病,佗以为其人盛怒则差㊺,乃多受其货㊻而不加治,无何㊼弃去,留书骂之。郡守果大怒,令人追捉杀佗。郡守子知之,属㊽使勿逐。守嗔恚㊾既甚,吐黑血数升而愈。

佗之绝技,凡此类也。然本作士人㊿,以医见业㉛,意常自悔㉜。后太祖㉝亲理,得病笃重,使佗专视。佗曰:"此近难济㉞,恒事攻治㉟,可延岁月。"佗久远家思归,因曰:"当得家书,方欲暂还耳。"到家,辞以妻病,数乞期㊱不反。太祖累书呼,又敕郡县发遣。佗恃能厌食事㊲,犹不上道。太祖大怒,使人往检。若妻信病,赐小豆四十斛,宽假限日;若其虚诈,便收送㊳之。"于是传付许狱㊴,考验㊵首服㊶。荀彧请曰:"佗术实工,人命所县,宜含宥㊷之。"太祖曰:"不忧,天下当无此鼠辈耶?"遂考竟㊸佗。佗临死,出一卷书与狱吏,曰:"此可以活人。"吏畏法不受,佗亦不强,索火烧之。佗死后,太祖头风未除。太祖曰:"佗能愈此。小人养吾病㊹,欲以自重,然吾不杀此子,亦终当不为我断此根原耳。"及后爱子仓舒㊺病困,太祖叹曰:"吾悔杀华佗,令此儿彊死㊻也。"

【注释】　①徐土:徐州地区。　②辟:征召。　③养性之术:即养生术。④方药:医方和药物,借指医术。　⑤分剂:分量。　⑥节度:(服用药的)规则分量。⑦壮:针灸时的计数单位。　⑧应除:应手而除,形容疗效迅速。　⑨当引某许:某处有针感。　⑩行差:很快病愈。行,将;差,同"瘥",痊愈。　⑪刳(kū)割:剖割。刳,从中间剖开。　⑫麻沸散:麻醉药,华佗自创,药方已失传。　⑬湔(jiān)洗:洗涤。　⑭膏摩:中医治疗手段之一,用膏药摩擦局部。　⑮寤:发觉,醒悟。　⑯平复:痊愈康复。⑰甘陵:诸侯国,地在今河北邢台清河县南。　⑱使人手摸知所在:让人摸胎儿所在的位置。因男女之别,华佗不能亲自摸患者腹部。　⑲四支烦:四肢燥疼。　⑳藏气:五脏的元气。　㉑共止:一起到,指一起来就诊。　㉒寻当下之:这句话的意思是,倪寻应该把内热泻出来。　㉓延当发汗:这句话的意思是,李延应当把内热通过发汗排出去。㉔难:诘难,提出疑问。　㉕实:实证,中医分析病症基本类别之一。实证又分外实和内实,也叫表证和里证。　㉖候:问候,探望。　㉗适:刚刚。　㉘见:同"现",展现、显现。㉙中宿:半夜。　㉚差(chài):同"瘥",病愈。　㉛御内:与妻子行房事。　㉜医曹吏:负责医疗的官吏。　㉝胃管:中医指中脘穴。　㉞日减:一天天减少。　㉟不救:无法挽救,指死亡。　㊱小男:即幼儿。　㊲下利:中医称腹泻为下利,利通"痢"。　㊳羸困:疲惫,瘦弱困乏。　㊴怀躯:即怀孕。　㊵不时愈:没有应时愈合。　㊶四物女宛丸:药丸名,配方失传。　㊷之:到。　㊸虿(chài):蛇、蝎类毒虫的古称。　㊹螫(shì):毒蛇或毒虫咬刺。　㊺无赖:无可奈何。　㊻渍:浸泡。　㊼卒:终于。　㊽但:只是,仅仅。㊾除名:除去名籍,取消原有身份,即免职。　㊿有顷:过了不久。　㉛计:结算,算账。㉜结:凝结,意思是病重。　㉝促:急促,赶快。　㉞刻:时间。这里用作动词,指估算时间。　㉟咽塞:喉咙梗塞,呼吸不畅。　㊱嗜食:想吃。　㊲车载:用车运。　㊳驻车:停车。　㊴向来:刚才来的时候。　㊵蒜齑:蒜泥。　㊶酢:酸味液体,即醋。　㊷蛇:这里指蛇状的寄生虫。　㊸县:同"悬",悬挂。　㊹逆:迎面。　㊺差:同"瘥",病愈。㊻货:指财物。　㊼无何:不多久。　㊽属:同"嘱",嘱咐。　㊾嗔恚(chēn huì):恼怒。⑩士人:读书人,一般指通晓儒家经典的人。　㉛以医见业:意思是以医术养活自己。㉜意常自悔:内心常常悔恨。传统社会医生被视为"贱业",所以华佗才"意常自悔"。㉝太祖:即曹操。　㉞难济:难以治愈。济,成功。　㉟恒事攻治:持久不断地进行治疗。㊱乞期:请求续假。　㊲食事:吃侍候人的饭。　㊳收送:逮捕押送。　㊴传付许狱:递解押赴许昌监狱。许,许昌。　⑧考验:审讯拷打。　⑧首服:坦白认罪。　⑧含宥:宽恕,宽容。　⑧考竟:刑讯穷尽或刑讯致死之意。　⑧养吾病:意思是有意拖延不根治。⑧仓舒:曹冲,字仓舒,从小聪明仁爱,深受曹操钟爱,未成年就病逝。　⑧僵死:非因病、老而死,人尚壮健而死于非命。

【赏析】　华佗是中国历史上著名的神医,然而最终却幽于缧绁,困死狱中。小说中对华佗的描写,除了突出表现其妙手回春的高超艺术外,主要将华佗的悲剧命运与曹操的猜忌性格联系在一起,一笔写二人。读《华佗传》,我们可以了解一个更为接近历史真实的华佗。

选文对华佗形象的塑造,重点仍在将其表现为一代名医。所谓的"其疗疾,合汤不过数种""若当灸,不过一两处,每处不过七八壮,病亦应除""若当针,亦不过一两处",既点出了华佗对症下药、直入病源的治疗方法,也表明了中医治疗的精髓。华佗身怀绝技,却不以此为追求功名富贵的手段。选文所录,既有他为大小官吏医治的经历,也有他为普通百姓治疗的经历。上至天子王侯,下至妇孺、老人,华佗为医,充分体现了古代医者的高超医术和高尚医德,成为后世学医者的榜样。

华佗除了是一代神医,更是平凡的人。他离家日久,思归日切,更是体恤家中病妻,从这一角度来看,华佗更接近于历史上真实的"人",而不仅仅是小说中所塑造的医神形象。《三国志》对于华佗的描写,更有助于我们还原历史。

诸葛亮传

【题解】 诸葛亮是三国时期著名的政治家、军事家,以其忠诚智慧为后世所传诵。选文以精练的语言概述其一生主要事迹,歌颂其美好品质。本文选自《三国志·蜀书》。

【原文】

诸葛亮字孔明,琅邪阳都①人也。汉司隶校尉诸葛丰后也。父圭,字君贡,汉末为太山都丞②。亮早孤,从父③玄为袁术所署豫章太守,玄将④亮及亮弟均之官⑤。会汉朝更选朱皓代玄。玄素与荆州牧刘表有旧,往依之。玄卒,亮躬耕陇亩⑥,好为《梁父吟》⑦。身长八尺,每自比于管仲⑧、乐毅⑨,时人莫之许也。惟博陵崔州平⑩、颍川徐庶元直⑪与亮友善⑫,谓为信然。时先主⑬屯新野,徐庶见先主,先主器之,谓先主曰:"诸葛孔明者,卧龙也,将军岂愿见之乎?"先主曰:"君与俱来。"庶曰:"此人可就见⑭,不可屈致⑮也。将军宜枉驾⑯顾之。"

由是先主遂诣亮,凡三往,乃见。因屏⑰人曰:"汉室倾颓⑱,奸臣窃命⑲,主上蒙尘⑳。孤不度德量力㉑,欲信㉒大义于天下;而智术浅短,遂用猖蹶㉓,至于今日。然志犹未已,君谓计将安出?"亮答曰:"自董卓已来,豪杰并起,跨州连郡者不可胜数。曹操比于袁绍,则名微而众寡㉔。然操遂能克绍,以弱为强者,非惟天时,抑亦人谋也。今操已拥百万之众,挟天子而令诸侯,此诚不可与争锋。孙权据有江东,已历三世,国险而民附㉕,贤能为之用,此可以为援㉖而不可图㉗也。荆州北据汉、沔,利尽南海,东连吴会,西通巴蜀,此用武之国㉘,而其主不能守,此殆㉙天所以资将军,将军岂有意乎?益州险塞㉚,沃野千里,天府之土,高祖因之以成帝业。刘璋暗弱㉛,张鲁在北,民殷国富而不知存恤㉜,智能之士思得明君。将军既帝室之胄㉝,信义著于四海,总揽英雄,思贤如渴,若跨有荆、益,保其岩阻㉞,西和诸戎,南抚夷越,外结好孙权,内修政理;天下有变,则命一上将,将荆州之军以向宛、洛,将军身率益州之众出于秦川,百姓孰敢不箪食壶浆㉟,以迎将军者乎?诚如是,则霸业可成,汉室可兴矣。"先主曰:"善!"于是与亮情好日密。关羽、张飞等不悦,先主解之曰:"孤之有孔明,犹鱼之有水也。愿诸君勿复言。"羽、飞乃止。

先主至于夏口,亮曰:"事急矣,请奉命求救于孙将军㊱。"时权拥军在柴桑㊲,观望成败,亮说权曰:"海内大乱,将军起兵据有江东,刘豫州亦收众汉南,与曹操并争天下。今操芟夷大难㊳,略已平矣,遂破荆州,威震四海。英雄无所用武,故豫州遁逃至此。将军量力而处之:若能以吴、越之众与中国㊴抗衡,不如早与之绝;若不能当,何不案兵束甲㊵,北面㊶而事之!今将军外托服从之名,而内怀犹豫之计,事急而不断,祸至无日矣!"权曰:"苟如君言,刘豫州何不遂事之㊷乎?"亮曰:"田横,齐之壮士耳,犹守义不辱,况刘豫州王室之胄,英才盖世,众士仰慕,若水之归海,若事之不济,此乃天㊸也,安能复为之下乎!"权勃然曰:"吾不能举全吴之地,十万之众,受制于人。吾计决矣!非刘豫州莫可以当㊹曹操者,然豫州新败之后,安能抗此难乎?"亮曰:"豫州军虽败于长坂,今战士还者及关羽水军精甲万人,刘琦合江夏战士亦不下万人。曹操之众,远来疲弊,闻追豫州,轻骑一日一夜行三百余里,此所谓'强弩之末,势不能穿鲁缟㊺'者也。故兵法忌之,曰'必蹶上将军'。且北方之人,不习水战;又荆州之民附操者,逼兵势耳,非心服也。今将军诚能命猛将统兵数万,与豫州协规同力,破操军必矣。操军破,必北还,如此则荆、吴之势强,鼎足之形成矣。成败之机,在于今日。"权大悦,即遣周瑜、程普、鲁肃等水军三万,随亮诣先主,并力拒曹公。曹公败于赤壁,引军归邺㊻。先主遂收江南，以亮为军师中郎将，使督零陵、桂阳、长沙三郡，调其赋税，以充军实。

建安十六年，益州牧刘璋遣法正迎先主，使击张鲁。亮与关羽镇荆州。先主自葭萌㊼还攻璋，亮与张飞、赵云等率众溯江，分定郡县，与先主共围成都。成都平，以亮为军师将军，署左将军府事。先主外出，亮常镇守成都，足食足兵。二十六年，群下劝先主称尊号，先主未许，亮说曰："昔吴汉、耿弇等初劝世祖即帝位㊽，世祖辞让，前后数四，耿纯进言曰：'天下英雄喁喁㊾，冀有所望。如不从议者，士大夫各归求主，无为从公也。'世祖感纯言深至，遂然诺之。今曹氏篡汉，天下无主，大王刘氏苗族㊿，绍世而起，今即帝位，乃其宜也。士大夫随大王久勤苦者，亦欲望尺寸之功如纯言耳。"先主于是即帝位，策亮为丞相曰："朕遭家不造(51)，奉承大统，兢兢业业，不敢康宁(52)，思靖(53)百姓，惧未能绥(54)。於戏(55)！丞相亮其悉朕意，无怠辅朕之阙(56)，助宣重光，以照明天下，君其勖(57)哉！"亮以丞相录尚书事，假节。张飞卒后，领司隶校尉。

章武三年春，先主于永安病笃(58)，召亮于成都，属以后事，谓亮曰："君才十倍曹丕，必能安国，终定大事。若嗣子(59)可辅，辅之；如其不才，君可自取。"亮涕泣曰："臣敢竭股肱之力(60)，效忠贞之节，继之以死！"先主又为诏敕后主曰："汝与丞相从事(61)，事之如父。"建兴元年，封亮武乡侯，开府(62)治事。顷之，又领益州牧。政事无巨细，咸决于亮。南中(63)诸郡，并皆叛乱，亮以新遭大丧，故未便加兵，且遣使聘吴，因结和亲，遂为与国(64)。

三年春，亮率众南征，其秋悉平。军资所出，国以富饶，乃治戎讲武(65)，以俟(66)大举。五年，率诸军北驻汉中……六年春，扬声(67)由斜谷道取郿，使赵云、邓芝为疑军，据箕谷，魏大将军曹真举众拒之。亮身率诸军攻祁山，戎陈整齐，赏罚肃而号令明，南安、天水、安定三郡叛魏应亮，关中响震。魏明帝西镇长安，命张郃拒亮。亮使马谡督诸军在前，与郃战于街亭。谡违亮节度，举动失宜，大为张郃所破。亮拔西县千余家，还于汉中，戮谡以谢众。上疏曰："臣以弱才，叨窃(68)非据，亲秉旄钺(69)，以厉三军，不能训章明法，临事而惧，至有街亭违命之阙(70)，箕谷不戒之失，咎皆在臣授任无方。臣明不知人，恤事多暗，《春秋》责帅㊆，臣职是当㊉。请自贬三等，以督厥㊊咎。"于是以亮为右将军，行丞相事，所总统㊋如前。

九年，亮复出祁山，以木牛㊌运，粮尽退军，与魏将张郃交战，射杀郃。十二年春，亮悉大众由斜谷出，以流马㊍运，据武功五丈原㊎，与司马宣王㊏对于渭南。亮每患粮不继，使己志不申，是以分兵屯田，为久驻之基。耕者杂于渭滨居民之间，而百姓安堵㊐，军无私焉。相持百余日。其年八月，亮疾病，卒于军，时年五十四。及军退，宣王案行㊑其营垒处所，曰："天下奇才也！"

评曰：诸葛亮之为相国㊒也，抚百姓，示仪轨㊓，约㊔官职，从权制㊕，开诚心，布公道；尽忠益时㊖者虽仇必赏，犯法怠慢者虽亲必罚，服罪输情㊗者虽重必释，游辞巧饰者虽轻必戮；善无微而不赏，恶无纤而不贬；庶事精练㊘，物理其本㊙，循名责实㊚，虚伪不齿；终于邦域之内，咸畏而爱之，刑政虽峻而无怨者，以其用心平而劝戒明也。可谓识治之良才，管、萧之亚匹㊛矣。然连年动众，未能成功，盖应变将略，非其所长欤！

【注释】　①琅邪阳都：汉琅邪郡阳都县，治在今山东沂南南。　②都丞：汉朝官制，郡守下设丞及长史，都丞为郡守的佐官。　③从父：父亲的兄弟，即伯父或叔父。　④将：带领。　⑤之官：赴任。　⑥躬耕陇亩：亲自耕种田地。　⑦《梁父(fǔ)吟》：又作《梁甫吟》，古歌曲名。传说诸葛亮曾经写过一首《梁父吟》歌词。　⑧管仲：名夷吾，春秋时齐桓公的国相，帮助桓公建立霸业。　⑨乐(yuè)毅：战国时燕昭王的名将，曾率领燕、赵、韩、魏、楚五国兵攻齐，连陷七十余城。　⑩崔州平：崔钧，字州平，博陵人。　⑪徐庶元直：徐庶，字元直，颍川人。　⑫友善：情谊笃厚。　⑬先主：即刘备，字玄德。此时刘备依附刘表，刘表使屯新野(今河南南阳市新野县)。　⑭就见：俯就求见。　⑮屈致：委屈他将他招来。　⑯枉驾：屈尊，意即委屈自己，亲自前去。　⑰屏(bǐng)：屏退，把其他人支开。　⑱倾颓：倾覆衰败。　⑲窃命：盗用皇上的命令，意即窃取朝政。　⑳蒙尘：蒙受风尘，指皇帝遭难出奔。　㉑度德量力：衡量自己的德行和力量。　㉒信：同"伸"，伸张。　㉓猖蹶：失败。　㉔名微而众寡：名望低微，兵力弱小。　㉕国险而民附：地势险要，民众拥护。　㉖援：外援。　㉗图：谋取。　㉘用武之国：适合施展武力的地方。　㉙殆：大概。　㉚险塞：地形险要。　㉛暗弱：昏庸怯弱。　㉜存恤：关心爱护。　㉝帝室之胄：胄，后代。刘备为中山靖王之后。　㉞保其岩阻：保住这块指险要之地。　㉟箪食(dān sì)壶浆：用竹篮盛着饭食，用壶装着美酒。箪，古代盛饭用的圆形竹器，类似竹篮。食，食物。浆，美酒。《孟子·梁惠王下》："以万乘之国伐万乘之国，箪食壶浆以迎王师，岂有他哉！避水火也。"　㊱孙将军：孙权，时为讨虏将军。　㊲柴桑：地名,治在今江西九江西南。　㊳ 芟(shān)夷大难:消灭大敌。芟夷,铲平;大难,指北方袁绍、袁术等势力。　㊴ 中国:中原。　㊵ 案兵束甲:放下兵器,捆束铠甲。指停止作战。　㊶ 北面:指臣服于人。古代君主面朝南坐,臣子朝见君主则面朝北,所以对人称臣称为北面。　㊷ 何不遂事之:为什么不去臣服他(指曹操)。　㊸ 天:天意。　㊹ 当:抵挡。　㊺ 鲁缟:鲁国产的生绢,以细薄著称。　㊻ 邺:邺城,曹魏都城。遗址范围包括今河北临漳县西、河南安阳市北郊一带。　㊼ 葭萌:县名,治在今四川广元西南。　㊽ "昔吴汉"句:吴汉、耿弇,皆东汉大将。世祖,指东汉开国皇帝光武帝刘秀。　㊾ 喁喁(yóng yóng):仰望期待的意思。　㊿ 苗族:意同苗裔,后裔子孙的意思。　51 不造:不幸。　52 康宁:安逸康乐。　53 靖:平定,使秩序安定。　54 绥:安宁。　55 於戏(wū hū):感叹词,犹"呜呼"。　56 阙:缺点,过失。　57 勖:勉励。　58 病笃:病重。　59 嗣子:帝王或诸侯的承嗣子,这里指刘禅。　60 股肱之力:自己的所有力量。股肱,大腿和胳膊。　61 从事:行事,办事。　62 开府:成立府署,选置僚属。一般只有大将军、三公等才有权开府。　63 南中:指川南、云贵一带。　64 与国:友邦,盟国。　65 治戎讲武:训练军队,讲习武备。　66 俟:等待。　67 扬声:故意对外宣扬。　68 叨窃:自谦无才而占有其位,意思是不当得而得。　69 旄钺:白旄和黄钺。借指军权。　70 阙:过失。　71 责帅:下属有罪,要处分统帅。　72 臣职是当:臣下的职位正当受此罪责。　73 厥:其。　74 总统:总管全国军政事务。　75 木牛:诸葛亮发明的一种运输工具,或以为即独轮车。　76 流马:运输工具。范文澜《中国通史》以为:"流马是改良的木牛,'前后四脚',即人力四轮车。流马能载四石六斗食粮,比木牛多载,一天大概也只能走二十里。"　77 五丈原:地名,在今陕西省岐山县南,斜谷口西侧,渭水南岸。　78 司马宣王:即司马懿。司马懿次子司马昭封晋王后,追封司马懿为宣王。　79 安堵:安居。　80 案行(àn xíng):巡视。　81 相国:丞相的尊称。　82 仪轨:礼法规矩。　83 约:简约,精简。　84 权制:合乎时宜的制度。　85 尽忠益时:尽忠职守,有益时事。　86 服罪输情:坦诚认罪,表示悔改。　87 庶事精炼:处理事务精明干练。　88 物理其本:治理百姓从根本入手。　89 循名责实:依照官名要求其尽职。　90 管、萧之亚匹:管指管仲,萧指萧何,皆古代名相。亚匹,同一类的人。

【赏析】　诸葛亮是三国时期最重要的人物之一,他不仅是军事家、战略家、政治家、思想家、科学家,更是一位"鞠躬尽瘁,死而后已"并且爱民如子、兼济天下的传统士大夫形象。后代许多文人(如杜甫)对他都有深深的同情和仰慕。然而小说中的诸葛亮被"神化"现象较为严重,似无所不知,无所不晓。读陈寿《三国志·蜀书·诸葛亮传》,有助于我们重新认识这一重要历史人物。

　　选文节选了诸葛亮一生几个最为重要的事件:隆中对、舌战群儒、尊帝受托、南征北伐。从这些事件中,我们可以看出《三国志》与小说叙述的区别。如隆中对,小说中以"三顾茅庐"为重点,突出诸葛亮这一贤才的不易得与刘备的求贤若渴,而《三国志》则侧重描写诸葛亮对于天下形势的分析,对于其他则一笔带过。除此以外,《三国志》还仿照《史记》的体例,对诸葛亮的一生进行了评价,认为他"犯法怠慢者虽亲必罚,服罪输情者虽重必释",赏罚分明,致使"终于邦域之内,咸畏而爱之,刑政虽峻而无怨者",还原了一个相对真实的诸葛亮。

关 羽 传

【题解】 本文选自《三国志·蜀书·关羽传》,截取关羽一生的几个片段,反映了关羽性格的多面性。关羽既是中国历史上忠勇的典型代表,后人多以"武圣"誉之,歌颂他的勇猛善战和忠肝义胆。同时,关羽也有其弱点,比如矜功自傲、固执己见等。陈寿《关羽传》从多个角度,通过不同的事件客观反映了关羽的一生及其性格的优劣之处。

【原文】

关羽字云长,本字长生,河东解①人也。亡命奔涿郡②。先主于乡里合徒众,而羽与张飞为之御侮③。先主为平原相④,以羽、飞为别部司马,分统部曲⑤。先主与二人寝则同床,恩若兄弟。而稠人广坐⑥,侍立终日,随先主周旋,不避艰险。先主之袭杀徐州刺史车胄,使羽守下邳⑦城,行⑧太守事,而身还小沛⑨。

建安五年,曹公⑩东征,先主奔袁绍。曹公禽⑪羽以归,拜为偏将军⑫,礼之甚厚。绍遣大将颜良攻东郡太守刘延于白马,曹公使张辽及羽为先锋击之。羽望见良麾盖⑬,策马刺良于万众之中,斩其首还,绍诸将莫能当⑭者,遂解白马围。曹公即表封羽为汉寿亭侯⑮。初,曹公壮羽为人,而察其心神⑯无久留之意,谓张辽曰:"卿试以情问之。"既而辽以问羽,羽叹曰:"吾极知曹公待我厚,然吾受刘将军厚恩,誓以共死,不可背之。吾终不留,吾要当⑰立效以报曹公乃去。"辽以羽言报曹公,曹公义之。及羽杀颜良,曹公知其必去,重加赏赐。羽尽封⑱其所赐⑲,拜书告辞,而奔先主于袁军。左右欲追之,曹公曰:"彼各为其主,勿追也。"

从先主就刘表。表卒,曹公定荆州,先主自樊将南渡江,别遣羽乘船数百艘会江陵。曹公追至当阳长阪,先主斜趋⑳汉津,适与羽船相值㉑,共至夏口。孙权遣兵佐先主拒曹公,曹公引军退归。先主收江南诸郡,乃封拜元勋,以羽以襄阳太守、荡寇将军,驻江北。先主西定益州,拜羽董督㉒荆州事。羽闻马超来降,旧非故人,羽书与诸葛亮,问"超人才可谁比类㉓"？亮知羽护前㉔,乃答之曰:"孟起㉕兼资文武,雄烈过人,一世之杰,黥、彭㉖之徒,当与益德㉗并驱争先,犹未及髯之绝伦逸群也。"羽美须髯,故亮谓之髯。羽省书㉘大悦,以示宾客。

羽尝为流矢所中,贯其左臂,后创㉙虽愈,每至阴雨,骨常疼痛,医曰:"矢镞㉚有毒,毒入于骨,当破臂作创,刮骨去毒,然后此患乃除耳。"羽便伸臂令医劈㉛之。时羽适请诸将饮食相对,臂血流离㉜,盈于盘器,而羽割炙㉝引酒㉞,言笑自若。

二十四年,先主为汉中王,拜羽为前将军,假节钺㉟。是岁,羽率众攻曹仁于樊。曹公遣于禁助仁。秋,大霖雨㊱,汉水泛溢,禁所督七军皆没。禁降羽,羽又斩将军庞德。梁、郏、陆浑群盗或遥受羽印号,为之支党㊲,羽威震华夏㊳。曹公议徙许都以避其锐,司马宣王㊴、蒋济以为关羽得志,孙权必不愿也。可遣人劝权蹑㊵其后,许割江南以封权,则樊围自解。曹公从之。先是,权遣使为子索㊶羽女,羽骂辱其使,不许婚,权大怒。又南郡太守麋芳在江陵,将军士仁屯公安,素皆嫌羽轻己;羽之出军,芳、仁供给军资,不悉相救,羽言"还当治之",芳、仁咸怀惧不安。于是权阴诱㊷芳、仁,芳、仁使人迎权。而曹公遣徐晃救曹仁,羽不能克㊸,引军退还。权已据江陵,尽虏羽士众妻子,羽军遂散。权遣将逆击㊹羽,斩羽及子平于临沮㊺。

追谥羽曰壮缪侯。子兴嗣。兴字安国,少有令问㊻,丞相诸葛亮深器异之。弱冠为侍中、中监军,数岁卒。子统嗣,尚公主㊼,官至虎贲中郎将。卒,无子,以兴庶子彝续封。

【注释】 ① 河东解(xiè):河东郡解县,治在今山西临猗县。 ② 涿郡:郡名,治在今河北涿县。 ③ 御侮:抵抗外来欺侮。 ④ 相:诸侯国的最高行政长官。 ⑤ 部曲:部属,部下。部和曲原来都是古代军队编制单位,大将军营一般设五部,部下有曲。 ⑥ 稠人广坐:人很多的地方。稠,稠密。坐,同"座"。 ⑦ 下邳:治在今江苏睢宁县西北。 ⑧ 行:代理。 ⑨ 小沛:即沛县,治在今江苏沛县。 ⑩ 曹公:即曹操。 ⑪ 禽:同"擒",擒获。 ⑫ 偏将军:官名,将军中地位较低者,多由校尉或裨将升迁,无定员。 ⑬ 麾盖:

将帅用的旌旗伞盖。麾,指挥作战用的旗子。　⑭ 莫能当:没有谁能抵挡。　⑮ 汉寿亭侯:汉寿,县名,在今湖南常德东北;亭侯,爵位名。汉代食禄于乡、亭的列侯。这里并非真的食禄于汉寿,而是虚封。　⑯ 心神:心情与精神状态。　⑰ 要当:自当,应当。　⑱ 封:封存。　⑲ 赐:赏赐,赠送。　⑳ 斜趋:绕行的意思。　㉑ 相值:相遇。　㉒ 董督:统帅,监督。　㉓ 比类:相类,相似。　㉔ 护前:逞强好胜,不容许别人争先居前,意思是关羽不愿意别人胜过自己。　㉕ 孟起:马超字孟起。　㉖ 黥、彭:黥布和彭越,刘邦手下大将,以骁勇善战著称。　㉗ 益德:张飞字益德。　㉘ 省(xǐng)书:察看书信。省,省视,察看。　㉙ 创:伤口。　㉚ 镞(zú):箭头。　㉛ 劈:切开。　㉜ 流离:犹如淋漓,意思是鲜血四处流淌。　㉝ 炙:烤肉。　㉞ 引酒:取酒。引,拿来。　㉟ 假节钺:授予符节、黄钺。节钺授予将帅,是加重其权力的标志。　㊱ 霖雨:连绵大雨。　㊲ 支党:党羽。　㊳ 华夏:这里指中原地区。　㊴ 司马宣王:即司马懿。司马懿次子司马昭封晋王后,追封司马懿为宣王。　㊵ 蹑:跟踪,追击。这里有偷袭的意思。　㊶ 索:求。　㊷ 阴诱:暗中诱降。　㊸ 克:成功,胜利。　㊹ 逆击:迎头攻击。　㊺ 临沮:县名,在今湖北远安县西北。　㊻ 令问:美好的声名。问,同"闻"。　㊼ 尚公主:娶公主为妻。尚,以卑娶尊,不言娶,表示尊奉。

【赏析】　关羽是中国历史上忠勇的典型代表,后人多以"武圣"和关帝誉之,歌颂他的勇猛善战和忠肝义胆。同时,关羽也有其弱点,比如矜功自傲、固执己见等。陈寿《关羽传》从多个角度,通过不同的事件客观地反映了关羽的一生及其性格的优劣之处。

　　选文截取关羽一生的几个片段,反映了关羽性格的多面性。从解白马之围到弃曹归汉,凸显其勇猛和忠义;镇守荆州,诸葛亮誉之为"美髯公",显出其骄矜自傲;刮骨疗毒,表现其英勇无畏;水淹七军,败走麦城,最终为东吴孙权所擒杀,既反映出关羽一定的军事才能及战略思想,同时又体现出其目光短浅、缺乏卓识远见、固执己见的一面。关羽的人生跌宕起伏,性格也具有多面性。《三国志》在对关羽进行描写时,重点突出,详略得当,语言精炼,准确地刻画了一代忠臣名将的一生。总之,陈寿笔下的关羽,是一个有血有肉、形象丰满的较为真实的历史人物。

张　飞　传

【题解】　本文选自《三国志·蜀书·张飞传》。选文截取张飞长坂坡喝退曹军、生擒严颜的段落,既表现了他的勇猛无匹,又表现了张飞善于用计、尊重人才的一面,而智破张郃更是集中体现了张飞粗中有细的特点。

【原文】

　　张飞字益德，涿郡人也，少与羽俱事①先主。羽年长数岁，飞兄事之②。先主从曹公破吕布，随还许，曹公拜③飞为中郎将。先主背④曹公依袁绍、刘表。表卒，曹公入荆州，先主奔江南。曹公追之，一日一夜，及于当阳长阪。先主闻曹公卒⑤至，弃妻子走，使飞将二十骑拒后。飞据水断桥，瞋目横矛曰："身是张益德也，可来共决死！"敌皆无敢近者，故遂得免。先主既定江南，以飞为宜都太守、征虏将军，封新亭侯，后转在南郡⑥。

　　先主入益州，还攻刘璋，飞与诸葛亮等溯流而上，分定郡县。至江州，破璋将巴郡太守严颜，生获⑦颜。飞呵颜曰："大军至，何以不降而敢拒战？"颜答曰："卿等无状⑧，侵夺我州，我州但有断头将军，无有降将军也。"飞怒，令左右牵去斫⑨头，颜色不变，曰："斫头便斫头，何为怒邪！"飞壮而释之，引为宾客⑩。飞所过战克，与先主会于成都。益州既平，赐诸葛亮、法正、飞及关羽金各五百斤，银千斤，钱五千万，锦千匹，其余颁赐各有差⑪，以飞领巴西⑫太守。

　　曹公破张鲁，留夏侯渊、张郃守汉川⑬。郃别督诸军下巴西，欲徙其民于汉中，近军宕渠、蒙头、荡石，与飞相拒⑭五十余日。飞率精卒万余人，从他道邀郃军交战，山道迮狭⑮，前后不得相救，飞遂破郃。郃弃马缘山，独与麾下十余人从间道⑯退，引军还南郑，巴土获安。先主为汉中王，拜飞为右将军，假节⑰。章武⑱元年，迁车骑将军，领司隶校尉，进封西乡侯，策曰："朕承天序⑲，嗣奉洪业⑳，除残靖乱，未烛㉑厥㉒理。今寇虏作害，民被荼毒，思汉之士，延颈鹤望㉓。朕用㉔恒然㉕，坐不安席，食不甘味，整军诰誓，将行天罚㉖。以君忠毅，侔踪㉗召虎㉘，名宣遐迩，故特显命㉙，高墉进爵㉚，兼司于京。其诞将天威㉛，柔服以德㉜，伐叛以刑㉝，称㉞朕意焉。《诗》不云乎：'匪疚匪棘，王国来极。''肇敏戎功，用锡尔祉。'㉟可不勉欤！"

　　初，飞雄壮威猛，亚于㊱关羽，魏谋臣程昱等咸称羽、飞万人之敌㊲也。羽善待卒伍㊳而骄于士大夫，飞爱敬君子㊴而不恤小人㊵。先主常戒之曰："卿刑杀既过差㊶，又日鞭挝㊷健儿，而令在左右，此取祸之道也。"飞犹不悛㊸。先主伐吴，飞当率兵万人，自阆中会江州。临发，其帐下将张达、范强杀飞，持其首，顺流而奔孙权。飞营都督㊹表报先主,先主闻飞都督之有表也,曰:"噫!飞死矣。"追谥飞曰桓侯。长子苞,早夭。次子绍嗣㊺,官至侍中、尚书仆射。苞子遵为尚书,随诸葛瞻㊻于绵竹,与邓艾战,死。

【注释】　①事:侍奉。　②兄事之:像对待兄长那样侍奉他。　③拜:授予官职,任命。　④背:背弃,背叛。　⑤卒(cù):突然,同"猝"。　⑥转在南郡:指转任南郡太守。　⑦生获:生擒,活捉。　⑧无状:没有礼貌,行为失检。　⑨斫:砍。　⑩引为宾客:以宾客之礼相待。　⑪有差:数量不一,有区别。　⑫巴西:郡名,治在今四川阆中。　⑬汉川:泛指汉中地区。　⑭相拒:双方对立、相持。　⑮迮狭(zé xiá):狭小,狭窄。　⑯间道:偏僻的小路。　⑰假节:授予符节。汉末与魏晋南北朝时,掌地方军政的官往往加使持节、持节或假节的称号。使持节得诛杀中级以下官吏;持节得杀无官职的人;假节得杀犯军令者。　⑱章武:蜀汉刘备的年号。　⑲天序:指帝王的世系。　⑳洪业:大业,多指帝王之业。　㉑烛:照耀,引申为明察。　㉒厥:代词,它的,它们的。　㉓延颈鹤望:像鹤一样伸长颈子盼望。比喻殷切盼望。　㉔用:因此。　㉕怛(dá)然:忧伤的样子。　㉖天罚:上天的惩罚。　㉗侔(móu)踪:与他人的行为、业绩相等,意思是比得上。　㉘召(Shào)虎:周宣王时名将、贤臣,史称召穆公。周厉王暴虐,"国人"围攻王宫,他把太子靖藏匿在家,而以自己的儿子替死。厉王死后,拥立太子靖继位,即周宣王。周宣王时,淮夷不服,宣王命召虎领兵出征,平定淮夷。　㉙故特显命:所以特地颁布诏命。显命是对上天旨意或天子诏命的美称。　㉚高墉(yōng)进爵:晋升爵位,意同加官进爵。墉,城墙。古时城墙高低随爵位等第而不同。　㉛其诞将天威:希望大力弘扬帝王的威严。其,希望。诞,大。将,扶助,有弘扬的意思。天威,上天的威严,后世常指帝王的威严。　㉜柔服以德:对已服者用柔德安抚。　㉝伐叛以刑:用刑杀讨伐叛逆。　㉞称(chèn):符合。　㉟这四句诗出自《诗经·大雅·江汉》。据称是召伯虎所作,记载了周宣王中兴时期用兵江淮暨黄淮泗流域,征伐和平定淮泗流域的东南夷族群,以及册命封赏召穆公姬虎的相关历史事件。疚(jiù),病,害。棘,"急"的假借字。极,准则。肇敏,图谋。戎,大。功,事。用,以。锡,赐。祉(zhǐ),福禄。前两句的意思是不要扰民不要过急,要以王朝政教为准。后两句的意思是全力尽心建立大功,因此赐你福禄无穷。　㊱亚于:相当于。亚,匹敌,相当。　㊲万人之敌:指勇可敌万人。　㊳卒伍:泛指士兵。古人军队编制,五人为伍,百人为卒。　㊴君子:对统治者和贵族男子的通称。泛指地位高的人。　㊵小人:地位低的人,与"君子"相对。　㊶过差(chà):过分;失度。　㊷鞭挝(zhuā):鞭打。　㊸悛(quān):悔改。　㊹营都督:典兵武官,将军的助手。　㊺嗣:继承。　㊻诸葛瞻:字思远,诸葛亮子。

【赏析】　张飞同关羽一样,都是勇猛与忠义的象征,所不同的是,二人的性格有很大差异。关羽虽然性格沉稳,但内中往往带有自傲以及对于他人的蔑视;张飞虽然表面看似脾气暴躁,性如烈火,但他往往能察纳雅言,及时改过,并且有些时候粗重有细,重视并且善于对待人才。"羽善待卒伍而骄于士大夫,飞爱敬君子而不恤小人",从中不难看出,虽然同为武将,两人之间的性格、为人处事的方法不同,这也是陈寿《三国志》对于两个相近历史人物的确当评价,体现了作者"良史"的特点。

　　选文截取张飞长坂坡喝退曹军、生擒严颜的片断,既表现了他的勇猛无匹,"一夫当关,万夫莫开",又表现了张飞善于用计、尊重人才的一面,而智破张郃更是集中体现了张飞粗中有细的特点。然而,张飞的"不恤小人"、"鞭挞健儿,而令在左右",是导致张飞最终悲剧的原因。陈寿在这一点上,也认同刘备的看法,认为这正是张飞的"取祸之道"。

周　瑜　传

【题解】　在小说《三国演义》中,周瑜被塑造成心胸狭窄、妒忌贤能的反面典型,然而正史上周瑜"性度恢廓,大率为得人"。本段文字节选周瑜生平最重要的事迹,如丹阳借兵、火烧赤壁、荆州争夺战等,展现了历史上真实的周瑜。本文选自《三国志·吴书》。

【原文】

　　周瑜字公瑾,庐江舒人也。从祖父①景,景子忠,皆为汉太尉。父异,洛阳令。瑜长壮有姿貌。初,孙坚兴义兵讨董卓,徙家于舒。坚子策与瑜同年,独相友善,瑜推②道南大宅以舍③策,升堂拜母④,有无通共。瑜从父尚为丹阳太守,瑜往省⑤之。会策将东渡,到历阳,驰书报瑜,瑜将⑥兵迎策。策大喜曰:"吾得卿,谐⑦也。"遂从攻横江、当利,皆拔⑧之。乃渡江击秣陵,破笮融、薛礼,转下湖孰、江乘,进入曲阿,刘繇奔走,而策之众已数万矣。因谓瑜曰:"吾以此众取吴会平山越已足。卿还镇丹阳。"瑜还。顷之,袁术遣从弟⑨胤代尚为太守,而瑜与尚俱还寿春。术欲以瑜为将,瑜观术终无所成,故求为居巢长,欲假涂⑩东归,术听之。遂自居巢还吴。是岁,建安三年也。策亲自迎瑜,授建威中郎将,即与兵二千人,骑五十匹。瑜时年二十四,吴中皆呼为周郎。以瑜恩信⑪著于庐江,出备牛渚,后领⑫春谷长。顷之,策欲取荆州,以瑜为中护军,领江夏太守,从攻皖,拔之。时得桥公两女,皆国色也。策自纳大桥,瑜纳小桥。复进寻阳,破刘勋,讨江夏,还定豫章、庐陵,留镇巴丘。

其年⑬九月，曹公入荆州，刘琮举众降，曹公得其水军，船步兵数十万，将士闻之皆恐。权延见群下⑭，问以计策。议者咸曰："曹公豺虎也，然托名⑮汉相，挟天子以征四方，动⑯以朝廷为辞，今日拒之，事更不顺。且将军大势，可以拒操者，长江也。今操得荆州，奄有⑰其地，刘表治水军，蒙冲⑱斗舰⑲，乃以千数，操悉浮以沿江，兼有步兵，水陆俱下，此为长江之险，已与我共之矣。而势力众寡，又不可论。愚谓大计不如迎⑳之。"瑜曰："不然。操虽托名汉相，其实汉贼也。将军以神武雄才，兼仗父兄之烈㉑，割据江东，地方数千里，兵精足用，英雄乐业，尚当横行天下，为汉家除残去秽。况操自送死，而可迎之邪？请为将军筹㉒之：今使㉓北土已安，操无内忧，能旷日持久，来争疆场㉔，又能与我校胜负于船楫㉕乎？今北土既未平安，加马超、韩遂尚在关西，为操后患。且舍鞍马，仗舟楫，与吴越争衡，本非中国㉖所长。又今盛寒㉗，马无藁草㉘，驱中国士众远涉江湖之间，不习水土，必生疾病。此数四者，用兵之患也，而操皆冒行之。将军禽㉙操，宜在今日。瑜请得精兵三万人，进住夏口，保㉚为将军破之。"权曰："老贼欲废汉自立久矣，徒忌二袁、吕布、刘表与孤耳。今数雄已灭，惟孤尚存，孤与老贼，势不两立。君言当击，甚与孤合，此天以君授孤也。"

时刘备为曹公所破，欲引南渡江，与鲁肃遇于当阳，遂共图计㉛，因进住夏口，遣诸葛亮诣权，权遂遣瑜及程普等与备并力逆㉜曹公，遇于赤壁。时曹公军众已有疾病，初一交战，公军败退，引次㉝江北。瑜等在南岸。瑜部将黄盖曰："今寇众我寡，难与持久。然观操军船舰首尾相接，可烧而走也。"乃取蒙冲斗舰数十艘，实以薪草，膏油灌其中，裹以帷幕，上建牙旗㉞，先书报曹公，欺以欲降。又豫备㉟走舸㊱，各系大船后，因引次㊲俱前。曹公军吏士皆延颈观望，指言㊳盖降。盖放诸船，同时发火。时风盛猛，悉延烧岸上营落㊴。顷之，烟炎张㊵天，人马烧溺死者甚众，军遂败退，还保南郡。备与瑜等复共追。曹公留曹仁等守江陵城，径自北归。

瑜与程普又进南郡，与仁相对，各隔大江。兵未交锋，瑜即遣甘宁前据夷陵。仁分兵骑别攻围宁，宁告急于瑜。瑜用吕蒙计，留凌统以守其后，身与蒙上救宁。宁围既解，乃渡屯北岸，克期㊶大战。

瑜亲跨马擽㊷陈㊸，会流矢中右胁，疮甚㊹，便还。后仁闻瑜卧未起，勒兵就陈㊺。瑜乃自兴㊻，案行㊼军营，激扬吏士，仁由是遂退。

权拜瑜偏将军㊽，领南郡太守。以下隽、汉昌、刘阳、州陵为奉邑㊾，屯据江陵。刘备以左将军领荆州牧，治公安。备诣京㊿见权，瑜上疏曰："刘备以枭雄(51)之姿，而有关羽、张飞熊虎之将(52)，必非久屈(53)为人用者。愚谓大计宜徙备置吴，盛为筑宫室，多其美女玩好(54)，以娱其耳目(55)，分此二人，各置一方，使如瑜者得挟与攻战，大事可定也。今猥(56)割土地以资业(57)之，聚此三人(58)，俱在疆埸，恐蛟龙得云雨(59)，终非池中物(60)也。"权以曹公在北方，当广揽英雄，又恐备难卒制(61)，故不纳。

是时刘璋为益州牧，外有张鲁寇侵(62)，瑜乃诣京见权曰："今曹操新折衄(63)，方忧在腹心(64)，未能与将军连兵相事(65)也。乞与奋威(66)俱进取蜀，得蜀而并张鲁，因留奋威固守其地，好与马超结援。瑜还与将军据襄阳以蹙(67)操，北方可图也。"权许之。瑜还江陵，为行装(68)，而道于巴丘病卒，时年三十六。权素服举哀，感动左右。丧当还吴，又迎之芜湖，众事费度(69)，一为供给。后著令(70)曰："故将军周瑜、程普，其有人客(71)，皆不得问。"初瑜见友于策，太妃(72)又使权以兄奉之。是时权位为将军，诸将宾客为礼尚简，而瑜独先尽敬(73)，便执臣节(74)。性度恢廓(75)，大率(76)为得人，惟与程普不睦。

瑜少精意(77)于音乐，虽三爵(78)之后，其有阙误(79)，瑜必知之，知之必顾，故时人谣曰："曲有误，周郎顾。"

【注释】 ① 从祖父：祖父的兄弟，即堂祖父。 ② 推：让出。 ③ 舍：使居住。 ④ 升堂拜母：登上人家的厅堂，拜见别人的母亲。表示友情深厚。 ⑤ 省（xǐng）：看望，探视。 ⑥ 将：统领。 ⑦ 谐：合，指事情办妥。 ⑧ 拔：夺取军事据点。 ⑨ 从弟：堂弟。 ⑩ 假涂：借路，借道。 ⑪ 恩信：恩德信义。 ⑫ 领：兼任。 ⑬ 其年：指建安十三年（208）。 ⑭ 延见群下：召见属下。 ⑮ 托名：假借名义。 ⑯ 动：动辄，动不动就。 ⑰ 奄有（yǎn）：完全拥有。奄，覆盖。 ⑱ 蒙冲：古代战船名，以生牛皮蒙船覆背，两厢开掣棹孔，左右有弩窗、矛穴。 ⑲ 斗舰：古代一种大型战船，设有多重防护女墙，常用来与敌舰正面冲撞。 ⑳ 迎：迎接，指投降。 ㉑ 烈：功业。 ㉒ 筹：筹划，谋划。 ㉓ 使：如果、假使。 ㉔ 疆埸（yì）：疆界，犹言领土。埸，边界。 ㉕ 校胜负于船楫：即于船楫校胜负。楫，船桨，代指水战。 ㉖ 中国：中原。 ㉗ 盛寒：酷寒。盛，极，形容程度。 ㉘ 藁（gǎo）草：草料。 ㉙ 禽：同"擒"，捉拿。 ㉚ 保：保证。 ㉛ 图计：谋划，商量计策。

㉜ 逆:迎击。 ㉝ 次:驻扎。 ㉞ 牙旗:旗竿上饰有象牙的大旗,多为主将主帅所设。㉟ 豫备:准备,预备。豫,通"预"。 ㊱ 走舸:轻便快速的战船,快艇,往往棹夫多而士兵少。 ㊲ 引次:依次,按照顺序。 ㊳ 指言:用手指着说。 ㊴ 营落:营寨。落,聚居的地方。 ㊵ 张:布满,充满。 ㊶ 克期:约定日期或限定日期。 ㊷ 掠(lüè):冲击。㊸ 陈:同"阵",军阵。 ㊹ 疮甚:箭伤很严重。 ㊺ 勒兵就陈:率领军队进入阵地。㊻ 兴:起。 ㊼ 案行(àn xíng):巡视。 ㊽ 偏将军:将军的辅佐,在当时地位较低。㊾ 奉邑:以收取赋税作为俸禄的封地。奉,通"俸"。 ㊿ 京:地名,在今江苏镇江,因城西京岘山得名。孙权曾自吴(今苏州)徙治于此。后世又称京口。 (51) 枭雄:雄豪杰出的人物。 (52) 虎熊之将:比喻骁悍勇猛的将领。 (53) 屈:屈从,降低身份做某事。 (54) 玩好:供玩赏的奇珍异宝。 (55) 娱其耳目:使其享受视听之乐。 (56) 猥:粗率,随意。(57) 资业:帮助成就大业。 (58) 三人:指刘备、关羽、张飞三人。 (59) 龙得云雨:比喻有才能的人有所凭依而得以施展抱负。传说中蛟龙得水,能够兴云作雨。 (60) 池中物:比喻蛰居而无所作为的人。 (61) 难卒制:最终难以控制。卒,最终。 (62) 寇侵:侵扰。寇,入侵。(63) 折衄(nǜ):失败,挫败。衄,本义是鼻子出血,引申为挫伤。 (64) 腹心:肚腹与心脏,常比喻靠近中心的重要地,这里指曹操统治的中原地区。 (65) 连兵相事:交兵开战。(66) 奋威:即奋威将军孙瑜,孙权堂兄。 (67) 蹙(cù):逼迫,追逼。 (68) 为行装:指准备出征用的行李。 (69) 费度:费用,花费。 (70) 著令(zhù lìng):书面写定的命令,表示很正式。 (71) 人客:依附于豪强大地主的农户,可以不向政府负担赋税徭役。 (72) 太妃:指孙策的母亲。 (73) 尽敬:极其尊敬。 (74) 执臣节:行臣子的礼节, (75) 性度恢廓:秉性气度宽宏博大。 (76) 大率:大致,大概。 (77) 精意:专心。 (78) 爵:古代一种青铜酒器。三爵,意谓喝多了。 (79) 阙误:过错。

【赏析】 《三国志》善于叙事,剪裁得宜,如为后人所熟知的"三顾茅庐",陈寿以"由是先主遂诣亮,凡三往,乃见"这十二个字精辟概括。又如周瑜火烧赤壁一节,作者从战前曹操不得人心、孙吴政权兵强马壮、刘备为曹操所败的战争背景写起,而战争过程中,黄盖诈降,火烧曹营,以"盖放诸船,同时发火。时风盛猛,悉延烧岸上营落"略叙之。作者详于战争背景的介绍,略于整个战争过程的叙写,文笔简练。作者刻画周瑜的谋略风采,着墨虽不多,却栩栩如生。

房玄龄曾在《晋书·陈寿传》对他有"善叙事,有良史之才"的赞誉。陈寿叙事不虚美,不隐恶。陈寿是三国时人,所编纂《三国志》在当时属于当代史。当时政治严酷,各种社会关系又极为复杂,陈寿在叙事上下了一番功夫,以更全面地反映社会现实。如曹操挟天子以令诸侯,在其本纪中叙写极为隐晦,但在《周瑜鲁肃吕蒙传》中称其为"老贼欲废汉自立久矣"。又如《华佗传》中,记叙曹操逼杀华佗的事件,其中褒贬自明。陈寿本蜀人,但不隐讳刘备的过失,记下了刘备以私怨杀张裕,又称刘备为"枭雄",这也是"良史"的具体表现。

吕　蒙　传

【题解】　吕蒙少而有勇，在后来与刘备政权的较量中，吕蒙更是吴政权策略的提出者，为吴国在吴、蜀之争中赢得了最大利益。陈寿从多个角度、不同侧面，向我们展现了一个"士别三日，当刮目相看"的吕蒙形象。本文选自《三国志·吴书》。

【原文】

吕蒙字子明，汝南富陂①人也。少南渡，依姊夫邓当。当为孙策将，数讨山越②。蒙年十五六，窃随当击贼，当顾见大惊，呵叱不能禁止。归以告蒙母，母恚③欲罚之，蒙曰："贫贱难可居④，脱误⑤有功，富贵可致。且不探虎穴，安得虎子？"母哀而舍之。时当职吏以蒙年小轻之，曰："彼竖子⑥何能为？此欲以肉喂虎耳。"他日与蒙会，又蚩辱⑦之。蒙大怒，引刀杀吏，出走，逃邑子⑧郑长家。出因⑨校尉袁雄自首，承间⑩为言，策召见奇之，引置左右。

数岁，邓当死，张昭荐蒙代当，拜别部司马。权统事，料诸小将兵少而用薄者⑪，欲并合之。蒙阴赊贳⑫，为兵作绛衣行縢⑬，及简日⑭，陈列赫然⑮，兵人练习，权见之大悦，增其兵。从讨丹阳，所向有功，拜平北都尉，领⑯广德长。从征黄祖，祖令都督陈就逆⑰以水军出战。蒙勒⑱前锋，亲枭⑲就首，将士乘胜，进攻其城。祖闻就死，委城走⑳，兵追禽㉑之。权曰："事之克，由陈就先获也。"以蒙为横野中郎将，赐钱千万。

是时刘备令关羽镇守，专有荆土，权命蒙西取长沙、零、桂三郡。蒙移书㉒二郡，望风归服，惟零陵太守郝普城守不降。而备自蜀亲至公安，遣羽争三郡。权时住陆口，使鲁肃将万人屯益阳拒羽，而飞书㉓召蒙，使舍零陵，急还助肃。初，蒙既定长沙，当之零陵，过酃㉔，载南阳邓玄之，玄之者郝普之旧㉕也，欲令诱普。及被书㉖当还，蒙秘之㉗。夜召诸将，授以方略㉘，晨当攻城。顾谓玄之曰："郝子太㉙闻世间有忠义事，亦欲为之，而不知时也。左将军㉚在汉中，为夏侯渊所围。关羽在南郡，今至尊㉛身自临之。近者破樊本屯㉜，救酃，逆㉝为孙规所破。此皆目前之事，君所亲见也。彼方首尾倒悬㉞，救死不给㉟，岂有余力复营此哉？今吾士卒精锐，人思致命㊱。至尊遣兵，相继于道。今子太以旦夕之命，待不可望之救。犹牛蹄中鱼，冀赖江汉㊲，其不可恃㊳亦明矣。若子太必能一㊴士卒之心，保孤城之守，尚能稽延㊵旦夕，以待所归者，可也。今吾计力度虑㊶，而以攻此，曾不移日㊷，而城必破，城破之后，身死何益于事，而令百岁老母，戴白㊸受诛，岂不痛哉？度此家不得外问㊹，谓援可恃，故至于此耳。君可见之，为陈祸福。"玄之见普，具㊺宣蒙意，普惧而听之。玄之先出报蒙："普寻后㊻当至。"蒙豫敕四将，各选百人，普出，便入守城门。须臾普出，蒙迎执其手，与俱下船。语毕，出书示之，因拊手大笑。普见书，知备在公安，而羽在益阳，惭恨入地㊼。蒙留孙皎，委以后事，即日引军赴益阳。刘备请盟，权乃归普等。割湘水，以零陵还之。以寻阳、阳新为蒙奉邑㊽。

后羽讨樊，留兵将备公安、南郡。蒙上疏曰："羽讨樊而多留备兵㊾，必恐蒙图其后故也。蒙常有病，乞分士众还建业，以治疾为名。羽闻之，必撤备兵，尽赴襄阳。大军浮江，昼夜驰上，袭其空虚，则南郡可下，而羽可禽也。"遂称病笃㊿，权乃露檄㊱召蒙还，阴与图计。羽果信之，稍撤兵以赴樊。魏使于禁救樊，羽尽禽禁等，人马数万，托以粮乏㊲，擅取湘关㊳米。权闻之，遂行。先遣蒙在前。蒙至寻阳，尽伏其精兵舳舻㊴中，使白衣摇橹，作商贾人服，昼夜兼行，至羽所置江边屯候㊵，尽收缚㊶之，是故羽不闻知。遂到南郡，士仁、糜芳皆降。蒙入据城，尽得羽及将士家属，皆抚慰，约令军中不得干历㊷人家，有所求取。蒙麾下士，是汝南人，取民家一笠，以覆官铠，官铠虽公，蒙犹以为犯军令，不可以乡里㊸故而废法，遂垂涕斩之。于是军中震栗，道不拾遗。蒙旦暮使亲近存恤耆老㊹，问所不足，疾病者给医药，饥寒者赐衣粮。羽府藏财宝，皆封闭以待权至。羽还，在道路，数使人与蒙相闻㊺，蒙辄厚遇其使，周游城中，家家致问㊻，或手书示信。羽人㊼还，私相参讯㊽，咸知家门无恙，见待㊾过于平时，故羽吏士无斗心。会权寻至，羽自知孤穷㊿，乃走麦城，西至漳乡，众皆委羽㊱而降。权使朱然、潘璋断其径路，即父子俱获，荆州遂定。

【注释】　①富陂：今安徽阜阳南。　②山越：古代对南方山区少数民族的通称。清王鸣盛《十七史商榷·三国志四·山越》："山越者，自周秦以来，南蛮总称百越，伏处深山，故名山越。"　③恚（huì）：愤怒，痛恨。　④贫贱难可居：贫穷，地位低下，难以度日。

⑤ 脱误:假如,如果。 ⑥ 竖子:小子,对人的鄙称。 ⑦ 蚩辱:侮辱,欺压。 ⑧ 邑子:同邑之人,同乡。 ⑨ 因:通过。 ⑩ 承间:乘机,利用机会。 ⑪ “料诸小”句:清理兵力弱而军费又少的将领。料,料理,清理。 ⑫ 赊贳(shē shì):借贷。 ⑬ 行縢(xíng téng):裹腿布。 ⑭ 简日:检阅的日子。 ⑮ 赫然:醒目,令人吃惊的样子。 ⑯ 领:兼任。 ⑰ 逆:迎击。 ⑱ 勒:统领,率领。 ⑲ 枭(xiāo):斩首。 ⑳ 委城:弃城逃跑。 ㉑ 禽:同“擒”,捉拿,擒获。 ㉒ 移书:写信,传递书信。 ㉓ 飞书:快速传递文书。 ㉔ 酃(líng):县名,在今湖南衡阳东。 ㉕ 郝普之旧:郝普的老朋友。 ㉖ 被书:收到书信。 ㉗ 秘之:指不公开孙权调他回军这件事。 ㉘ 方略:方针策略。 ㉙ 郝子太:郝普,字子太。 ㉚ 左将军:刘备曾被汉献帝封为左将军。 ㉛ 至尊:至高无上的地位,多用于帝、后。这里指孙权。 ㉜ 本屯:大本营。 ㉝ 逆:反而。 ㉞ 首尾倒悬:比喻处境危险。 ㉟ 不给(jǐ):不能提供什么。 ㊱ 致命:献出生命,拼死。 ㊲ “牛蹄”二句:在牛蹄那么大的水坑中的鱼,还梦想着依靠长江、汉水来活命。比喻危在旦夕。 ㊳ 恃:依仗,依靠。 ㊴ 一:统一,使同心一致。 ㊵ 稽延:拖延,迟延。 ㊶ 度虑:估量。 ㊷ 移日:移动日影,指不很短的时间。 ㊸ 戴白:头生白发,形容人老。 ㊹ 外问:犹“外闻”,外面的消息。 ㊺ 具:全部。 ㊻ 寻后:随后。寻,本为长度单位,引申为顷刻,不久。 ㊼ 惭恨入地:惭愧悔恨,无地自容。 ㊽ 奉邑:以收取赋税作为俸禄的封地。奉,通“俸”。 ㊾ 备兵:驻守的部队。 ㊿ 病笃:病重。笃,沉重。 (51) 露檄:发布公告。 (52) 托以粮乏:以军粮缺乏为借口。 (53) 湘关:吴、蜀分治荆州,以湘水为界,水上置关通商,称湘关,在今湖南零陵北。 (54) 舳舻:大船。 (55) 屯候:驻军的哨所。 (56) 收缚:收押捆绑。 (57) 干历:骚扰。 (58) 乡里:这里指同乡。 (59) 存恤耆老:慰问老人。 (60) 相闻:互通信息,互相通报。 (61) 致问:看望慰问。 (62) 羽人:指关羽的使者。 (63) 参讯:相互探问。 (64) 见待:受到的待遇。 (65) 孤穷:力量孤单,形势危急。 (66) 委羽:背弃关羽。委,抛弃。

【赏析】 吕蒙是三国时期吴国的一位将才。他少时虽然勇猛,却被人讥为“吴下阿蒙”。后奋发图强,苦习兵法,终于成为一个智勇双全的人才。《三国志》正是从吕蒙的智和勇两个方面来阐述的。

选文选取吕蒙一生中较有代表性的几个事件。吕蒙少而有勇,与其姊夫邓当形成了鲜明对面,他不仅敢于“引刀杀吏”,更能发出“不入虎穴,焉得虎子”之语,令吴主奇之。另一方面,吕蒙治军颇有一套方法,他“阴赊贳,为兵作绛衣行縢,及简日,陈列赫然”,如此做法,不仅赢得了士兵的信任与感激,从而提高了军队战斗力,更赢得了孙权的赏识,将更多的兵士交给他统领。而在后来与刘备政权的较量中,吕蒙更是吴政权策略的提出者,他认为对于关羽应该采取“昼夜驰上,袭其空虚,则南郡可下,而羽可禽也”的策略,并亲自实施,“白衣摇橹,作商贾人服,昼夜兼行”,最终生擒关羽,为吴国在吴、蜀之争中赢得了最大利益。陈寿《三国志·吕蒙传》从多个角度、不同侧面,向我们展现了一个“士别三日,当刮目相看”的吕蒙形象。

赵　至

作者简介　赵至(约249—289)，字景真，后改名浚，字允元，代郡(郡治属今河北省蔚县)人。少时求学洛阳，深受嵇康赏识。后在江夏、辽西等地为官。太康中(公元285年左右)，以良吏赴洛，以母亡，又以所志不遂，号愤痛哭，呕血而卒。

与嵇茂齐书

【题解】　赵至与嵇茂齐友善，因将远赴辽西，临别之时，写下了这封信，抒写分离的怅惘，以及抑郁不得志的苦闷。本文选自《昭明文选》卷四十三。

【原文】

安白：昔李叟①入秦②，及关③而叹，梁生④适越，登岳长谣。夫以嘉遁⑤之举，犹怀恋恨，况乎不得已者哉。

惟别之后，离群独游，背荣宴⑥，辞伦好⑦，经迥路⑧，涉沙漠。鸣鸡戒旦⑨，则飘尔⑩晨征；日薄西山⑪，则马首靡托⑫；寻历曲阻，则沉思纡结⑬；乘高远眺，则山川悠隔。或乃回飙狂厉，白日寝光⑭，崎岖交错，陵巇⑮相望。徘徊九皋⑯之内，慷慨⑰重阜⑱之巅，进无所依，退无所据。涉泽求蹊，披榛⑲觅路，啸咏沟渠，良⑳不可度。斯亦行路之艰难，然非吾心之所惧也。

至若兰茞㉑倾顿㉒，桂林㉓移植，根萌未树，牙浅㉔弦急㉕，常恐风波潜骇㉖，危机密发，斯所以怵惕㉗于长衢，按辔㉘而叹息也。又北土之性，难以托根㉙，投人夜光，鲜不案剑㉚。今将植橘柚于玄朔㉛，蒂华藕㉜于修陵㉝，表龙章㉞于裸壤㉟，奏《韶舞》㊱于聋俗㊲，固难以取贵矣。夫物不我贵，则莫之与；莫之与，则伤之者至矣。飘飘远游之士，托身无人之乡，总辔遐路，则有前言之艰；悬鞍陋宇㊳，则有后虑之戒。朝霞启晖，则身疲于遄征㊴；太阳戢曜㊵，则情劬㊶于夕惕㊷。肆目平隰，则辽廓而无睹；极听修原，则淹寂而无闻㊸。吁其悲夫！心伤悴矣！然后乃知步骤之士㊹,不足为贵也。

若乃顾影㊺中原,愤气云踊。哀物悼世,激情风烈㊻。龙睇㊼大野,虎啸六合㊽。猛气纷坛,雄心四据。思蹑㊾云梯,横奋八极㊿。披艰扫秽,荡海夷岳㉛。蹴昆仑使西倒,蹋太山令东覆。平涤㉜九区,恢维㉝宇宙。斯亦吾之鄙㉞愿也。时不我与,垂翼㉟远逝。锋芒靡加,翅翻㊱摧屈。自非知命㊲,谁能不愤悒㊳者哉。

吾子㊴植根芳苑,擢秀㊵清流。布叶㊶华崖㊷,飞藻云肆。俯据潜龙之渊,仰荫栖凤之林。荣曜眩其前,艳色饵其后㊸。良俦㊹交其左,声名驰其右。翱翔伦党之间,弄姿房帏之里,从容顾眄㊺,绰有余裕㊻。俯仰吟啸,自以为得志矣。岂能与吾同大丈夫㊼之忧乐哉。

去矣嵇生,永离隔矣！茕茕㊽飘寄,临沙漠矣！悠悠三千,路难涉矣！携手之期,邈无日矣！思心弥结㊾,谁云释㊿矣！无金玉尔音,而有遐心㉛。身虽胡越㉜,意存断金㉝。各敬尔仪,敦履璞沉㉞㉟。繁华流荡,君子弗钦。临书怅然㊱,知复何云！

【注释】　①李叟:指老子李耳,春秋时期思想家,曾做过周朝的"守藏之吏",即管理藏书的史官。　②入秦:指老子西游于秦。　③及关:来到函谷关。　④梁生:指梁鸿,字伯鸾,扶风平陵人,家贫好学,不求仕进,是汉代著名的隐士和诗人。　⑤嘉遁:语出《周易》"嘉遁贞吉",指合乎情理的主动退隐。此处指老子与梁鸿的退隐。　⑥背荣宴:远离荣宴盛会。荣宴,盛宴。　⑦伦好:同辈好友。　⑧迥路:崎岖的路。　⑨鸣鸡戒旦:怕失晓而耽误正事,天没亮就起身出发,形容过度紧张。戒旦,报告天明。　⑩飘尔:飘然,漂泊不定的样子。　⑪日薄西山:语出《汉书·扬雄传》:"临汨罗而自陨兮,恐日薄西山。"比喻人到老年或腐朽的事物接近灭亡。　⑫马首靡托:车马不知投宿何处。　⑬沉思纡结:愁思郁结于心。　⑭寝光:暗淡无光。　⑮陵隰(xí):山陵和低湿之地。　⑯九皋:深曲的沼泽。　⑰慷慨:感叹失意的样子。　⑱重阜:即高山。　⑲披榛:拨开丛生的草木,有披荆斩棘之意。　⑳良:实在。　㉑兰茞(chǎi):兰草和白芷两种香草。　㉒倾顿:倾倒枯萎。　㉓桂林:桂树,香木。　㉔牙浅:牙浅露之时,指弩牙钩住弓弦之时。　㉕弦急:弓弦已经拉紧,比喻敌对势力将弦上之箭瞄准自己。　㉖潜骇:暗中忽起。　㉗怵惕:警戒。　㉘按辔:控制马的缰绳使车马徐行。　㉙托根:有寄身之意。　㉚案剑:以手抚剑,表示惊惧警惕的样子。　㉛玄朔:北方。　㉜藕:名词作动词,像藕一样紧密联系着。　㉝修陵:南北朝时期梁武帝的陵墓。　㉞龙章:即龙纹、龙形。　㉟裸壤:裸体纹身之乡。　㊱《韶舞》:虞舜的乐舞,以美盛典雅而著称。　㊲聋俗:不懂音乐的俗人与聋子无异。　㊳悬鞍陋宇:意思为把马鞍悬挂在简陋的屋内。　㊴遄(chuán)征:急行,迅速赶路。　㊵戢(jí)曜(yào):收敛了光芒,指天黑。　㊶情劬(qú):因劳累而心情愁苦。劬,本义为弯腰用力,后形容十分劳累、疲劳。　㊷夕惕:谓夜晚仍然心怀忧惧,工作不懈。 ㊸“肆目”四句:极目远望大平原,则大地辽阔而无所见;尽力聆听广阔的高原,则一片寂静而无所闻。肆目,放眼望去。淹寂,寂静。 ㊹步骤之士:指长途跋涉之人。 ㊺顾影:回顾往日的情景。 ㊻风烈:如暴风一样猛烈。 ㊼龙睇:圆睁着眼睛怒视。 ㊽六合:天地四方,代指整个中国。 ㊾蹑:踩,踏。 ㊿八极:四面八方。 (51)荡海夷岳:震荡四海,夷平五岳。 (52)平涤:平定扫除。 (53)恢维:恢复维系。 (54)鄙:自我的谦称。 (55)垂翼:垂下翅膀,比喻不得志。 (56)翅翮(hé):翅膀。翮,鸟羽的茎。 (57)知命:语出《易·系辞上》:“乐天知命,故不忧。”意谓乐从天道的安排,安守命运。 (58)愤悒(yì):即愤邑,愤恨抑郁。 (59)吾子:指嵇茂齐。 (60)擢秀:开花。 (61)布叶:散布枝叶。 (62)华崖:华美的山崖。 (63)“荣曜”六句:在你的前后有眩目的荣耀、诱人的美色,左右有交往的良朋好友,又有飞驰的声名,你交游于朋辈之间,赏玩美色于内室。 (64)良俦,即好友,良友。 (65)顾眄:回头看。 (66)绰有余裕:不慌不忙,悠闲自在。 (67)大丈夫:有作为的人。 (68)茕茕:语出《楚辞·九章·思美人》“独茕茕而南行兮,思彭咸之故也。”表示孤独无依的样子。 (69)弥结:更加郁结。(70)释:解开,消除。 (71)“无金玉尔音”二句:语出《诗经·小雅·白驹》:“毋金玉尔音,而有遐心。”意思为:别忘了给我写信,别存疏远我之心。 (72)胡越:指胡人和越人两种少数民族居住的地方,借喻隔离之远。 (73)断金:语出《周易》:“二人同心,其利断金。”比喻友谊非常坚固,忠贞不移。(74)敦履:敦厚踏实。 (75)璞沉:质朴深沉。 (76)悢(liàng)然:怅然若失的样子。

【赏析】 在这封信中,作者描述了自己去辽东的行路之难“乘高远眺,则山川悠隔”、离乡之苦“北土之性,难以托根”,其中的滋味难以言说。“蹑云梯,奋八极,披艰扫秽,荡海夷岳”之句,更是形象直观地描写出一个济世豪杰的英伟形象。然而,仕途的艰难更甚于行路之难,“时不我与,垂翼远逝,锋铓靡加,翅翮摧屈”,壮志难酬的忧愤溢于笔端纸间。此时此刻,至交好友之间的惺惺相惜显得更加珍贵。只是此去山高路远,携手无期,唯有深深的不舍和思念之情在信的结尾荡漾不绝,越回味越觉情感深厚。

该信情真意切,楚楚动人,辞采绚丽又不觉繁滞,个性鲜明,气势浩然,令人读后欷歔不已。

陆 机

作者简介

陆机(261—303),字士衡,吴郡华亭(今上海)人。祖父陆逊、父亲陆抗,均是东吴名将,家世显赫。吴亡入洛,与其弟陆云合称"二陆"。陆机以文才受到张华赏识,举荐为祭酒,迁著作郎。"八王之乱"时任司马颖的大将军,兵败为其所杀。今存《陆士衡集》。本文选自《昭明文选》卷三十七。

谢平原内史表

【题解】 晋武帝太康十年(289),陆机和陆云兄弟应征入洛,并被卷入了此后的"八王之乱"。此文写于晋惠帝永宁元年(301),赵王伦专政后垮台,时任中书郎的陆机被牵连入狱。成都王颖相救,并授予其平原内史一职,陆机便写了此表以申谢意,并借机表明自己的清白。

【原文】

陪臣①陆机言:今月九日,魏郡太守②遣兼丞张含,赍板诏③书印绶,假臣为平原④内史⑤。拜受衹悚⑥,不知所裁。臣机顿首顿首,死罪死罪⑦。

臣本吴人,出自敌国⑧,世无先臣宣力之效⑨,才非丘园⑩耿介之秀。皇泽广被⑪,惠济⑫无远,擢自群萃,累蒙荣进。入朝九载,历官有六⑬,身登三阁⑭,官成两宫⑮。服冕乘轩,仰齿⑯贵游⑰,振景拔迹⑱,顾邈⑲同列,施重山岳,义足灰没⑳。遭国颠沛,无节可纪㉑,虽蒙旷荡㉒,臣独何颜!俯首顿膝,忧愧若厉㉓。而横㉔为故齐王冏㉕所见枉陷,诬臣与众人共作禅文㉖,幽执㉗囹圄㉘,当为诛始。臣之微诚,不负天地,仓卒㉙之际,虑有逼迫,乃与弟云及散骑侍郎袁瑜、中书侍郎冯熊、尚书右丞崔基、廷尉正顾荣、汝阴太守曹武,思所以获免,阴蒙避回,岐岖㉚自列㉛。片言只字,不关其间,事踪笔迹㉜,皆可推校㉝,而一朝翻然㉞,更以为罪。蕞尔㉟之生,尚不足吝㊱,区区㊲本怀㊳,实有可悲。畏逼天威,莫大㊴之衅,日经圣听,肝血㊵之诚,终不一闻,所以临难慷慨㊶,而不能不恨恨㊷者,惟此而已。

重蒙陛下恺悌㊸之宥㊹,回霜收电㊺,使不陨越㊻。复得扶老携幼,生出狱户。怀金拖紫㊼,退就散辈㊽。感恩惟咎,五情㊾震悼。跼天蹐地㊿,若无所容。不悟日月之明,遂垂曲照㊿。云雨之泽,播及朽瘁㊿。忘臣弱才,身无足采。哀臣零落,罪有可察。苟削丹书㊿,得夷平民。则尘洗天波㊿,谤绝众口。臣之始望,尚未至是。

猥辱㊿大命,显授符虎㊿,使春枯之条㊿,更与秋兰垂芳;陆沉㊿之羽,复与翔鸿㊿抚翼。虽安国免徒,起纡㊿青组㊿,张敞亡命㊿,坐致朱轩㊿。方臣所荷㊿,未足为泰。岂臣蒙垢含吝,所宜悉窃;非臣毁宗夷族㊿,所能上报。喜惧参并㊿,悲惭哽结㊿。拘守常宪,当便道㊿之官,不得束身㊿奔走,稽颡㊿城阙。瞻系天衢㊿,驰心辇毂㊿,臣不胜屏营延仰㊿。谨拜表以闻。

【注释】 ① 陪臣:古代天子以诸侯为臣,诸侯以大夫为臣,大夫又自有家臣。因之大夫对于天子,大夫之家臣对于诸侯,都是隔了一层的臣,即所谓"重臣",因之都称为"陪臣"。　② 太守:官名。秦设郡守,管理一郡政事,秩二千石。汉景帝时更名太守。　③ 板诏:凡王封拜的官员称为板官。时成都王摄政,故称板诏。　④ 平原:郡名,治所在山东平原县。　⑤ 内史:地方官名。汉代时,诸侯分封以后,丞相由朝廷任命,内史等官均由诸侯王自己任命,内史仅次于丞相,晋代时以内史掌太守之职。　⑥ 祗(zhī)竦:恭敬惶恐。　⑦ 死罪:奏章书札中的套语,意为"冒死"。　⑧ 敌国:吴被晋灭,故称敌国。　⑨ "世无先人"句:我的先人没有给晋效过力。　⑩ 丘园:语出《易·贲》:"贲于丘园。"代指乡村田园,后多指隐居之地。　⑪ 广被:广为覆被。　⑫ 惠济:施恩于人。　⑬ 历官有六:陆机先后做过祭酒、太子洗马、郎中令、尚书中兵郎、殿中郎和著作郎六个官职。　⑭ 三阁:魏晋时的国家藏书楼。魏文帝代汉,更集经典,藏在秘书内外三阁,始有三阁之称。　⑮ 两宫:东宫及上台的合称,代指太子和皇帝。　⑯ 齿:列。　⑰ 贵游:显贵们的活动。语出《周礼》:"师氏以三德教国子,凡国之贵游子弟学焉。"　⑱ 振景(yǐng)拔迹:提拔。振景,获得了光辉。景,通"影"。　⑲ 邈:很远的样子。　⑳ 灰没:灰灭,如灰烬之消散泯灭。　㉑ 无节可纪:没有坚守节操可记载的。　㉒ 旷荡:度量宽弘或性情旷达。　㉓ 若厉:处境危险。　㉔ 横:有飞来横祸之意,形容很突然。　㉕ 齐王冏:字景治。赵王伦篡位,冏举兵讨伐,到陈的时候斩了伦。　㉖ 禅文:赵王伦受禅的公文。据《晋书·陆机传》记载,齐王冏怀疑赵王伦的封禅之文是陆机所写。　㉗ 幽执:囚禁。　㉘ 图圄:监狱。　㉙ 仓卒:即仓促,匆忙急迫的样子。　㉚ 岐岖:即崎岖。　㉛ 列,陈。　㉜ 笔迹:字迹。　㉝ 推校:推求考校。　㉞ 翻然:也作"幡然",形容转变很快。　㉟ 蕞(zuì)尔:形容很小,常用以形容地区。　㊱ 吝:怜惜。　㊲ 区区:方寸。　㊳ 本怀:自己的心迹。　㊴ 莫大:没有比这更大的。　㊵ 肝血:比喻赤诚之心。　㊶ 慷慨:感叹。

㊷ 恨恨：抱恨不已。 ㊸ 恺悌（kǎi tì）：和易近人。 ㊹ 宥：蒙庇佑而赦免。 ㊺ 回霜收电：比喻帝王息怒。 ㊻ 陨越：即颠坠，丧失。语出《左传·僖公九年》“恐陨越于下，以遗天子羞。” ㊼ 怀金拖紫：怀揣金印，拖着系有金印的紫绶带。形容身居高位，十分显贵。 ㊽ 散辈：散官之辈。 ㊾ 五情：人有五情，即喜、怒、哀、乐、怨。 ㊿ 跼（jú）天蹐（jí）地：形容惶恐不安的样子。语出《诗经·小雅·正月》：“谓天盖高，不敢不局；谓地盖厚，不敢不蹐”。 (51) 曲照：光的曲折照射，形容恩泽无所不至。 (52) 朽瘁：即衰病之身。 (53) 丹书：即古代的定罪之书。 (54) 天波：即皇帝的恩泽。 (55) 猥辱：谦辞，承蒙。 (56) 符虎：即虎符，是古代皇帝调遣兵将所用的兵符，用青铜或者黄金做成伏虎状的令牌，劈为两半，一半交给将帅，一半交给皇帝。只有两个虎符同时使用，才能调兵。 (57) 条：树木的枝条。 (58) 陆沉：陆地无水而沉，此处比喻人才被埋没。 (59) 翔鸿：高飞的鸿雁，喻当朝之士。 (60) 纡：弯曲，环绕。 (61) 青组：青色的丝带，古代官员常用以系冠服。 (62) 张敞亡命：汉书记载，张敞为京兆尹，因为与杨恽厚善，不宜处位，免为庶人。数月，冀州部中有大贼，天子思敞功，使使召敞，即装随使者诣公车上书。天子引敞见，拜为冀州刺史。敞起亡命，复奉使典州。古代犯人的罪名已定，而逃亡避祸，谓之亡命。 (63) 朱轩：二千石官员所乘车的车饰。 (64) 荷：负担。 (65) 毁宗夷族：把同宗族的人都杀死。 (66) 喜惧参并：即悲喜交加。 (67) 悲惭哽结：悲痛郁结在心里。 (68) 便道：指拜官或受命后不必入朝谢恩，直接赴任。 (69) 束身：约束自己，不放纵。 (70) 稽颡（sǎng）：旧丧礼居父母之丧时，跪拜宾客之礼，以额触地，表示极度悲痛。 (71) 天衢：天路，代指京城。 (72) 辇毂：皇帝的车舆，代指皇帝。 (73) 屏营延仰：惊慌失措的意思。语出《国语》：“昔楚灵王独行屏营”。延仰，引颈仰望。

【赏析】 陆机在到任平原内史之后，上此表感谢救命大恩和知遇之恩，并表示了自己的忠心。首先，陆机交代了感谢的缘由，然后讲述自己蒙受的不白之冤，能够洗雪罪名，感激之情铭记在心，最后对大难不死获得官职表示由衷的激动。文中追述入晋后的多次升迁荣进，侧面反映了官场的黑暗颠簸、相互倾轧的悲剧。

此篇奏表最大的特点便是以情动人，写冤情时感同身受、催人泪下，如“即罪惟谨，钳口结舌，不敢上诉所天”；写免罪获官时悲喜交加、涕泗交集，如“猥辱大命，显授符虎，使春枯之条，更与秋兰垂芳；陆沉之羽，复与翔鸿抚翼”一段，描写得极为贴切。陆机也善于描写内心世界，将悲喜相错的感受、忐忑不安的心理描摹得极为生动细致且词采飞扬。

全文结构精巧，层次分明；措辞优美，宛转流畅；骈散兼用、以骈为主的文体形式增添了音韵美，对偶的句式也增强了音韵美和感情的张力。

吊魏武帝文

【题解】 魏武帝即曹操,曹丕称帝后,追尊其为太祖武皇帝。西晋元康八年(298),陆机出任著作郎,有机会在秘阁阅览书籍,偶见魏武帝遗令,有感于一代英豪之死,遂写下了这篇吊文。吊文前半部分叙写曹操业绩,后半部分叙述曹操身后情景。本文选自《昭明文选》卷六十。

【原文】

元康八年,机始以台郎①加出补著作②,游乎秘阁③,而见魏武帝遗令,慨然④叹息,伤怀者久之。客⑤曰:"夫始终⑥者万物之大归,死生者性命之区域,是以临丧殡而后悲,睹陈根⑦而绝哭。今乃伤心百年之际⑧,兴哀无情之地⑨,意者⑩无乃⑪加知哀之可有,而未识情之可无乎?"

机答之曰:"日蚀由乎交分⑫,山崩起于朽壤,亦云数⑬而已矣。然百姓怪焉者,岂不以资⑭高明⑮之质而不免卑浊⑯之累,居常安之势而终婴⑰倾离⑱之患故乎?夫以回天倒日之力而不能振形骸之内⑲,济⑳世夷㉑难之智而受困魏阙之下,已而格㉒乎上下㉔者,藏于区区㉕之木;光于四表㉕者,翳㉖乎蕞尔㉗之土,雄心摧于弱情㉘,壮图终于哀志㉙,长算屈于短日,远迹顿于促路。呜呼!岂特瞽史㉚之异阙景㉛,黔黎㉜之怪颓岸乎?观其所以顾命冢嗣㉝,贻谋四子㉞,经国之略既远,隆家之训亦弘。又云:'吾在军中,持法是也,至于小忿怒、大过失,不当效也。'善乎达人之谠言㉟矣。持姬女㊱而指季㊲豹㊳,以示四子曰:'以累㊴汝。'因泣下。伤哉!曩㊵以天下自任,今以爱子托人,同乎尽者无馀,而得乎亡者无存㊶,然而婉娈㊷房闼㊸之内,绸缪家人之务,则几乎密与!又曰:'吾婕好㊹妓人㊺,皆着㊻铜雀台。于台堂上施㊼八尺床、穗帐,朝㊽晡㊾上脯㊿精㉛之属㉜,月朝㉝十五日,辄向帐作妓㊾。汝等时时登铜雀台,望吾西陵墓田。'又云:'馀香可分与诸夫人。诸舍中无所为,学作履组卖也㊿。吾历官所得绶,皆着藏中。吾馀衣裘,可别为一藏,不能者兄弟可共分之。'既而竟㊼分焉。亡者可以勿求,存者可以勿违,求与违,不其两伤乎㊿?悲夫!爱有大而必失,恶有甚而必得,智慧不能去其恶,威力不能全其爱,故前识[58]所不用心,而圣人罕言焉。若乃系情累[59]于外物,留曲念[60]于闺房,亦贤俊之所宜废乎!"于是遂愤懑而献吊云尔。

接皇汉之末绪[61],值王途之多违[62]。仾[63]重[64]渊以育鳞[65],抚庆云[66]而遐飞。运神道以载德,乘灵风而扇威。摧群雄而电击,举[67]勍[68]敌其如遗[69]。指八极[70]以远略,必翦[71]焉而后绥[72]。厘[73]三才[74]之阙典,启天地之禁闱[75]。举[76]修网[77]之绝纪[78],纽[79]大音[80]之解徽[81]。扫云物[82]以贞观[83],要万途而来归。丕[84]大德以宏覆,援日月而齐晖。济元功[85]于九有[86],固举世之所推。

彼人事之大造[87],夫何往而不臻。将覆篑[88]于浚谷,挤为山乎九天。苟理穷而性尽[89],岂长算[90]之所研[91]? 悟临川之有悲[92],固梁木其必颠。当建安之三八[93],实大命之所艰。虽光昭于曩载,将税驾[94]于此年。惟降神[95]之绵邈,眇[96]千载而远期。信斯武之未丧,膺[97]灵符而在兹。虽龙飞[98]于文昌[99],非王心之所怡。愤西夏以鞠旅,溯[100]秦川[101]而举旗[102]。逾[103]镐京[104]而不豫[105],临渭滨[106]而有疑。冀翌日之云瘳[107],弥[108]四旬而成灾。咏归途以反旆[109],登崤、渑[110]而揭[111]来。次[112]洛汭[113]而大渐[114],指六军曰念哉[115]!

伊君王之赫奕[116],实终古之所难。威先天而盖世,力荡海而拔山。厄奚险而弗济[117],敌何强而不残。每因祸以禔福[118],亦践危而必安。迄在兹而蒙昧[119],虑噤闭[120]而无端[121]。委躯命以待难,痛没世而永言[122]。抚四子以深念,循肤体而颓叹。迨[123]营魄之未离,假余息乎音翰[124]。执姬女以嚬瘁[125],指季豹而漼[126]焉。气冲襟[127]以呜咽,涕垂睫而汍澜[128]。违[129]率土以靖寐[130],戢[131]弥天[132]乎一棺。

咨[133]宏度之峻邈[134],壮[135]大业之允[136]昌。思居终而恤始[137],命临没而肇[138]扬。援贞咨[139]以惎[140]悔,虽在我而不臧。惜内顾之缠绵,恨末命之微详。纡[141]广念于履组,尘清虑于馀香。结遗情于婉娈,何命促而意长!陈法服于帷座,陪窈窕于玉房。宣备物于虚器,发哀音于旧倡。矫[142]戚容以赴节,掩零泪而荐觞。物无微而不存,体无惠而不亡[143]。庶[144]圣灵之响像[145],想幽神之复光。苟形声之翳[146]没,虽音景其必藏。徽清弦而独奏,进脯糈而谁尝。悼缱帐之冥漠,怨西陵之茫茫。登雀台而群悲,眝[147]美目其何望。既睎古以遗累,信简礼而薄葬[148]。彼裘绂[149]于何有,贻尘谤[150]于后王。嗟大恋之所存,故虽哲而不忘。览遗籍以慷慨,献兹文而凄伤。

【注释】　①台郎:晋时称尚书郎为台郎。　②著作:著作郎的简称。　③秘阁:朝廷收藏文献的地方。　④慨然:叹息的样子。　⑤客:作者所虚拟的人物。　⑥始终:偏义复词,偏"终",人死为终。　⑦陈根:一年以上的草,多生长在墓地,故以此指代坟墓。　⑧百年之际:曹操殁于公元220年,距陆机写作本文(298)不足80年,这里举其成数。　⑨无情之地:不必动感情的地方,指秘阁。　⑩意者:估计。　⑪无乃:恐怕是。　⑫交分:日与月交会分离。　⑬数:气数、起运。　⑭资:供给、帮助。　⑮高明:指太阳提供了光明。　⑯卑浊:这里指日蚀。　⑰婴:遭遇。　⑱倾离:崩坏。　⑲形骸之内:指生命。　⑳济:帮助。　㉑夷:平息。　㉒格:至,到达。　㉓上下:指天地。　㉔区区:小的意思。　㉕四表:四方之外。　㉖翳:掩蔽。　㉗蕞(zuì)尔:小的样子。　㉘弱情:这里指病中之情。　㉙哀志:将死之志。　㉚瞽史:史官,这里是指掌日蚀的史官。　㉛阙景:即日蚀。阙,通"缺"。景,通"影"。　㉜黔黎:平民百姓。　㉝家嗣:家中的长子,即曹丕。　㉞四子:这里指曹丕、曹植、曹彪、曹彰。　㉟谠(dǎng)言:正直之言。　㊱姬女:姬妾所生的女儿。　㊲季:古代排行最小的称季。　㊳豹:曹操幼子的名字。曹操死时曹豹才五岁,故称季豹。　㊴累:使动用法,使拖累。　㊵曩:过去。　㊶"同乎"二句:和一般人一样,身体死了,精神也跟着消失了;生命完结了,威势也就跟着消亡了。　㊷婉娈:柔顺的样子。　㊸房闼:内室。　㊹婕妤:妃嫔的封号。　㊺妓人:乐妓。　㊻着:安置。　㊼施:放。　㊽朝:早上。　㊾晡:晚上。　㊿脯:肉干。　㉛糒:米饭。　㉜属:类。　㉝月朝:每月初一。　㉞妓:伎乐。　㉟"诸舍中"二句:众位姬妾在房中无事可做,可以让她们学着编织鞋子丝带拿去卖。履,鞋子。组,丝带。　㊱竟:果然。　㊲"求与违"二句:死者的要求与活着的人违反遗命,这不是两伤么?　㊳前识:前代有识见的人。　㊴情累:感情的牵累。　㊵曲念:情丝缠绵的思念。　㊶末绪:前人留下的功业。　㊷多违:政令多背谬。　㊸仔:待。　㊹重:深。　㊺鳞:指龙。　㊻庆云:祥云。　㊼举:攻克。　㊽勍(qíng)敌:强敌。　㊾如遗:如同抛弃东西一般,形容容易。　㊿八极:八方极远的地方,指天下。　㉛翦:翦除暴乱。　㉜绥:安。　㉝厘:理。　㉞三才:天地人。　㉟禁闱(wéi):禁门。闱,宫室两侧的小门。　㊱举:振起。　㊲修网:长网,这里指法网。　㊳纪:纲纪。　㊴纽:继,连。　㊵大音:指美妙的音乐。　㊶徽:系琴弦的绳。　㊷云物:比喻群凶。　㊸贞观:天地之道贞正的景象,即政治清明。　㊹丕:扩大。　㊺元功:大功,首功。　㊻九有:九州,意谓天下。　㊼大造:大的成功。造,成就。　㊽覆篑(kuì):堆土成山,比喻建立大业。篑,盛土的筐子。　㊾理穷而性尽:《周易·说卦》:"穷理尽性,以至于命。"谓穷研物理而尽性,以至于通天命,即生死有天命的意思。　㊿长算:思虑深长。　㉛研:谋虑,预料。　㉜临川之有悲:是说川水永流不息,一去不返,恰如生命一去不返一样,这是很令人伤悲的。《论语》:"子(孔子)在川上曰:逝者如斯。"梁木其必颠:《礼记·檀弓上》载孔子死前唱道:"泰山其颓乎?梁木其坏乎?哲人其萎乎?"　㉝建安三八:指建安二十四年,公元219年。　㉞税驾:停驾,车卸了马,不再乘坐,比喻死亡。　㉟降神:指天生圣智之士。　㊱眇:远。

⑨⑦ 膺:接受,承当。　⑨⑧ 龙飞:指受王位。　⑨⑨ 文昌:殿名。　⑩⑩ 溯:逆流而上。　⑩① 秦川:指渭水,代指长安。　⑩② 举旗:开战的意思。　⑩③ 逾:过。　⑩④ 镐京:原是周代都城,这里代指长安。　⑩⑤ 不豫:不愉快,有疾的代称。　⑩⑥ 渭滨:渭水之滨,亦指长安。　⑩⑦ 瘳(chōu):病愈。　⑩⑧ 弥:满。　⑩⑨ "咏归途"句:意思是说曹操因为病重而立刻返程。旆(pèi),大旗。　⑩⑩ 崤(xiáo)、渑(miǎn):二山名,在洛阳之西。　⑪① 挈(qiè)来:去来,曹操建安二十四年十月还洛阳。　⑪② 次:驻军、停留。　⑪③ 洛汭:洛水入黄河处,这里是指东都洛阳。　⑪④ 大渐:病重将死。　⑪⑤ 念哉:《尚书·大禹谟》:"禹曰:'于,帝念哉!德惟善政,政在养民。'"此为禹献谋于帝之言。此处则指魏武帝对军士的遗命。　⑪⑥ 赫奕:显赫的样子。　⑪⑦ 厄奚险而弗济:有什么样的危险他不能渡过。厄,厄运、苦难。济,渡过。　⑪⑧ 禔福(zhī):安宁幸福。　⑪⑨ 蒙昧:昏昧,愚昧,这里指病重不省人事。　⑫⑩ 噤闭:因病而牙口紧闭,指说话困难。　⑫① 无端:无奈,没有办法。　⑫② 永言:长言,这里指反复交代遗命。　⑫③ 迨:等到,达到。　⑫④ "假余息"句:这句话的意思是曹操凭借他一息尚存之气而交代遗命。　⑫⑤ 顣瘁(pín cuì):皱眉忧伤。　⑫⑥ 漼(cuǐ):流泪。　⑫⑦ 冲襟:胸怀广阔。　⑫⑧ 汍(wán)澜:流泪的样子。　⑫⑨ 违:弃,离开。　⑬⑩ 靖寐:安眠,代指死亡。　⑬① 戢(jí):收敛,收藏。　⑬② 弥天:天大的志向。　⑬③ 咨:嗟叹。　⑬④ 峻邈:崇高远大。　⑬⑤ 壮:意动用法,认为壮大。　⑬⑥ 允:实在。　⑬⑦ 居终而恤始:语本《谷梁传·定公元年》:"昭公之终,非正终也;定之始,非正始也。"居,遵守。终,正终,指合于礼仪而老死,即老死在古都洛阳。恤,忧。始,指身后事的开端。　⑬⑧ 肇:开始。　⑬⑨ 贞:指幸福和祸患或善和恶等世事。贞,正也。吝,忧虞、悔恨义。诲(jì),教导。　⑭⑩ 纡:郁结于心中的苦闷。　⑭① 矫:假托。　⑭② 赴节:跟随着节拍而歌舞。　⑭③ "物无微"二句:事物不会因为十分微小而不存在,人也不会因为自己的智慧而不死亡。惠,同"慧"。　⑭④ 庶:期望。　⑭⑤ 响像:声音形貌。　⑭⑥ 翳:遮蔽,障蔽。　⑭⑦ 眝:远望,凝视。　⑭⑧ "即睎古"二句:想效仿古人薄葬,免遭牵累,因为厚葬不免被盗。既,已经。睎(xī),仰慕。遗,抛弃。累,牵累、负累。　⑭⑨ 裘绂(fú):衣裘和印绶。绂,古代系印纽的丝绳。　⑮⑩ 尘谤:尘俗的诽谤中伤。

【赏析】　陆机的《吊魏武帝文》是一篇抒情佳作。作者回顾了曹操的一生,综述他所建立的丰功伟业,烘托他"回天倒日"的威势。然而在临终之时,曹操再也没有往日身为王者应有的威仪,俗事萦怀,各种微不足道的小事都在他脑海里浮现,絮絮叨叨地叮嘱,唯恐有所遗漏。尤其是安排铜雀台中的歌女一事,历来为人所诟病,批判曹操至死都不忘享乐一事。然而死生弥留之际,曹操只不过是一个可怜人,对生命有渴望与眷恋,因此彷徨与悲哀感才如此彻底。

陆机着重呈现曹操作为普通人所具有的弱点,这让人更真实的感受到,曹操往日再权倾朝野,至始至终都不过是一个真实的"人"。"智慧不能去其恶,威力不能全其爱",他费心操持的所有琐事,不过反映了他对生命意志的执着追求罢了。陆机的用意并不是批判曹操如何恋恋自身,而是借此抒发了死生之恋,圣哲不免,对自己的人生命运无可奈何的感慨。陆机国破家亡,入仕新朝的凄惶感伤之情,已然可见。

　　历来文论家对陆机诗歌的批评主要着重于抒情性较少,但对他的散文却交口称赞。文章以骈体为主,以散行骈,句式整饬,极富气势。语言华丽而雅致,注重于辞句的雕琢。这些特点也许在诗中就为人所讥评,但在这篇文章里却有行云流水的异彩,一气呵成,文虽繁却不失典重,语言向贵族化的描摹,却增强了抒情的效果。

刘　琨

作者简介

刘琨(271—318)，字越石，中山魏昌(今河北无极)人。早年生活奢豪放荡，好老、庄之学，并与石崇、陆机、潘岳等依附权贵贾谧，为"二十四友"之一。历任著作郎、尚书左丞、司徒左长史等职。光熙元年(306)，以奉迎惠帝还洛阳之功，封广武侯。永嘉元年(307)，任并州刺史，招抚流亡，抗击匈奴刘渊、刘聪。兵败，父母遇害。愍帝时任大将军，都督并、冀、幽三州军事。建兴三年(315)，进位司空。后败于石勒，遂投奔幽州刺史鲜卑人段匹磾，商定共扶晋室。元帝初，迁侍中、太尉。后被段杀害。《隋书·经籍志》著录《刘琨集》十卷、《刘琨别集》十二卷，已散佚，明人辑有《刘越石集》。

劝　进　表

【题解】　"劝进"就是劝别人称王、称帝，在被拥戴的人来说，通过别人的劝说才上台，表明不是出自本意，而是"天命所归"。魏晋六朝时，篡位之君常假借"禅让"、"受禅"之名夺取政权。当让国"诏书"下达后，又故作逊让，使朝臣再三上表，劝其登基，然后即位。如曹丕代汉，侍中刘廙等即率群臣奉表劝进。亦有外族入侵、皇统中断，大臣上表宗室劝其即位以继承皇统者。公元316年，晋愍帝为刘曜掳掠，西晋灭亡。次年，刘琨、段匹磾等联名派人从幽州到江南建康(今江苏南京)向琅邪王司马睿上表劝进，请求司马睿即位国主。此即刘琨所拟《劝进表》，本文选自《昭明文选》卷三十七。

【原文】

建兴五年①三月癸未朔十八日辛丑，使持节散骑常侍都督河北并冀幽三州诸军事、领护军匈奴中郎将、司空、并州刺史、广武侯臣琨，使持节侍中都督冀州诸军事、抚军大将军、冀州刺史、左贤王、渤海公臣磾②，顿首死罪，上书。

臣琨臣磾，顿首顿首，死罪死罪。臣闻天生蒸人③，树之以君，所以对越天地，司牧黎元④。知天地不可以乏飨，故屈其身以奉之；知黎元不可以无主，故不得已而临之。社稷时难，则戚藩⑤定其倾；郊庙或替⑥，则宗哲⑦纂其祀。所以弘振遐风⑧，式固万世，三五⑨以降，靡不由之。

　　臣琨臣碑，顿首顿首，死罪死罪。伏惟高祖宣皇帝肇基⑩景命，世祖武皇帝遂造区夏，三叶重光⑪，四圣⑫继轨⑬，惠泽⑭侔⑮于有虞⑯，卜年⑰过于周氏。自元康以来，艰祸繁兴⑱，永嘉之际，氛厉⑲弥昏，宸极⑳失御㉑，登遐丑裔㉒，国家之危，有若旒缀㉓。赖先后之德，宗庙之灵，皇帝嗣建，旧物克甄，诞授㉔钦明，服膺㉕聪哲，玉质幼彰，金声㉖凤振，冢宰㉗摄其纲，百辟㉘辅其治，四海想中兴之美，群生怀来苏之望㉙。不图天不悔祸㉚，大灾荐臻㉛，国未忘难，寇害㉜寻兴。逆胡㉝刘曜，纵逸㉞西都，敢肆犬羊，凌虐天邑。臣等奉表使还，仍承西朝，以去年十一月不守，主上幽劫㉟，复沉虏庭㊱，神器流离，再辱荒逆㊲。臣每览史籍，观之前载㊳，厄运之极，古今未有，苟在食土之毛㊴，含气之类㊵，莫不叩心㊶绝气，行号巷哭㊷。况臣等荷宠三世，位厕㊸鼎司㊹，承问震惶，精爽飞越，且悲且惋，五情㊺无主，举哀朔垂㊻，上下泣血。

　　臣琨臣碑，顿首顿首，死罪死罪。臣闻昏明迭㊼用，否泰相济㊽，天命㊾未改，历数有归，或多难以固邦国，或殷忧以启圣明㊿。齐有无知之祸，而小白为五伯之长㉛；晋有骊姬之难，而重耳主诸侯之盟㉜。社稷靡安，必将有以扶其危；黔首㉝几绝，必将有以继其绪㉞。伏惟陛下，玄德通于神明，圣姿㉟合于两仪，中兴之兆，图谶㊱垂典㊲。自京畿陨丧㊳，九服㊴崩离，天下嚣然㊵，无所归怀㊶，虽有夏之遘夷羿，宗姬之离犬戎，蔑以过之。陛下抚宁江左，奄有旧吴，柔服㊷以德，伐叛㊸以刑，抗明威㊹以摄不类㊺，杖大顺以肃宇内。纯化既敷，则率土宅心㊻；义风既畅，则遐方企踵㊼。百揆时叙于上，四门穆穆于下㊽。昔少康之隆，夏训以为美谈；宣王之兴，周诗以为休咏。况茂勋㊾格于皇天，清辉光于四海，苍生颙然㊿，莫不欣戴㉛，声教所加，愿为臣妾者哉！且宣皇之胤，惟有陛下，亿兆攸归㉜，曾无与二㉝。天祚大晋，必将有主，主晋祀者，非陛下而谁？是以迩无异言，远无异望，讴歌者无不吟咏征戍㉞，狱讼㉟者无不思于圣德，天地之际既交，华裔㊱之情允洽㊲。一角之兽，连理之木，以为休征㊳者，盖有百数[79]；冠带之伦[80]，要荒[81]之众，不谋而同辞者，动以万计。是以臣等敢考天地之心，因函夏之趣，昧死以上尊号。原陛下存舜、禹至公之情，狭巢、由[82]抗矫[83]之节。以社稷为务，不以小行为先；以黔首为忧，不以克让[84]为事。上以慰宗庙乃顾之怀，下以释普天倾首[85]之望。则所谓生繁华于枯荑[86]，育丰肌于朽骨，神人获安，无不幸甚。

臣琨臣碑，顿首顿首，死罪死罪。臣闻尊位不可久虚，万机[87]不可久旷。虚之一日，则尊位以殆；旷之浃辰[88]，则万机以乱。方今锺百王之季，当阳九[89]之会，狡寇窥窬[90]，伺国瑕隙，齐人[91]波荡[92]，无所系心，安可以废而不恤哉！陛下虽欲逡巡[93]，其若宗庙何，其若百姓何！昔惠公虏秦，晋国震骇，吕郤之谋，欲立子圉[94]。外以绝敌人之志，内以固阃境[95]之情，故曰丧君有君；群臣辑穆[96]，好我者劝，恶我者惧。前事之不忘，后代之元龟[97]也。陛下明并日月，无幽不烛[98]，深谋远虑，出自胸怀，不胜犬马忧国之情，迟睹人神开泰[99]之路。是以陈其乃诚，布之执事。臣等各忝守方任，职在遐外[100]，不得陪列[101]阙庭，共观盛礼[102]，踊跃之怀，南望罔极。谨上[103]。

臣琨谨遣兼左长史右司马臣温峤，主簿臣郗间训，臣碑遣散骑常侍、征虏将军、清河太守、领右长史、高平亭侯臣荣劭，轻车将军、关内侯臣郭穆奉表。

臣琨臣碑等，顿首顿首，死罪死罪。

【注释】　① 建兴：晋愍帝司马邺的年号。但历史上并没有建兴五年这一说法，因为司马邺逝世于建兴四年，而刘琨上此书时新帝尚未登基，故沿用旧称。　② 碑（dī）：即段匹碑，晋代鲜卑族人，多次与刘琨结盟。　③ 蒸人：民众，百姓。　④ 司牧黎元：管理百姓。　⑤ 戚藩：亲近藩王。　⑥ 郊庙或替：有时候对祖先的祭祀中断了。郊庙，古代帝王祭祀天地的郊宫和祭祀祖先的宗庙，借指国家政权。　⑦ 宗哲：指皇族中贤能的人。　⑧ 遐风：仁义道德之类影响深远的的教化。　⑨ 三五：对三皇五帝的简称。　⑩ 肇基：开始建立基础，此谓始创基业。　⑪ 三叶重光：汉代景、宣、文三位皇帝使汉朝的业绩重新光大。三叶，此处指晋代的三位皇帝。　⑫ 四圣：谓晋代武帝司马炎、惠帝司马衷、怀帝司马炽、愍帝司马邺。　⑬ 继轨：接继前人的轨迹。　⑭ 惠泽：即恩泽。　⑮ 侔：相等。　⑯ 有虞：有虞氏是中国古代五帝之一舜帝部落的名称。　⑰ 卜年：占卜预测统治国家的年数。　⑱ 艰祸繁兴：即艰难祸患兴起甚多。　⑲ 氛厉：祸害之气，比喻叛乱。　⑳ 宸极：原意是北极星，此处比喻帝位。　㉑ 失御：即失驭，丧失统治能力。　㉒ 丑裔：古代对少数民族或其居住地区的蔑称。　㉓ 旒（liú）缀：旌旗的垂饰，系结于精气之声，比喻附属、附缀。　㉔ 诞授：上天授予。此处的"诞"是语气词。　㉕ 服膺：道理、格言牢牢记在心里,衷心信服。 ㉖ 金声:美好的声誉。 ㉗ 冢宰:即太宰,西周时设置的官职,仅次于三公,为六卿之首。 ㉘ 百辟:诸侯。 ㉙ 来苏之望:意思为因其来而从困苦中获得更生恢复的希望。语出《尚书·仲虺之诰》:"徯予后,后来其苏。"苏,苏息。 ㉚ 天不悔祸:上天不悔酿造了这样的祸患。 ㉛ 荐臻:语出《诗经·大雅·云汉》:"天降丧乱,饥馑荐臻。"意思为接连到来。 ㉜ 寇害:贼寇之害。 ㉝ 逆胡:旧称侵扰中原地区的北方少数民族。 ㉞ 纵逸:恣纵放荡。 ㉟ 幽劫:遭到囚禁,被挟制了。 ㊱ 房庭:古代对少数民族所建政权的贬称。 ㊲ 再辱荒逆:谓怀、愍二帝受辱于北方少数民族政权。 ㊳ 前载:前代的记载。 ㊴ 食土之毛:语出《左传·昭公七年》:"封略之内,何非君土?食土之毛,谁非君臣?"毛,泛指土地上生长的粮食蔬菜等植物。 ㊵ 含气之类:即体内蕴含气的一切生物。 ㊶ 叩心:捶胸,形容悔恨、悲痛的样子。 ㊷ 行号巷哭:道路上和大街小巷的人都在哭泣,形容人们极度悲哀。 ㊸ 厕:参与。 ㊹ 鼎司:指重臣之职位。 ㊺ 五情:喜怒哀乐怨五种情感,此处代指人的心情。 ㊻ 朔垂:泛指西北边远地区。 ㊼ 迭:轮流,交换。 ㊽ 相济:相互帮助,相互促进。 ㊾ 天命:古代以君权为神授,统治者自称受命于天,谓之天命。 ㊿ 殷忧以启圣明:对人而言,凡事都要作深入的思考,反复揣摩,并始终保持这样的忧患意识,才能不断激发人的智慧与潜能,成就一番事业。 ○51 "齐有无知"二句:据左传记载,公元前686年,齐襄公时的大夫管至父和连称发动叛乱,杀害了齐襄公,立公孙无知为国君,公子小白逃到莒。不久后,无知便被雍廪的国人所杀。后来,公子小白成为春秋五霸之首,即齐桓公。 ○52 "晋有骊姬"二句:据左传记载,晋献公封骊姬为夫人。夫人诬陷太子申生要谋害晋献公,太子没有深辩,自缢于新城。又诬陷重耳和夷吾两位公子,说他们都知道太子的阴谋,于是重耳逃到了蒲城,夷吾逃到了屈城。后来,重耳成为春秋五霸之一,即晋文公。 ○53 黔首:即百姓。 ○54 继绪:继承先代功业。 ○55 圣姿:即天子的姿容。 ○56 图谶:将来能应验的预言。 ○57 垂典:垂示典章。 ○58 陨丧:即失陷。 ○59 九服:皇帝所在的王畿以外的九等地区。服,方圆五百里为一服。 ○60 嚣然:忧愁的样子。 ○61 归怀:向往归附。 ○62 柔服:安抚顺服者。 ○63 伐叛:讨伐叛逆者。 ○64 明威:指上天圣明威严的旨意。 ○65 不类:不善。 ○66 率土宅心:意思为天下归心。率土,四海之内。宅心,即归心。 ○67 遐方企踵:远方的人也急切地仰望。 ○68 "百揆"二句:语出《书》:"纳于百揆,百揆时叙,宾于四门,四门穆穆。"百揆,我国商周以前的官名,后世多引喻为丞相、相国等总揽朝政的官员。四门,明堂四方的门。穆穆,端庄恭敬的样子。 ○69 茂勋:丰盛的功绩。 ○70 颙然:众人向慕的样子。 ○71 欣戴:悦服拥戴。 ○72 攸归:有所归属。 ○73 曾无与二:独一无二,没有比得上的。 ○74 征献:语出《诗经·小雅·角弓》:"君子有征献,小人与属。" ○75 狱讼:语出《周礼》:"凡万民之不服教而有狱者,与有地治者听而断之。"意思为诉讼。 ○76 华裔:古代指我国的中原地区。 ○77 允洽:协调,协和。 ○78 休征:吉祥的征兆。 ○79 百数:即上百个。 ○80 冠带之伦:代指官员和读书的士人。 ○81 要荒:要服和荒服,古代对边远地区的泛称。 ○82 巢、由:即巢父和许由,两人都是隐居不仕的名人。 ○83 抗矫:矫情抗俗,高韬独立。 ○84 克让:能够谦让。 ○85 倾首:仰起头,表示敬仰。 ○86 枯荑(yí):枯萎的稗草。 ○87 万机:当政者处理的各种重要事务。 ○88 浃(jiā)辰:古代以干支纪日,称自子至亥一周十二日为"浃辰"。 ○89 阳九:古代术数家的说法,四千六百一十七岁为元,初入元一百零六岁,外有灾岁九,称为"阳九"。此处代指灾难之年。　⑨ 觎(yú):通"觊",非分的希望和企图。
⑨ 齐人:即平民。　⑨ 波荡:动荡不安。　⑨ 逡巡:有所顾虑而徘徊不前。　⑨ "昔惠公"四句:据《左传》记载,骊姬杀害太子申生以后,夷吾逃往梁国。骊姬和奚齐死后,夷吾回国,是为晋惠公。他曾答应割地给秦国,后来反悔,并被秦国打败于韩原。晋惠公被虏,当时的大夫吕饴甥和郤芮主张立惠公之子子圉为国君。这样一来,秦国虏了晋惠公也构不成威胁,可以同仇敌忾,一致对外。　⑨ 阖境:边界以内的全部地方,有时指全国。
⑨ 辑穆:和睦。　⑨ 元龟:本指用于占卜的工具,此处意思为可借鉴的往事。　⑨ 无幽不烛:幽暗处无不被照亮,比喻明察隐微。语出《周书·达奚武传》:"但神道聪明,无幽不烛,感公至诚,甘泽斯应。"　⑨ 开泰:开始平安顺利。　⑩ 遐外:边远地区,蛮荒之地。
⑩ 陪列:陪侍。　⑩ 盛礼:盛大的礼仪。　⑩ 谨上:用于书信具名后,属于书面语,意同"敬上",通常用于下级递给上级和小辈写给长辈的文字交往的署名之后,以示敬重。

【赏析】　刘琨是中国历史和晋代文学史上都很重要的人物,但通常提到他,人们能想起来的大多只有"闻鸡起舞"的故事和答卢谌这两件事。事实上,文学史上对刘琨的评价颇高,钟嵘在《诗品》中也称其"善为凄戾之词,自有清拔之气",元好问则认为可以追踪建安和曹植、刘祯等人争高下。

　　刘琨的这篇《劝进表》摆脱了一般的颂扬之辞,而是陈述了大量的事实,抒发自己的忧国忧民之情。西晋灭亡后,司马睿受到晋朝旧官吏和江南地主阶级的拥戴,刘琨向司马睿上了他的《劝进表》,正是受大势所趋,反映了广大人民不甘屈辱、建立新政权的愿望。他的劝进不同于平常应景的劝进之词,因为此时的愍帝还被拘于晋阳,他的劝进中体现着政治意义。刘琨对晋室还充满信心,并希望司马睿不要推辞。同时,文中反复出现"顿首顿首,死罪死罪",将一个以百姓为先、为民为国的好将领形象越加凸显出来。

　　《劝进表》的主导思想是希望司马睿救民于水火,因而显得激昂悲壮。刘琨抱着不驱逆虏绝不回还的决心,所以文中饱含凄戾而不失清刚的气势。刘琨从自己的亲身经历出发,用一个将领的眼光陈述战争事实,将叙事与抒情完美结合,时而慷慨激昂,时而凄婉悲凉,极富感染力。语言挚诚有力,激荡着爱国之情与赤胆忠心,康熙论及此表也称其"辞意慷慨,志气纵横"。

答卢谌书

【题解】　卢谌(284—350),字子谅,西晋尚书卢志的长子,后随刘琨投段匹䃅,任幽州别驾。卢谌曾作《赠刘琨诗二十首》,刘琨以诗八章及本封书信回复卢谌。书作于建武元年(317)前后,抒发了沉重的国破家亡之痛。本文选自《汉魏六朝百三家集》。

【原文】

琨顿首①：损书及诗②，备辛酸之苦言，畅经通之远旨③。执玩反复④，不能释手⑤；慨然⑥以悲，欢然道喜。昔在少壮，未尝俭括⑦，远慕老庄之齐物⑧，近嘉阮生⑨之放旷⑩，怪⑪厚薄从何而生，哀乐何由⑫而至。自顷辀张⑬，困于逆乱⑭，国破家亡，亲友凋残⑮。块然独立⑯，则哀愤两集⑰；负杖⑱行吟⑲，则百忧俱至⑳。时复相与㉑举觞对膝，破涕为笑，排终身之积惨㉒，求数刻之暂欢，譬犹疾疢㉓弥年㉔，而欲一丸销之㉕，其可得乎㉖？

夫才生于世，世实须才。和氏之璧，焉得独曜于郢握㉗？夜光之珠，何得专玩㉘于随掌？天下之宝，固当与天下共之。但分析㉙之日，不能不怅恨㉚耳！然后知聃㉛、周㉜之为虚诞㉝，嗣宗㉞之为妄作㉟也。昔騄骥㊱倚辀㊲于吴阪，长鸣于良、乐㊳，知与不知也；百里奚㊴愚㊵于虞而智于秦，遇㊶与不遇也。今君遇之矣，勖㊷之而已。

不复属意㊸于文，二十余年矣，久废则无次㊹，想必欲其一反㊺，故称指㊻送一篇，适㊼足以彰㊽来诗之益㊾美耳。琨顿首顿首。

【注释】

① 顿首：叩头下拜，书信、名帖中的敬辞。　② 损书及诗：我收到了你的书信和诗歌。损，自谦之词。书，书信。　③ 畅经通之远旨：通晓经籍中深远的道理。畅，通晓。通，博识。　④ 执玩反复：拿在手中反复阅读。执，拿在手中。反复，一遍又一遍，多次重复。　⑤ 释手：放手。释，放。　⑥ 慨然：感慨的样子。　⑦ 未尝检括：不曾约束自己。俭与括都是约束的意思。　⑧ 老庄之齐物：代指老庄思想。　⑨ 阮生：即阮籍。　⑩ 放旷：奔放旷达。　⑪ 怪：意动用法，以……为怪。　⑫ 何由：什么原因。　⑬ 自顷辀张：近来感到非常惶恐。自顷，近来。辀张，惊慌、惊惧的样子。　⑭ 困于逆乱：被叛乱悖逆之事而阻碍。困，困扰，围困，受阻碍。逆乱：叛逆变乱。　⑮ 凋残：零落衰败。　⑯ 块然独立：孤独的一个人自处。块然，孤独的样子。　⑰ 则哀愤两集：就会有悲哀和忧愤这两种情绪交织在一起。集，汇聚，交织。　⑱ 负杖：倚仗，扶杖。　⑲ 行吟：边走边吟咏。　⑳ 百忧俱至：各种忧愁的情绪都会到来。百：数词，形容多。俱：都。　㉑ 相与：相互之间。　㉒ 排终身之积惨：排遣这一辈子所积蓄的惨淡情绪。排，排遣。　㉓ 疾疢(chèn)：泛指疾病。　㉔ 弥年：经年，终年，比喻时间很久。　㉕ 而欲一丸销之：却想要用一颗药丸就除去病痛。销，除去。　㉖ 其可得乎：怎么可以做得到？其，怎么，表示反诘。　㉗ "和氏"二句：和氏璧怎么会仅仅在楚人手中闪耀光芒。曜，闪耀。郢，古地名，这里代指楚国，相传和氏璧由楚人发现。握，动词作名词，指手。　㉘ 玩：把玩。　㉙ 分析：离别，分离。分与析都是分开的意思。　㉚ 怅恨：惆怅叹息。恨，不称心，不满意。　㉛ 聃：李聃，老子名李聃。　㉜ 周：庄周，庄子名庄周。　㉝ 虚诞：虚假荒诞。　㉞ 嗣宗：阮籍，

118

字嗣宗。　㉟ 妄作:虚妄之作。　㊱ 骐骥:骏马。　㊲ 轫:车辕。　㊳ 良乐:王良与伯乐,古代善于相马的人。　㊴ 百里奚:约公元前700年至公元前621年在世,春秋楚国人,一说虞国人,后为秦穆公的丞相。　㊵ 愚:角落,引申为不通达。　㊶ 遇:遇合,臣子遇到善用其才的君主。　㊷ 勖(xù):勉力做,尽力做。　㊸ 属(zhǔ)意:着意。　㊹ 次:顺序。　㊺ 反:同"返",这里指回信。　㊻ 称指:符合心意。　㊼ 适:恰好。　㊽ 彰:彰显。　㊾ 益:副词,特别、更加。

【赏析】　刘琨在这封信中抒发了国破家亡的忧愤之情,引起人无限感慨。西晋建立之初,社会相对稳定,有过短暂繁荣的政治局面。刘琨亲历了这种由盛而衰的社会更迭,目睹了西晋王室内讧、异族入侵、国家存亡危在旦夕的局面。不仅如此,他更惨遭失去双亲的至痛,乃发出了"块然独立,则哀愤两集;负杖行吟,则百忧俱至"的哀叹。然而,刘琨却有仗剑清刚的奇气,并没有一味地颓废下去。他说"才生于世,世实须才",这不仅是赠送给卢谌的激励话语,也是自勉自励之词。国家危亡之际,败局已定,刘琨仍苦苦支撑在北方战场,抛头颅,洒热血,慷慨激昂,傲骨嶙嶙。他甚至在信中鼓励卢谌:"百里奚愚于虞而智于秦,遇与不遇也。今君遇之矣,勖之而已。"虽处乱世,但仍希望能有所作为。

　　全文语言质朴,一气呵成,没有过多华丽的辞藻,信手写来却充满了深沉慷慨之气,与建安文学一脉相承。虽然时局艰险,他凭借这种百折不回的精神,即使沉痛无比,仍然不悔不怨。这种明知不可为而为之的烈士精神,表现出西晋文学中少有的激情与力度。

干 宝

> **作者简介**
>
> 干宝(?—336),字令升,东晋新蔡(今河南省新蔡县)人。干宝自幼博览群书,晋元帝时任著作郎,后经王导提拔为司徒右长史,迁散骑常侍,卒后加尚书令。干宝一生著述颇丰,志怪小说集《搜神记》影响深远,所著《晋纪》(已佚)凡二十卷,简略婉直,堪称良史。另有《春秋左氏义外传》,还注《周易》、《周官》等数十篇,另有文集四卷。

《晋纪》总论

【题解】 《晋纪》是西晋的断代史,全书已散佚,留存下来的《晋纪总论》是一篇序言式的总论。全文先叙述晋代的兴衰变迁,然后拿周代礼法兴国与当今社会的礼崩乐坏对比,提出国家的支柱不是命数,而是精神文明这一核心。本文选自《昭明文选》卷四十九。

【原文】

昔周之兴也,后稷①生于姜嫄,而天命昭显,文武之功,起于后稷。故其诗曰:"思文后稷,克配彼天。"又曰:"立我蒸民②,莫匪尔极。"又曰:"实颖实栗,即有邰家室③。"至于公刘④遭狄人之乱⑤,去邰之豳,身服厥劳。故其诗曰:"乃裹糇粮,于橐于囊。""陟则在巘,复降在原⑥,以处其民。"以至于太王为戎、翟⑦所逼,而不忍百姓之命,杖策而去之。故其诗曰:"来朝⑧走马,帅西水浒,至于岐下。"周民从而思之,曰:"仁人不可失也。"故从之如归市⑨。居之一年成邑,二年成都,三年五倍其初。每劳来而安集之。故其诗曰:"乃慰乃止,乃左乃右,乃疆乃理,乃宣乃亩。"以至于王季,能貊⑩其德音⑪。故其诗曰:"克明克类⑫,克长克君,载锡之光。"至于文王,备修旧德⑬,而惟新其命⑭。故其诗曰:"惟此文王,小心翼翼,昭事上帝,聿⑮怀多福。"由此观之,周家世积忠厚,仁及草木,内睦九族,外尊事黄耇⑯,养老乞言⑰,以成其福禄者也。而其妃后躬行四教⑱,尊敬师傅，服浣濯⑲之衣，修烦辱之事⑳，化天下以妇道。故其诗曰："刑于寡妻㉑，至于兄弟，以御于家邦。"是以汉滨之女㉒，守洁白之志；中林之士，有纯一之德㉓。故曰："文武自天保以上治内，采薇以下治外，始于忧勤，终于逸乐。"于是天下三分有二，犹以服事殷，诸侯不期而会者八百，犹曰天命未至。以三圣㉔之智，伐独夫㉕之纣，犹正其名教曰："逆取顺守㉖，保大定功㉗，安民和众。"犹著大武之容曰"未尽善也"。及周公遭变㉘，陈后稷先公风化之所由，致㉙王业之艰难者，则皆农夫女工衣食之事也。故自后稷之始基静民，十五王㉚而文始平之，十六王而武始居之，十八王而康克安之，故其积基树木㉛，经纬㉜礼俗，节理人情，恤隐㉝民事，如此之缠绵也。爰及上代，虽文质异时，功业不同，及其安民立政者，其揆㉞一也。

今晋之兴也，功烈于百王，事捷于三代，盖有为以为之矣。宣景㉟遭多难之时，务伐英雄，诛庶桀㊱以便事㊲，不及修公刘太王之仁也。受遗辅政㊳，屡遇废置㊴，故齐王㊵不明㊶，不获思庸于亳；高贵㊷冲人㊸，不得复子明辟㊹二祖㊺逼禅代之期，不暇待参分八百之会也。是其创基㊻立本，异于先代者也。又加之以朝寡纯德之士，乡乏不二之老㊼。风俗淫僻，耻尚失所。学者以庄老为宗，而黜六经；谈者以虚薄㊽为辩，而贱名俭㊾。行身者以放浊㊿为通，而狭节信㉛；进仕者以苟得为贵，而鄙居正㉜。当官者以望空㉝为高，而笑勤恪㉞。是以目三公以萧杌㉟之称，标上议以虚谈之名。刘颂㊱屡言治道㊲，傅咸㊳每纠邪正㊴，皆谓之俗吏。其倚杖㊵虚旷，依阿㊶无心者，皆名重海内。若夫文王日昃不暇食，仲山甫夙夜匪懈者，盖共嗤点以为灰尘，而相诟病㊷矣。由是毁誉乱于善恶之实㊸，情慝㊹奔于货欲之涂，选者为人择官㊺，官者为身择利。而秉钧㊻当轴㊼之士，身兼官以十数。大极其尊，小录其要，机事之失，十恒八九。而世族贵戚之子弟，陵迈㊽超越，不拘资次。悠悠风尘，皆奔竞㊾之士；列官千百，无让贤之举。子真着崇让而莫之省，子雅制九班而不得用，长虞数直笔而不能纠。其妇女庄栉㊿织纴㉛，皆取成于婢仆，未尝知女工丝枲㉜之业，中馈㉝酒食之事也。先时而婚，任情而动，故皆不耻淫逸之过，不拘妒忌之恶。有逆于舅姑，有反易刚柔㉞，有杀戮妾媵㉟，有黩乱㊱上下，父兄弗之罪也，天下莫之非也。又况责之闻四教于古，修贞顺㊲

于今，以辅佐君子者哉！礼法刑政，于此大坏，如室斯㉘构而去其凿契㉙，如水斯积而决其堤防，如火斯畜而离其薪燎㉚也。国之将亡，本必先颠，其此之谓乎！

故观阮籍之行，而觉礼教崩弛㉛之所由；察庾纯㉜、贾充之事㉝，而见师尹之多僻㉞。考平吴之功，知将帅之不让㉟；思郭钦之谋，而悟戎、狄之有衅。览傅玄、刘毅之言，而得百官之邪；核傅咸之奏，《钱神》之论㊱，而睹宠赂㊲之彰。民风国势如此，虽以中庸之才，守文之主治之，幸有必见之于祭祀，季札㊳必得之于声乐，范燮必为之请死，贾谊必为之痛哭。又况我惠帝㊴以荡荡㊵之德临之哉！故贾后肆虐于六宫㊶，韩午㊷助乱于外内，其所由来者渐矣，岂特系一妇人之恶乎？怀帝承乱之后得位，羁于强臣。愍帝奔播之后，徒厕其虚名。天下之政，既已去矣，非命世㊸之雄，不能取之矣。然怀帝初载，嘉禾㊹生于南昌。望气者又云豫章有天子气。及国家多难，宗室迭兴㊺，以愍怀㊻之正，淮南㊼之壮，成都㊽之功，长沙㊾之权，皆卒于倾覆。而怀帝以豫章王㊿登天位，刘向之谶云，灭亡之后[101]，有少如水名[102]者得之，起事者据秦川，西南乃得其朋。案愍帝，盖秦王之子也，得位于长安。长安，固秦地也。而西以南阳王为右丞相，东以琅邪王为左丞相。上[103]讳业，故改邺[104]为临漳。漳，水名也。由此推之，亦有征祥，而皇极[105]不建，祸辱及身。岂上帝临我而二其心，将由人能弘道，非道弘人者乎？淳耀[106]之烈未渝，故大命重集于中宗元皇帝。）

【注释】　①后稷：古代周族的始祖，相传为姜嫄履巨人足迹而生，善于种植各类植物。　②蒸民：民众，百姓。　③"实颖实栗"二句：意思为，禾穗饱满沉甸甸，迁往邰地立家园。　④公刘：古代周族的领袖，相传为后稷的曾孙，迁周族到豳。　⑤狄人之乱：指夏桀无道。　⑥"陟则在巘"二句：意思为，忽而登到小山冈，忽而下到平原上。　⑦戎、翟：即戎、狄，指当时的少数民族。　⑧来朝：第二天清晨。　⑨归市：拥向集市。　⑩貊(mò)：通"漠"，广大。　⑪德音：美好的声誉。　⑫类：待人无私。　⑬旧德：周先王留下的美德。　⑭惟新其命：接受天命，有所创新。　⑮聿：语助词，无意义。　⑯黄耇(gǒu)：年老。　⑰乞言：古代帝王及其嫡长子养一些德高望重的老人，以便向他们求教，叫做乞言。　⑱四教：即古代妇女的四德"妇言"、"妇德"、"妇功"、"妇容"。　⑲浣濯：洗涤。　⑳烦辱之事：指织夏布。葛，蔓生纤维科植物，皮可以制成纤维织布。从割葛、煮泡、制纤维到织布，非常复杂，故称"烦辱之事"。　㉑寡妻：正妻，与"庶"相对。

㉒汉滨之女:出游汉水的少女。　㉓纯一之德:指单纯忠贞的品德。　㉔三圣:指文王姬昌及其二子姬发和姬旦。　㉕独夫:众叛亲离的统治者。　㉖逆取顺守:以武力夺取天下曰逆取,修文教而治天下曰顺守。　㉗保大定功:保持强大,巩固功业。　㉘周公遭变:管叔、蔡叔都为周武王之弟,武王灭商之后分封于管(河南郑州)、蔡(河南上蔡)。武王去世后,周公旦摄政,二人不服而叛变,后被周公平定。　㉙致:创建。　㉚十五王:指后稷、不窋、鞠陶、公刘、庆节、皇仆、羌弗、毁隃、公非辛、高圉、亚圉、公组、太王、王季、文王。后文的十六王指十五王加武王,十八王指十五王加武王、成王、康王。　㉛积基树木:缔造基础,树立根本。　㉜经纬:规划治理。　㉝恤隐:语出《国语·周语上》:"勤恤民隐而除其害也。"意思为忧心百姓疾苦。　㉞揆:准则,法度。　㉟宣景:指晋高祖宣皇帝司马懿和晋世宗景皇帝司马师。　㊱庶桀:诸位桀骜之人。　㊲便事:行事方便。　㊳辅政:辅佐治理政事。　㊴废置:指废掉皇帝。　㊵齐王:曹芳,封为齐王。魏明帝曹叡崩,即皇帝位。魏大将军司马景王(司马师)废掉曹芳,并假太后之命遣芳归封地齐。　㊶不明:不贤明。　㊷高贵:三国魏国高贵乡公曹髦。　㊸冲人:孩童。曹髦十四岁即位,二十岁被杀,故称"冲人"。　㊹明辟:皇位。　㊺二祖:指晋太祖文帝司马昭和晋世祖武帝司马炎。　㊻创基:创立基业。　㊼不二之老:指一心一意、忠心耿耿的元老。不二,不生二心。　㊽虚薄:虚浮,不笃实。　㊾名俭:名誉与礼法。　㊿放浊:放纵邪行。　㉛节信:节操信义。　㉜居正:遵循正道。　㉝望空:即望白署空,意思为当官者只署文牍,不问政务。　㉞勤恪:勤勉恭谨。　㉟萧枕(wù):懒散不勤职事。　㊱刘颂:晋广陵人,字子雅,武帝(司马炎)时拜尚书三公郎,累迁廷尉,在职六年,官至吏部尚书。　㊲治道:使国长治久安之道。　㊳傅咸:晋北地泥阳人,字长虞。武帝时任尚书右丞等官,多次上疏,主张裁并官府,唯能是务,指出"奢侈之费,甚于天灾"。　㊴邪正:邪政。　㊵倚杖:依赖。　㊶依阿:胸无定见,曲从附顺。　㊷诟病:指出他人过失加以非议,后引申为指责或嘲骂。　㊸毁誉乱于善恶之实:谓本来善者当誉,恶者当毁,而今是非颠倒,毁誉不符合善恶实际。　㊹情慝(tè):邪念。　㊺择官:挑选官员。　㊻秉钧:犹言持衡,喻执国政。谓国政轻重皆出其手。钧,衡石。　㊼当轴:比喻身居要职的人。当,承担。轴,车轴。　㊽陵迈:指不按程序,破格擢升。　㊾奔竞:奔走竞争,多指对名利的追求。　㊿庄栉(zhì):梳妆。　㉛织纴:纺织。　㉜丝枲(xǐ):纺织。　㉝中馈(kuì):妇女在家主持饮食等事。犹言主持家务。　㉞反易刚柔:指男女地位颠倒。男为阳刚,女为阴柔。　㉟妾媵:古时诸侯贵族女子出嫁,以妹妹和侄女从嫁,称其妾媵,后亦泛称侍妾。　㊱黩乱:怠慢,搞乱。　㊲贞顺:贞节顺从。　㊳斯:缀词,无意义。　㊴契:一种雕凿用具。　㊵薪燎:柴木。　㊶崩弛:涣散,败坏。　㊷庾纯:西晋邹陵人,字谋甫。博学有才义,称儒宗,官至黄门侍郎、中书令、河南尹、少尉。　㊸贾充:西晋大臣,字公闾,平阳襄陵人,曹魏时任大司马、廷尉,为司马氏亲信,曾指使成济杀魏帝曹髦,并参与司马氏代魏之阴谋。　㊹多僻:即多邪僻之事。　㊺"考平吴之功"二句:指西晋大将王濬,于咸宁五年(279年)受命攻吴,次年克武昌,顺流而下,直取吴都建邺(今南京),接受吴主孙皓投降。王浑,晋武帝时为安东将军,都督扬州诸军事攻吴,于次年击败吴军后镇寿春。咸宁五年,率军出横江(今安徽和县东南),迟迟不敢渡江;待王濬平吴成功,又恨其不平。　㊻《钱神》之论:鲁褒,字元道,南阳人,作《钱神论》。　㊼宠赂:私宠和贿赂。　㊽季札:春秋时

吴公子,封于延陵,故称延陵季子。 (89) 惠帝:司马衷,公元290年至306年在位。 (90) 荡荡:骄纵不守法度的样子。 (91) 贾后:晋惠帝司马衷皇后。名南风,晋初大臣贾充之女。惠帝即位时太后杨艳父杨骏专权。永平元年(291),贾后使楚王玮等杀死杨骏。汝南王亮辅政,她又使玮杀亮,又以“矫诏”之罪杀玮,从此独擅朝政。 (92) 韩午:指韩寿妻、贾后妹贾午。 (93) 命世:著名于当世。 (94) 嘉禾:一茎多穗之禾,古人认为是吉祥之物,故曰嘉禾。 (95) 迭兴:频繁更替。 (96) 愍怀:愍怀太子司马遹。 (97) 淮南:淮南王司马允。 (98) 成都:成都王司马颖。 (99) 长沙:长沙王司马乂。 (100) 豫章王:司马炽曾封为豫章王。 (101) 灭亡之后:指秦灭亡之后。 (102) 少如水名:指名字与水有点关系,即指下文之临漳。 (103) 上:指司马业。 (104) 邺:地名。汉置县,曹魏置邺都,与长安、谯、许昌,洛阳合称五都。晋避司马业讳,改名临漳。故城在今河北临漳县西。 (104) 皇极:指皇位。 (106) 淳耀:光大美盛。

【赏析】 本文截取《晋纪总论》的后三段,写历史上西周树根基,行礼法,国运昌隆,到西晋岌岌可危、处境危难的过程,前面省略了西晋由创业走向兴盛,再到内忧外患的历史阶段,是典型的史家骨干加文学色彩,具有很高的历史和文学价值。

此时的作者已经不再注重叙事,而是议论,作者认为西晋王朝的覆灭主要是因为没有树立属于自己的文明,晋代从统治阶层到士大夫阶层都是“风俗淫僻,耻丧其所”,一片不良风气,社会秩序已然崩溃。在干宝看来,历史的发展并不取决于所谓的天道、命运,而是靠文化品质、精神原则树立的,核心便是理性和道德。从这些叙述中,足以看出作者对当代的深切关怀和对国家文化的使命感。

文章流畅严谨,典故频出而论述精彩,可看出作者功力之深。清代李兆洛在《骈体文钞》中引用谭献的评语称其“雄骏缜密”,但叙述周代之兴一段,过多引用《诗经》,显得繁缛拖沓。

从谋篇布局来看,此文深受贾谊《过秦论》的影响,但又有启发后代的作用。南朝梁史学家裴子野便仿照此文而写了《宋略总论》。

王羲之

作者简介

王羲之（303—361，一作321—379），字逸少，祖籍琅琊（今山东临沂），后迁居山阴（今浙江绍兴）。曾任秘书郎、会稽内史，迁右军将军，世称"王右军"。东晋著名书法家，有"书圣"之称，与其子王献之合称"二王"，代表作《兰亭序》被誉为天下第一行书。

遗殷浩书

【题解】　殷浩（303—356），字渊源，陈郡长平（今河南西华）人。他与桓温同为东晋手握兵权的将领，二人争权夺利，分庭抗礼多年。殷浩力主北伐，时王羲之任右军将军，与其政见不合，故致信一封，劝说殷浩休养生息，放弃北伐。本文选自高步瀛《魏晋文举要》。

【原文】

知安西败丧，公私愍悢①，不能须臾去怀。以区区江左，所营综②如此，天下寒心。固③以久矣，而加之败丧，此可熟念④。往事岂复可追，愿思弘⑤将来，令天下寄命有所，自隆中兴之业。政以道胜，宽和为本，力争武功，作非所当。因循所长，以固大业，想识其由来也。

自寇乱以来，处内外之任者⑥，未有深谋远虑，括囊至计⑦，而疲竭根本⑧，各从所志，竟无一功可论，一事可记，忠言嘉谋弃而莫用，遂令天下将有土崩之势，何能不痛心悲慨也。任其事者，岂得辞⑨四海之责！追咎往事⑩，亦何所复及⑪，宜更虚己求贤⑫，当与有识共之，不可复令忠允⑬之言常屈⑭于当权。今军破于外，资竭于内，保淮之志非复所及⑮，莫过⑯还保长江，都督⑰将各复⑱旧镇，自长江以外，羁縻⑲而已。任国钧⑳者，引咎责躬㉑，深自贬降，以谢百姓㉒。更与朝贤，思布平政㉓，除其烦苛㉔，省其赋役㉕，与百姓更始㉖。庶可以允㉗塞㉘群望㉙，求倒悬㉚之急。

使君起于布衣，任天下之重，尚德之举，未能事事允称㉛，当董统之任而丧败至此，恐阖㉜朝群贤未有与人分其谤㉝者。今亟㉞修德补阙，广延㉟群贤，与之分任㊱，尚未知获济所期㊲。若犹以前事为未工㊳，故㊴复求之于分外，宇宙㊵虽广，自容何所！知言不必用，或取怨执政，然当情慨所在㊶，正自不能不尽怀极言㊷。若必亲征，未达此旨，果行者，愚智㊸所不解也。愿复与众共之。

复被州符，增运千石，征役㊹兼至，皆以军期㊺，对之丧气，罔知所措。自顷年㊻割剥遗黎㊼，刑徒竟路㊽，殆同秦政㊾，惟未加参夷之刑耳㊿。恐胜广㉛之忧，无复日矣㉜。

【注释】　① 惋悒(dá)：叹惜悲痛。　② 营综：经营治理。　③ 固：本来。　④ 熟念：经久地思考。熟，表示程度深。　⑤ 思弘：意指考虑周密。弘，大。　⑥ 处内外之任者：直译为处理国家内外事宜的人，代指当权者。处，处理。任，职责。内外，这里指国境内与国境外。　⑦ 囊括至计：筹谋最好的计策。囊括，全部包罗在里面。至，极，最。　⑧ 疲竭根本：将国家最重要的根基消耗殆尽。疲竭，指消耗净尽。根本，事物的根源、本质，最重要的部分。　⑨ 辞：躲避，推脱。　⑩ 追咎往事：对过去的事情追究过失。追咎，追究过失。　⑪ 复：再一次。　⑫ 宜更虚己求贤：应该留出位置，求得贤才。虚，使空出。　⑬ 忠允：忠实公允。　⑭ 屈：压抑。　⑮ 保淮之志非复所及：守卫淮河的意愿不再是所能达到的(意愿)。志，志向，愿望。非复，不再是。　⑯ 莫过：没有超过……的。莫，没有。　⑰ 都督：这里代指地方军事长官。　⑱ 复：恢复，收复。　⑲ 羁縻：笼络控制。　⑳ 国钧：国家政务的权柄。钧，制陶器模子下面的圆盘，引申为权柄。　㉑ 引咎责躬：主动承担责任并作自我批评。引，承认。责，责备。躬，自身。　㉒ "深自贬降"二句：自己应该贬官降职来向百姓谢罪。深，内心。自，自己。谢，谢罪。　㉓ "更与朝贤"二句：应该与朝廷中贤德的人考虑安排修明政治。贤，贤德的人。布，安排。平政，修明政治。　㉔ 烦苛：繁杂苛细。多指法令。　㉕ 赋役：赋税和徭役的合称。　㉖ 更始：除旧布新。　㉗ 允：信，实。　㉘ 塞：补偿，补救。　㉙ 群望：受祭于天子、诸侯的山川星辰，这里引申为百姓。　㉚ 倒悬：头向下、脚向上悬挂着。比喻情况极为危急。　㉛ 允称：引申为称职。允，公允。称，满意。　㉜ 阖：全。　㉝ 谤：毁议，谤议。　㉞ 亟：尽快。　㉟ 延：请。　㊱ 分任：分担责任。　㊲ 尚未知获济所期：还不知道能否获得所期望的成功。获济，得以成功。期，期望，预期。　㊳ 工：成效。　㊴ 故：仍然，还是。　㊵ 宇宙：代指国家。　㊶ 然当情慨所在：但是这应当是我所怀有的真实情感。慨：因不愉快而发出的叹息。　㊷ 极言：极力陈说。　㊸ 愚智：形容词作名词，愚者和智者，引申为所有人。　㊹ 征役：赋税与徭役。　㊺ 军期：行军期限。　㊻ 顷年：往年。　㊼ 割剥遗黎：指残害人民。割剥，残害剥削。遗黎，亡国之民。　㊽ 刑徒竟路：整个道路上都有许多恶人。刑徒，罪犯，代指为非作歹之人。竟，整，从头至尾。　㊾ 殆同秦政：几乎像秦朝的统治。殆，几乎。　㊿ 惟未加参夷之刑耳：只是没有施加酷刑罢了。参夷之刑，封建王朝诛灭三族的酷刑。　㉛ 胜广：陈胜、吴广。这里代指农民起义。　㊷无复日矣：时间上不再远了。日，时间、光阴，这里作动词。

【赏析】　王羲之曾致书殷浩，劝说应以大局为重，放弃北伐的立场，但没有奏效。殷浩战败，屯守寿春，徐图后进。王羲之再次致书殷浩，表明自己的观点，劝其"还保长江"，固守大业，为生民计长远，休养生息。

作者虽然对殷浩北伐失利表示惋惜，但认为殷浩应该着眼于将来，不要计较一时的得失，"愿思弘将来，令天下寄命有所，自隆中兴之业"。作者将矛头直指当权者，大胆控诉他们平庸无能，碌碌无为，"处内外之任者，未有深谋远虑"。造成如此危险境地，他们难辞其咎，"忠言嘉谋弃而莫用，遂令天下将有土崩之势"。继而作者提出了自己的政治主张，"虚己求贤"、"还保长江"、"除其烦苛，省其赋役"。最后，作者以朋友之私，站在殷浩的立场上，痛陈利害关系，"今亟修德补阙，广延群贤，与之分任，尚未知获济所期"，劝其打消北伐的念头。

作者文辞质朴，但情真意切，余味隽永。作者遣词造句严肃而诚恳，不作空洞浮华之论，于沉痛愈中见深意。从内容上来看，作者切中时弊，析理透彻，体现了敏锐的政治洞察力和非凡的才能。作者勇于抨击朝政，表现了一个爱国者忧国忧民的人文胸怀，充满了激情与力度。

《兰亭集》序

【题解】　东晋穆帝永和九年（公元353年）三月初三，王羲之和孙绰、谢安等四十一人在会稽山举行禊祭之事，集会宴饮，诗酒流连。他们将所作诗文编纂成集，王羲之为序，这就是流传千古的《〈兰亭集〉序》。本文选自《古文观止》卷七。

【原文】
永和九年，岁在癸丑①，暮春②之初，会于会稽山阴之兰亭③，修禊④事也。群贤毕至⑤，少长咸⑥集。此地有崇山峻岭⑦、茂林修竹，又有清流激湍⑧，映带左右⑨。引以为流觞曲水⑩，列坐其次⑪，虽无丝竹管弦之盛⑫，一觞一咏，亦足以畅⑬叙幽情。是日也，天朗气清，惠风和畅⑭。仰观宇宙之大，俯察品类⑮之盛，所以⑯游目骋怀，足以极⑰视听之娱，信⑱可乐也。

夫人之相与⑲，俯仰一世⑳。或㉑取诸㉒怀抱，悟言一室之内；或因寄所托㉓,放浪形骸之外。虽趣舍万殊㉔,静躁不同,当其欣于所遇,暂得于己,快然自足㉕,不知老之将至;及其所之既倦㉖,情随事迁,感慨系㉗之矣。向㉘之所欣,俯仰之间,已为陈迹,犹不能不以之兴怀㉙,况修短随化㉚,终期于尽㉛!古人云:"死生亦大矣。"岂不痛哉!

每览昔人兴感之由,若合一契㉜,未尝不临文嗟悼㉝,不能喻㉞之于怀。固知一死生为虚诞,齐彭殇为妄作㉟。后之视今,亦犹今之视昔。悲夫!故列㊱叙时人,录其所述。虽世殊事异,所以㊲兴怀,其致㊳一也。后之览者,亦将有感于斯文。

【注释】 ① "永和九年"二句:公元353年,癸丑是天干地支纪年法。永和,东晋穆帝司马聃年号。 ② 暮春:农历三月。 ③ 会(kuài)稽山阴:今绍兴越城区。 ④ 修禊:古人三月三日在水边举行的祓除不祥的习俗。 ⑤ 群贤毕至:众多贤能之士都到了。毕,都。 ⑥ 咸:全。 ⑦ 崇山峻岭:崇山与峻岭互文,意指高耸险峻的山岭。 ⑧ 急湍:形容水流很急的样子。 ⑨ 映带左右:映衬在兰亭周围。映带,映衬的意思。 ⑩ 流觞曲水:古人劝酒助兴的方式。将盛满酒的酒杯放入弯曲的水道使其漂流,酒杯停在某人处,就由此人饮酒赋诗。觞,酒杯。 ⑪ 次:旁边。 ⑫ 丝竹管弦之盛:演奏音乐的盛况。丝竹是弦乐器与管乐器的合称,代指音乐。 ⑬ 畅:尽情,痛快。 ⑭ 和畅:温和舒畅。 ⑮ 品类:代指自然界万物。 ⑯ 所以:用来做……的。 ⑰ 极:穷尽。 ⑱ 信:确实。 ⑲ 相与:相处。 ⑳ 俯仰一世:比喻很短的时间。 ㉑ 或:有的人。 ㉒ 取诸:即"取之于",从……取得。诸,之于。 ㉓ 因寄所托:把自己寄托在可托付的外物。因,凭借,依靠。寄,寄托。 ㉔ 趣舍万殊:各有各的兴趣爱好。趣,通假字,同"取"(一说同"趋")。殊,差别。 ㉕ 快然自足:形容自大的样子。 ㉖ 所之既倦:对所得到的事物感到厌倦。之,动词,到达。既,已经。 ㉗ 系:附着。 ㉘ 向:原来,以前。 ㉙ 以之兴怀:因它而引起心中的感触。以,因,凭借。兴,发生、引起。 ㉚ 修短随化:寿命长短听凭造化。化,造化。 ㉛ 终期于尽:最终会归于消亡。期,本义是约定,引申为至、达到。尽,消亡。 ㉜ 若合一契:和我内心的想法像符契一样吻合。契,符契,古代用以作为信物的凭据,往往做成老虎的形状,一分为二。 ㉝ 未尝不临文嗟悼:没有不面对这些文章嗟叹悲悼。 ㉞ 喻:明白。 ㉟ "固知"二句:本来就知道将生与死等同起来是不真实的,把长寿与短命等同起来的说法为虚妄。固,本来。一,意动用法,把……当作一样。齐,意动用法,把……看作相等。一死生、齐彭殇,均源于《庄子》。 ㊱ 列:按顺序。 ㊲ 所以:用来……的。 ㊳ 致:情致。

【赏析】 东晋的诗文创作专注于老庄哲理的阐发,使得这些作品丧失了文学的韵味。由于普遍受玄学影响,故而佳作较少,因此,王羲之《兰亭集序》给枯燥无味、玄言大倡的文坛带来了清新流利之风。作者在序中记叙兰亭周围山水之美和聚会的欢乐之情,抒发了好景难再、生死无常的感慨。

在文章的结构脉络上,该文构思尤其精巧,以感情为线索,并贯穿始终。文中起首描绘兰亭四周山水风光,平白晓畅,毫无晦涩之理,亦无东晋文坛枯燥之病,以清丽明快的笔法来烘托出"乐"的环境氛围。继而笔峰一转,言"情随事迁",须臾之间,乐事已化为陈迹,"痛"由心来。再推而广之,古往今来,人皆"终期于尽",有万古同悲之感,以此否定了"齐彭殇"的观点。这在玄言大炽的东晋,可谓惊世骇俗之论,立意极为新颖。全文感情脉络清晰,由乐转痛,由痛转悲,过渡自然,符合逻辑。作者将哲理性的思考与抒情性的文字结合在一起,使得文章言理又不似言理,文采斐然又富有深意,意味隽永。

殷仲文

作者简介

殷仲文(？—407)，字仲文，陈郡长平(今河南西华)人，东晋太常殷融之孙，吴兴太守殷康之子，妻弟为东晋杰出将领桓玄。殷仲文少有才华，容貌俊美，被堂兄殷仲堪荐任会稽王司马道子骠骑参军。桓玄作乱期间，殷仲文被任命为谘议参军、侍中兼左卫将军等职。刘裕起兵讨桓玄，殷仲文改投刘裕，为镇军长史，转尚书，迁东阳太守。义熙三年(407)，以谋反罪为刘裕所杀。《世说新语·文学》注引《续晋阳秋》谓其"雅有才藻，著文数十篇"。今存文一篇，存诗三首。

自 解 表

【题解】 晋安帝元兴元年(402)，桓玄叛军攻陷建康，殷仲文前来投靠，总领诏命，担任侍中，兼任左卫将军，为桓玄篡位称帝效力。义熙元年(405年)，晋安帝复位，殷仲文受官为镇军长史，又转尚书。殷仲文为辞尚书职，进呈此表，为自己辩解。本文选自《昭明文选》卷三十八。

【原文】

臣闻：洪波振壑①，川无恬②鳞③；惊飚拂野，林无静柯④。何者？势弱则受制于巨力，质微则莫以自保。于理虽可得而言，于臣实所敢喻。昔桓玄之世，诚复驱迫者众，至于愚臣，罪实深矣。进不能见危授命⑤，忘身殉国；退不能辞粟首阳⑥，拂衣⑦高谢。遂乃宴安⑧昏宠，叨昧⑨伪封，锡文篡事⑩，曾无独固⑪。名义以之俱沦，情节⑫自兹兼挠⑬，宜其极法⑭，以判忠邪。镇军臣裕，匡复⑮社稷，大弘善贷⑯，伫一戮于微命，申三驱⑰于大信，既惠之以首领，复引之以縻维⑱。于时皇舆⑲否隔⑳，天人未泰，用忘进退，惟力是视。是以黾勉㉑从事，自同全人。今宸极㉒反正㉓，惟新㉔告始，宪章㉕既明，品物思旧。臣亦胡颜之厚，可以显居荣次㉖？乞解所职，待罪私门。违谢阙庭，乃心愧恋，谨拜表以闻。臣某云云。

【注释】 ①振壑:摇动山谷。 ②恬:安静。 ③鳞:代指鱼类等有鳞动物。 ④柯:树枝。 ⑤授命:献出生命。 ⑥辞粟首阳:武王伐纣建立了周朝,伯夷、叔齐耻食周粟,来到首阳山采薇而食,最后饿死。 ⑦拂衣:提衣,此处有决绝之意。 ⑧宴安:安于安逸。 ⑨叨昧(tāo):贪恋,贪婪。 ⑩锡(cì)文篡事:晋安帝元兴元年,桓玄篡位受九锡之赐,殷仲文积极参与,并写了诏令。九锡为古代天子赐给诸侯、大臣的九种器物,是一种最高礼遇。魏晋六朝掌政大臣夺取政权、建立新王朝率皆袭王莽谋汉先邀九锡故事,后以九锡为权臣篡位先声。 ⑪独固:固守操节,坚持己见。 ⑫情节:即节操。 ⑬挠:弯曲,屈服。 ⑭极法:极刑。 ⑮匡复:挽救将亡之国,使其转危为安。 ⑯贷:豁免。 ⑰三驱:支网捕鸟,只支三面,让开一面,以示好生之德。 ⑱絷(zhí)维:语出《诗·小雅·白驹》:"皎皎白驹,食我场苗,絷之维之,以永今朝。"本指绊马足,拴马缰,示留客之意。后用以指挽留人才。 ⑲皇舆:国君所乘之车,借喻为国君、朝廷。 ⑳否隔:闭塞不通。 ㉑黾勉(mǐn miǎn):努力,勉励。 ㉒宸极:北极星。古代认为北极星为众星拱卫,最尊贵,因此比喻帝王。 ㉓反正:由乱反治,由邪归正。后来凡还复本位皆称反正。 ㉔惟新:变更旧法,施行新政。惟,通"维"。 ㉕宪章:规章制度。 ㉖"臣亦胡颜"二句:我还有什么颜面继续荣居尚书显位?

【赏析】 本文可以说是殷仲文的请罪书,他首先为自己开脱,说是受制于外部"巨力",难以"自保",才不得不参与了叛乱。然后才详细检讨自己的罪过,仍然强调自己是被迫的,不免有逃避罪过的嫌疑。最后他表示陛下登基乃是拨乱反正,曾经犯错的他已无颜侍君,虽然提出了解除官职的要求,但字里行间仍流露出对官场、对朝廷的眷恋之情。

殷仲文上表之后重新得到了官职,却不过是昙花一现。他对朝廷的背叛,最终成为勒取他生命的绳索。该奏表按时间顺序叙事,简单有理,条理清晰,绝不拖泥带水,可以说短小有力。

慧 远

作者简介

慧远(334—416),俗性贾,雁门楼烦(今山西省宁武县附近)人,东晋高僧。自幼勤思敏学,精通儒学,旁通老庄。二十一岁时偕同母弟前往太行山聆听讲经,随后从道安和尚出家。太元六年(381),慧远辞别道安,移居庐山,创建庐山东林寺,为"净土宗"初祖。他能诗善文,辞章清雅。有集十二卷,《全晋文》辑其文两卷。本文选自《庐山慧远大师文集》。

庐 山 记

【题解】 慧远在庐山东林寺居住近四十年,研究佛法,并与僧俗结成莲社。本文描写庐山的秀美风光以及自身生活状态。

【原文】

山在江州①浔阳南,南滨②宫亭,北对九江。九江之南为小江,山去小江三十里余。左挟彭蠡③,右傍通州,引三江之流而据其会。《山海经》云:"庐江出三天子都入江,彭泽西,一曰天子障。"彭泽也,山在其西,故旧语以所滨为彭蠡。有匡续④先生者,出自殷周之际,遁世⑤隐时,潜居其下。或云续受道于仙人,而适游其岩,遂托室⑥岩岫⑦,即岩成馆,故时人谓其所止为神仙之庐而名焉。

其山大岭,凡有七重,圆基周回⑧,垂五百里,风雨之所撼⑨,江山之所带。高岩仄宇⑩,峭壁万寻⑪,幽岫穿崖,人兽两绝。天将雨,则有白气先抟,而缨络⑫于山岭下。及至触石吐云,则倏忽而集。或大风振岩,逸响动谷,群籁⑬竞奏,其声骇人,此其化不可测者矣。众岭中,第三岭极高峻,人之所罕经也。昔太史公东游⑭,登其峰而遐观⑮,南眺五湖,北望九江,东西肆目⑯,若登天庭焉。其岭下半里许有重岩,上有悬崖,傍有石室,即古仙之所居也。其后有岩,汉董奉⑰复馆于岩下,常为人治病,法多神验,病愈者,令栽杏五株,数年之间,蔚然⑱成林。计奉在人间近三百年,容状⑲常如三十时,俄而⑳升仙,绝迹于杏林。其北岭两岩之间,常悬流遥沾,激势相趣㉑。百馀仞中,云气映天,望之若山,有云雾焉。其南岭临宫亭湖,下有神庙,即以宫亭为号,安侯世高所感化,事在安侯传。七岭同会于东,共成峰愕,其岩穷绝㉒,莫有升之㉓者。昔野夫㉔见人着沙弥服,凌云直上。既至则蹑其峰,良久乃与云气俱灭,此似得道者。当时能文之士,咸为之异。又所止多奇,触象㉕有异。北背重阜㉖,前带双流,所背之山,左有龙形,而右搭基焉。下有甘泉涌出,冷暖与寒暑相变,盈减经水旱而不异㉗。寻其源,出自于龙首㉘也。南对高峰上有奇木,独组于林表数十丈。其下似一层浮图,白鹤之所翔,玄云之所入也。东南有香炉山,孤峰独秀起,游气笼其上,则氤氲㉙若香烟。白云映其外,则炳然㉚与众山峰殊别。将雨,则其下水气涌出如马车盖,此龙井之所吐。其左则翠林,青雀白猿之所憩,玄鸟之所蛰㉛。西有石门,其状似双阙㉜,壁立千余仞,而瀑布流焉。其中鸟兽草木之美,灵药万物之奇,略举其异而已矣。

【注释】 ① 江州:即今江西省九江市。 ② 滨:临着。 ③ 彭蠡(lǐ):即巢湖。 ④ 匡续:匡续,一说为匡裕。据说匡续字君孝,周武王时代人,共兄弟七个,个个有道术,一同结庐住在山里,后来全都成了仙。故后人称此处为庐山,周武王封匡续为庐山君。 ⑤ 遁世:独自隐居,避开俗世。 ⑥ 托室:以……为依托建造房屋。 ⑦ 岩岫:山洞。 ⑧ 周回:周围环绕。 ⑨ 摅(shū):意同抒发、发表。 ⑩ 庂宇:形容极高,挨着天宇。 ⑪ 寻:古代长度单位,八尺为一寻。 ⑫ 缨络(yīng lào):将项圈或项链及长命锁等颈饰融为一体的一种饰物。此处名词作动词,像缨络一样围绕。 ⑬ 群籁:山间的各种声音。 ⑭ 太史公东游:《史记·河渠书》:"余南登庐山,观禹疏九江。"太史公,即司马迁。 ⑮ 遐观:纵观,遍览。 ⑯ 肆目:尽其目力。 ⑰ 董奉:字君异,侯官(今福建长乐人)。少时医学有成就,与张机、华佗并称"建安三神医"。 ⑱ 蔚然:树木茂盛的样子。 ⑲ 容状:容貌形状。 ⑳ 俄而:一会儿。 ㉑ 相趣:即相映成趣,相互映衬着就更有意思了。 ㉒ 穷绝:尽,穷尽,形容天之高。 ㉓ 升之:比……高。 ㉔ 野夫:指隐者。 ㉕ 触象:指见到的景象。 ㉖ 重阜:重叠而高峻的山岗。 ㉗"下有"三句:下面有甘泉涌出,冷热随季节而变化,水多少随旱涝而不同。与,随着。 ㉘ 龙首:山名,一名龙首原,在今陕西省长安县北。 ㉙ 氤氲:烟雾缭绕的样子。 ㉚ 炳然:光明的样子。 ㉛ 蛰:蛰伏栖息。 ㉜ 双阙:古代宫殿、祠庙、陵墓前两边高台上的楼观。

【赏析】 在魏晋南北朝时期,《庐山记》并不是最负盛名的游记,却是最纯粹的游记。慧远作为一代高僧,用超然的态度对待庐山的一草一木,描写它们的本真面目。他全景式地展示了庐山的周遭和地理位置等总貌之后，又从岭下、岭后、北岭和南岭等方位不断变化着视角来描写，还写了庐山在不同的天气环境中的变化："天将雨，则有白气先抟，而缨络于山岭下。及至触石吐云，则倏忽而集。"似乎他是窥探自然的全知者。

　　有人评价说，《游庐山记》是第一篇纯粹的山水文。东晋也有山水散文，却夹杂了许多悟道之语，显得不那么具有山水之气。但在慧远的笔下，山水是独立的存在，人已经退却了主宰的地位，而任山水纵横自如地呈现自然的美。慧远只是作为一个旁观者在欣赏，在全面地享受庐山的四季、风雨和云雾，在其中觅得生活的真谛。而慧远作为一代宗师，在这样美景秀色之处传道讲经，对众多弟子来说应该也是一种享受。

　　《游庐山记》全文结构鲜明，具有层次感，语言上多用短句，通俗易懂，其中夹杂了历史人物在此处的活动，为游记增添了些许情趣，可谓浓淡相宜。

裴松之

作者简介

裴松之(372—451),字世期,原籍河东闻喜(今山西闻喜),永嘉南迁后移居江南。他是南朝宋著名的史学家,与裴骃、裴子野祖孙三代有"史学三裴"之称。裴松之少时喜读书,八岁即熟知《诗经》、《论语》。晋孝武帝太元十四年(389),任殿中将军,历任员外散骑侍郎、尚书祠部侍郎。刘裕北伐,领司州刺史,以裴松之为州主簿,后转治中从事史。宋文帝时召为太子洗马,后又任零陵内史、国子博士、中书侍郎、司冀二州大中正、永嘉太守、通直散侍、南琅邪太守、中散大夫、太中大夫等职。除《三国志注》外,《宋书》本传记其所著文、论及《晋纪》行于世。《隋书·经籍志》录其集二十一卷、《裴氏家传》四卷,并佚。

上《三国志注》表

【题解】 晋代陈寿所著《三国志》,取材谨严,叙事简洁,为人称道。但因记载过简,诸多史事语焉不详,甚至遗漏,故宋文帝令裴松之为之作注,以补不足。元嘉六年(429)七月,书成上奏,文帝誉为"不朽"。此文即为奏表。表中裴松之介绍了自己所作注文的四个内容,并对陈寿原作得失做了评判。本文选自《〈三国志〉附》。

【原文】

臣松之言:臣闻智周①则万理自宾②,鉴远则物无遗照③。虽尽性穷微,深不可识,至于绪馀④所寄,则必接乎粗迹⑤。是以体备之量,犹曰好察迩言⑥。畜德之厚,在于多识往行。伏惟陛下,道该渊极,神超妙物,晖光日新,郁哉弥盛⑦。虽一贯《坟》、《典》⑧,怡心⑨玄赜⑩,犹复降怀⑪近代,博观兴废⑫。将以总括前踪,贻诲⑬来世。

臣前被诏,使采三国异同,以注陈寿《国志》。寿书铨叙⑭可观,事多审正⑮。诚游览之苑囿⑯,近世之嘉史。然失在于略,时⑰有所脱漏。臣奉诏寻详⑱,务在周悉。上搜旧闻,旁摭遗逸⑲,案三国虽历年不远，而事阔汉晋。首尾所涉，出入⑳百载。注记分错，每多舛互㉑。其寿所不载，事宜存录者，则罔不毕取以补其阙㉒。或同说一事，而辞有乖杂㉓，或出事本异，疑不能判，并皆钞内以备异闻。若乃纰缪㉔显然，言不附㉕理，则随违矫正㉖，以惩其妄。其时事当否及寿之小失，颇以愚意有所论辩㉗。自就撰集，已垂㉘期月。写校始讫㉙，谨对上呈。

窃惟缋事㉚以众色成文㉛，蜜蜂以兼采为味㉜，故能使绚素有章㉝，甘逾本质㉞。臣实顽乏㉟，顾惭二物㊱。虽自罄厉㊲，分绝㊳藻缋㊴，既谢淮南食时㊵之敏，又微狂简㊶斐然㊷之作。淹留无成㊸，只秽翰墨㊹，不足以上酬㊺圣旨，少塞愆责㊻。愧惧㊼之深，若坠渊谷。谨拜表以闻，随用流汗㊽。臣松之诚惶诚恐，顿首顿首，死罪谨言。元嘉六年七月二十四日，中书侍郎西乡侯臣裴松之上。

【注释】　①智周：考虑周全。　②万理自宾：万事自然而然就有了条理。　③物无遗照：事物的方方面面就没有遗漏。　④绪馀：语出《庄子·让王》："道之真以治身，其绪馀以为国家。"原指抽丝后留在蚕茧上的残丝，借指事物的残余。　⑤粗迹：大道正理。　⑥好察迩言：语出《礼记·中庸》："舜好问，而好察迩言，隐恶而扬善。"意思是要取得充实完满的知识，还要善于分析别人浅近话语里的含义。迩言，浅近之语。　⑦"道该渊极"四句：思想完备深远，智慧超过神灵，进德修业不知倦怠，日日更新。此四句为赞称皇帝圣明的话。　⑧《坟》、《典》：《三坟》、《五典》的简称，后转为古代典籍的简称。《三坟》即伏羲、神农、黄帝之书；《五典》即少昊、颛顼、高辛、尧、舜之书。　⑨怡心：和悦心情。　⑩玄赜(zé)：幽微深奥。　⑪降怀：应该关心。　⑫兴废：兴衰得失。　⑬贻诲：启发。贻，遗留。　⑭铨叙：旧时的一种叙官制度，按资历或劳绩核定官职的授予或升迁。　⑮审正：精审而正确。　⑯苑囿：指划定一定范围，专供皇家欣赏游玩的皇家领地，是中国古典园林的初始形态。　⑰时：常常。　⑱寻详：搜寻历史的详情。　⑲旁摭(zhí)遗逸：从旁处拾取世人不知道的逸闻趣事。摭，拾取，摘取。　⑳出入：相差。　㉑舛互：纵横交错。　㉒阙：缺漏。　㉓乖杂：纷纭而互有抵触。　㉔纰谬：纰漏和错误。　㉕附：符合。　㉖随违矫正：就在错误之处加以纠正。　㉗"其时事"二句：对他记录的时事不知恰当与否以及陈寿有小失误的地方，我就多按自己的意思来加以分析。　㉘垂：接近。　㉙讫：完成。　㉚缋事：即绘画。缋(huì)，丝带。　㉛众色成文：使用了多种颜色才有文理。　㉜以兼采为味：因为采集了多种花的蜜才有美味。　㉝绚素有章：白绢绘出了文采。　㉞甘逾本质：蜂蜜的美味超过了花本身。　㉟顽乏：愚钝无能。　㊱二物：指绘画和采蜜两件事。　㊲罄励：尽自己的努力。罄，尽，完。　㊳绝：放弃。　㊴藻缋：用有文采的语言描绘。　㊵淮南食时：西汉时，淮南王有文才，汉武帝命他作《离骚传》。他早晨受诏，午饭时便呈上书稿。后来比喻人敏于著述。　㊶狂简：语出《论语·

公冶长》:"子在陈曰:'归与!归与!吾党之小子狂简,斐然成章,不知所以裁之.'"指志向远大但行为粗率简单。　㊷斐然:有文采的样子。　㊸淹留无成:停滞不前,没有成就。　㊹只秽翰墨:只有辱于文章笔墨。此处是裴松之的谦辞。　㊺酬:报答。　㊻愆责:过失,过错。　㊼愧惧:愧疚惶恐之心。　㊽随用流汗:比喻害怕得流出汗来。

【赏析】　这是一篇中规中矩的应用文。在奏表的开始,裴松之赞颂宋文帝的大德圣明,并委婉表达了关注近代史、考察历代兴衰的必要性。接着,裴松之讲述了自己为《三国志注》所做的工作,详细描述了对《三国志》舛误之处应有的态度和处理办法,也谦虚地表达了自己的不足之处。其言之辞恳切、态度之诚挚,足以打动他口中圣明的宋文帝了。但是,字里行间对宋文帝的谦卑、溢美之词也稍显突兀。

裴松之收集各家史料,弥补《三国志》记载之不足,注释方法主要遵循四大原则:"一曰补阙,二曰备异,三曰惩妄,四曰辩论。"裴松之作注所根据的史料,可考者多达一百四十余种,较《三国志》原书多出三倍,耗费的人力物力都是巨大的。

裴松之为《三国志》作注是认真而有效的,但从唐代开始就有学者对裴松之《三国志注》提出了尖锐的批评,主要认为裴注资料庞杂繁芜和体例不纯。刘知几说裴松之"才短力微,不能自达",章学诚也曾对其体例提出批评。但就整体来说,裴松之《三国志注》的贡献是不容忽视的,是史学上的一大成果。

颜延之

作者简介

颜延之(384—456),字延年,琅琊临沂(今山东临沂市)人。少孤贫而好学,文章华美典雅,错彩镂金,在诗歌创作上与谢灵运并称"颜谢"。嗜饮酒,性孤傲,不喜阿谀权贵。晋宋间历任参军、太子舍人、始安太守、中书侍郎,官至金紫光禄大夫,世称"颜光禄"。明人辑有《颜光禄集》。

陶征士诔并序

【题解】 征士指古代不就朝廷征辟的士人,陶渊明因辞官归田,故称征士。东晋末年,颜延之曾任江州后军功曹,与陶渊明交情匪浅。其后,颜延之赴始安郡任职,途经浔阳,又与陶渊明欢聚畅饮数日,临行之时更以两万钱相赠。元嘉四年,陶渊明去世后,颜延之为他写了这篇祭文,以怀念两人的友情。本文选自《昭明文集》卷五十七。

【原文】

夫璇玉①致②美,不为池隍③之宝。桂椒④信⑤芳,而非园林之实。岂其深而好远⑥哉!盖云殊性⑦而已,故无足而至者,物之藉⑧也;随踵而立⑨者,人之薄也。若乃巢、高⑩之抗行⑪,夷、皓⑫之峻节⑬,故已父老尧禹,锱铢周汉。而绵世浸远⑭,光灵⑮不属⑯。至使菁华隐没,芳流歇绝,不其惜乎?虽今之作者,人自为量,而首路⑰同尘⑱、辍途⑲殊轨⑳者多矣。岂所以昭末景㉑,泛馀波㉒?

有晋征士寻阳陶渊明,南岳之幽居者也,弱㉓不好弄㉔,长实素心㉕,学非称师,文取指达。在众不失其寡,处言愈见其默。少而贫病,居无仆妾,井臼弗任㉖,藜菽不给㉗。母老子幼,就养勤匮。远惟田生致亲㉘之议,追悟毛子捧檄之怀㉙。初辞州府三命,后为彭泽令,道不偶物㉚,弃官从好,遂乃解体世纷㉛,结志㉜区外㉝,定迹深栖㉞,于是乎远。灌畦鬻㉟蔬,为供鱼菽之祭;织絇㊱纬萧㊲,以充粮粒之费。心好异书,性乐酒德㊳,简弃烦促,就成省旷㊴。殆所谓国爵屏⑩贵,家人忘贫者与?有诏征为著作郎,称疾不到。春秋㉑若干,元嘉四年㉒月日,卒于寻阳县之某里,近识悲悼,远士伤情。冥默福应㉓,芜湖淑贞㉔。夫实以诔华,名由谥高。苟允德义,贵贱何算焉?若其宽乐令终之美,好廉克己之操,有合谥典㉕,无愆㉖前志㉗。故询诸友好,宜谥曰靖节征士,其辞曰:

物尚孤生,人固介立,岂伊时㉘遘㉙,曷㉚云世及?嗟乎若士,望古遥集,韬㉛此洪族㉜,蔑彼名级㉝,睦亲之行,至自非敦㉞。然诺之信,重于布言㉟。廉深简洁,贞夷粹温,和而能峻㊱,博而不繁,依世尚同,诡时则异。有一于此,两非默置,岂若夫子,因心违事。畏荣好古,薄身厚志,世霸虚礼,州壤推风。孝惟义养㊲,道必怀邦。人之秉彝㊳,不隘不恭㊴,爵同下士,禄等上农㊵。度量难钧㊶,进退可限。长卿弃官㊷,稚宾自免㊸。子之悟之,何悟之辩㊹。赋诗归来㊺,高蹈独善㊻。亦既超旷,无适非心㊼,汲流旧巘㊽,葺㊾宇家林。晨烟暮蔼,春煦秋阴,陈书辍卷,置酒弦琴。居备勤俭,躬兼贫病。人否其忧,子然其命㊿。隐约就闲,迁延辞聘。非直也明,是惟道性㉛,纠缠斡流,冥漠报施。孰云与仁,实疑明智,谓天盖高,胡愆斯义,履信曷凭,思顺何置?年在中身㊼,疢㊽维痁疾㊾,视死如归,临凶若吉。药剂弗尝,祷祀非恤,素幽告终,怀和长毕㊿。呜呼哀哉,敬述靖节,式㊻尊㊼遗占㊽,存不愿丰。没无求赡,省讣却赙㊾。轻哀薄敛㊿,遭壤以穿。旋葬而窆㊻,呜呼哀哉,深心追往,远情逐化,自尔介居,及我多暇。伊好之洽,接阁㊼邻舍,宵盘昼憩,非舟非驾。念昔宴私,举觞相诲,独正者危。至方则碍,哲人卷舒㊽。布在前载,取鉴不远。吾规子佩,尔实愀然㊾。中言㊿而发,违众速尤㊻,迕㊼风先蹶㊽,身才非实㊾。荣声有歇㊿,睿音永㊻矣,谁箴㊼余阙㊽。呜呼哀哉,仁焉而终,智焉而毙㊾,黔娄㊿既没,展禽㊻亦逝,其在先生,同尘往世,旌㊼此靖节,加彼康惠,呜呼哀哉。

【注释】 ①璠玉:美玉。 ②致:极,尽。 ③池隍:代指城市。古代掘土筑城,城下之地,有水称池,无水称隍。 ④桂椒:肉桂和山椒。泛指香料,常用来比喻贤人。 ⑤信:确实。 ⑥深而好远:指喜欢藏匿在幽深的森林和遥远的山巅。 ⑦殊性:特殊的习性。 ⑧ 藉:凭借。 ⑨ 随踵而立:脚后跟挨着脚后跟站立。 ⑩ 巢、高:巢父和伯成子高的并称。前者为尧时隐士,后者为禹时隐士。 ⑪ 抗行:高尚的行为。 ⑫ 夷、皓:伯夷和商山四皓的合称。同为避乱君而隐遁,古称高节之士。 ⑬ 峻节:高峻的节操。⑭ 绵世浸远:好的时代逐渐远离。浸,逐渐。 ⑮ 光灵:比喻盛德。 ⑯ 不属:没有得到继承。属,连接。 ⑰ 首路:出发上路。 ⑱ 同尘:同行。 ⑲ 辍途:半途而废。辍,中止。 ⑳ 殊轨:不同的道路,这里指分道扬镳。 ㉑ 末景:末尾的影子,比喻前代隐士的高行。景,同"影"。 ㉒ 馀波:余下的微波,比喻前代隐士的行为。 ㉓ 弱:年少。㉔ 好弄:喜好游戏。 ㉕ 素心:心地纯洁,化用陶渊明诗句"闻多素心人"。 ㉖ 井臼弗任:难以胜任汲水舂米之类的劳作。 ㉗ 藜菽不给:即使是粗糙的食物也不能自给自足,指生活艰难。藜菽:即藜和菽,泛指粗粝之食。 ㉘ 田生致亲:齐宣王问田过:"君与父孰重?"田过答以父重。宣王问:"为何士去亲而事君?"田过答:"非君之土地无以处吾亲,非君之禄无以养吾亲,非君之爵无以尊显吾亲。受之于君,致之于亲。凡事君,以为亲也。"㉙ "追悟"句:化用毛义捧檄的典故。张奉去拜访毛义,刚好府檄至,要毛义去任守令,毛义十分高兴,张奉因此看不起他。后来毛义母死,毛义终于不再出去做官,张奉才知道他不过是为亲屈,感叹自己知他不深。后以"捧檄"指为母出仕的典故。 ㉚ 道不偶物:品德操守与世俗不相合。 ㉛ 解体世纷:摆脱世俗的纷扰。 ㉜ 结志:集中志向。 ㉝ 区外:人世之外。 ㉞ 定迹深栖:定居在人迹罕至之处。 ㉟ 鬻(yù):卖。 ㊱ 绚(qú):屦头上的装饰。 ㊲ 纬萧:编织蒿草。 ㊳ 酒德:指酒。刘伶曾作《酒德颂》。 ㊴ 省旷:简约安闲。 ㊵ 屏(bǐng):排除,去除。 ㊶ 春秋:指人的年龄。 ㊷ 元嘉四年:即公元427年。 ㊸ 冥默福应:意指天道不明。冥,渺茫。默,沉默,指不应。福应,古人谓行善得福,是上天的报应。 ㊹ 淑贞:美好而坚贞。 ㊺ 谥典:谥法。古代帝王公卿死后,依其生前行事而给予称号的法则。 ㊻ 愆(qiān):错,违背。 ㊼ 前志:前人书志,指谥法。㊽ 时:随时。 ㊾ 遘:遇见。 ㊿ 曷:何。 (51) 韬:藏。 (52) 洪族:大族。陶渊明的曾祖陶侃为东晋大司马,封长沙郡公。 (53) 名级:仕宦等级。 (54) 至自非敦:出于自然而非勉力之为。 (55) "然诺"二句:汉代季布信守诺言,当时谚语曰:"得黄金百斤,不如得季布一诺。" (56) 竣:严厉严苛。 (57) 义养:按照孝义奉养。 (58) 秉彝:秉性。语出《诗经·大雅·烝民》:"民之秉彝,好是懿德。" (59) 不隘不恭:不拘忌,不轻慢。语出《孟子·公孙丑上》:"伯夷隘,柳下惠不恭,隘与不恭,君子不由也。"柳下惠,鲁国大夫展禽,封邑柳下,谥惠,是古代著名的贤人,与伯夷并以高洁著称。 (60) "爵同"二句:《礼记·王制》:"诸侯之下士,视上农夫,禄足以代其耕。" (61) 钧:衡量。 (62) 长卿弃官:司马相如字长卿,汉武帝时召为郎。其仕宦,未尝肯参与公卿国家之事,称病闲居,不慕官爵。 (63) 稚宾自免:郇相,字稚宾,太原人,屡次因病辞官。 (64) 辩:同"辨",分明。 (65) 赋诗归来:指陶渊明辞彭泽县令而归隐,赋《归去来兮辞》。 (66) 独善:语出《孟子·尽心上》:"穷则独善其身,达则兼善天下。" (67) 无适非心:《庄子·达生》:"知忘是非,心之适也。"适,往。 (68) 巘(yǎn):山岩。 (69) 葺:修盖。 (70) "人否"二句:谓人不堪其忧,陶渊明安之如命。语出《论语·雍也》:"贤哉,回也!一箪食,一瓢饮,在陋巷。人不堪其忧,回也不改其乐。"回,孔子的弟子颜渊。 (71) 道性:淡薄自抑的性格。 (72) 中身:五十岁左右。《尚书·无逸》:"文王受命唯中身,厥享国五十年。" (73) 疢(chèn):病。 (74) 痁(shān)疾:疟疾。

⑦毕:终,这里指死亡。 ⑦式:发语词,无意义。 ⑦尊:同"遵"。 ⑦遗占:临终的口嘱。 ⑦赙(fù):赗赠。 ⑧敛:为死者穿衣入葬。 ⑧窆(biǎn):棺木入土。 ⑧阎:里巷。 ⑧卷舒:隐显,隐仕。 ⑧愀然:面容忧伤。 ⑧中言:心中之言。 ⑧速尤:招致谴责。 ⑧迕:逆。 ⑧蹶:跌倒,这里指死亡。 ⑧身才非实:谓身体、才华皆不足为实在。 ⑨歇:停止。 ⑨永:久远。 ⑨箴:谏劝。 ⑨阙:不足。 ⑨"仁焉而终"二句:说人终有一死。 ⑨黔娄:春秋时的隐者,家贫却不肯出仕。 ⑨展禽:即柳下惠。 ⑨旌:表彰。

【赏析】 作者与陶渊明相交莫逆,对他不愿同流合污的高洁品格极为称赏。此文开端首先颂扬古代的高隐不仕之风,批评当时人心不古的虚伪世风,随后水到渠成地推出"有晋征士寻阳陶渊明,南岳之幽居者也"的高洁形象。作者更以巢、由、夷、皓来比陶渊明,赞其淡泊名利、气节高韬。陶渊明不能忍受官场的尔虞我诈,遂"道不偶物,弃官从好"。作者平生懒事权要,连见身居高位的儿子都觉得不幸,因此他对敢于挂冠而去的陶渊明的敬重,可见一斑。不仅如此,陶渊明对待人生有一个自然而然的通达的态度,尤让作者不能忘怀。作者写"心好异书,性乐酒德,简弃烦促,就成省旷",正是对陶渊明"好读书,不求甚解"的潇洒性情最好的注解。

文学史上往往以"用事过多"、"堆垛典故"等字眼来评价颜延之的文风,但此文却情文并茂,韵味隽永,让人耳目一新。作者时时化用陶渊明的诗句,喜爱之情溢于言表。他称陶渊明"长实素心",这是化用陶渊明诗句"闻多素心人",来称赞他有一个纯洁的赤子之心。作者赞其"畏荣好古",是称其淡泊名利,这是化用《感士不遇赋》"望轩唐而永叹,甘贫贱以辞荣"。作者以自然而然的文风来祭奠自然而然的知己,其实也就给予了他最高的敬意。

谢灵运

作者简介

谢灵运(385—433),祖籍陈郡阳夏(今河南省太康县),世居会稽(今浙江绍兴)。东晋名将谢玄之孙,袭封康乐公,世称谢康乐。东晋安帝义熙元年(405),出任琅琊大司马行参军,后任太尉参军、中书侍郎等职。入宋后降爵为侯,起为散骑常侍,出为永嘉太守。后任秘书监,迁侍中,因故被劾,为临川内史。元嘉十年(433),遭弹劾,朝廷遣使收捕,他拘使兴兵,兵败被擒,流放广州,以叛逆罪被杀。灵运性喜游山水,诗与颜延之齐名,并称"颜谢"。明人辑有《谢康乐集》,近人黄节有《谢康乐诗注》。

上书劝伐河北

【题解】 此书作于元嘉五年(428)。谢灵运元嘉三年(426)入朝任秘书监,后迁侍中,但始终不得参预朝政,心有不平而多称病不朝或出城游赏。元嘉五年,"乃上表称疾,上赐假东归",临行时特上此书劝文帝北伐,收复中原。本文选自《宋书·谢灵运传》。

【原文】

自中原丧乱,百有馀年,流离寇戎①,湮没殊类②。先帝聪明神武,哀济群生,将欲荡定③赵魏,大同文轨④,使久凋反于正化,偏俗⑤归于华风。运谢事乖⑥,理违愿绝,仰德⑦抱悲,恨存生尽。况陵茔⑧未几,凶虏伺隙⑨,预在有识,谁不愤叹。而景平⑩执事⑪,并非其才,且构纷⑫京师,岂虑托付。遂使孤城穷陷⑬,莫肯拯赴。忠烈囚朔漠⑭,绵河三千,翻为寇有。晚遣镇戍⑮,皆先朝之所开拓,一旦沦亡,此国耻宜雪,被于近事者也。又北境自染逆虏,穷苦备罹,征调赋敛,靡有止已⑯,所求不获,辄致诛殒,身祸家破,阖门比屋⑰,此亦仁者所为伤心者也。

咸云西虏⑱舍末,远师陇外。东虏乘虚,呼可掩袭。西军既反,得据关中,长围咸阳,还路已绝,虽遣救援,停住河东,遂乃远讨大城,欲为首尾。而西寇深山重阻,根本自固,徒弃巢窟⑲,未足相拯。师老于外,国虚于内,时来之会,莫复过此⑳。观兵耀威,实在兹日。若相持未已,或生事变,忽值新起之众,则异于今,苟乖其时,难为经略㉑,虽兵食倍多,则万全无必矣。又历观前代,类以兼弱为本,古今圣德,未之或殊㉒。岂不以天时人事,理数相得,兴亡之度,定期居然。故古人云:"既见天殃,又见人灾,乃可以谋。"㉓

昔魏氏之强,平定荆、冀㉔,乃乘袁、刘㉕之弱,晋氏之盛,拓开吴、蜀,亦因葛、陆㉖之衰。此皆前世成事,著于史策者也。自羌平之后,天下亦谓虏当俱灭,长驱滑台,席卷下城,夺气丧魄,指日就尽。但长安违律,潼关失守,用缓天诛,假延㉗岁月,日来至今,十有二载,是谓一纪㉘,曩有前言。况五胡代数齐世,虏期余命,尽于来年。自相攻伐,两取其困,卞庄之形,验之今役。仰望圣泽,有若渴饥,注心南云㉙,为日已久。来苏之冀㉚,实归圣明。此而弗乘,后则未兆㉛。即日府藏㉜,诚无兼储,然凡造大事,待国富兵强,不必乘会㉝,于我为易,贵在得时。器械既充,众力粗足,方于前后,乃当有优。常议损益,久证冀州口数,百万有馀,田赋之沃,著自《贡》典,先才经创,基趾㉞犹存,澄流引源㉟,桑麻蔽野㊱,强富之实,昭然㊲可知,为国长久之计,孰若一往之费邪。

或惩关西之败,而谓河北难守。二境形势,表里不同,关西杂居,种类不一,昔在前汉,屯军霸上,通火甘泉㊳。况乃远戍之军,值新故交代之际者乎?河北悉是旧户,差无杂人,连岭判阻,三关作隘。若游骑长驱,则沙漠风靡;若严兵守塞㊴,则冀方山固。昔陇西伤破,晁错兴言,匈奴慢侮㊵,贾谊愤叹。方于今日,皆为赊㊶矣。

晋武中主耳,值孙皓虐乱,天祚㊷其德,亦由钜平奉策,荀、贾折谋,故能业崇当年,区宇一统。况今陛下聪明圣哲,天下归仁,文德与武功并震,霜威㊸共素风俱举㊹,协以宰辅贤明,诸王美令,岳牧㊺宣烈㊻,虎臣㊼盈朝,而天威远命,亦何敌不灭。矧㊽伊顽虏,假日而已哉。伏惟深机志务,久定神谟㊾。

臣卑贱侧陋,窜景岩穴,实仰希太平之道,倾睹岱宗之封,虽乏相如之笔,庶免史谈㊿之愤,以此谢病京师,万无恨矣。久欲上陈,惧在触置㊶,蒙赐恩假,暂违禁省,消渴十年,常虑朝露㊷,抱此愚志,昧死以闻。

【注释】 ① 寇戎:指敌军来犯。 ② 殊类:古称少数民族。 ③ 荡定:荡平,平定。 ④ 大同文轨:秦王灭六国,统一天下时曾下令"书同文,车同轨",古代以同文轨为国家统一的标志。 ⑤ 偏俗:偏远地区的风俗。 ⑥ 乖:违背。 ⑦ 仰德:仰怀厚德。 ⑧ 陵茔:陵墓,墓地。 ⑨ 伺隙:查看可利用的机会。伺,观察。隙,空子,机会。 ⑩ 景平:即景平帝。 ⑪ 执事:统治。 ⑫ 构纷:造成祸乱。 ⑬ 穷陷:势穷力尽,陷落敌手。 ⑭ 朔漠:原指北方沙漠地带,后泛指北方地区。 ⑮ 镇戍:镇守边疆。 ⑯ 靡有止已:没有尽头。靡,没有。 ⑰ 阊门比屋:家家户户,形容众多。 ⑱ 西虏:即西边来犯的敌人。 ⑲ 巢窟:即敌人或盗贼盘踞之地。 ⑳ "师老于外"四句:军队在境外斗志衰落,国内必然空虚,天赐良机,再没有比这更好的了。 ㉑ 经略:经营治理。 ㉒ 未之或殊:没有什么不同。殊,特殊的情况。 ㉓ "既见天殃"三句:必看到既出现了天灾,又发生了人祸,才可以谋划兴师征伐。语出《发启》。《发启》是古代军事著作《六韬》里记载的一篇文章,讲用兵的韬略。 ㉔ 荆、冀:即楚国和晋国。楚本称荆,冀乃晋国的别称。 ㉕ 袁、刘:指袁绍和刘备。 ㉖ 葛、陆:指诸葛亮和陆逊。 ㉗ 假延:耽误。 ㉘ 一纪:古代称十二年为一纪。 ㉙ 注心南云:用心注视南飞来的云。南云,南飞之云。常以寄托思亲、怀乡之情。 ㉚ 来苏之冀:语出《尚书·仲虺之诰》:"徯予后,后来其苏。"意思为因其来而从困苦中获得更生恢复的希望。苏,苏息。 ㉛ 未兆:没有这样的机会。 ㉜ 府藏:即"腑脏",指人的五脏六腑。胆、胃、大肠、小肠、膀胱、三焦叫六腑。 ㉝ 乘会:乘此机会。 ㉞ 基趾:凡墙脚、城脚居下承上的,都叫基趾。此处指皇室基业。 ㉟ 澄流引源:导引水源,澄清水流。 ㊱ 蔽野:遮盖原野。形容数量众多。 ㊲ 昭然:显著、明显的样子。 ㊳ "屯军霸上"二句:汉高祖刘邦与项羽对峙的时候,曾屯兵霸上,住宿甘泉。 ㊴ 守塞:防守边塞。 ㊵ 慢侮:轻慢侮辱。 ㊶ 赊:遥远。 ㊷ 祚(zuò):赐福,庇佑。 ㊸ 霜威:喻人的威严。 ㊹ 素风,纯朴的风尚。 ㊺ 岳牧:指传说中尧舜时四岳十二牧的简称,后泛指封疆大吏。 ㊻ 宣烈:南朝宋时的一种武舞。此处意思为边疆官吏打了胜仗。 ㊼ 虎臣:西周设置的官名。《书·顾命》、《毛公鼎》以师氏和虎臣连称,后多用以比喻勇武之臣。 ㊽ 矧(shěn):况且。 ㊾ 神谟:即神谋。 ㊿ 史谈:西汉司马迁之父司马谈的别称,因其担任太史令一职而名。 ㊶ 触忤:因触忤而被弃置。 ㊷ 朝露:形容人生短暂。

【赏析】 谢灵运博学聪明,热衷政治,有参与时政机要的强烈愿望。但统治者在政治上并不信任谢灵运,因而使他感到失意和仕途无望。这封辞官归隐前的上书,可以说集中地体现了他的政治热情和官场不得意的失望。

谢灵运首先回顾了中原百年来的丧乱和洗雪国耻的宏图,其次分析敌我形势,最后再劝伐河北。整篇表文中心明确,逻辑严谨。而从表文来看,谢灵运在临别之时表明的政治态度和理想亦比较明确。首先,他完全支持宋文帝重视的北伐大业,在书中为北伐事业积极建言献策。其次,书中用"聪明神武,哀济群生"高度颂扬先帝,且集中笔墨歌颂了北伐的新领袖文帝刘义隆。自己唯一的期盼就是在文帝的英明领导下早日统一华夏,实现"太平之道"。谢灵运借上此书来表明对文帝及刘宋政权的政治态度,试图化解自己与文帝之间的尖锐矛盾。整篇表文言辞恳切,引典贴切,用骈文一样的笔法写奏书,显得文采飞扬,气势不凡。

范 晔

范晔(398—445),字蔚宗,原籍顺阳(今河南浙川)人,南朝宋史学家。曾任吏部尚书郎,元嘉元年(424)被贬为宣城太守。他广集学者,采辑前人记叙后汉史的十余家著作,编纂成《后汉书》九十篇。后升任左卫将军、太子詹事,掌管机要。元嘉二十二年(445),以谋反罪论诛。

光武帝纪

【题解】《后汉书》是一部记载东汉历史的纪传体断代史,记事上起于汉光武帝刘秀建武元年(28),止于汉献帝建安二十五年(220)。大致沿袭了《史记》、《汉书》的编纂体例,又有所创新,增添了皇后纪、列女传、文苑传、党锢传等,反映了东汉社会的基本面貌。书中每个类传前多有序,人物传记前又多有提要,语言简洁,起到了提纲挈领的作用。《光武帝纪》记述东汉开国君主刘秀开创天下的艰难历程以及治理国家的种种琐事。刻画了一个有勇有谋、勤于政事的仁君形象。本文选自《后汉书》卷一。

【原文】

世祖①光武②皇帝讳秀,字文叔,南阳蔡阳人,高祖③九世之孙也,出自景帝④生长沙定王发。发生舂陵⑤节侯买,买生郁林⑥太守外,外生巨鹿⑦都尉回,回生南顿⑧令钦,钦生光武。光武年九岁而孤,养于叔父良。身长七尺三寸,美须眉,大口,隆准⑨,日角⑩。性勤于稼穑,而兄伯升好侠养士,常非笑⑪光武事田业,比之高祖兄仲⑫。王莽天凤中,乃之长安,受《尚书》,略通大义。

莽末,天下连岁灾蝗,寇盗锋起⑬。地皇⑭三年,南阳荒饥,诸家宾客⑮多为小盗。光武避吏新野⑯,因卖谷于宛⑰。宛人李通等以图谶⑱说光武云:"刘氏复起,李氏为辅。"光武初不敢当,然独念兄伯升素结轻客⑲,必举大事,且王莽败亡已兆,天下方乱,遂与定谋,于是乃市⑳兵弩。十月,与李通从弟轶等起于宛,时年二十八。

初，王莽征天下能为兵法者六十三家数百人，并以为军吏；选练武卫㉑，招募猛士，旌旗辎重，千里不绝。时有长人巨无霸㉒，长一丈，大十围，以为垒尉㉓；又驱诸猛兽虎豹犀象之属，以助威武。自秦、汉出师之盛，未尝有也。光武将数千兵，徼㉔之于阳关。诸将见寻、邑兵盛，反走，驰入昆阳，皆惶怖，忧念妻孥，欲散归诸城。光武议曰："今兵、谷既少，而外寇强大，并力御之，功庶可立；如欲分散，势无俱全。且宛城未拔，不能相救，昆阳即破，一日之间，诸部亦灭矣。今不同心胆共㉕举功名，反欲守妻子财物邪？"诸将怒曰："刘将军何敢如是！"光武笑而起。会候骑㉖还，言大兵且至城北，军陈数百里，不见其后。诸将遽相谓曰："更请刘将军计之。"光武复为图画㉗成败。诸将忧迫㉘，皆曰："诺"。时城中唯有八九千人，光武乃使成国上公王凤、廷尉大将军王常留守，夜自与骠骑大将军宗佻、五威将军李轶等十三骑，出城南门，于外收兵㉙。时莽军到城下者且十万，光武几不得出。既至郾、定陵，悉发诸营兵，而诸将贪惜财货，欲分留守之。光武曰："今若破敌，珍宝万倍，大功可成；如为所败，首领㉚无馀，何财物之有！"众乃从。

严尤说王邑曰："昆阳城小而坚，今假号者㉛在宛，亟㉜进大兵，彼必奔走；宛败，昆阳自服。"邑曰："吾昔以虎牙将军围翟义，坐㉝不生得，以见责让㉞。今将百万之众，遇城而不能下，何谓邪？"遂围之数十重，列营百数，云车㉟十馀丈，瞰临城中，旗帜蔽野，埃尘连天，钲㊱鼓之声闻数百里。或为地道，冲輣橦城㊲。积弩乱发，矢下如雨，城中负户而汲㊳。王凤等乞降，不许。寻、邑自以为功在漏刻㊴，意气甚逸㊵。夜有流星坠营中，昼有云如坏山㊶，当营而陨，不及地尺㊷而散，吏士皆厌伏㊸。

六月己卯，光武遂与营部俱进，自将步骑千馀，前去大军四五里而陈。寻、邑亦遣兵数千合战㊹。光武奔之，斩首数十级。诸部喜曰："刘将军平生见小敌怯，今见大敌勇，甚可怪也，且复居前，请助将军！"光武复进，寻、邑兵却，诸部共乘之㊺，斩首数百千级。连胜，遂㊻前。时伯升拔宛已三日，而光武尚未知，乃伪使持书报城中，云"宛下兵到"，而阳堕㊼其书。寻、邑得之，不憙㊽。诸将既经累捷，胆气益壮，无不一当百。光武乃与敢死者三千人，从城西水上冲其中坚⁴⁹,寻、邑陈⁵⁰乱,乘锐⁵¹崩之,遂杀王寻。城中亦鼓噪而出,中外合势,震呼动天地,莽兵大溃,走者相腾践,奔殪⁵²百馀里间。会大雷风,屋瓦皆飞,雨下如注,滍川⁵³盛溢,虎豹皆股战⁵⁴,士卒争赴,溺死者以万数,水为不流。王邑、严尤、陈茂轻骑乘死人度⁵⁵水逃去。尽获其军实⁵⁶辎重、车甲珍宝,不可胜算,举之连月不尽,或燔⁵⁷烧其馀。

【注释】 ① 世祖:刘秀的庙号。 ② 光武:刘秀死后的谥号。 ③ 高祖:汉高祖刘邦庙号。 ④ 景帝:西汉第四个皇帝刘启庙号。 ⑤ 舂陵:郡名,治在今湖北枣阳县南。 ⑥ 郁林:郡名,治在今广西桂平县西。 ⑦ 巨鹿:郡名,治在今河北巨鹿县。 ⑧ 南顿:县名,属汝南郡,故城在今河南项城县西。 ⑨ 隆准:高鼻梁。 ⑩ 日角:前额高起,饱满如日,古人认为是帝王之相。 ⑪ 非笑:讥笑。 ⑫ 兄仲:即仲兄,汉高祖刘邦仲兄名刘喜。 ⑬ 蜂起:纷纷涌起。锋,通"蜂",比喻很多。 ⑭ 地皇:王莽第三个年号。 ⑮ 宾客:门客。 ⑯ 避吏:躲避官吏的追捕。据《续汉书》,刘秀因刘縯(伯升)门客劫人,为躲避官府拘捕,逃到新野。 ⑰ 宛:宛县,属南阳郡,治在今河南南阳市。 ⑱ 图谶:具有预言性质的图和歌谣。 ⑲ 轻客:指轻生重义而能急人之难的人。 ⑳ 市:购买,购置。 ㉑ 武卫:谓以武力藩卫,指守卫宫禁的士兵。 ㉒ 巨无霸:王莽时期的巨人,又作"巨毋霸"。《汉书·王莽传下》:"韩博言:'有奇士,长丈,大十围,来至臣府,曰欲奋击胡虏。自谓巨毋霸……'" ㉓ 垒尉:警卫营垒的军官。 ㉔ 徼(yāo):遮拦,截击。 ㉕ 同心胆共:即同心共胆,指心志一致。 ㉖ 候骑:担任侦察巡逻任务的骑兵。 ㉗ 图画:图谋策划。 ㉘ 忧迫:忧愁焦急。 ㉙ 收兵:这里指招集兵马。 ㉚ 首领:头和脖子,代指生命。 ㉛ 假号者:僭越帝号的人,指王莽。 ㉜ 亟:急。 ㉝ 坐:因为,由于。 ㉞ 责让:责备。 ㉟ 云车:古代作战时用以窥察敌情的楼车。 ㊱ 钲:一种形似钟而狭长的乐器,有长柄可执,口向上以物击之而鸣,常在行军时敲打。 ㊲ 冲輣(péng)橦(tóng)城:冲輣,冲车和楼车,泛指战车;橦城,用冲车撞击城门。 ㊳ 负户而汲:背着门板去打水。门板用来保护身体免受弓箭的伤害。 ㊴ 功在漏刻:顷刻之间就可以建立功业。漏刻,原是古代计时工具,这里比喻时间很短。 ㊵ 意气甚逸:神情非常悠闲。 ㊶ 坏山:崩塌的山峰。 ㊷ 不及数尺:离地不到一尺。 ㊸ 厌(yā)伏:压得趴在地上。厌,"压"的古字。 ㊹ 合战:交战。 ㊺ 乘之:谓乘胜追击。 ㊻ 遂:顺利。 ㊼ 阳堕:假装坠落。阳,通"佯"。 ㊽ 憙(xǐ):喜悦,后作"喜"。 ㊾ 中坚:指军队中最重要最坚强的部分。李贤注《光武帝纪》:"凡军事,中军将最尊,居中以坚锐自辅,故曰中坚也。" ㊿ 陈:通"阵",阵地。 ㈤¹ 乘锐:乘着锋锐的势头。 ㈤² 殪(yì):仆倒。 ㈤³ 滍(zhì)川:古水名,即今河南省鲁山县、叶县境内的沙河。 ㈤⁴ 股战:大腿发抖。 ㈤⁵ 度:通"渡",渡河。 ㈤⁶ 军实:军队中的器械和粮食。 ㈤⁷ 燔(fán):焚烧。

【赏析】 光武帝刘秀是汉高祖刘邦的第九世孙。王莽末年起兵造反,最终于公元25年登上帝位,建立了东汉政权。刘秀生性较为柔弱,乐于耕种,熟通经书大义,对于治理国家有自己的看法和见解。登上帝位后,他以仁德治国,以柔术取天下,尊重百姓,礼贤下士。作为东汉的开国皇帝,刘秀可称得上是中国历史上较为著名的明君。选文重点刻画了光武帝在夺取政权过程中所表现出的统帅能力及英勇杀敌的形象。用语简洁、准确,人物形象塑造丰满,每于细节处凸显人物性格。如中间一段昆阳城保卫战的记述,在众人皆惶恐于王莽大军压境的时候,刘秀先是做精神的鼓动,而对众人的不解,刘秀最初的反应只是"笑而走"。仅此一句,其善于隐忍的性格即表露无遗。

郭伋传

【题解】　郭伋是东汉光武帝时期贤臣的代表。他既是一位有谋略,善于施政的地方官,同时也是一位谏官。《后汉书·郭伋传》作为一篇优秀的人物传记,不仅表现了郭伋的仁德施政,同时也从侧面描写了光武帝的为君之道。本文选自《后汉书》卷三十一。

【原文】

郭伋字细侯,扶风茂陵①人也。高祖父解,武帝时以任侠②闻。父梵,为蜀郡太守。伋少有志行,哀、平③间辟大司空府,三迁④为渔阳⑤都尉。王莽时为上谷大尹⑥,迁并州⑦牧。

更始⑧新立,三辅⑨连被兵寇,百姓震骇,强宗右姓⑩各拥众保营,莫肯先附。更始素闻伋名,征拜左冯翊⑪,使镇抚百姓。世祖⑫即位,拜雍州牧,再转为尚书令,数纳忠⑬谏争⑭。

建武⑮四年,出为中山太守。明年,彭宠灭,转为渔阳太守。渔阳既离⑯王莽之乱,重以彭宠之败,民多猾恶⑰,寇贼充斥。伋到,示以信赏⑱,纠戮渠帅⑲,盗贼销散。时,匈奴数抄郡界,边境苦之。伋整勒士马,设攻守之略,匈奴畏惮远迹⑳,不敢复入塞,民得安业。在职五岁,户口增倍。后颍川盗贼群起,九年,征拜颍川太守。召见辞谒,帝劳之曰:"贤能太守,去帝城不远,河润九里㉑,冀京师并蒙福㉒也。君虽精于追捕,而山道险厄,自斗当一士耳,深宜慎之。"伋到郡,招怀山贼阳夏赵宏、襄城召吴等数百人,皆束手诣伋降,悉遣归附农。因自劾专命㉓,帝美其策,不以咎之。后宏、吴等党与闻伋威信,远自江南,或从幽、冀,不期俱降,骆驿不绝。

十一年,省朔方刺史属并州㉔。帝以卢芳据北土,乃调伋为并州牧。过京师谢恩,帝即引见,并召皇太子诸王宴语终日,赏赐车马衣服什物。伋因言选补众职,当简㉕天下贤俊,不宜专用南阳人。帝纳之。伋前在并州,素结恩德,及后入界,所到县邑,老幼相携,逢迎道路。所过问民疾苦,聘求耆德雄俊,设几杖㉖之礼,朝夕与参政事。

始至行部㉗,到西河美稷㉘,有童儿数百,各骑竹马㉙,道次迎拜。伋问:"儿曹㉚何自远来?"对曰:"闻使君到,喜,故来奉迎。"伋辞谢之。及事讫,诸儿复送至郭外,问:"使君何日当还?"伋谓别驾从事㉛,计日告之。行部既还,先期㉜一日,伋为违信于诸儿,遂止于野亭㉝,须期乃入。

是时,朝廷多举伋可为大司空,帝以并部㉞尚有卢芳之儆㉟,且匈奴未安,欲使久于其事,故不召。伋知卢芳夙贼㊱,难卒㊲以力制,常严烽候㊳,明购赏㊴,以结寇心。芳将隋昱遂谋胁芳降伋,芳乃亡入匈奴。

伋以老病上书乞骸骨㊵。二十二年,征为太中大夫,赐宅一区,及帷帐钱谷,以充其家,伋辄散与宗亲九族,无所遗馀。明年卒,时年八十六。帝亲临吊㊶,赐冢茔地㊷。

【注释】　①扶风茂陵:今陕西兴平西北。　②任侠:任义行侠,凭借权威、勇力或财力等手段扶助弱小,帮助他人。　③哀、平:汉哀帝、汉平帝。　④三迁:三次升迁。　⑤渔阳:战国时燕置渔阳郡,治在今北京密云西南。　⑥大尹:即郡太守,王莽时改称。　⑦并州:古州名,山西太原古称并州。　⑧更始:指汉更始帝刘玄。　⑨三辅:西汉治理京畿地区的三个职官的合称,后泛指京城附近的地区。　⑩强宗右姓:豪门望族。右姓犹高姓。　⑪左冯翊:官名,汉代为拱卫京城长安的三辅之一。　⑫世祖:光武帝的庙号。　⑬纳忠:表示效忠。　⑭谏争:进谏。争,通"诤"。　⑮建武:东汉光武帝刘秀的第一个年号。　⑯离:遭受。　⑰猾恶:刁滑奸恶。　⑱信赏:信义刑赏。　⑲渠帅:盗贼的魁首。渠,通"钜"。　⑳远迹:逃离得远远的。　㉑河润九里:黄河的水能滋润九里。　㉒蒙福:蒙受洪福。　㉓专命:不奉上级命令而自行其是。　㉔省朔方刺史属并州:裁省朔方刺史,使其归并到并州。　㉕简:挑选。　㉖几杖:坐几和手杖,皆老者所用,古常用为敬老之物。　㉗行部:出行,出巡。　㉘西河美稷:西河郡美稷县,治在今内蒙古准格尔旗西北。　㉙竹马:儿童游戏时当马骑的竹竿。　㉚儿曹:犹儿辈,泛指晚辈的孩子。　㉛别驾从事:官名,州刺史的佐官,因其地位较高,刺史出巡辖境时,别乘驿车随行,故名。　㉜期:约定的日期。　㉝野亭:郊野的亭子。　㉞并部:指并州地区。　㉟儆:警报,紧急情况。　㊱夙贼:久为盗贼。夙,旧,引申为长期存在。　㊲卒:同"猝",突然地,一下子。　㊳烽候:亦作"烽堠",即烽火台。　㊴购赏:悬赏。　㊵乞骸骨:古代官吏因年老请求退职的一种说法,意谓使骸骨得以归葬故乡。　㊶临(lìn)吊:吊唁,临丧哭吊。临,器吊死者。　㊷茔(yíng)地:坟地,墓地。

【赏析】　郭伋是东汉光武帝时期的贤臣,《后汉书》将他与杜诗、孔奋等人一并列入《郭杜孔张廉王苏羊贾陆列传》。郭伋"少有志行",早年便多次被提拔,声名远播。东汉政权建立后,郭伋先后出任渔阳、颍川等郡太守,对于这些地方的民众予以教化,特别是对任职地区的盗贼、匪患问题处理得当,采用几种不同的政策,既积极防御,又采取招安、遣散的策略,有效地解决了贼匪问题。

郭伋既是一位有谋略、善于施政的地方官,同时也是一位谏官。对于选用人才,他向光武帝进言:"选补众职,当简天下贤俊,不宜专用南阳人。"光武帝也乐于采纳他的建议。郭伋为人极重信诺,即便是对儿童,他也认为不能"违信于诸儿",于是对于与儿童约见一事,他"遂止于野亭,须期乃入",其为人重信如此!

《后汉书·郭伋传》是一篇优秀的传记,郭伋的仁德施政,反映了那个时代百姓对于停止战乱、贤君仁政的渴望,同时,通过郭伋与光武帝之间的君臣关系,有助于我们从侧面了解光武帝之为人为君,了解东汉初年的真实历史状况。

班　超　传

【题解】　本文选自《后汉书》卷四十七。作者以精炼生动的笔触,为我们展现了一位具有超凡的政治与军事才能,为国家边境安全和稳定、民族的团结与融合做出巨大贡献的历史伟人的形象。

【原文】
班超,字仲升,扶风平陵①人,徐令②彪之少子也。为人有大志,不修细节。然内孝谨③,居家常执勤苦,不耻劳辱④。有口辩⑤,而涉猎书传。永平⑥五年,兄固被召诣校书郎,超与母随至洛阳。家贫,常为官佣书⑦以供养。久劳苦,尝辍业投笔叹曰:"大丈夫无他志略,犹当效傅介子、张骞⑧立功异域,以取封侯,安能久事笔研⑨间乎!"左右皆笑之。超曰:"小子安知壮士志哉?"其后行诣相者⑩,曰:"祭酒,布衣诸生耳,而当封侯万里之外。"超问其状,相者指曰:

"生燕颔、虎颈,飞而食肉,此万里侯相也。"久之,显宗⑪问固:"卿弟安在?"固对:"为官写书,受直⑫以养老母。"帝乃除超为兰台令史,后坐事免官。

十六年,奉车都尉窦固出击匈奴,以超为假司马⑬,将兵别击伊吾⑭。战于蒲类海⑮,多斩首虏而还。固以为能,遣与从事郭恂俱使西域。超到鄯善⑯,鄯善王广奉超礼敬甚备,后忽更疏懈⑰。超谓其官属曰:"宁觉广礼意薄乎?此必有北虏使来,狐疑未知所从故也。明者睹未萌,况已著⑱耶!"乃召侍胡,诈之曰:"匈奴使来数日,今安在乎?"侍胡惶恐,具服其状⑲。超乃闭侍胡,悉会其吏士三十六人,与共饮。酒酣,因激怒之曰:"卿曹与我俱在绝域,欲立大功以求富贵。今虏使到裁⑳数日,而王广礼敬即废;如令鄯善收吾属送匈奴,骸骨长㉑为豺狼食矣。为之奈何?"官属皆曰:"今在危亡之地,死生从司马!"超曰:"不入虎穴,不得虎子。当今之计,独有因夜以火攻虏使。彼不知我多少,必大震怖,可殄㉒尽也。灭此虏,则鄯善破胆,功成事立矣。"众曰:"当与从事议之。"超怒曰:"吉凶决于今日;从事文俗吏㉓,闻此必恐而谋泄,死无所名,非壮士也!"众曰:"善。"

初夜,遂将吏士往奔虏营。会天大风,超令十人持鼓藏虏舍后,约曰:"见火然㉔,皆当鸣鼓大呼。"余人悉持兵弩夹门而伏。超乃顺风纵火,前后鼓噪,虏众惊乱。超手格杀三人,吏兵斩其使及从士三十余级,馀众百许人悉烧死。明日,乃还告郭恂。恂大惊,既而色动㉕。超知其意,举手曰:"掾㉖虽不行,班超何心独擅之乎!"恂乃悦。超于是召鄯善王广,以虏使首示之,一国震怖。超晓告抚慰,遂纳子为质㉗。还奏于窦固。固大喜,具上超功效,并求更选使使西域。帝壮㉘超节,诏固曰:"吏如班超,何故不遣而更选乎!今以超为军司马㉙,令遂㉚前功。"超复受使,固欲益其兵,超曰:"愿将本所从三十余人足矣。如有不虞㉛,多益为累。"

明年,复遣假司马和恭等四人将兵八百诣超,超因发疏勒㉜、于阗㉝兵击莎车㉞。莎车阴通使疏勒王忠,啖㉟以重利。忠遂反,从之,西保乌即城㊱。超乃更立其府丞㊲成大为疏勒王,悉发其不反者以攻忠,积半岁,而康居㊳遣精兵救之,超不能下。是时月氏㊴新与康居婚,相亲,超乃使使多赍㊵锦帛遗㊶月氏王,令晓示康居王。康居王乃罢兵,执忠以归其国,乌即城遂降于超。后三年,忠说康居王,借兵还居损中⑫,密与龟兹谋,遣使诈降于超。超内知其奸,而外伪许之⑬。忠大喜,即从轻骑诣超。超密勒兵⑭待之,为供张⑮设乐。酒行,乃叱吏缚忠斩之,因击破其众,杀七百馀人,南道⑯于是遂通。

明年,超发于阗诸国兵二万五千人复击莎车,而龟兹王遣左将军发温宿、姑墨、尉头合⑰五万人救之。超召将校及于阗王议曰:"今兵少不敌,其计莫若各散去:于阗从是而东,长史亦于此西归,可须⑱夜鼓声⑲而发。"阴缓⑳所得生口㉑。龟兹王闻之,大喜,自以万骑于西界遮㉒超,温宿王将八千骑于东界徼㉓于阗。超知二虏已出,密召诸部勒兵,鸡鸣,驰赴莎车营。胡大惊乱奔走,追斩五千馀级,大获其马畜财物。莎车遂降,龟兹等因各退散。自是威震西域。

【注释】 ① 扶风平陵:扶风郡平陵县,治在今陕西兴平东北。 ② 徐令:徐县县令。徐县治在今江苏泗洪南。 ③ 孝谨:孝顺父母,为人谨慎。 ④ 劳辱:劳苦之事。辱,污浊,肮脏。 ⑤ 口辩:口才好,能言善辩。 ⑥ 永平:东汉明帝年号。 ⑦ 佣书:受雇佣替别人抄写。 ⑧ 傅介子、张骞:傅介子,北地人,昭帝时使西域,后封义杨侯。张骞,汉中人,武帝时使西域,后封博望族。 ⑨ 笔研:笔砚。研,同"砚"。 ⑩ 相者:以察看相貌占卜人命运为职业的人。 ⑪ 显宗:东汉明帝刘庄庙号。 ⑫ 直:同"值",报酬。 ⑬ 假司马:代理司马。假,代理,非正式的。 ⑭ 伊吾:地名,故址在今新疆哈密一带。 ⑮ 蒲类海:湖泊名,即今新疆东部巴里坤湖。 ⑯ 鄯善:本西域楼兰国,昭帝元凤四年改为鄯善。 ⑰ 疏懈:疏远怠慢。 ⑱ 著:显著,明显。 ⑲ 具服其状:全部承认班超所说的情形。 ⑳ 裁:同"才",仅仅。 ㉑ 长:永远。 ㉒ 殄(tiǎn):灭绝。 ㉓ 文俗吏:一般的文官。俗,平庸。 ㉔ 然:同"燃"。 ㉕ 色动:脸色有所变化。 ㉖ 掾(yuàn):官府中佐官或属吏的通称,此指郭恂。 ㉗ 纳子为质:派遣子弟作为人质,表示不会叛离。 ㉘ 壮:赞许。 ㉙ 军司马:汉代大将军的僚属。 ㉚ 遂:完成。 ㉛ 不虞:不测。 ㉜ 疏勒:古西域王国,在今新疆喀什一带。 ㉝ 于阗:古西域王国,在今新疆和田一带。 ㉞ 莎车:古西域国名,在今新疆莎车县一带。 ㉟ 赇:贿赂。 ㊱ 西保乌即城:西边保卫着乌即城。乌即城,今地不详。或谓在今新疆乌恰县。 ㊲ 府丞:汉代西域各国王室的行政首长。 ㊳ 康居:古西域国名。东界乌孙,西达奄蔡,南接大月氏,东南临大宛,约在今巴尔喀什湖和咸海之间,王都卑阗城。 ㊴ 月氏(ròu zhī):亦作"月支",古族名,曾于西域建月氏国。其族先游牧于敦煌、祁连间。汉文帝前元三至四年时,遭匈奴攻击,西迁塞种故地(今新疆西部伊犁河流域)。 ㊵ 赍(jī):携带。 ㊶ 遗(wèi):馈赠,赠送。 ㊷ 损中:地名,或作"桢中"。 ㊸ 外伪许之:表面上假装答应他。 ㊹ 勒兵:指挥部队。 ㊺ 供张:即供帐,陈设供宴会用的帷帐、用具、饮食等物。 ㊻ 南道:指汉朝通往西域的南线。 ㊼ 合:纠合。 ㊽ 须:等待。 ㊾ 夜鼓声:旧时军中夜间击鼓三次。 ㊿ 阴缓:暗中放松。 (51) 生口：俘虏。 (52) 遮：阻挡，拦阻。 (53) 徼(yāo)：遮拦，截击。

【赏析】 范晔在对班超进行人物描写和刻画时，显然倾注了自己浓厚的思想感情。班超投笔从戎，离开家乡，远赴万里之外，以身报国。作者身处南北对峙之际，眼见国家将沦于夷狄之手，自然将感情倾注到班超身上。

西北方的匈奴是汉边境上一直存在的隐患。如何正确处理这个问题，关系到汉代政治经济的发展和与西域各国的经济文化交流，因此为历朝统治者所重视。班超正是在这种历史条件下出现的一位杰出将领。他以非凡的政治和军事才能，在西域的三十一年中，正确地执行了汉王朝"断匈奴右臂"的政策，自始至终立足于争取多数，分化、瓦解和驱逐匈奴势力，因而战必胜，攻必取，不仅维护了汉王朝边界的安全，而且加强了与西域各族的联系，为我国多民族国家的形成、巩固和发展做出了卓越贡献。《后汉书》中这篇著名的人物传记详尽而又生动地记述了班超在西域戎马倥偬、浴血奋战的事迹。文字雅洁，叙事流利，头绪虽多而脉络不乱。人物形象鲜明，写得有声有色。

张衡传

【题解】 本文节选自《后汉书》卷五十九。作者以时间作为叙事线索，详尽而生动地记述了张衡的一生，突出地表现了他在科学、文学上的杰出成就以及政治上的建树。

【原文】

张衡，字平子，南阳西鄂①人也。世为著姓②。祖父堪，蜀郡太守。衡少善属文，游于三辅③，因入京师，观太学，遂通五经，贯六艺。虽才高于世，而无骄尚④之情。常从容淡静，不好交接俗人。永元⑤中，举孝廉不行，连辟公府⑥不就。时天下承平日久，自王侯以下，莫不逾侈。衡乃拟班固《两都》作《两京赋》，因以讽谏。精思傅会⑦，十年乃成。大将军邓骘⑧奇其才，累召不应。

衡善机巧⑨，尤致思于天文、阴阳⑩、历算⑪。安帝⑫雅闻衡善术学⑬，公车⑭特征拜郎中，再迁为太史令。遂乃研核阴阳，妙尽⑮璇机⑯之正，作浑天仪，著《灵宪》、《算罔论》，言甚详明。

顺帝初，再转，复为太史令。衡不慕当世⑰，所居之官辄积年不徙。自去史职，五载复还。乃设客问⑱，作《应闲》以见其志。

阳嘉⑲元年,复造候风地动仪。以精铜铸成,员⑳径八尺,合盖隆起,形似酒尊,饰以篆文山龟鸟兽之形。中有都柱㉑,傍㉒行八道,施关发机㉓。外有八龙,首衔铜丸,下有蟾蜍,张口承之。其牙机巧制㉔,皆隐在尊中,覆盖周密无际㉕。如有地动,尊则振龙,机发吐丸,而蟾蜍衔之。振声激扬㉖,伺者因此觉知。虽一龙发机,而七首不动,寻其方面㉗,乃知震之所在。验之以事,合契若神。自书典所记,未之有也。尝一龙机发而地不觉动,京师学者咸怪其无征。后数日驿㉘至,果地震陇西,于是皆服其妙。自此以后,乃令史官记地动所从方起。

时政事渐损㉙,权移于下,衡因上书陈事。初,光武善谶㉚,及显宗㉛、肃宗㉜因祖述㉝焉。自中兴之后,儒者争学图纬,兼复附以妖言㉞。衡以图纬虚妄,非圣人之法……后迁侍中,帝引在帷幄,讽议㉟左右,尝问天下所疾恶者。宦官惧其毁己,皆共目之,衡乃诡对㊱而出。阉竖㊲恐终为其患,遂共谗之。衡常思图身之事㊳,以为吉凶倚伏,幽微难明,乃作《思玄赋》以宣寄情志。

永和㊴初,出为河间相。时国王㊵骄奢,不遵典宪㊶;又多豪右㊷,共为不轨。衡下车㊸,治威严,整法度,阴知奸党名姓,一时收禽,上下肃然,称为政理。视事三年,上书乞骸骨,征拜尚书。年六十二,永和四年卒。著《周官训诂》,崔瑗以为不能有异于诸儒也。又欲继孔子《易》说《彖》、《象》残缺者,竟不能就。所著诗、赋、铭、七言、《灵宪》、《应闲》、《七辩》、《巡诰》、《悬图》凡三十二篇。

【注释】　①南阳西鄂:南阳郡的西鄂县,在今河南南阳。　②著姓:名门望族。　③三辅:指京兆尹、左冯翊、右扶风三个地区,在长安周围。　④骄尚:骄傲自负。尚,自以为高明。　⑤永元:东汉和帝刘肇的年号。　⑥公府:三公(太尉、司徒、司空)之府,属于中央一级机构。　⑦傅会:文章的安排布局与修饰。　⑧邓骘(zhì):东汉和帝邓皇后的哥哥,曾以大将军的身份辅佐安帝管理政事。　⑨机巧:设计制造机械的技艺。巧,技巧,技艺。　⑩阴阳:指日月运行规律。　⑪历算:指推算年月日和节气。　⑫安帝:即刘祜,公元106年至125年在位,章帝孙。　⑬术学:术数方面的学问。　⑭公车:公车令,汉代官署名。　⑮妙尽:精妙地研究透了。　⑯璇玑:北斗七星中的前四星,天象中的枢纽。　⑰当世:当权者。　⑱设客问:假设有个"客"来提问。　⑲阳嘉:东汉顺帝刘保的年号(公元132—135)。　⑳员:同"圆"。　㉑都柱:大铜柱,地动仪中心的震摆,为一根上大下小的柱子,哪个方向发生地震,柱子便倒向哪边。都,大。　㉒傍:同"旁",

旁边。　㉓施关发机:设置关键拨动机件。意思是每组杠杆都装上关键,关键可以拨动机件。施,设置。关,机关,关键。机,机件。　㉔牙机巧制:互相咬合、制作精巧的部件。㉕际:缝隙。　㉖激扬:这里指声音响亮。　㉗方面:方向、方位。　㉘驿:驿使,古时驿站上传递文书的人。　㉙损:腐败。　㉚谶:迷信的人指将要应验的预言、预兆。　㉛显宗:汉明帝刘庄。　㉜肃宗:汉章帝刘炟。　㉝祖述:效法,效仿。　㉞妖言:妖异之言。㉟讽议:讽谏议论。　㊱诡对:不以实话作答。　㊲阉竖:对宦官的蔑称。　㊳图身之事:图谋自身安全的事。　㊴永和:东汉顺帝的年号(公元 136—141 年)。　㊵国王:即河间王刘政。　㊶典宪:制度法令。　㊷豪右:豪族大户,指权势盛大的家族。　㊸下车:指官员初到任。

【赏析】　张衡是东汉时期著名的历史人物,也是中国历史上一位"百科全书"式的人物。他不仅是著名的文学家,擅长辞赋,同时也是天文学家、地质学家、发明家等。他少年即"通五经,贯六艺。虽才高于世,而无骄尚之情",性格淡静。正因如此,张衡才将身心全部投入天文、阴阳、历算等科学研究领域,取得了杰出成就。

选文从张衡发明地动仪、作《思玄赋》、著书立说等角度来展示一个接近历史真实的张衡形象。语言既简练又生动到位,笔笔传神。如写张衡发明地动仪,仅"尝一龙机发而地不觉动,京师学者咸怪其无征。后数日驿至,果地震陇西,于是皆服其妙",寥寥数笔,即点出了张衡地动仪监测地震之准确、迅速、有效,令众人叹服。范晔在描绘张衡所取得的诸多科学成就时大加赞叹,更对张衡"才高于世",却"从容淡静"的高尚人格魅力和道德品质深表钦佩。

党锢传论

【题解】　本文节选自《后汉书》卷六十七《党锢传》的序论。党锢之祸是伴随着宦官专权而产生的政治动乱。东汉后期,外戚、宦官轮流把持政权,造成政治上的极端黑暗。他们屡兴党锢之狱,打击和陷害重视"气节"的封建士大夫,以钳制社会舆论。党锢之祸以宦官诛杀士大夫一党几尽殆绝而结束。作者集中地暴露了东汉后期社会矛盾尖锐化的一个侧面,认为党锢之祸损伤了汉朝的统治根基,最终为黄巾之乱和汉朝的灭亡埋下伏笔。

【原文】　孔子曰:"性相近也,习相远也。"言嗜恶之本同,而迁染之涂异也。夫刻意①则行不肆②,牵物则其志流③。是以圣人导人理性,裁抑④宕佚⑤,慎其所与,节其所偏,虽情品⑥万区⑦,质文⑧异数,至于陶物⑨振俗⑩，其道一也。叔末⑪浇讹⑫，王道⑬陵缺⑭，而犹假仁以效己，凭义以济功。举中于理，则强梁⑮褫气⑯；片言违正，则厮台⑰解情⑱。盖前哲之遗尘，有足求者。

霸德⑲既衰，狙诈⑳萌起。强者以决胜为雄，弱者以诈劣受屈。至有画半策而绾万金㉑，开一说而锡㉒琛瑞㉓。或起徒步而仕执珪，解草衣以升卿相㉔。士之饰巧㉕驰辩㉖，以要能钓利者，不期而景从㉗矣。自是爱尚相夺，与时回变，其风不可留㉘，其敝㉙不能反㉚。

及汉祖杖剑，武夫勃兴，宪令宽赊㉛，文礼简阔，绪馀㉜四豪之烈㉝，人怀陵㉞上㉟之心，轻死重气，怨惠必仇㊱，令行私庭，权移匹庶，任侠㊲之方，成其俗矣。自武帝以后，崇尚儒学，怀经协术㊳，所在㊴雾会㊵，至有石渠分争之论㊶，党同伐异㊷之说，守文㊸之徒，盛于时矣。至王莽专伪，终于篡国，忠义之流，耻见缨绋㊹，遂乃荣华丘壑㊺，甘足㊻枯槁㊼。虽中兴在运，汉德重开，而保身怀方，弥相慕袭㊽，去就之节，重于时矣。逮桓、灵之间，主荒政缪，国命委于阉寺㊾，士子羞与为伍，故匹夫抗愤，处士横议㊿，遂乃激扬名声，互相题(51)拂(52)，品核公卿，裁量(53)执政，婞直(54)之风，于斯行矣。夫上好则下必甚，桥枉故直必过，其理然矣。若范滂(55)、张俭(56)之徒，清心忌恶，终陷党议，不其然乎？

初，桓帝为蠡吾侯，受学于甘陵周福，及即帝位，擢福为尚书。时同郡河南尹房植有名当朝，乡人为之谣曰："天下规矩房伯武，因师获印周仲进。"二家宾客，互相讥(57)揣(58)，遂各树朋徒，渐成尤隙(59)，由是甘陵有南北部，党人之议，自此始矣。后汝南太守宗资任功曹范滂，南阳太守成瑨亦委功曹岑晊(60)，二郡又为谣曰："汝南太守范孟博，南阳宗资主画诺④。南阳太守岑公孝，弘农成瑨但坐啸(61)。"因此流言转入太学，诸生三万馀人，郭林宗(62)、贾伟节(63)为其冠，并与李膺(64)、陈蕃(65)、王畅(66)更相褒重。学中语曰："天下模楷李元礼，不畏强御陈仲举，天下俊秀王叔茂。"又渤海公族进阶、扶风魏齐卿，并危言深论，不隐豪强。自公卿以下，莫不畏其贬议，屣履(67)到门。

时河内张成善说风角(68)，推占当赦，遂教子杀人。李膺为河南尹，督促收捕，既而逢宥获免，膺愈怀愤疾，竟案杀之。初成以方伎交通宦官，帝亦颇谇(69)其占。成弟子牢修因上书诬告膺等养太学游士,交结诸郡生徒,更相驱驰⑦,共为部党,诽讪朝廷,疑乱风俗。于是天子震怒,班⑦下郡国,逮捕党人,布告天下,使同忿疾,遂收执膺等。其辞所连及陈实⑫之徒二百馀人,或有逃遁不获,皆悬金购募。使者四出,相望于道。明年,尚书霍谞、城门校尉窦武⑬并表为请,帝意稍解,乃皆赦归田里,禁锢终身。而党人之名,犹书王府⑭。

自是正直⑮废放,邪枉⑯炽结,海内希风⑰之流,遂共相标榜,指天下名士,为之称号。上曰"三君",次曰"八俊",次曰"八顾",次曰"八及",次曰"八厨",犹古之"八元"⑱、"八凯"⑲也。窦武、刘淑、陈蕃为"三君"。君者,言一世之所宗也。李膺、荀翌、杜密、王畅、刘祐、魏朗、赵典、朱宇为"八俊"。俊者,言人之英也。郭林宗、宗慈、巴肃、夏馥、范滂、尹勋、蔡衍、羊陟为"八顾"。顾者,言能以德行引人者也。张俭、岑晊、刘表、陈翔、孔昱、苑康、檀敷、翟超为"八及"。及者,言其能导人追宗者也。度尚、张邈、王考、刘儒、胡母班、秦周、蕃向、王章为"八厨"。厨者,言能以财救人者也。

【注释】①刻意:克制意志。 ②肆:放纵,任意行事。 ③牵物:为外物所牵制。 ④裁抑:制止、遏制。 ⑤宕佚:放荡,放逸。 ⑥情品:性情品格。 ⑦区:分别。 ⑧质文:质朴与华美。 ⑨陶物:教化培育、使人成才。 ⑩振俗:改变风气、振兴习俗。 ⑪叔末:本为长幼次序,这里指王室衰微。 ⑫浇讹:指社会风气浅薄伪劣。 ⑬王道:古代儒家主张的仁义之道。 ⑭陵缺:衰败。 ⑮强梁:强暴之人。 ⑯褫气:夺气,丧气。褫,夺。 ⑰厮台:指从事贱役的奴仆。 ⑱解情:放弃对某人的支持和同情。 ⑲霸德:犹言霸道,君主凭借武力、刑法、权势等进行统治,与"王道"相对。 ⑳狙诈:狡诈奸猾。 ㉑"至有"句:意思是春秋战国时代的策士们只要贡献小小一点策略或主张,就能获得国君极厚的赏赐。画,设计。绾,系,引申为获得。 ㉒锡(cì):同"赐"。 ㉓琛瑞:宝玉。 ㉔"起徒步"句:指战国策士可由平民一下子就升任高官。执珪,楚爵名,因楚国功臣赐珪,故称。 ㉕饰巧:矫饰虚伪。 ㉖驰辩:纵横雄辩。 ㉗景从:如影随形,比喻纷纷响应和追随。景,通"影"。 ㉘留:遏止,阻止。 ㉙敝:通"弊",弊端、弊病。 ㉚反:通"返",扭转。 ㉛宽令宽赊:谓法令宽缓。 ㉜绪馀:指事物之残余或主体之外所剩余者。 ㉝四豪:指战国四公子,即魏信陵君魏无忌、赵平原君赵胜、楚春申君黄歇、齐孟尝君田文。烈,业。 ㉞陵:侵犯,欺凌。 ㉟上:指天子。 ㊱怨惠必仇:谓恩怨必报。怨,怨仇。惠,恩惠。仇,报。 ㊲任侠:见义勇为的人。 ㊳怀经协术:士人纷纷怀藏儒家经典和学术。协:通"挟",挟藏。 ㊴所在:到处。 ㊵雾会:像雾气一样会集。 ㊶"至有"句:汉宣帝甘露三年(前51),会集诸儒于石渠阁,讲论五经异同,由名儒、太子太傅萧望之等评议,然后奏宣帝亲自裁决。石渠,指石渠阁,汉未央殿北藏书的地方。 ㊷党同伐异:同己者与他结为朋党,异己者就攻伐他。 ㊸守文:墨守旧说,恪守成规。　㊹耻见缨绂:意谓不愿入仕做官。缨绂,冠带和印绶,借指官职。绂,通"绋"。
㊺荣华丘壑:谓以居处丘壑为荣华,即隐居的意思。　㊻甘足:甘心满足。　㊼枯槁:指贫穷憔悴的生活。　㊽慕袭:犹言慕循,仰慕遵循。　㊾阉寺:指宦官。　㊿处士横议:布衣处士而议朝政。　㈠题:品评。　㈡拂(bì):通"弼",辅助,扶持。　㈢裁量:甄别衡量。　㈣婞(xìng)直:倔强而正直的人。　㈤范滂:字孟博,曾任汝南太守宗资的属吏,压抑豪强,疾恶如仇。汉桓帝延熹九年(166)第一次"党锢之祸"中,与李膺同时被捕。次年,释放还乡,路过南阳,当地士大夫前来迎接的达数千人。汉灵帝建宁二年(169)第二次"党锢之祸"中,他再度被捕,死于狱中。　㈥张俭:字元节。曾任山阳东部督邮,奏劾同郡宦官侯览,没收其资财,为太学生所敬仰。汉灵帝建宁二年,宦官大捕反对他们的党人,张俭逃亡出塞,沿途人们争相隐匿。汉献帝初,他出任卫尉,不久死。　㈦讥:讽刺。
㈧搥(zhuī):通"椎",攻击。　㈨尤隙:即指仇敌,仇人。尤,怨恨。隙,裂痕。　㈩岑晊(zhì):字公孝。曾任南阳太守成瑨的属吏,劝瑨捕杀与宦官勾结的富商张汎,结果瑨下狱,晊逃亡齐、鲁间。后被赦免,征召皆不就。党锢事起,又逃匿而终。　(11)"汝南"二句:汝南郡的重要政务都由功曹范滂决策,他才是实际上的太守;而南阳人宗资只管签字画押,徒有太守之名。画诺,上级签字同意。　(12)"南阳"二句:南阳郡的重要政务都是功曹岑晊一手包办,而弘农人成瑨不过是名义上的太守,只知道整天闲坐啸咏。坐啸,闲坐啸咏。
(13)郭林宗:郭泰,字林宗。当时太学生的首领,有名于世。党锢事起,他闭门教授,弟子达数千人。　(14)贾伟节:贾彪,字伟节。他也是当时太学生的首领,初仕州郡,任新息长。党锢事起,他劝说窦武等援救党人,终因党禁卒于家。　(15)李膺:字元礼。桓帝时官河南尹,与郭泰等结交,反对宦官专权。延熹九年,宦官诬告他们结党诽谤朝廷,被捕入狱。释放后,禁锢终身。灵帝即位后,外戚窦武执政,起用为长乐少府,与陈蕃等谋诛宦官失败,死于狱中。　(16)陈蕃:字仲举。桓帝时任太尉,与李膺等结交,反对宦官专权,为太学生所敬重。灵帝即位后,任太傅,封高阳侯,与外戚窦武谋诛宦官,事泄被杀。　(17)王畅:字叔茂。陈蕃推荐其任南阳太守,提倡俭约,压抑豪族。后迁司空,因水灾免官。　(18)屣履:拖着鞋子走路,多形容急忙的样子。　(19)风角:古代占卜的一种迷信,即占候四方、四隅的风向,以测吉凶。　(20)谇(suì):问。　(21)驱驰:比喻奔走效劳。　(22)班:通"颁",颁布文告。
(23)陈实:字仲弓。桓帝时官至太丘长。党锢事起,被牵连,不逃而自请囚禁。党禁解,大将军何进、司徒袁隗召辟,皆不就。　(24)窦武:字游平。女为桓帝皇后,桓帝死,迎立灵帝,任大将军,封闻喜侯,执掌朝政,与太学生联结,起用李膺等人。建宁元年,与陈蕃等谋诛宦官,事泄被杀。　(25)王府:犹言朝廷。　(26)正直:指公正无私、刚直坦率的人。　(27)邪枉:指奸邪、不合正道的人。　(28)希风:谓仰慕党人的节操。风,节操。　(29)八元:古代传说中的八个才子。《左传·文公十八年》:"高辛氏有才子八人:伯奋、仲堪、叔献、季仲、伯虎、仲熊、叔豹、季狸,忠肃共懿,宣慈惠和,天下之民,谓之'八元'。"　(30)八凯:又作"八恺",相传古代高阳氏的八个才子。《左传·文公十八年》:"昔高阳氏有才子八人:苍舒、隤敳、梼戭、大临、尨降、庭坚、仲容、叔达,齐圣广渊,明允笃诚,天下之民谓之'八恺'。"

【赏析】　对于党锢之祸,司马光《资治通鉴》评价道:"天下有道,君子扬于王庭,以正小人之罪,而莫敢不服;天下无道,君子囊括不言,以避小人之祸，而犹或不免。党人生昏乱之世，不在其位，四海横流，而欲以口舌救之，臧否人物，激浊扬清，撩虺蛇之头，践虎狼之属，以至身被淫刑，祸及朋友，士类歼灭而国随以亡，不亦悲乎！"其实，东汉桓、灵二帝之前，宦官、外戚虽然专权，但有名臣陈蕃等人主持朝政大局，士大夫、豪强等心向朝廷，局势尚未到不可收拾的地步，即《后汉书》中所说的"汉世乱而不亡，百馀年间，数公之力也"。但两次党锢之祸后，清正的官员不是被害就是被禁锢，宦官更加为所欲为，残害百姓，因而激起民变，酿成黄巾之乱。士大夫、豪强离心，于是黄巾之乱以后群雄并起，东汉最终走向了灭亡。

虽然"党锢之祸"本质上是统治集团内部权力斗争激化的一种形式，但面对宦官专权造成的官场腐朽、政治黑暗，一些有见识的士大夫敢于挺身而出，扬清激浊，不仅是对本阶级根本利益的一种自我挽救，也反映了人民群众的呼声，因而带有一定的正义性，应给予肯定。

范　滂　传

【题解】　本文选自《后汉书》卷六十七《党锢传》，叙述了范滂一生处于污浊险恶的社会环境中，而能砥砺节操，终因得罪奸宦，而遭党锢之祸，被下狱致死的事迹。

【原文】

范滂字孟博，汝南征羌人也。少厉①清节，为州里所服，举孝廉，光禄四行②。时冀州饥荒，盗贼群起，乃以滂为清诏使，案察之。滂登车揽辔③，慨然有澄清④天下之志。乃至州境，守令自知臧污⑤，望风⑥解印绶⑦去。其所举奏，莫不厌塞⑧众议，迁光禄勋主事。时陈蕃⑨为光禄勋，滂执公仪⑩诣蕃，蕃不止之。滂怀恨，投版⑪弃官而去。郭林宗闻而让⑫蕃曰："若范孟博者，岂宜以公礼格⑬之？今成其去就⑭之名，得无自取不优之议也？"蕃乃谢⑮焉。

复为太尉黄琼所辟，后诏三府掾属举谣言⑯，滂奏刺史、二千石权豪之党二十馀人。尚书责滂所劾猥多，疑有私故。滂对曰："臣之所举，自非⑰叨⑱秽奸暴，深为民害，岂以污简札哉！间⑲以会日⑳迫促，故先举所急，其未审者，方更参实㉑。臣闻农夫去草，嘉谷必茂；忠臣除奸，王道以清。若臣言有贰㉒，甘受显戮㉓。"吏不能诘㉔。滂睹时方艰，知意不行，因投劾㉕去。

太守宗资先闻其名，请署功曹，委任政事。滂在职，严整疾恶。其有行违孝悌、不轨仁义者，皆扫迹㉖斥逐，不与共朝。显荐异节㉗，抽拔幽陋㉘。滂外甥西平李颂，公族子孙，而为乡曲㉙所弃，中常侍唐衡以颂请资，资用为吏。滂以非其人㉚，寝㉛而不召。资迁怒，捶书佐㉜朱零。零仰曰："范滂清裁㉝，犹以利刃齿腐朽。今日宁受笞死，而滂不可违。"资乃止。郡中中人㉞以下，莫不归怨，乃指滂之所用以为"范党"。

后牢修诬言钩党㉟，滂坐系黄门北寺狱。狱吏谓曰："凡坐系皆祭皋陶㊱。"滂曰："皋陶贤者，古之直臣。知滂无罪，将理之于帝；如其有罪，祭之何益！"众人由此亦止。狱吏将加掠考㊲，滂以同囚多婴病㊳，乃请先就烙，遂与同郡袁忠争受楚毒㊴。桓帝使中常侍王甫以次㊵辨诘，滂等皆三木囊头㊶，暴于阶下，余人在前，或对或否，滂、忠于后越次而进。王甫诘曰："君为人臣，不惟忠国，而共造部党，自相褒举，评论朝廷，虚构无端，诸所谋结，并欲何为？皆以情对，不得隐饰。"滂对曰："臣闻仲尼之言，'见善如不及，见恶如探汤㊷。'欲使善善同其清，恶恶同其污，谓王政之所愿闻，不悟更以为党。"甫曰："卿更相拔举，迭为唇齿，有不合者，见则排斥，其意如何？"滂乃慷慨仰天曰："古之循善，自求多福；今之循善，身陷大戮。身死之日，愿埋滂于首阳山侧，上不负皇天，下不愧夷齐㊸。"甫愍然㊹为之改容，乃得并解桎梏。

滂后事释㊺，南归。始发京师，汝南、南阳士大夫迎之者数千两㊻。同囚乡人殷陶、黄穆，亦免俱归，并卫侍于滂，应对宾客。滂顾谓陶等曰："今子相随，是重㊼吾祸也。"遂遁还乡里。初，滂等系狱，尚书霍谞㊽理之。及得免，到京师，往候谞而不为谢，或有让㊾滂者。对曰："昔叔向婴罪，祁奚救之，未闻羊舌有谢恩之辞，祁老有自伐之色。"㊿竟无所言。

建宁二年(51)，遂大诛党人，诏下急捕滂等。督邮(52)吴导至县，抱诏书，闭传舍(53)，伏床而泣。滂闻之，曰："必为我也。"即自诣狱。县令郭揖大惊，出解印绶，引与俱亡。曰："天下大矣，子何为在此？"滂曰："滂死则祸塞，何敢以罪累君，又令老母流离乎！"其母就与之诀。滂白母曰："仲博(54)孝敬，足以供养，滂从龙舒君(55)归黄泉，存亡各得其所。惟大人割不忍之恩,勿增感戚。"母曰:"汝今得与李、杜㊉齐名,死亦何恨! 既有令名㊗,复求寿考㊘,可兼得乎?"滂跪受教,再拜而辞。顾谓其子曰:"吾欲使汝为恶,则恶不可为;使汝为善,则我不为恶。"行路闻之,莫不流涕。时年三十三。

论曰:李膺振拔污险之中㊆,蕴义生风㊀,以鼓动流俗,激素行㊁以耻威权,立廉尚以振贵势,使天下之士奋迅㊂感概㊃,波荡㊄而从之,幽㊅深牢、破室族㊆而不顾。至于子伏其死而母欢其义,壮矣哉! 子曰:"道之将废也与? 命也!"

【注释】　①厉:勉励。　②四行:指敦厚、质朴、逊让、节俭。　③揽辔:拉住马缰。　④澄清:平治天下。表示修明政治,澄清天下的抱负。也比喻人在负责工作之始,即立志要做好。　⑤臧污:贪污。　⑥望风:听到风声或动静。　⑦解印绶:解下印绶,即辞去官职。　⑧厌(yā)塞:压倒,压制。厌,即压制,抑制。　⑨陈蕃:字仲举,东汉末年名士。建宁初,与窦武等谋诛宦官,事泄,为曹节等矫诏杀害,年七十余。　⑩公仪:官家的礼节,卑位谒见尊位的礼仪。　⑪投版:喻弃官。版,即朝笏。　⑫让:责备。　⑬格:拘束。　⑭去就:偏义复词,偏"去"。　⑮谢:致歉。　⑯举谣言:收集民间议论时政之歌谣、谚语,还奏朝廷。　⑰自非:若非。　⑱叨:贪婪。饕的俗字。　⑲间:近来。　⑳会日:聚会的日期。　㉑参实:验证查明。　㉒贰:不同,不实。　㉓显戮:公开处死。　㉔诘:问罪。　㉕投劾:呈递弹劾自己的状文,古代弃官的一种方式。　㉖扫迹:扫去车轮的痕迹,意思是不与其人来往。　㉗显荐异节:公开推荐有特殊操守的文士。　㉘抽拔幽陋:拔擢幽隐于陋巷、地位卑微的贤者。　㉙乡曲:家乡的人。　㉚非其人:指其不胜任或不合适。　㉛寝:搁置。　㉜书佐:主办文书的佐吏。　㉝清裁:清明公正的裁断。　㉞中人:中等人家。　㉟"后牢修"句:据《后汉书·党锢列传序》,李膺做河南尹时,杀巫师张成之子。张成弟子牢修因上书诬告李膺结党对抗朝廷,引起桓帝震怒,逮捕李膺等二百余党人。钩党,相互勾结成朋党。　㊱皋陶:传说中舜时司法官。　㊲掠考:拷打。考,通"拷"。　㊳婴病:得病,染病。　㊴楚毒:指酷刑。　㊵以次:按次序。次,顺序。　㊶三木囊头:三木,指加在颈、手、足上的三种木制刑具。囊头,以囊蒙头。　㊷"见善如不及"二句:语出《论语·季氏》,意思是看到善良的行为,就担心达不到;看到不善良的行为,就好像把手伸到开水中一样赶快避开。　㊸夷齐:伯夷、叔齐的并称,商朝末年孤竹国君的儿子,在周武王灭商以后,因不愿吃周朝的粮食,饿死在首阳山。　㊹愍然:同情的样子。　㊺事释:被诬结党的事化解。　㊻两:通"辆",车辆。　㊼重:加重。　㊽霍谞(xǔ):字叔智,邺(今河北临漳县)人。曾任尚书仆射,官至少府廷尉。范滂下狱时,曾上表为滂辩解。　㊾让:责备。　㊿"昔叔向婴罪"四句:据《左传·襄公二十一年》,叔向因受弟弟羊舌虎牵连被囚,祁奚请人为他开脱,得以释放。祁奚"不见叔向而归,叔向亦不告免焉而朝"。叔向,春秋晋大夫,姬姓,羊舌氏。祁奚,姬姓,祁氏,名奚,字黄羊。在位约六十年,为四朝元老。他忠公体国,急公好义,誉满朝野,深受人们爱戴。自伐,自夸。 (51) 建宁二年:公元169年。建宁,汉灵帝年号。 (52) 督邮:官名,郡守属官,代表郡守督察县乡,宣达教令,兼司狱讼捕亡。 (53) 传舍:即驿舍,供传递政府文书的人休息住宿的地方。 (54) 仲博:范滂的弟弟。 (55) 龙舒君:范滂之父范显,曾为龙舒侯相。龙舒,汉代侯国名。 (56) 李、杜:指李膺、杜密,当时士大夫中的清流,都遭党锢之祸而死。 (57) 令名:美好的声名。 (58) 寿考:长寿。 (59) 振拔污险之中:自拔于污浊险恶的社会。 (60) 蕴义生风:蕴义,蕴蓄道义;生风,比喻产生令人敬畏的声势。 (61) 素行:指高尚纯洁的品行。 (62) 奋迅:精神振奋,行动迅速。 (63) 感概:即感慨。概,通"慨"。 (64) 波荡:受鼓动,受影响。 (65) 幽:囚禁。 (66) 破室族:使家族破败。

【赏析】 范晔的《范滂传》以饱含感情的笔触,描写了东汉时期范滂等人的高尚品质。虽然由于生当乱世,宦官专权,他们受到了极大的打击,但仍能保持高尚的品格。作者由此在结尾评论道:"振拔污险之中,蕴义生风,以鼓动流俗,激素行以耻威权,立廉尚以振贵势,使天下之士奋迅感概,波荡而从之,幽深牢、破室族而不顾。至于子伏其死而母欢其义,壮矣哉!"由此可见范晔对于如范滂党人的热情赞颂与讴歌,对于"威权贵势"者的鄙夷。

范滂作为一个廉吏,他身上所具有的高尚人格,不仅为当时人所歌颂,也深深影响了后代的文学家和史学家,比如宋代著名的文学家苏轼,自幼就深受范滂人格魅力的熏陶,以至于在其人生经历中,时刻以范滂为榜样,进行模仿学习。可以说,《后汉书》中所描写的以范滂为代表的一批人,是中国历史上最有高洁人格的形象,也体现了中华民族优秀的民族性格和精神内蕴。

祢衡传

【题解】 本文节选自《后汉书》卷八十下,着重塑造祢衡高傲倔强的性格。

【原文】

祢衡字正平,平原般① 人也。少有才辩,而尚气刚傲,好矫时慢物②。兴平中,避难荆州。建安初,来游许下。始达颍川,乃阴怀一刺③,既而无所之适,至于刺字漫灭。是时,许都新建,贤士大夫,四方来集。或问衡曰:"盍从陈长文、司马伯达④ 乎?"对曰:"吾焉能从屠沽⑤ 儿耶!"又问:"荀文若⑥、赵稚长云何?"衡曰:"文若可借面吊丧⑦,稚长可使监厨请客⑧。"唯善鲁国孔融及弘农杨修。常称曰:

"大儿孔文举,小儿杨德祖。馀子碌碌,莫足数也。"融亦深爱其才。

融既爱衡才,数称述⑨于曹操。操欲见之,而衡素相轻疾⑩,自称狂病,不肯往,而数有恣言⑪。操怀忿⑫,而以其才名,不欲杀之。闻衡善击鼓,乃召为鼓史,因大会宾客,阅试⑬音节。诸史过者,皆令脱其故衣,更着岑牟⑭、单绞之服⑮。次至衡,衡方为《渔阳》参挝⑯,蹀躞⑰而前,容态有异,声节悲壮,听者莫不慷慨。衡进至操前而止,吏呵之曰:"鼓史何不改装,而轻敢进乎?"衡曰:"诺。"于是先解袒衣⑱,次释馀服,裸身而立,徐取岑牟、单绞而着之,毕,复参挝而去,颜色不怍。操笑曰:"本欲辱衡,衡反辱孤。"

孔融退而数之曰:"正平大雅,固当尔邪?"因宣操区区之意⑲。衡许往。融复见操,说衡狂疾,今求得自谢。操喜,敕门者有客便通⑳,待之极晏㉑。衡乃着布单衣、疏巾㉒,手持三尺棁杖㉓,坐大营门,以杖捶地大骂。吏曰:"外有狂生,坐于营门,言语悖逆,请收案罪。"操怒,谓融曰:"祢衡竖子,孤杀之犹雀鼠耳。顾此人素有虚名,远近将谓孤不能容之,今送与刘表,视当何如。"于是遣人骑送之。临发,众人为之祖道㉔,先供设于城南,乃更相戒曰:"祢衡悖虐㉕无礼,今因其后到,咸当以不起折之也。"及衡至,众人莫肯兴,衡坐而大号。众问其故,衡曰:"坐者为冢㉖,卧者为尸。尸冢之间,能不悲乎!"

刘表及荆州士大夫,先服其才名,甚宾礼之,文章言议,非衡不定。表尝与诸文人共草章奏,并极其才思。时衡出,还见之,开省未周㉗,因毁以抵地。表怃然㉘为骇。衡乃从求笔札,须臾立成,辞义可观。表大悦,益重之。

后复侮慢㉙于表,表耻,不能容,以江夏太守黄祖性急,故送衡与之,祖亦善待焉。衡为作书记,轻重疏密,各得体宜。祖持其手曰:"处士,此正得祖意,如祖腹中之所欲言也。"祖长子射,为章陵太守,尤善于衡。尝与衡俱游,共读蔡邕所作碑文,射爱其辞,还恨不缮写。衡曰:"吾虽一览,犹能识㉚之,唯其中石缺二字,为不明耳。"因书出之,射驰使㉛写碑,还校,如衡所书,莫不叹伏。射时大会宾客,人有献鹦鹉者,射举卮㉜于衡曰:"愿先生赋之,以娱嘉宾。"衡揽笔而作,文无加点,辞采甚丽。

后黄祖在蒙冲船㉝上,大会宾客,而衡言不逊顺㉞,祖惭,乃呵之。衡更熟视曰:"死公㉟!云等道㊱?"祖大怒,令五百将出,欲加棰。衡方大骂,祖恚㊲,遂令杀之。祖主簿素疾衡,即时杀焉。射徒跣㊳来救,不及。祖亦悔之,乃厚加棺敛。衡时年二十六。

【注释】 ① 平原般:平原,郡名,治在今山东平原西南。般,般县,治在今山东德平东北。 ② 矫时慢物:匡正世俗之失,待人接物傲慢不敬。 ③ 刺:名刺,古代的名片。 ④ 陈长文:陈群字长文。初为刘备所用,后投奔曹操,任司空掾。司马伯达:司马朗字伯达。曹操任司空,曾辟为司空属官。后与夏侯惇、臧霸等征讨吴国,染病去世。 ⑤ 屠沽:宰牲和卖酒。亦泛指职业微贱的人。 ⑥ 荀文若:荀彧(yù)字文若。归附曹操,任司马。 ⑦ "文若"句:荀彧可以借他的面孔去吊丧,意谓荀彧只有动人的面容。 ⑧ "稚长"句:赵稚长可以让他监管厨房,招待客人。传言赵稚长腹大,一顿可吃很多肉。 ⑨ 称述:称扬述说。 ⑩ 素相轻疾:一贯轻视痛恨。 ⑪ 恣言:放纵的话。 ⑫ 怀忿:怀恨。 ⑬ 阅试:检阅考查。 ⑭ 岑牟:古代鼓角吏所戴的帽子。牟,通"鍪"。 ⑮ 单绞:暗黄色的薄衣。 ⑯ 参(càn)挝(wō):一种击鼓的方法。 ⑰ 蹀(dié)躞(xiè):小步行走。 ⑱ 衵(yì)衣:内衣。 ⑲ 区区之意:这里指真情挚意。 ⑳ 通:通报,入告。 ㉑ 晏:晚。 ㉒ 疏巾:一种很随便的头巾。 ㉓ 梲(tuō)杖:木杖。 ㉔ 祖道:古代为出行者祭祀路神,并饮宴送行。 ㉕ 悖虐:乖戾凶残。 ㉖ 坐者为冢:坐着不动,如同坟墓一样。 ㉗ 开省(xǐng)未周:打开看,没有看完。周,一遍。 ㉘ 怃然:惊愕的样子。 ㉙ 侮慢:侮辱轻慢。 ㉚ 识:通"志",记。 ㉛ 驰使:派人骑马过去。 ㉜ 卮:古代盛酒的器皿。 ㉝ 蒙冲船:一种可以用来冲撞敌船的战船。 ㉞ 逊顺:顺从,恭顺。 ㉟ 死公:该死的人。骂人的话。 ㊱ 云等道:说什么话,当时口语。 ㊲ 恚(huì):恨,怒。 ㊳ 徒跣:光脚走路,形容形式急迫,来不及穿鞋。

【赏析】 文章截取几个片段,通过生动的细节描写,塑造出了祢衡恃才傲物、不畏权贵、嫉恶如仇的性格。文章先是交代祢衡的出身和为人,接着举他对时人的态度,突出其恃才傲物。再重笔铺写其在曹操面前的种种表现,淋漓尽致地渲染出祢衡性格倔强高傲的形象。最后写其在刘表及黄祖面前的举止,则主要凸显其才高的一面。全文文字典雅简省,富有文学意味。对祢衡的狂傲性格以及最终命运,清代学者廖燕《读祢衡传》中的一段话,或许能帮助我们理解其行为背后的心理动因:"世每訾祢衡以狂取祸,予窃谓不然。衡当汉季,盖欲求死而不得者,其见杀于黄祖者,衡自杀也耳。祖乌能杀衡哉?微独祖不能杀之,即曹操亦不能杀之。其骂操者,正欲得一死,以免立篡逆之朝耳。"

逸民传论

【题解】 本文是《后汉书》卷八十三。隐逸之士是指隐逸不仕,遁匿山林的人。因世道浑浊不堪,有的人为了守志全道、坚守人生理想而隐居不仕,有的人为了求生避害而退隐避世,有的人为了激浊扬清、教化风俗而山野隐逸。作者热情赞扬了他们看重道义、品行超逸的崇高人格。

【原文】

《易》称"遁之时义大矣哉①"。又曰:"不事王侯,高尚其事。"是以尧称则天②,不屈颍阳③之高;武尽美矣④,终全孤竹之洁。自兹以降,风流弥繁,长往之轨⑤未殊,而感致⑥之数⑦匪一。或隐居以求其志,或回避以全其道;或静已以镇其躁,或去危以图其安;或垢⑧俗以动其概⑨,或疵⑩物以激其清。然观其甘心畎亩⑪之中,憔悴江海之上,岂必亲鱼鸟、乐林草哉!亦云性分所至而已。故蒙耻之宾,屡黜不去其国⑫;蹈海之节,千乘莫移其情⑬。适使矫易去就,则不能相为矣。彼虽有类沽名者,然而蝉蜕⑭嚣埃⑮之中,自致寰区⑯之外,异夫饰智巧以逐浮利者乎!荀卿有言曰:"志意修⑰则骄富贵,道义重则轻王公也。"

汉室中微,王莽篡位,士之蕴藉义愤甚矣。是时裂冠毁冕⑱,相携持而去之者,盖不可胜数。杨雄曰:"鸿飞冥冥,弋者何篡焉?"⑲言其违患之远也。光武侧席⑳幽人㉑,求之若不及,旌帛㉒蒲车㉓之所征贲㉔,相望于岩中矣。若薛方、逢萌,聘而不肯至;严光、周党、王霸,至而不能屈。群方咸遂,志士怀仁,斯固所谓"举逸民天下归心"者乎!肃宗㉕亦礼郑均㉖而征高凤㉗,以成其节。自后帝德稍衰,邪嬖㉘当朝,处子㉙耿介,羞与卿相等列,至乃抗愤㉚而不顾,多失其中㉛行焉。盖录其绝尘㉜不反㉝,同夫作者,列之此篇。

【注释】 ① 遁之时义大矣哉:遁卦的作用是很大的啊。遁,遁卦,周易六十四卦之一。时义,时代意义,作用。　② 则天:以天为法则,治理天下。则,效法。　③ 颍阳:颍水之北,传说古隐士巢父、许由隐居于此,后因以借指巢、许。阳,山南水北。　④ 武尽美矣:语出《论语·八佾》:"子谓《韶》:'尽美矣,又尽善也。'谓《武》:'尽美矣,未尽善也。'"　⑤ 轨:道路、途径。　⑥ 感致:因受感动而受招引。　⑦ 数:命数、命运。

⑧ 垢:同"诟",辱骂。　⑨ 概:气节、气度。　⑩ 疵:非议。　⑪ 畎亩:田间、野地。　⑫ "蒙耻之宾二句":化用柳下惠在鲁国做士师,因生性耿直,不事逢迎,得罪权贵,接连三次受到黜免的典故。因柳下惠道德学问名声很高,各国诸侯都争着以高官厚禄礼聘他,但都被他一一拒绝。　⑬ "蹈海之节"二句:语出"仲连蹈海"的典故,战国时齐国人鲁仲连不满新垣衍令赵尊秦昭王为帝,曾说秦如称帝,则蹈东海而死。平原君想要封赏仲连,仲连不受,终身不与其相见。　⑭ 蝉蜕:从……摆脱出来,比喻洁身高蹈、不愿同流合污。　⑮ 嚣埃:纷扰的尘世。　⑯ 寰区:天下,人世间。　⑰ 修:完美。　⑱ 裂冠毁冕:比喻绝意仕途。　⑲ "鸿飞冥冥"二句:语出扬雄《法言·问明》第六。鸿飞冥冥:大雁飞向远空,比喻远走避祸。冥冥,遥空。弋者何篡焉?射鸟的人能获得什么呢?旧喻贤者隐处,免落入暴乱者之手。弋人,射鸟的人。篡,取得。扬雄,即杨雄。　⑳ 侧席:指谦恭以待贤者。　㉑ 幽人:幽隐之人,隐士。　㉒ 旌帛:古时礼聘贤士所送的束帛。　㉓ 蒲车:用蒲草裹轮的车,古代征聘隐士时所用,表示优礼。　㉔ 征贲:征聘。　㉕ 肃宗:即汉章帝,东汉第三位皇帝,庙号肃宗。　㉖ 郑钧:字仲虞,少好黄老之书,好义笃实,有才德。　㉗ 高凤:字文通,少为书生,专精诵读,昼夜不息,后为名儒。　㉘ 邪嬖(bì):受帝王宠爱狎昵之人。　㉙ 处子:有才德而隐居不愿为官的人。　㉚ 抗愤:激昂愤慨。　㉛ 中(zhòng):符合。　㉜ 绝尘:超脱尘俗。　㉝ 不反:这里指不返回官场。反,同"返"。

【赏析】　《逸民传论》引《易经》开篇,围绕"《遁》之时义大矣哉"展开。"遁"是避开现实,是政治上的隐遁。在我国,自古以来就对隐士以极高的评价。

　　《逸民列传》收入逢萌、周党、王霸、严光、梁鸿、高凤、庞公等十八位隐逸之士。这些隐士中,大概可分为六类:第一类隐居求志;第二类回避全道;第三类静己镇躁;第四类去危图安;第五类垢俗动概;第六类疵物激清。但究其实质,保全自身是最主要的隐逸目的。这篇传论属于史论类。行文有时字奇句偶,如"或隐居以求其志,或回避以全其道;或静己以镇其躁,或去危以图其安;或垢俗以动其概,或疵物以激其清"。有时四六排联,如"尧称则天,而不屈颍阳之高;武尽美矣,终全孤竹之洁","蒙耻之宾,屡黜不离其国;蹈海之节,千乘莫移其情"。有时长短悬殊,如"群方成遂,志士怀仁,斯固所谓举逸人则天下归心者乎?"错落而不零乱,整齐而不呆板,加之范晔"性别宫商,识清浊",四六交错,平仄相间,琅琅上口,富有整齐美、对称美和音乐美的特点。

严　光　传

　　【题解】　本文选自《后汉书》卷八十三。严光是东汉初年著名隐士。这篇《严光传》简单介绍了严光的生平事迹,虽仅数百言,却成功地刻画了生动的人物形象,将一个隐士对上层统治者的权威所表示出的貌视,生动地展现出来。

【原文】

严光字子陵,一名遵,会稽余姚人也。少有高名①,与光武②同游学。及光武即位,乃变名姓,隐身不见。帝思其贤,乃令以物色③访之。后齐国上言:"有一男子,披羊裘钓泽中。"帝疑其光,乃备安车玄纁④,遣使聘之。三反而后至。舍于北军,给床褥,太官朝夕进膳。

司徒侯霸与光素旧,遣使奉书。使人因谓光曰:"公闻先生至,区区⑤欲即诣造,迫于典司,是以不获。愿因日暮,自屈语言⑥。"光不答,乃投札与之,口授曰:"君房足下:位至鼎足⑦,甚善。怀仁辅义天下悦⑧,阿谀顺旨要领绝⑨。"霸得书,封奏之。帝笑曰:"狂奴故态也。"车驾即日幸其馆。光卧不起,帝即其卧所,抚光腹曰:"咄咄子陵,不可相助为理⑩邪?"光又眠不应,良久,乃张目熟视,曰:"昔唐尧著德⑪,巢父洗耳⑫。士故有志,何至相迫乎!"帝曰:"子陵,我竟不能下汝邪?"于是升舆⑬叹息而去。

复引光入,论道旧故,相对累日。帝从容问光曰:"朕何如昔时?"对曰:"陛下差增于往⑭。"因共偃卧,光以足加帝腹上。明日,太史奏客星犯御坐甚急。帝笑曰:"朕故人严子陵共卧耳。"除⑮为谏议大夫,不屈,乃耕于富春山,后人名其钓处为严陵濑焉。建武十七年,复特征⑯,不至。年八十,终于家。帝伤惜之,诏下郡县赐钱百万、谷千斛。

【注释】　① 高名:很高的名望。　② 光武:即东汉开国君主刘秀。　③ 物色:按一定的标准去寻访。　④ 安车玄纁:安车是古代可以坐乘的小车。高官告老还乡或徵召有重望的人,往往赐乘安车。玄纁,这里指用红黑色或浅红色的布帛做坐垫。　⑤ 区区:自谦之词。　⑥ 自屈语言:敬语,意为受委屈说话。　⑦ 鼎足:指重要的位置。　⑧ 怀仁辅义天下悦:指以心怀仁德辅助皇帝,使天下百姓喜悦。　⑨ 阿谀顺旨要领绝:指一味顺从、阿谀皇帝的意志,不应使其存活。　⑩ 相助为理:帮助料理事务。　⑪ 著德:树立德行。　⑫ 巢父洗耳:《高士传》"尧以天下让许由,由以告巢父。巢父曰:'汝何不隐汝形,藏汝光,若非吾友也。'由怅然不自得,乃过清冷之水洗其耳,曰:'向闻贪言,负吾友矣。'"　⑬ 升舆:上车,登车。　⑭ 差增于往:与以往相比有变化。差,略微。　⑮ 除:任命官职。　⑯ 特征:特别征召。

【赏析】　严光是古代社会隐士的代表,他既有学问、能力,又深得皇帝信任。然而,面对皇帝亲自登门拜访,并以高官厚禄相邀,严光不为所动,而是安然于田亩之间,遨游于山水之际。中国古代的隐士,有的是因为愤世嫉俗,希望远离污浊的世事;有的是蛰伏待机,期待一位圣君明主的相请相邀;有的是为了躲避祸乱,保全自身;有的则是修身养性,陶冶情趣。无论是哪一种,隐士在中国古代都有极高的地位,为历来的文学作品所歌咏。

另外,在阅读《严光传》的过程中,除了严光外,还应当关注光武帝这一人物形象,可将其作为本传人物形象的补充。作为东汉的开国之君,光武帝求贤若渴,礼贤下士,多次亲自登门,求访严光等名士,对于严光表现出的不愿出山的态度,光武帝也给予了最大程度的理解和容忍。他不仅没有强制要求严光出山,反而在严光死后,极为伤感,给予厚葬,可见光武帝的仁德和贤明。

狱中与诸甥侄书

【题解】 范晔一生狂狷不羁,元嘉二十二年(445)因参与谋立彭城王刘义康为帝一案被捕下狱。本文即是范晔在狱中写给外甥与侄子的一封信,也是他对自己一生在文学、史学、音乐等方面的总结,是我国文学批评史上很有影响的一篇论文。本文选自《宋书》卷六十九《范晔传》。

【原文】
吾狂衅①覆灭②,岂复可言,汝等皆当以罪人弃③之。然平生行己任怀④,犹应可寻,至于能不⑤,意中所解,汝等或不悉知。

吾少懒学问,晚成人,年三十许,政始⑥有向⑦耳。自尔以来,转为心化⑧,推老将至者,亦当未已也。往往有微解⑨,言乃不能自尽。为性不寻⑩注⑪书,心气⑫恶,小苦思便愦闷⑬,口机⑭又不调利⑮,以此无谈功⑯。至于所通解处,皆自得之于胸怀耳。

文章转进,但才少思难,所以每于操笔,其所成篇,殆无全称⑰者。常耻作文士。文患其事尽于形⑱,情急于藻⑲,义牵其旨⑳,韵移其意㉑。虽时有能者,大较㉒多不免此累,政可类工巧㉓图缋㉔,竟无得也。常谓情志所托,故当以意为主,以文传意。以意为主,则其旨必见㉕;以文传意,则其词不流㉖。然后抽㉗其芬芳㉘,振其金石㉙耳。此中情性旨趣,千条百品㉚,屈曲㉛有成理㉜。自谓颇识其数㉝,尝为人言,多不能赏,意或异故也。

性别宫商㉞,识清浊㉟,斯自然也。观古今文人,多不全了此处;纵有会㊱此者,不必从根本中来。言之皆有实证,非为空谈。年少中谢庄㊲最有其分㊳,手笔㊴差易㊵,文不拘韵㊶故也。吾思乃无定方㊷,特能济难㊸适轻重㊹,所禀之分,犹当未尽,但多公家之言㊺,少于事外远致㊻,以此为恨,亦由无意于文名故也。本未关史书,政恒㊼觉其不可解耳。

既造㊽《后汉》,转得统绪㊾。详观古今著述及评论,殆少可意㊿者。班氏[51]最有高名,既任情无例,不可甲乙辨[52]。后赞[53]于理近无所得,唯志可推[54]耳。博赡[55]不可及之,整理[56]未必愧也。吾杂传论[57],皆有精意深旨,既有裁味[58],故约其词句[59]。至于《循史》以下及《六夷》诸序论,笔势纵放,实天下之奇作。其中合者,往往不减《过秦》[60]篇。尝共比方[61]班氏所作,非但不愧之而已。欲遍作诸志,《前汉》[62]所有者悉令备。虽事不必多,且使见文得尽;又欲因事就卷内发论,以正一代得失[63],意复未果[64]。赞自是吾文之杰思,殆无一字空设,奇变不穷,同含异体[65],乃自不知所以称之。此书行,故应有赏音[66]者。纪、传例为举其大略耳,诸细意甚多。自古体大而思精,未有此也。恐世人不能尽之,多贵古贱今,所以称情[67]狂言[68]耳。

吾于音乐,听功[69]不及自挥[70],但所精非雅声[71]为可恨。然至于一绝处[72],亦复何异邪[73]!其中体趣[74],言之不尽。弦外之意,虚响之音,不知所从而来。虽少许处,而旨态无极[75]。亦尝以授人,士庶者中未有一豪似者[76]。此永不传矣!吾书虽小小有意,笔势不快。余竟不成就。每愧此名。

【注释】　① 狂衅(xìn):疏狂放浪,不拘小节。　② 覆灭:指因参与谋立彭城王义康事泄而遭致灭族一事。　③ 弃:遗弃,嫌弃。这里说范晔自认为现在在自己成为罪人,理应受到嫌弃。　④ 行已任怀:立身行事以及志向怀抱。　⑤ 能不:能否,能和不能,即自己的长处和短处。不,通"否"。　⑥ 政始:即正始,三国魏齐王曹芳年号(240—248)。　⑦ 有向:确立志向。　⑧ 心化:内心受到感化。　⑨ 微解:精微独特的见解。　⑩ 寻:依循。　⑪ 注:专注。　⑫ 心气:心情,心思。　⑬ 愦(kuì)闷:烦闷。愦,昏乱,糊涂。　⑭ 口机:口才。　⑮ 调利:和谐流畅。　⑯ 谈功:言谈的本领。　⑰ 称(chèn):满意。　⑱ 事尽于形:只对事物外表做详尽描述,不得其神。　⑲ 情急于藻:抒情只急于辞藻。　⑳ 义牵其旨:述义牵强附会。　㉑ 韵移其意:作文过多考虑音律而妨碍了文意的准确表达。　㉒ 大较:大略,大体上。　㉓ 工巧:技艺精致巧妙。　㉔ 图缋(huì):绘制彩色花纹的图像。缋,同"绘"。 ㉕ 见:通"现"。 ㉖ 不流:不浮泛。 ㉗ 抽:引出。 ㉘ 芬芳:此指美好的思想情感。 ㉙ 金石:本指钟磬一类乐器,此比喻诗文音调铿锵,文辞优美。 ㉚ 千条百品:谓各种各样,名目繁多。 ㉛ 屈曲:参差不一。 ㉜ 成理:固定的规律。 ㉝ 数:道数,方法。 ㉞ 别宫商:懂音乐。宫商,古代五音中的二音,代指音乐。 ㉟ 识清浊:区别语音的清浊。 ㊱ 会:理解,领悟。 ㊲ 谢庄:字希逸,以赋著称于世。 ㊳ 分:天分,天资。㊴ 手笔:犹文章。 ㊵ 差易:比较容易。 ㊶ 文不拘韵:作文不拘泥于音韵声律。 ㊷ 定方:固定的格式。 ㊸ 济难:有利于难以言传之情事的表达。 ㊹ 适轻重:指符合文字声音的高低变化。 ㊺ 公家之言:指官府实用的公文文字。 ㊻ 事外远致:写实意外的高远情致。 ㊼ 恒:常常。 ㊽ 造:此指编纂。 ㊾ 统绪:头绪,体例。 ㊿ 可意:合意,如意。(51) 班氏:即汉代史学家班固。 (52)"既任情"二句:这是范晔批评班固作《汉书》任凭性情,随意发挥,无统一体例,不分等级次第。 (53) 后赞:指《汉书》各传后的"赞曰"。 (54) 唯志可推:意谓作者的用意可以据此推断清楚。志,心志,情志。 (55) 博赡:渊博丰富。赡,充裕。 (56) 整理:整理史料成书,使其条理清楚。 (57) 杂《传论》:《后汉书》每篇人物传记之后附以"论曰"。 (58) 裁味:剪裁品味。 (59) 约其词句:节省笔墨,简缩文字。 (60)《过秦》篇:即《过秦论》,西汉杰出的政论家、辞赋家贾谊的代表作。 (61) 比方:比较,对照。(62)《前汉》:即班固所作《汉书》。 (63) 以正一代得失:用以考定一代成就和缺失。 (64) 意复未果:设想又没有实现。指序例。 (65) 同含异体:指《后汉书》各纪传之后的四言赞语,同中有异,句式富于变化。 (66) 赏音:知音,比喻《后汉书》一定会得到别人的理解和赏识。(67) 称情:任情,纵情。 (68) 狂言:乱说。 (69) 听功:对音乐的欣赏能力,指听人弹琴。(70) 自挥:指亲手弹奏。 (71) 雅声:正声。雅,合乎规范。 (72) 一绝处:指对音乐独到的造诣。 (73) 亦复何异:这里指"雅声"与范晔自创的新声实质并无区别。 (74) 体趣:风格,情趣。 (75) 旨态无极:意味无穷。旨态,旨趣,意态。 (76) 豪似:丝毫相似。豪,通"毫"。

【赏析】 范晔在书信一开头就说自己"狂衅覆灭,岂复可言",事实上这"狂衅"正反映了他无视封建礼法的叛逆精神和虽杀身而无悔的进取态度,将他的人格品行展露无遗。

范晔以《后汉书》垂名青史,然而他对中国古代文学理论的贡献也不容忽视。本文提出文章"以意为主,以文传意"的主张,反对"事尽于形,情急于藻,义牵其旨,韵移其意"的形式主义。范晔还较早注意声律、文笔问题,虽然比较简略,语焉未详,却开了文学史上意识到先秦两汉的尚实崇用转变为六朝的缘情绮丽的先声,在文学批评史上,无疑应占有重要地位。范晔对诸甥侄也交代了他在音乐上的感悟,但有些"言外之意,弦外之音"难以为外人所知,可以说这是他的一大遗憾。

因为是书信,故全文侃侃而谈,平易亲近,读来真切感人。至于文中自诩《后汉书》为"天下之奇作","殆无一字空设",则表明他的自负,也从另一个角度贴合了他在开头所说的"狂衅"。

刘义庆

作者简介

刘义庆(403—444),彭城(今江苏省徐州市)人,世居京口(今江苏省镇江市)。南朝宋武帝之侄,袭封临川王,曾任江州刺史、南兖州刺史。其《世说新语》原为八卷,刘注本分为十卷,今本作三卷。刘义庆除编纂了《世说新语》外,另编有《幽明录》。

世说新语

【题解】 《世说新语》原名《世说》,分德行、言语、政事、文学等三十六门,记载了汉末到东晋士族的言行,比较全面地反映了当时社会的基本面貌和人物的精神情趣。其中《言语》共一百零八则,专记魏晋名士的佳句名言。魏晋之际,士林文人尚清谈,常常聚集论辩。他们才思敏捷,妙语连珠,尤其善于抓住事物的本质要害来做简洁扼要的描述,词锋机警,一语中的,妙绝一时。此处分别选录《言语》三则、《雅量》三则、《任诞》四则。

【原文】

孔文举①年十岁,随父到洛。时李元礼②有盛名,为司隶校尉③,诣④门者皆俊才清称,及中表亲戚乃通。文举至门,谓吏曰:"我是李府君亲。"既通,前坐。元礼问曰:"君与仆⑤有何亲?"对曰:"昔先君⑥仲尼⑦与君先人伯阳⑧有师资⑨之尊,是仆与君奕世⑩为通好也。"元礼及宾客莫不奇⑪之。太中大夫⑫陈韪⑬后至,人以其语语之,韪曰:"小时了了⑭,大未必佳。"文举曰:"想君小时,必当了了。"韪大踧踖⑮。

邓艾⑯口吃,语称"艾艾"⑰。晋文王⑱戏之曰:"卿云'艾艾',定是几艾?"对曰:"'凤兮凤兮',故是一凤。"⑲

乐令女适⑳大将军成都王颖㉑,王兄长沙王执权于洛,遂构兵㉒相图。长沙王亲近小人,远外君子;凡在朝者,人怀危惧。乐令既允㉓朝望㉔,加有昏亲,群小谗于长沙。长沙尝问乐令,乐令神色自若,

徐答曰："岂以五男易一女㉕？"由是释然㉖，无复疑虑。（以上《言语》）

嵇中散㉗临刑东市，神气不变，索琴弹之，奏《广陵散》。曲终，曰："袁孝尼尝请学此散，吾靳固不与㉘，《广陵散》于今绝矣！"太学生三千人上书，请以为师，不许。文王㉙亦寻悔焉。

郗太傅㉚在京口㉛，遣门生与王丞相㉜书，求女婿。丞相语郗信："君往东厢，任意选之。"门生归白郗曰："王家诸郎亦皆可嘉，闻来觅婿，咸自矜持㉝，唯有一郎在东床上坦腹㉞卧，如不闻。"郗公云："正此好！"访之，乃是逸少㉟，因嫁女与焉。

谢太傅㊱盘桓㊲东山，时与孙兴公㊳诸人泛海戏。风起浪涌，孙、王诸人色并遽㊴，便唱㊵使还。太傅神情㊶方王㊷，吟啸㊸不言。舟人以公貌闲意说㊹，犹去不止。既风转急，浪猛，诸人皆喧动不坐㊺。公徐㊻云："如此，将无㊼归？"众人即承响㊽而回。于是审其量，足以镇安朝野。（以上《雅量》）

刘伶㊾病酒㊿，渴甚，从妇求酒。妇捐[51]酒毁器，涕泣谏曰："君饮太过，非摄生[52]之道，必宜断之！"伶曰："甚善。我不能自禁，唯当祝[53]鬼神自誓断之耳。便可具[54]酒肉。"妇曰："敬闻命。"供酒肉于神前，请伶祝誓。伶跪而祝曰："天生刘伶，以酒为名；一饮一斛，五斗解酲[55]。妇人之言，慎不可听。"便引酒进肉，隗然[56]已醉矣。

阮步兵[57]丧母，裴令公[58]往吊之。阮方醉，散发坐床，箕踞[59]不哭。裴至，下席于地，哭；吊唁[60]毕，便去。或问裴："凡吊，主人哭，客乃为礼。阮既不哭，君何为哭？"裴曰："阮方外[61]之人，故不崇礼制；我辈俗中人，故以仪轨[62]自居。"时人叹为两得其中。

张季鹰[63]纵任[64]不拘，时人号为江东步兵[65]。或谓之曰："卿乃可[66]纵适一时，独不为身后名邪？"答曰："使我有身后名，不如即时一杯酒！"

王子猷[67]居山阴[68]。夜大雪，眠觉，开室命酌酒，四望皎然[69]。因起彷徨，咏左思[70]《招隐诗》，忽忆戴安道[71]。时戴在剡[72]，即便[73]夜乘小船就之，经宿方至，造[74]门不前而返。人问其故，王曰："吾本乘兴而行，兴尽而返，何必见戴！"（以上《任诞》）

【注释】　①孔文举：孔融，字文举，东汉末年名士，建安七子之一，历任北海相、少府等职，因多次反对曹操而被杀。　②李元礼：李膺，字元礼，历任青州等地太守、乌桓校尉等职,反对宦官专擅,纠劾奸佞,为朝廷广罗人才,后为宦官所害,死于东汉党锢之祸。 ③ 司隶校尉:官名,掌管监察京师和所属各郡百官的职权。 ④ 诣:及,到。 ⑤ 仆:对自己的谦称。 ⑥ 先君:祖先,与下文"先人"意同。 ⑦ 仲尼:孔子,名丘,字仲尼。 ⑧ 伯阳:老子,姓李,名耳,字伯阳。 ⑨ 师资:师。这里指孔子曾向老子请教过礼制的事。 ⑩ 奕世:累世,世世代代。 ⑪ 奇:意动用法,对……感到惊奇。 ⑫ 太中大夫:掌管议论的官。 ⑬ 陈韪(wěi):《后汉书·孔融传》作陈炜。 ⑭ 了了:聪明,明白晓畅的样子。 ⑮ 踧踖(cù jí):恭敬而不安的样子。 ⑯ 邓艾:三国时魏人,司马懿召为属官,伐蜀有功,封关内侯。后任镇西将军,又封邓侯。 ⑰ 艾艾:古代别人说话时,多自称名。邓艾因为口吃,自称时就会连说"艾艾"。 ⑱ 晋文王:司马昭,晋开国皇帝司马炎的父亲,生前并未称帝,司马炎追尊为文帝,庙号太祖。 ⑲ "凤兮凤兮"二句:《论语·微子》载,楚国的接舆走过孔子身旁的时候唱道:"凤兮凤兮,何德之衰。"邓艾用以说明,虽然连说"凤兮凤兮",只是指一只凤;自己说"艾艾",也只是一个艾罢了。 ⑳ 适:嫁。 ㉑ 成都王颖:司马颖,晋武帝第十六子,封成都王,后进位大将军。在八王之乱中,武帝第六子长沙王司马乂(yì)于公元301年入京都,拜抚军大将军。公元303年8月,司马颖等以司马乂专权,起兵讨伐。这里所述就是这一时期内的事。 ㉒ 构兵:出兵交战。 ㉓ 允:确实。 ㉔ 朝望:在朝廷极有威望。 ㉕ "岂以"句:怎么会拿一个女儿来换五个儿子性命,意指不会投靠司马颖,因为五个儿子会被杀死。 ㉖ 释然:疑虑、嫌隙等消释后心中平静的样子。 ㉗ 嵇中散:嵇康,曾官至中散大夫。 ㉘ "袁孝尼"二句:相传袁孝尼向嵇康学习《广陵散》,嵇康不肯传授于他,他便偷听嵇康弹琴,学会了三十三拍。原本广陵散有四十一拍,袁孝尼领会其意,自行续了八拍。靳固(jìn gù),吝惜。 ㉙ 文王:即司马昭。 ㉚ 郗(xī)太傅:郗鉴,曾兼徐州刺史,镇守京口。 ㉛ 京口:今镇江。 ㉜ 王丞相:王导,东晋政治家。西晋南渡,他主动联系南方士族,拥立司马睿为帝,是东晋王朝的实际创造者。 ㉝ 矜持:拘谨。 ㉞ 坦腹:敞开上衣,露出腹部。后称人女婿为东床或令坦,源于此。 ㉟ 逸少:王羲之,字逸少,王导的侄儿。 ㊱ 谢太傅:谢安,东晋名士,官至宰相。他曾挫败桓温篡位,在淝水之战中击退了前秦大军,为东晋赢得了数十年的和平。 ㊲ 盘桓:徘徊,逗留。 ㊳ 孙兴公:孙绰,字兴公。原籍太原中都(今山西平遥西北),后定居会稽。东晋著名玄言诗人。少时即慕老庄,曾游放山水十余年。 ㊴ 遽:惊慌。 ㊵ 唱:同"倡",提议。 ㊶ 神情:精神兴致。 ㊷ 王:通"旺",指兴致高。 ㊸ 吟啸:同"啸咏"。放诞不羁、傲世为人的名士风流的一种表现。啸是吹口哨,咏是歌咏,即吹出曲调。 ㊹ 说:通"悦",愉快。 ㊺ 不坐:坐不稳,不能安坐。 ㊻ 徐:慢。这里是表现其从容优雅。 ㊼ 将无:莫非。 ㊽ 承响:应声。 ㊾ 刘伶:字伯伦,竹林七贤之一,性好酒,曾作《酒德颂》。 ㊿ 病酒:饮酒沉醉,醒后困乏如病。 ㉛ 捐:丢弃。 ㉜ 摄生:养生。 ㉝ 祝:祝祷,祈祷。 ㉞ 具:准备。 ㉟ 醒(chéng):酒醒后神志不清有如患病的状态。 ㊱ 隗(wěi)然:颓然,醉倒的样子。 ㊲ 阮步兵:阮籍,"竹林七贤"之一,曾任步兵校尉,世称阮步兵。 ㊳ 裴令公:即裴楷,河东闻喜(今山西闻喜县)人,西晋名士,曾任散骑侍郎、散骑常侍、河内太守,后入朝为屯骑校尉、右军将军、侍中,为司马炎近臣。 ㊴ 箕踞:一种轻慢、不拘礼节的坐姿。即随意张开两腿坐着,形似簸箕。 ㊵ 吊唁:即"吊唁"。 ㊶ 方外:这里指世俗礼法之外。 ㊷ 仪轨:指礼法,礼制。 ㊸ 张季鹰:张翰,字季鹰,吴郡人,晋惠帝时官至大司马东曹掾,因不愿卷入朝廷政治纷争,弃官归乡。 ⑭纵任:听任。 ⑮江东步兵:张翰恃才放旷,不受礼法约束,很像放荡不羁的阮籍,因阮籍曾经担任过步兵校尉,世称"阮步兵",故时人称张翰为"江东步兵"。 ⑯乃可:哪可,岂可。 ⑰王子猷:王徽之,字子猷,王羲之第五子。 ⑱山阴:县名,今浙江省绍兴县。 ⑲皎然:皎洁明亮的样子。 ⑳左思:西晋时著名诗人,其《招隐诗》通过对隐居生活的描写,表达了不与世俗同流合污的情感。 ㉑戴安道:戴逵,字安道,隐居不仕,能文善书。 ㉒剡(shàn):剡县,今浙江省嵊县。 ㉓即便:立刻,立即。 ㉔造:到,至。

【赏析】《世说新语》是研究魏晋社会风貌及名士风流最好的史料之一,包括帝王将相、侯门贵族在内的重要人物,书中皆有所描绘,展现了整个风云变幻时代名士的生活与精神风貌。

《世说新语》最大的一个特色在于人物刻画尤其鲜明,寥寥几笔,风神俱现。作者通过人物的语言、神态、举止等细节的描绘,烘托人物的性格特征,使人如闻其声、如见其人,活灵活现。如作者描写孔融反讽陈韪的黠慧多智,谢安"貌闲意说"的镇定从容,语言简洁而有力,引人回味深思。作者通过描绘这些风云人物,反映魏晋时代的精神风尚,这些名士风度都是当时人所极力推许,也为后人所赞誉。《世说新语》在艺术上的成就正在于此,所描述的事件皆是史实,但经过提炼和加工,使得人物形象更加深刻、鲜明。《世说新语》的语言简约含蓄,隽永传神,有许多成语便是出自此书,如难兄难弟、拾人牙慧、咄咄怪事、一往情深等。

沈　约

作者简介

沈约（441—513），字休文，吴兴武康（浙江德清县）人，南朝文学家、史学家。出身于江南士族，历仕南朝宋、齐、梁三代，官至尚书左仆射，后迁尚书令，领太子少傅。沈约性好读书，遍览群书，博通古今，尤擅诗文。其将考辨四声的学问运用到诗歌创作中，创为四声八病之说，成为古体诗向律诗转变的关键。今存《沈隐侯集》。

宋武帝纪

【题解】《宋书》是一部记录南朝宋历史的纪传体史书，有本纪十卷、志三十卷、列传六十卷。保存史料较多，特别是收录了当时人的书札、奏议，极具史料价值。宋武帝刘裕出身寒门，原为北府兵下级军官。东晋末年，追随刘牢之，长期征战，讨乱有功。后又兴兵讨桓玄，迎安帝复位，逐渐掌握东晋朝政。公元420年，废晋恭帝，建立刘宋政权。《宋武帝纪》对其一生始末有较为详细的描述，本篇节录自《宋书》卷一，主要记载了刘裕北伐南燕的活动。

【原文】

高祖武皇帝讳裕，字德舆，小名寄奴，彭城县①绥舆里人，汉高帝弟楚元王交之后也。交生红懿侯富，富生宗正②辟强，辟强生阳城缪侯德，德生阳城节侯安民，安民生阳城釐侯庆忌，庆忌生阳城肃侯岑，岑生宗正平，平生东武城令某，某生东莱太守景，景生明经③洽，洽生博士④弘，弘生琅邪都尉悝，悝生魏定襄太守某，某生邪城令亮，亮生晋北平太守膺，膺生相国掾⑤熙，熙生开封令旭孙，旭孙生混，始过江，居晋陵郡丹徒县之京口里，官至武原令。混生东安太守靖，靖生郡功曹翘，是为皇考⑥。高祖以晋哀帝兴宁元年岁次癸亥三月壬寅夜生。及长，身长七尺六寸，风骨奇特。家贫，有大志，不治廉隅⑦。事继母以孝谨称。

初，伪燕王鲜卑慕容德僭号⑧于青州，德死，兄子超袭位，前后数为边患。五年二月，大掠淮北，执阳平太守刘千载、济南太守赵元，驱略⑨千余家。三月，公抗表⑩北讨，以丹阳尹孟昶监中军留府⑪事。四月，舟师发京都，溯淮入泗。五月，至下邳，留船舰辎重，步军进琅邪。所过皆筑城留守。鲜卑梁父、莒城二戍并奔走。慕容超闻王师将至，其大将公孙五楼说超："宜断据大岘，刈除粟苗，坚壁清野⑫以待之。彼侨军⑬无资，求战不得，旬月之间，折棰⑭以笞之耳。"超不从，曰："彼远来疲劳，势不能久；但当引令过岘，我以铁骑践之，不忧不破也。岂有预芟苗稼，先自蹙弱⑮邪！"初，公将行，议者以为贼闻大军远出，必不敢战。若不断大岘，当坚守广固，刈粟清野，以绝三军之资，非唯难以有功，将不能自反。公曰："我揣之熟⑯矣。鲜卑贪，不及远计，进利克获⑰，退惜粟苗。谓我孤军远入，不能持久，不过进据临朐，退守广固。我一得入岘，则人无退心，驱必死之众，向怀贰⑱之虏，何忧不克！彼不能清野固守，为诸君保之。"公既入岘，举手指天曰："吾事济⑲矣！"

六月，慕容超遣五楼及广宁王贺赖卢先据临朐城。既闻大军至，留羸老守广固，乃悉出。临朐有巨蔑水，去城四十里，超告五楼曰："急往据之，晋军得水，则难击也。"五楼驰进。龙骧将军孟龙符领骑居前，奔往争之，五楼乃退。众军步进，有车四千辆，分车为两翼，方轨⑳徐行，车悉张幔，御者执槊，又以轻骑为游军。军令严肃，行伍齐整。未及临朐数里，贼铁骑万余，前后交至。公命兖州刺史刘藩，弟并州刺史道怜，谘议参军刘敬宣、陶延寿，参军刘怀玉、慎仲道、索邈等，齐力击之。日向昃㉑，公遣谘议参军檀韶直趋临朐。韶率建威将军向弥、参军胡藩驰往，既日㉒陷城，斩其牙旗㉓，悉虏超辎重。超闻临朐已拔，引众走。公亲鼓之，贼乃大破。超遁还广固。获超马、伪辇、玉玺、豹尾等，送于京师。斩其大将段晖等十余人，其余斩获千计。明日，大军进广固，既屠大城㉔。超退保小城㉕。于是设长围㉖守之，围高三丈，外穿三重堑。停江、淮转输㉗，馆谷㉘于齐土。抚纳降附，华戎欢悦。援才㉙授爵，因而任之。七月，诏加公北青、冀二州刺史。超大将桓遵、遵弟苗并率众归顺。公方治攻具，城上人曰："汝不得张纲，何能为也？"纲者，超伪尚书郎，其人有巧思。

会超遣纲称藩[30]于姚兴[31]，乞师请救。兴伪许之，而实惮公，不敢遣。纲从长安还，泰山太守申宣执送之。乃升纲于楼上，以示城内，城内莫不失色。于是使纲大治攻具。超求救不获，纲反见虏，转忧惧，乃请称藩，求割大岘为界，献马千匹。不听，围之转急。河北居民荷戈负粮至者，日以千数。

录事参军刘穆之，有经略[32]才具[33]，公以为谋主，动止[34]必谘焉。时姚兴遣使告公云："慕容见与邻好，又以穷[35]告急，今当遣铁骑十万，径据洛阳。晋军若不退者，便当遣铁骑长驱而进。"公呼兴使答曰："语汝姚兴，我定燕之后，息甲[36]三年，当平关、洛。今能自送，便可速来！"穆之闻有羌使[37]，驰入，而公发遣[38]已去。以兴所言并答，具语穆之。穆之尤[39]公曰："常日事无大小，必赐与谋之。此宜善详之，云何卒尔便答？公所答兴言，未能威敌，正足怒彼耳。若燕未可拔，羌救奄[40]至，不审[41]何以待之？"公笑曰："此是兵机，非卿所解，故不语耳。夫兵贵神速，彼若审能遣救，必畏我知，宁容先遣信命？此是其见我伐燕，内已怀惧，自张[42]之辞耳。"九月，进公太尉、中书监，固让。伪徐州刺史段宏先奔索虏[43]，十月，自河北归顺。

张纲治攻具成，设诸奇巧，飞楼[44]木幔[45]之属，莫不毕备。城上火石弓矢，无所用[46]之。六年二月丁亥，屠广固。超逾城走，征虏贼曹乔胥获之，杀其王公以下，纳口万余，马二千匹。送超京师，斩于建康市[47]。

【注释】 ① 彭城县：古地名，今属徐州。 ② 宗正：官职名，主要掌管朝廷皇族或外戚名籍之事。 ③ 明经：选举官员的科目之一，即"明习经学"之义。 ④ 博士：古代负责教授、课试等的官职名。 ⑤ 相国掾：相国的官署属员，相当于副官或辅佐相国之官。 ⑥ 皇考：古人对已故父亲的美称。《离骚》："朕皇考曰伯庸。" ⑦ 不治廉隅：不修品行小节。廉隅，比喻端方不苟的行为、品性。 ⑧ 僭号：冒用皇帝的称号。 ⑨ 驱略：驱赶抢劫。"略"即"掠"。 ⑩ 抗表：呈奏章之义。 ⑪ 留府：官署名，奉命留守的机构。 ⑫ 坚壁清野：作战时采用的一种策略。转移或隐藏人口和物资，清除野外可资敌的各种设施，使敌人毫无所得。 ⑬ 侨军：南北朝时以侨居江南的北方人编成的军队。 ⑭ 棰：刑杖。 ⑮ 蹙弱：削弱。 ⑯ 揣之熟：揣摩很久，考虑得成熟。 ⑰ 利克获：贪图已经获得的利益。 ⑱ 贰：背离，怀有二心。 ⑲ 济：成功，成就。 ⑳ 方轨：车辆并行。 ㉑ 昃(zè)：太阳偏向西。 ㉒ 既日：犹言当日。 ㉓ 牙旗：旗竿上饰有象牙的大旗。多为主将主帅所用。 ㉔ 大城：指外城。 ㉕ 小城：指子城，即内城。 ㉖ 长围：环绕一城一地的较长工事,用于围攻或防守。 ㉗ 转输:运输。 ㉘ 馆谷:意谓囤积粮食。 ㉙ 援才:根据才能。援:引用,根据。 ㉚ 称藩:自称藩属。向大国或宗主国承认自己的附庸地位。 ㉛ 姚兴:后秦国皇帝。 ㉜ 经略:谋划,筹划。 ㉝ 才具:才能。 ㉞ 动止:行动举止。 ㉟ 穷:出境艰难。 ㊱ 息甲:解除盔甲,犹言休兵,停战。 ㊲ 羌使:后秦使者。后秦为羌族政权。 ㊳ 发遣:打发走,使离去。 ㊴ 尤:责备,怪罪。 ㊵ 奄:突然,形容时间极短。 ㊶ 审:明白,理解。 ㊷ 自张:自我掩饰。 ㊸ 索虏:当时对于北朝的蔑称。索指发辫,古代北方民族多有发辫,故称。 ㊹ 飞楼:古代攻城的一种楼车。 ㊺ 木幔:古代一种装有木板作为掩护的攻城车具。 ㊻ 无所用:没有用武之地。 ㊼ 建康市:建康的街头。建康,东晋首都,今江苏南京。市,这里指城市的街道。

【赏析】 宋武帝刘裕作为刘宋王朝的开国皇帝,可称得上是一位以史为鉴、从善如流的明君了。他不仅有一定的军事统领能力,最终得以取得政权,而且在成为一国之君后,对当时社会的一些弊端进行了改革,在选用人才、整顿官吏、整顿赋税等方面有一定的作为。就他个人而言,也可说是清心寡欲,不讲究装饰排场,生活比较节俭,有俭素之德。司马光对武帝有着极高的评价,他说:"帝清简寡欲,严整有法度,被服居处,俭于布素,游宴甚稀,嫔御至少。"另外一方面,刘裕对于百姓也比较关心,尤其是对教育、人才的取用比较重视,在当时有很好的口碑。

选文主要选取的是《武帝纪》的前一部分,即刘裕如何取得江山的过程。宋代著名的词人辛弃疾曾经评价道:"想当年,金戈铁马,气吞万里如虎。"可见宋武帝的军事作为。刘宋政权通过对慕容超等势力的兼并,逐步达到统一的目的,且不论他后来治理国家的那些政绩,仅武功一条,就被明代的李贽评为"定乱代兴"之君,由是可见其超凡的能力。

檀 道 济 传

【题解】 本文节选自《宋书》卷四十三。檀道济一生战功卓著,有丰富的作战经验。同时,也为后世留下了宝贵的军事著作遗产,被载入史册。选文部分记述了他富有传奇色彩的戎马生涯。

【原文】

檀道济,高平金乡①人,左将军韶少弟也。少孤②,居丧备礼。奉姊事兄,以和谨③致称。高祖创义④,道济从入京城,参高祖建武军事,转征西⑤。讨平鲁山,禽桓振,除辅国参军、南阳太守。以建义⑥勋,封吴兴县五等侯。卢循寇逆,群盗互起,郭寄生等聚作唐⑦,

以道济为扬武将军、天门太守讨平之。又从刘道规讨桓谦、荀林等，率厉⑧文武，身先士卒，所向摧破。及徐道覆来逼，道规亲出拒战，道济战功居多。迁安远护军、武陵内史。复为太尉参军，拜中书侍郎，转宁朔将军，参太尉军事。以前后功封作唐县男⑨，食邑四百户。补太尉主簿、咨议参军。豫章公⑩世子⑪为征虏将军镇京口，道济为司马、临淮太守。又为世子西中郎司马、梁国内史。复为世子征虏将军司马，加冠军将军。

义熙十二年，高祖北伐，以道济为前锋出淮、肥，所至诸城戍望风降服。进克许昌，获伪宁朔将军、颍川太守姚坦及大将杨业。至成皋，伪兖州刺史韦华降。径进洛阳，伪平南将军陈留公姚洸归顺。凡拔城破垒，俘四千余人。议者谓应悉戮以为京观⑫。道济曰："伐罪吊民⑬，正在今日。"皆释而遣之。于是戎夷感悦⑭，相率归之者甚众。进据潼关，与诸军共破姚绍。长安既平，以为征虏将军、琅邪内史。世子当⑮镇江陵，复以道济为西中郎司马、持节、南蛮校尉。又加征虏将军。迁宋国侍中，领世子中庶子，兖州大中正。

徐羡之⑯将废庐陵王义真，以告道济，道济意不同，屡陈不可，不见纳。羡之等谋欲废立，讽⑰道济入朝；既至，以谋告之。将废之夜，道济入领军府就谢晦⑱宿。晦其夕辣动⑲不得眠，道济就寝便熟⑳，晦以此服之。太祖㉑未至，道济入守朝堂。上即位，进号征北将军，加散骑常侍，给鼓吹㉒一部。进封武陵郡公，食邑四千户。固辞进封。又增督青州、徐州之淮阳、下邳、琅邪、东莞五郡诸军事。

道济立功前朝，威名甚重，左右腹心，并经百战，诸子又有才气，朝廷疑畏㉓之。太祖寝疾累年㉔，屡经危殆㉕，彭城王义康虑宫车晏驾㉖，道济不可复制。十二年，上疾笃，会索虏为边寇，召道济入朝。既至，上间㉗。十三年春，将遣道济还镇，已下船矣，会上疾动，召入祖道㉘，收付廷尉。诏曰："檀道济阶缘时幸㉙，荷恩在昔，宠灵优渥，莫与为比。曾不感佩殊遇，思答万分，乃空怀疑贰，履霜㉚日久。元嘉以来，猜阻㉛滋结，不义不昵㉜之心，附下罔上之事，固已暴之民听，彰于遐迩。谢灵运志凶辞丑㉝，不臣㉞显著，纳受邪说，每相容隐。又潜散金货，招诱剽猾㉟，逋逃㊱必至，实繁弥广，日夜伺隙，希冀非望。镇军将军仲德往年入朝，屡陈此迹，朕以其位居台铉㊲，豫班河岳㊳,弥缝㊴容养㊵,庶或能革。而长恶不悛㊶,凶慝遂遘㊷,因朕寝疾,规肆㊸祸心。前南蛮行参军庞延祖具悉奸状,密以启闻。夫君亲无将㊹,刑兹罔赦。况罪衅深重,若斯之甚。便可收付廷尉,肃正刑书。事止元恶㊺,馀无所问。"于是收道济及其子给事黄门侍郎植、司徒从事中郎粲、太子舍人隰、征北主簿承伯、秘书郎遵等八人,并于廷尉伏诛。又收司空参军薛彤,付建康伏法。又遣尚书库部郎顾仲文、建武将军茅亨至寻阳,收道济子夷、邕、演及司空参军高进之诛之。薛彤、进之并道济腹心,有勇力,时以比张飞、关羽。初,道济见收,脱帻投地曰:"乃复坏汝万里之长城!"邕子孺乃被宥,世祖㊻世,为奉朝请。

【注释】　① 高平金乡:今属山东金乡县卜集乡檀庄。此为檀道济祖籍,檀出生于京口(今江苏镇江)。　② 少孤:年幼时失去父亲。　③ 和谨:和睦恭敬。　④ 创义:举义。此指宋武帝刘裕开始创业之时。　⑤ 转征西:此承上文省,指转官征西将军参军事。　⑥ 建义:兴义军。此指帮助刘裕扩大势力。　⑦ 作唐:县名,治在今安乡县安丰乡附近。　⑧ 率厉:率领督促,激励,勉励。　⑨ 男:爵位。封建制度五等爵位依次为公、侯、伯、子、男,男爵为最后一等。　⑩ 豫章公:即刘裕。刘裕晋安帝义熙二年被封为豫章公。　⑪ 世子:长子。刘裕长子为刘义符。　⑫ 京观:战争中,胜者为了炫耀武功,收集敌人尸首,封土而成的高冢。　⑬ 伐罪吊民:讨伐罪人,安抚百姓。　⑭ 感悦:感激喜悦。　⑮ 当:掌管,主持。　⑯ 徐羡之:字宗文,东海郯(今山东省郯城北)人。东晋时,历官琅琊内史、吏部尚书、丹阳尹、尚书仆射。刘宋建国后,进位司空,录尚书事。宋武帝去世后,与傅亮、谢晦同为顾命大臣,辅佐少帝刘义符。后废杀庐陵王刘义真与少帝,迎立宜都王刘义隆为帝。被封为南平郡公。　⑰ 讽:用委婉的言词奉劝。　⑱ 谢晦:字宣明。原籍陈郡阳夏(今河南太康)人。尝从刘裕北伐,累官至从事中郎,迁侍中。刘裕代晋,官至散骑常侍。少帝义符即位,与徐羡之、傅亮同秉国政。不久与徐羡之、傅亮另立刘隆,出为都督荆、湘、雍、益、宁、北、秦七州诸军事抚军将军,领护南蛮校尉荆州刺史。　⑲ 竦动:恐惧不安。　⑳ 就寝便熟:一倒在床上就熟睡。　㉑ 太祖:宋文帝刘义隆庙号。　㉒ 鼓吹:演奏乐曲的乐队。　㉓ 疑畏:怀疑,畏惧。　㉔ 寝疾累年:卧病多年。　㉕ 危殆:病危。　㉖ 宫车晏驾:比喻皇帝驾崩。晏驾:原谓宫车当驾而晚出。　㉗ 上间:此指宋文帝病已好转。间,有拔出之意。　㉘ 招入祖道:召回到为他饯行的道路上。祖道:古代为出行者祭祀路神,并饮宴送行。　㉙ 阶缘时幸:凭着时机和幸运。阶缘:攀附,凭借。　㉚ 履霜:谓踏霜而知寒冬将至。用以喻事态发展已有产生严重后果的预兆。　㉛ 猜阻:因猜忌而产生隔阂。　㉜ 不昵:不亲近。　㉝ 志凶辞丑:心志险恶,言辞丑陋。　㉞ 不臣:犹言叛逆。　㉟ 剽猾:剽悍狡猾的人。　㊱ 逋(bū)逃:逃亡的罪人,流亡的人。　㊲ 台铉:犹台鼎。鼎三足,有三公之象,故以喻宰辅重臣。铉,鼎耳,以代鼎。　㊳ 豫班河岳:预先颁赐他封地。豫,同"预"。　㊴ 弥缝:弥合,补救。　㊵ 容养:宽恕。　㊶ 悛(quān):悔改。　㊷ 凶慝遂遘:凶残邪恶终于造成。遘,通"构",造成。　㊸规肆:阴谋恣纵。　㊹君亲无将:指对天子和父母的叛逆。无将,谓心存谋逆之心。　㊺元恶:犹"元凶",首犯。　㊻世祖:宋孝武帝庙号。

【赏析】　檀道济作为刘裕时期的著名将领,战功赫赫,然而,由于他握有重权,始终成为统治者的心腹大患,有人就曾经把他和三国时期魏国的司马懿作比较,认为檀道济可能会成为下一个司马懿,谋权篡位,当权者刘义隆自然不允许这样的事情发生。所谓功高震主,檀道济的悲剧自然是不可避免的。"自毁长城"这一典故也出于此篇。

史家之笔,应尽量做到具体、全面、客观、真实,方可成为信史、良史,作者在描写檀道济的遭遇方面,也基本上秉持了这一原则。然而,作为历史的叙述者,难免会掺杂个人情感,尽管作者尽量避免,但读者仍可以略见史家的情感倾向,即对于檀道济忠而被疑的不平。比如"道济立功前朝,威名甚重,左右腹心,并经百战,诸子又有才气,朝廷疑畏之",以檀道济之才能与朝廷之猜疑形成对比,最后更重点描写了"自毁长城"一事,不可谓没有作者的批判和思考。其实,在中国古代历史长河中,忠而被疑者远不止檀道济,从屈原开始,历朝历代皆有迹可寻,古代文人往往对这类人寄予深切同情和理解,在阅读历史过程应当给予足够的重视。

宗悫传

【题解】　本文选自《宋书》卷七十六。作为宋文帝和孝武帝时期的猛将,平定蛮叛、征伐林邑及讨平刘诞的叛乱等军事行动,宗悫都参与并立下战功。本文以准确简练的史家之笔描写了一位有"愿乘长风,破万里浪"的豪情壮志的将领形象。

【原文】

宗悫字元干,南阳人也。叔父炳①,高尚不仕。悫年少时,炳问其志,悫曰:"愿乘长风,破万里浪。"炳曰:"汝不富贵,即破我家②矣。"兄泌娶妻,始入门,夜被劫,悫年十四,挺身拒贼,贼十余人皆披散③,不得入室。

时天下无事,士人并以文义为业,炳素高节,诸子群从皆好学,而悫独任气好武,故不为乡曲④所称。江夏王义恭为征北将军、南兖州⑤刺史,悫随镇广陵。时从兄绮为征北府主簿,绮尝入直⑥,而给吏⑦牛泰与绮妾私通,悫杀泰,绮壮其意,不责也。

元嘉二十二年,伐林邑⑧,悫自奋请行。义恭⑨举悫有胆勇,乃除振武将军,为安西参军萧景宪军副,随交州刺史檀和之围区粟城⑩。林邑遣将范毗沙达来救区粟,和之遣偏军拒之,为贼所败。又遣悫,悫乃分军为数道,偃旗潜进,讨破之,拔区粟,入象浦⑪。林邑王范阳迈倾国来拒,以具装被象⑫,前后无际⑬,士卒不能当。悫曰:"吾闻师子威服百兽。"乃制其形,与象相御,象果惊奔,众因溃散,遂克林邑。收其异宝杂物,不可胜计。悫一无所取,衣栉⑭萧然。文帝甚嘉之。

后为随郡⑮太守,雍州⑯蛮屡为寇,建威将军沈庆之率悫及柳元景等诸将分道攻之,群蛮大溃。又南新郡⑰蛮帅田彦生率部曲反叛,焚烧郡城,屯据白杨山。元景⑱攻之未能下,悫率其所领先登,众军随之,群蛮由是畏服。三十年,孝武⑲伐元凶,以悫为南中郎谘议参军,领中兵。孝武即位,以为左卫将军,封洮阳侯,功次柳元景。孝建⑳中,累迁豫州刺史,监五州诸军事。先是,乡人庾业,家甚富豪,方丈之膳㉑,以待宾客。而悫至,设以菜葅㉒粟饭,谓客曰:"宗军人,惯啖粗食。"悫致饱而去。至是业为悫长史,带梁郡,悫待之甚厚,不以前事为嫌。

大明㉓三年,竟陵王诞据广陵反,悫表求赴讨,乘驿诣都㉔,面受节度㉕,上停舆慰勉,悫耸跃数十,左右顾盼,上壮之。及行,隶车骑大将军沈庆之。初,诞诳㉖其众云:"宗悫助我。"及悫至,跃马绕城呼曰:"我宗悫也。"事平,入为左卫将军。五年,从猎堕马,脚折不堪朝直㉗,以为光禄大夫,加金紫。悫有佳牛堪进御,官买不肯卖,坐免官。明年,复职。废帝㉘即位,为宁蛮校尉、雍州刺史,加都督。卒,赠征西将军,谥曰肃侯。泰始二年,诏以悫配食㉙孝武庙。子罗云,卒,子元宝嗣。

【注释】　①炳:宗悫(què)叔父宗炳,著名山水画家,屡征不就,著有《画山水序》。　②破我家:败坏我家门户。　③披散:披靡,溃退。　④乡曲:乡里。以其偏处一隅,故称乡曲。　⑤南兖州:侨郡,治所在京口,辖扬州、京口。　⑥入直:亦作"入值"。谓官员入宫值班供职。　⑦给吏:给郡吏或给县吏的省称,指暂时从事某项官府工作的人,非正式吏。　⑧林邑:即占城,故地在今越南中南部。　⑨义恭:刘义恭,武帝子。封江夏王。 ⑩ 区(ōu)粟城:古林邑国城名。 ⑪ 象浦:故城在今越南境内。 ⑫ 具装被象:用全副铠甲披在大象身上。 ⑬ 前后无际:形容声势浩大。 ⑭ 栉:梳子和篦子的总称。 ⑮ 随郡:晋武帝太康九年(288年),分义阳郡随县、平林县置随郡,治随县(今湖北省随州市)。 ⑯ 雍州:此指南雍州,为侨郡。宋元嘉二十六年(449)割荆州北部为境,治所在襄阳。 ⑰ 南新郡:治今湖北房县。 ⑱ 元景:柳元景(406—465),字孝仁,本河东解人也。曾祖卓,自本郡迁于襄阳。少习弓马,以勇著称。初为江夏王刘义恭召为中军将军,迁殿中将军。复为司徒太尉城局参军。曾佐刘义恭雍州平蛮,又率军北伐。累官至司空。 ⑲ 孝武:宋孝武帝刘骏,宋文帝刘义隆第三子。 ⑳ 孝建:宋孝武皇帝刘骏的年号(454—456)。 ㉑ 方丈之膳:极言肴馔之丰盛。语出《孟子·尽心下》:"食前方丈,侍妾数百人,我得志,弗为也。"赵岐注:"极五味之馔食,列于前,方一丈。" ㉒ 蔡菹(zū)粟饭:腌菜粟米饭。菹,酸菜,腌菜。 ㉓ 大明:南朝宋孝武皇帝刘骏年号(457—464)。 ㉔ 乘驿诣都:骑着传送公文的驿马急速赶到京都。 ㉕ 面受节度:当面接受皇帝的指示。 ㉖ 诳:欺骗。 ㉗ 朝直:入朝值宿。 ㉘ 废帝:指刘子业,宋孝武帝刘骏长子,在位时凶残暴虐,为其叔湘东王刘彧等废杀。 ㉙ 配食:祔祭,在祠庙中配享。

【赏析】 宗悫出身于书香门第,其叔父兄弟都好读书,但宗悫一身勇武,意气豪侠。年仅十四岁便力斗贼人,"挺身拒贼,贼十余人皆披散,不得入室"。然而,即便如此,在宋文帝元嘉年间文风较盛的情况下,宗悫得不到乡里人士的称赞。宗悫成年后,主动请求参军。在攻打区粟城的战役中,宗悫巧妙地仿制狮形,从而战胜了敌军的象兵,得到了宋文帝的称赞。可见,宗悫是一位有勇有谋的将领。

作为宋文帝和孝武帝时期的猛将,平定蛮叛、征伐林邑及讨平刘诞的叛乱等军事行动,宗悫都参与并立下战功。《宗悫传》是《宋书》中描写将领较为典型的一篇传记。在叙述过程中,作者并不对其战功做逐一描述,而是选取其中具有转折意义的事件或是能明显刻画宗悫性格的事件来详加描写。由于《宋书》的史家良笔,今人得以看到一个有"愿乘长风,破万里浪"豪情壮志的将领形象。

鲍 照

作者简介

鲍照(约415—470),字明远,祖籍东海(今山东郯城),久居建康(今南京),南朝宋文学家。他在元嘉期间被宋文帝刘义隆聘为国侍郎,孝武帝即位后为大学博士兼中书舍人,出任秣陵(今南京市)令,转永嘉令,后任朐海王刘子顼的前军参军、迁军刑狱参军,人称鲍参军。鲍照长于乐府诗,继承了建安之风,风格俊逸豪放,与颜延之、谢灵运合称"元嘉三大家",其七言诗对唐代诗歌的发展影响极深。今存有《鲍参军集》。

登大雷岸与妹书

【题解】 本文选自《鲍参军集注》卷二。是鲍照写给妹妹鲍令晖的家书。宋文帝元嘉十六年(439),鲍照为临川王刘义庆佐吏出镇江州,途经大雷,写下此信。是家书,亦是山水行记。鲍令晖诗才出众,其诗今存七首,其中为人所传诵的是拟古之作,如《题书后寄行人》、《拟客从远方来》等。钟嵘说她的诗"往往崭绝清巧,拟古尤胜"。大雷,地名,指雷水入江处大雷口,在今安徽省望江县。

【原文】

吾自发寒雨,全行日少,加秋潦①浩汗②,山溪猥至③,渡泝④无边,险径游历,栈石⑤星饭,结荷水宿⑥,旅客贫辛,波路⑦壮阔,始以今日食⑧时,仅及大雷。涂登⑨千里,日逾十晨,严霜惨⑩节⑪,悲风断肌,去亲为客,如何如何!

向因涉顿⑫,凭观川陆;迥神⑬清渚,流睇⑭方曛⑮。东顾五州⑯之隔,西眺九派⑰之分;窥地门⑱之绝景,望天际之孤云。长图大念⑲,隐心⑳者久矣!南则积山万状,负气㉑争高。含霞㉒饮景㉓,参差代雄㉔。凌㉕跨长陇,前后相属。带㉖天有匝,横地㉗无穷。东则砥㉘原远隰㉙,亡端靡际㉚。寒蓬夕卷㉛,古树云平。旋风四起,思鸟群归。静听无闻,极视不见。北则陂池潜演㉜,湖脉通连。苎蒿㉝攸积,菰㉞芦所繁。栖波之鸟,水化之虫,智吞愚,彊㉟捕小,号噪惊聒㊱,纷乎其中。西则回江㊲永指,长波天合。滔滔何穷,漫漫安竭!创古迄今,舳舻㊳相接。思尽波涛,悲满潭壑。烟归八表㊴,终为野尘。而是注集,长写㊵不测。修灵㊶浩荡,知其何故哉!西南望庐山,又特惊异。基压江潮,峰与辰汉㊷相接。上常积云霞,雕锦缛㊸。若华㊹夕曜,岩泽气通㊺,传明㊻散彩,赫㊼似绛天。左右青霭,表里紫霄㊽。从岭而上,气尽金光;半山以下,纯为黛色㊾。信可以神居帝郊㊿,镇控湘、汉者也。若潈(51)洞(52)所积,溪壑(53)所射,鼓怒之所豗(54)击,涌澓(55)之所宕涤(56),则上穷荻浦(57),下至狶洲(58);南薄(59)燕派(60),北极雷淀,削长埤短(61),可数百里。其中腾波触天,高浪灌日(62),吞吐百川,写泄万壑。轻烟不流,华鼎振涾(63)。弱草朱靡(64),洪涟陇蹙(65)。散涣(66)长惊,电透箭疾(67)。穹溘(68)崩聚,坻飞岭复。回沫冠山(69),奔涛空谷。碪石为之摧碎,碕岸(70)为之落。仰视大火,俯听波声。愁魄(71)胁息,心惊慓(72)矣!至于繁化殊育,诡质怪章(73),则有江鹅、海鸭、鱼鲛、水虎之类,豚首、象鼻、芒须、针尾之族,石蟹、土蚌、燕箕、雀蛤之俦,折甲、曲牙、逆鳞、返舌之属。掩沙涨,被(74)草渚,浴雨排风,吹涝(75)弄翮(76)。夕景欲沈,晓雾将合。孤鹤寒啸,游鸿远吟。樵苏一叹,舟子(77)再泣。诚足悲忧,不可说也。

风吹雷飙(78),夜戒前路(79)。下弦(80)内外,望达所届(81)。寒暑难适,汝专自慎,夙夜(82)戒护,勿我为念。恐欲知之,聊书所睹。临涂草蹙(83),辞意不周。

【注释】 ① 秋潦:秋雨。 ② 浩汗:大水浩浩无边的样子。 ③ 猥(wěi)至:指秋雨后溪水多,汇流入江。 ④ 泝:同“溯”,逆流而上。 ⑤ 栈石:在险绝的山路上搭木为桥。 ⑥ 结荷水宿:结起荷叶为屋,歇宿在水边。言行旅之苦。 ⑦ 波路:水路。 ⑧ 日食:午饭。 ⑨ 涂登:行路。 ⑩ 惨:疼痛。这里用作动词。 ⑪ 节:关节。 ⑫ 涉顿:徒步过水曰“涉”,住宿歇息称“顿”。 ⑬ 遨神:四处看看放松心情。 ⑭ 流睇:转目斜视。 ⑮ 曛:黄昏。 ⑯ 五洲:长江中相连的五座洲渚。 ⑰ 九派:指江州(今九江)所分的九条水,也指流经江州附近的长江。 ⑱ 地门:即武关山。《河图括地象》记载:“武关山为地门,上与天齐。” ⑲ 长图大念:即宏图远志。 ⑳ 隐心:动心。 ㉑ 负气:依着气势。 ㉒ 含霞:映衬着鲜艳的朝霞。 ㉓ 饮景:闪射着灿烂的阳光。 ㉔ 参差代雄:错落有致地争高称雄。 ㉕ 凌:逾越。 ㉖ 带:名词作动词,围起。 ㉗ 横地:指群山横亘大地。 ㉘ 砥:磨刀石。 ㉙ 隰(xí):地势低下的地方。 ㉚ 亡端靡际:亡、靡,都是无的意思。 ㉛ 寒蓬夕卷:蓬草遇风则飞旋卷去。 ㉜ 演:长长的水流。 ㉝ 芒

(zhù)蒿:苎麻和蒿草。 ㉞ 菰(gū):茭白。 ㉟ 彊:同“强”。 ㊱ 惊聒(guō):烦扰聒噪。 ㊲ 回江:曲折的江水。 ㊳ 舳舻(zhú lú):船尾和船头。 ㊴ 八表:八方以外,形容极远的地方。 ㊵ 写:同“泻”。 ㊶ 修灵浩荡:语出《离骚》:“怨灵修之浩荡兮。”修灵,指河神。 ㊷ 辰汉:星辰河汉,代指天空。 ㊸ 雕锦缛:形容云霞绮丽绚烂,像锦缎一样。 ㊹ 若华:若木之花。《淮南子》记载:“若木在建木西,末有十日,其华照下地。”此指霞光。 ㊺ 气通:雾岚连成一片。 ㊻ 传明:闪烁着光芒。 ㊼ 赫:火光红艳。 ㊽ 紫霄:庐山高峰名。 ㊾ 黛色:青苍色。 ㊿ 神居帝郊:神仙以及天帝的住所。 (51) 潨(zhōng):小水汇入大水。 (52) 洞:疾流。 (53) 溪壑:即山壑间的小溪。 (54) 豗(huī):相击。 (55) 澓(fú):迂回的水流。 (56) 宕涤:摇荡,激荡。 (57) 荻浦:长满芦苇的水边。 (58) 狶(xī)洲:野猪出没的荒野。狶,同“豨”,猪。 (59) 薄:迫近。 (60) 派:水的支流。 (61) 削长埤(pí)短:意思近于“取长补短”,即对众多河流湖泊加以削长补短。埤,增益。 (62) “其中”二句:极言波浪翻腾之高。 (63) 涾(tà):水沸溢的样子。 (64) 朱靡:草秆伏倒,荒靡一片。朱,同“株”。 (65) 蹙(cù):迫近。 (66) 散涣:水盛涨高,波浪崩散。涣,水势很盛的样子。 (67) 电透箭疾:像闪电一样闪过,像箭一样快。 (68) 穹溘(kè):浪峰。穹,高大。溘,水花。 (69) 回沫冠山:回迸的水花飞沫快要淹没山顶,形容水势很高。 (70) 碕(qí)岸:弯曲的河岸。 (71) 愁魄:发愁而动魄。 (72) 慓(piào):迅速。 (73) 诡质怪章:诡异的身体和奇怪的外表。 (74) 被:此处意为躲避。 (75) 吹涝:吐着水泡。 (76) 弄翮(hé):梳理着毛羽。 (77) 舟子:船夫。 (78) 飙:风暴。 (79) 前路:前途。 (80) 下弦:月亮亏缺下半的形状。《诗经·小雅·天保》中孔颖达注疏的下弦指二十三、二十四日。 (81) 届:至。 (82) 夙(sù)夜:早晚。 (83) 草蹙(cù):仓猝,匆忙。

【赏析】 此文名义上是家书,却大幅写景,详尽生动,开创了书信体写山水的先河。钱仲联先生《鲍参军集注》引清人吴汝纶之语称此文“奇崛惊绝,前无此体,明远创为之”,正确评价了此文在我国山水文学史上不可忽视的地位。

鲍照于文中先写旅途的感受,接着便用以汉赋一般的手法进行渲染铺张,描绘出九江、庐山一带云霞夕晖、青霜紫霄瑰丽奇绝的景色,再现了江南山川物景的明丽风光。描写虚实有间,跌宕起伏。然而,旅途中并不都是美好的印象,群峰争高竞胜之中隐隐透出作者胸中的激荡豪情,但也暗示出前路不宁、此行堪忧的不安心情。就像游鸿远吟冒着严霜悲风,鲍照那种离乡去亲的凄怆心情也是挥之不去、“不可说也”。文章结尾微微一转,在呼应着风雷交加的大雷岸,鲍照以兄长的身份表达了对妹妹的叮嘱与关切,不掩浓浓的亲情,这样的肆虐环境也暗示出鲍照深知妹妹能体会自己的心情,聊以倾诉。

全文气势浩大,辞藻绚丽,兼有骈散之长,但鲍照将感情和这些景色自然地融入在一起,使得这封家书生动而富有感染力,无外乎钱钟书评其为“鲍文第一,即标为宋文第一”。

江 淹

作者简介

江淹(444—505),字文通,宋州济阳考城(今河南民权县)人。少时孤贫好学,二十岁左右在新安王刘子鸾幕下任职,历仕南朝宋、齐、梁三代。梁武帝萧衍代齐后,江淹官至金紫光禄大夫,封醴陵侯。江淹诗善刻画模拟,小赋遣词精工,尤以《别赋》、《恨赋》脍炙人口,与鲍照并称为南朝辞赋大家。有《江文通集》。

诣建平王书

【题解】 泰始二年(公元466年),江淹转入建平王刘景素幕,刘景素对他很重视,待以布衣之礼,但由于江淹"少年尝倜傥不俗,或为世士所嫉",因广陵令郭彦文一案牵连,被构陷入狱。为了刷洗自己的不白之冤,他在狱中给刘景素上书陈情。本文便是此陈情书,选自《江文通集》卷九。

【原文】

昔者,贱臣叩心,飞霜击于燕地①;庶女告天,振风袭于齐台②。下官每读其书,未尝不废卷③流涕。何者?士有一定之论,女有不易之行④。信而见⑤疑,贞而为戮。是以壮夫义士,伏死而不顾者以此也。下官闻仁不可恃,善不可依。谓徒虚语,乃今知之。伏愿大王暂停左右,少加怜察。

下官本蓬户桑枢⑥之人,布衣韦带⑦之士,退不饰诗书以惊愚,进不买名声于天下。日者,谬得升降承明⑧之阙,出入金华⑨之殿,何尝不局影⑩凝严⑪,侧身扃禁⑫者乎?窃慕大王义,复为门下之宾,备鸣盗⑬浅术之馀,豫⑭三五⑮贱伎之末。大王惠以恩光,顾以颜色⑯,实佩荆卿黄金之赐⑰,窃感豫让⑱国士⑲之分矣。常欲结缨伏剑⑳,少谢万一,剖心摩踵㉑,以报所天㉒。不图小人固陋㉓,坐贻谤缺,迹坠昭宪,身限幽圄,履影吊心,酸鼻痛骨。

下官闻亏名㉔为辱,亏形次之。是以每一念来,忽若有遗。加以涉旬月，迫季秋㉕，天光沈阴，左右无色。身非木石，与狱吏为伍，此少卿㉖所以仰天槌心㉗，泣尽而继之以血者也。

下官虽乏乡曲之誉㉘，然尝闻君子之行矣：其上则隐于帘肆㉙之间，卧于岩石之下；次则结绶㉚金马之庭㉛，高议云台之上；退则虏南越之君，系单于之颈，俱启丹册，并图青史。宁当争分寸之末，竞锥刀之利哉？

下官闻积毁销金，积谗磨骨㉜。远则直生取疑于盗金㉝，近则伯鱼被名于不义㉞。彼之二子，犹或如是。况在下官，焉能自免？昔上将之耻，绛侯幽狱㉟。名臣之羞，史迁下室㊱。至如下官，当何言哉？夫鲁连之智，辞禄而不返㊲。接舆之贤，行歌而忘归㊳。子陵㊴闭关于东越，仲蔚㊵杜门于西泰。亦良可知也。若使下官事非其虚，罪得其实，亦当钳口吞舌㊶，伏匕首以殒身，何以见齐鲁奇节之人、燕赵悲歌之士乎？

方今圣历钦明㊷，天下乐业，青云浮雒㊸，荣光塞河。西洎㊹临洮㊺狄道㊻，北距飞狐㊼阳原㊽，莫不浸仁沐义㊾，照景饮醴㊿而已。而下官抱痛圜门㊿¹，舍愤狱户㊿²，一物之微，有足悲者㊿³。仰惟大王少垂㊿⁴明白，则梧丘之魂㊿⁵，不愧于沈首㊿⁶；鹄亭之鬼㊿⁷，无恨于灰骨㊿⁸。不任肝胆之切，敬因执事㊿⁹以闻。

【注释】　①"贱臣叩心"二句：此指邹衍尽忠于燕惠王，燕惠王听信谗言而囚禁了邹衍。邹衍仰天而哭，以至于夏日飞雪。此后用六月飞雪指代极大的冤屈。　②"庶女告天"二句：指春秋时齐国一个女人年少守寡，抚养婆婆和小姑。小姑贪图钱财而杀母，嫁祸于齐女，女喊冤莫申，仰天呼号。而后雷电下击，景公台崩塌，海水大出。　③废卷：放下书，中止阅读。　④不易之行：始终不变的德行和节操。　⑤见：被。　⑥蓬户桑枢：编蓬为户，揉桑枝为户枢。形容生活环境恶劣，为贫穷之家。　⑦布衣韦带：语出《汉书·贾山传》："布衣韦带之士，修身于内，成名于外。"原指古代贫民的衣服，后指没有做官的人。　⑧承明：汉代宫殿名，在未央宫中，旁边为承明庐，是侍臣值班所住。后用来表明入朝为官的典故。　⑨金华：形容殿阁装饰富丽堂皇。　⑩局影：蜷缩着身体藏身，形容非常谨慎小心。　⑪凝严：严肃恭敬。　⑫扃(jiōng)禁：宫门禁城，形容宫中威严戒备的环境。　⑬鸣盗：即鸡鸣狗盗，语出《史记·孟尝君列传》，后比喻人格无行，却拥有卑微技能的市井之徒。　⑭豫：同"预"。　⑮三五：对此说法较多，但大多指术数之学，即以五行相克相生来推断人的吉凶等。　⑯"大王"二句：为倒装句，即大王以恩光惠之，以颜色顾之，比喻青睐有加。　⑰"实佩"句：荆轲到燕太子宫，临池而观，拾瓦投池。太子让人用黄金抵瓦块，荆轲说：我并不是为太子省金子，只是手臂痛了。荆卿，即荆轲。　⑱豫让:战国初期的侠义之士,曾替智伯刺杀赵襄子,失败后自杀。 ⑲国士:国家中以才智受到尊重的人。 ⑳结缨伏剑:系好帽带,以身伏剑。比喻慷慨献身,从容就义。典出《左传·哀公十五年》:"子路曰:'君子死,冠不免。'结缨而死。" ㉑剖心摩踵:典出《列子》,意为得到别人恩惠,感激得甚至可以拿出心来给人看。 ㉒所天:即主上。 ㉓固陋:固塞鄙陋,见识浅薄。 ㉔亏名:损害名誉。亏,损害。 ㉕季秋:秋季的最后一个月,即农历九月。 ㉖少卿:汉代李陵,字少卿,陇西人。汉武帝时率五千步兵出击匈奴,兵败投降。 ㉗椎心:形容十分痛苦。 ㉘乡曲之誉:指同乡人的称誉。语出司马迁《报任安书》"仆少负不羁之行,长无乡曲之誉。" ㉙帘肆:市井胡同。 ㉚结绶:将绶带系在印纽上。比喻接受官职,出仕做官。 ㉛金马之庭:金马,即金马门,汉武帝所立,东方朔、主父偃等人都曾待诏于此,后比喻应聘待诏之地。 ㉜"积毁销金"二句:"积毁销金"和"积谗磨骨"意思相同,意为不断的毁谤能使人毁灭。 ㉝直生盗金:《汉书·直不疑传》记载,直不疑的同舍人告假归乡,误拿了另一同舍人的金子。同舍人发觉后,误以为是不疑拿的,不疑最后只能买金而偿。直到同舍人归乡回来,才洗清了他的嫌疑。后来用这一典故比喻无端被疑。 ㉞伯鱼:指第五伦,曾背不义之名。 ㉟绛侯幽狱:西汉开国功臣周勃因军功封绛侯,刘邦死后,吕后专权。吕后死后,周勃与陈平诛吕氏迎文帝即位,后来周勃被诬告而囚禁。 ㊱史迁下室:西汉武帝时期,李陵兵败匈奴后投降,司马迁因替李陵辩护而被施以宫刑,下于蚕室。 ㊲"鲁连之智"二句:鲁连,即鲁仲连,为战国末期齐国人,善于出谋划策,周游各国,为其解难排忧。齐王想给他授官,他便逃到海上。后来形容奇伟高韬、不慕名利的人。 ㊳"接舆之贤"二句:春秋时代楚国著名隐士接舆,平时躬耕而食,因对当时社会不满,剪去头发,常常当街高歌,佯装疯癫。 ㊴子陵:即严光,字子陵。东汉著名隐士,曾积极帮助光武帝刘秀起兵,刘秀即位后隐姓埋名于富春山。 ㊵仲蔚:晋代隐士张仲蔚,常常闭门养性,不求名利,隐身不仕。 ㊶钳口吞舌:指闭嘴不言。 ㊷钦明:语出《书·尧典》"钦明文思安,允恭克让。"意为敬肃明察,后用来赞颂君主。 ㊸雒(luò):古指白鬣的黑马。 ㊹洎(jì):到。 ㊺临洮:地名,古属陇西郡,今在甘肃境内。 ㊻狄道:古地名,古属陇西郡,因狄族聚居而名,今亦属甘肃省。 ㊼飞狐:位于河北境内,近代改名涞源。 ㊽阳原:即河北的阳原县。 ㊾浸仁沐义:受到仁道的滋润,得到礼义的陶冶。 ㊿醴:美酒。 ○51圜门:圆门,即狱门。 ○52狱户:即牢门,监狱。 ○53"一物之微"二句:即使微不足道的事物受到伤害,也足以令人怜悯,更何况是人呢。 ○54少垂:稍稍施予。 ○55梧丘之魂:《晏子春秋》记载,景公畋于梧丘。夜犹早,公姑坐睡,猛然间有五个人在北门围着他,称自己是无罪的。比喻无辜人的冤魂。 ○56沈(chén)首:斩首。沈,即沉。 ○57鹄亭之鬼:干宝《搜神记》记载,何敞为交州刺史,行至苍梧时,投宿在鹄奔亭,半夜有女子自称苏娥,广信人,被亭长龚寿所杀。后来用这来比喻诉冤或平冤的典故。 ○58灰骨:焚骨成灰,指死亡。 ○59执事:供役使的人。

【赏析】　江淹被诬入狱,为了证明自己的清白,他写下此篇《诣建平王书》,将自己的冤情娓娓道来,情理兼备又不乏文采,最终打动建平王而获释。
　　文章的开头便引用邹阳被诬入狱、齐女含冤告天的事迹表明自己的冤枉。江淹一开始便表白自己此信的目的，可以说是开门见山，直截了当而不至于虚伪。然后，江淹讲述自己的身世，出身寒微，幸得大王赏识可一展己志，然而名声被损，心中极为悲恸。他用周勃和司马迁的事迹来说明自己的清白，用严子陵和鲁仲连等人表明自己不为名利的清誉，可谓有理有据。最后，江淹叙述天下的安乐平和景象，而自己的冤情与此形成极大的反差，希望大王能为自己平反。

这短短一封书信，虽然用典颇多，但大都贴切自然，足以表白江淹的心迹；此外值得注意的一点是，江淹通篇只述个人之志，而没有指出被诬之处。他正是以自白代自辩，用不卑不亢、恳切而诚挚的情感陈述自己的冤情，深深地打动了建平王，因而被豁免。这种方式，与司马迁的《报任安书》有异曲同工之妙。此文情采兼具，文思飞扬，非常有六朝的风范；而结尾一转，用正反对比的手法突出了自己的冤情，极大地争取了平反的机会。

报袁叔明书

【题解】 袁叔明，即江淹至交好友袁炳。公元467年春，江淹自北部边境返荆州，恰逢袁炳奉命入吴，他便写下此文赠别。本文选自《江文通集》卷九。

【原文】

仆①知之矣。高皋②为别，执手未期③。浮云色晓，怅然魂飞。前辱赠书，知命仆息心④越地，采药稽山⑤，友人幸甚。去岁迫名茂才⑥，冬尽不获有报。引领⑦于邑，情讵可⑧及。足下推仆者，不一二谈也。仆闻狂士⑨之行有三，窃尝志之。其奇者则以紫天为宇，环海⑩为池，倮⑪身大笑，被⑫发行歌；其次则坚坐崩岸，僵卧深窟，朝飧⑬松屑，夜诵仙经；其下则辞荣⑭城市，退耕岩谷，塞径绝宾，杜⑮墙不出。然者皆羞为西山之饿夫⑯，东国之黜⑰臣，而况其乡党乎？或有社稷之士，入而忘归。则争论南宫之前，卫主于邪⑱；伏身北阙之下，纳君于治。至乃一说之奇，惊畏左右；一剑之功，震栗邻国。夫能者唯横议⑲汉庭，怒发燕路，且犹不数，而况于邻里乎？若仆之行止⑳，已无可言矣。材不肖文，质无所直。徒以结发㉑游学，备闻士大夫言曰："在国忠，处家孝，取与廉，交友义。"故拂衣于梁、齐之馆，抗手㉒于楚、赵之门，且十年矣。容貌不能动人㉓，智谋不足自远㉔。

竟惭君子之恩,卒离㉕饥寒之祸。近亲不言,左右莫教。凉秋阴阴,独立闲馆。轻尘入户,飞鸟无迹。命保琴书,而守妻子。其可得哉?故国史小官也,而子长㉖为之;执戟㉗下位也,而子云㉘居之。仆非有轻车骠骑㉙之略,交河㉚云险㉛之功,幸以盗窃㉜文史之末,因循卜祝㉝之闲,故免首求衣㉞,敛眉寄食耳。若十口之隶,去于饥寒,从疾旧里,斥归故乡,箕坐㉟高视,举酒极望,虽五侯交书,群公走币㊱,仆亦在南山之南矣。此可为智者道,难与俗士言也。方今仲秋风飞,平原彯色㊲,水鸟立于孤洲,苍葭变于河曲,寂然㊳渊视,忧心辞矣。独念贤明蚤世,英华殂落㊴。仆亦何人,以堪久长。一旦松柏被地,坟垄刺天㊵,何时复能衔杯酒者乎?忽忽㊶若狂,愿足下自爱㊷也。

【注释】 ① 仆:古时候男子对自己的谦称。 ② 皋(gāo):水边的高地。 ③ 未期:无期,不知何时。 ④ 息心:排除杂念。 ⑤ 稽山:会稽山的简称。 ⑥ 茂才:即"秀才"。东汉时,为避光武帝刘秀的名字,将"秀才"改为"茂才"。 ⑦ 引领:伸颈远望,表示很期待的样子。 ⑧ 讵(jù)可:岂可。 ⑨ 狂士:志向高洁的人。 ⑩ 环海:四周的大海。 ⑪ 倮:同"裸",光着身子。 ⑫ 被:同"披"。 ⑬ 湌:同"餐"。 ⑭ 辞荣:远离富贵荣华的生活,谓辞官退隐。 ⑮ 杜:堵塞。 ⑯ 西山饿夫:传说周武王灭商后,伯夷、叔齐逃到首阳山,不食周粟而死。后用"西山饿夫"指伯夷、叔齐。 ⑰ 黜:贬官。 ⑱ 邪:不正当。 ⑲ 横议:肆意议论。 ⑳ 行止:言行举止。 ㉑ 结发:束发。 ㉒ 抗手:举手示意告别。 ㉓ 容貌不能动人:语出《汉书·扬雄传》"凡人贱近而贵远,亲见扬子云禄位容貌不能动人"。动人,打动人心。 ㉔ 自远:自我远离,躲避。 ㉕ 离:同"罹"(lí),遭受,遭遇。 ㉖ 子长:司马迁,字子长,为西汉太史令,《史记》为其一生心血。 ㉗ 执戟:唐官名,天授二年(691)设置,官职在正九品之下。 ㉘ 子云:扬雄,字子云,西汉文学家,曾为宫廷侍卫官,作品有《羽猎赋》。 ㉙ 轻车骠骑:轻车和骠骑皆为汉代将军衔称。 ㉚ 交河:西域城名,汉时为车师国首都。汉宣帝时郑吉等破交河城,车师国王投降。 ㉛ 云险:指云中郡,险是险要之地的意思。 ㉜ 盗窃:此处为谦辞,意同"忝列",有愧的意思。 ㉝ 卜祝:专管占卜、祭祀的人。 ㉞ 求衣:乞求衣着,指依附别人生活。 ㉟ 箕坐:即箕踞,两腿张开坐着,形如簸箕。 ㊱ 走币:送礼。此句形容来拜访的人很多。 ㊲ 彯(piāo)色:飘逸的样子。 ㊳ 寂然:肃静地。 ㊴ 殂(cú)落:凋零,引申为死亡。 ㊵ "松柏被地"二句:形容人去世的意思。 ㊶ 忽忽:时光飞逝。 ㊷ 自爱:自己多保重。

【赏析】 这是江淹写给挚友袁炳的书信,其中依依不舍与款款友情极富感染力。江淹曾经说与袁炳是"青云之交"的神交好友,故而临别的书信充满了知己远离而相见难期的惆怅。

江淹在书信的开头就言明今日一别,"执手未期",一思及此就觉怅然魂飞,给全文笼罩上了伤感的离别氛围。在言明自己的近况后,江淹用了大量笔墨抒发自己的志向和对国家和个人的担忧。论及三种狂士,心生向往,而自己只能"命保琴书,而守妻子",想必袁炳这一至交好友是能够读出江郎内心对仕途的期望的。最后,江淹表示担心和忧虑再多也抵不过时光的无情,所以还是希望好友能够自我珍重。

  全文写景抒情,意味隽永,景物栩栩如生,情感浓浓化不开。浓抹细勒,言约意丰,其中惆怅和哀伤,读罢不禁黯然。袁炳少有异才,撰《晋书》未成,二十八岁而亡。江淹也未能料到好友英年早逝,再回头看此次离别,更觉悲凉不已。

孔稚圭

 作者简介

　　孔稚圭(447—501),一作孔圭,字德璋,会稽山阴(今浙江绍兴)人,南朝齐骈文家。刘宋时曾任尚书殿中郎,齐武帝永明年间任御史中丞。齐明帝建武初年,上书建议北征。东昏侯永元元年(499),迁太子詹事。死后追赠金紫光禄大夫。稚圭风韵清疏,性嗜酒,爱好文咏,著有文集十卷,已散佚,明人辑其佚文为《孔詹事集》。

北山移文

【题解】　北山,即钟山,因在都城建康(今江苏南京)之北而名。移文也称"移书",是一种起源于战国的平行文种,常常用于平级官员,温和地告知对方自身观点,以期改变对方看法。齐人周颙起初隐于北山,后应诏为海盐县令,将过北山,孔稚圭便作了此篇移文,以山灵的口吻讽刺了周颙言行不一的虚伪做法。本文选自《昭明文选》卷四十三。

【原文】
　　钟山之英,草堂之灵①,驰烟驿路②,勒③移山庭。
　　夫以耿介④拔俗⑤之标⑥,萧洒⑦出尘⑧之想,度⑨白雪以方⑩洁,干⑪青云而直上⑫,吾方知之矣。
　　若其亭亭物表⑬,皎皎霞外⑭,芥⑮千金而不眄⑯,屣⑰万乘⑱其如脱,闻凤吹于洛浦⑲,值薪歌于延濑⑳,固亦有焉。
　　岂期终始参差㉑,苍黄㉒翻覆㉓,泪翟子之悲㉔,恸朱公之哭㉕。乍㉖回迹以心染㉗,或先贞㉘而后黩㉙,何其谬哉!呜呼,尚生㉚不存,仲氏㉛既往,山阿寂寥,千载谁赏!
　　世有周子㉜,儁俗㉝之士,既文既博,亦玄亦史㉞。然而学遁东鲁,习隐南郭,偶吹㉟草堂,滥巾㊱北岳㊲。诱我松桂,欺我云壑。虽假容于江皋㊳,乃缨情㊴于好爵。
　　其始至也,将欲排巢父,拉许由,傲百氏,蔑王侯㊵。风情张日,

霜气横秋㊶。或叹幽人㊷长往，或怨王孙㊸不游。谈空空㊹于释部㊺，核㊻玄玄㊼于道流，务光何足比，涓子不能俦㊽。

及其鸣驺㊾入谷，鹤书㊿赴陇(51)，形驰魄散，志变神动。尔(52)乃眉轩(53)席次，袂耸(54)筵上，焚芰制而裂荷衣(55)，抗(56)尘容而走(57)俗状。风云凄其带愤，石泉咽而下怆(58)，望林峦而有失，顾草木而如丧。

至其钮金章，绾墨绶(59)，跨属城(60)之雄，冠百里(61)之首。张英风于海甸，驰妙誉于浙右(62)。道帙(63)长摈(64)，法筵(65)久埋(66)。敲扑喧嚣犯其虑，牒诉(67)倥偬(68)装其怀。琴歌既断，酒赋无续。常绸缪(69)于结课(70)，每纷纶于折狱(71)。笼(72)张赵(73)于往图(74)，架(75)卓鲁(76)于前箓。希踪(77)三辅豪，驰声九州(78)牧(79)。

使我高霞孤映，明月独举，青松落阴，白云谁侣？硐户摧绝(80)无与归，石径荒凉徒延伫(81)。至于还飙(82)入幕，写(83)雾出楹(84)，蕙帐空兮夜鹤怨，山人去兮晓猿惊。昔闻投簪(85)逸(86)海岸，今见解兰(87)缚尘缨(88)。于是南岳献嘲，北陇腾笑，列壑争讥，攒峰竦诮(89)。慨游子之我欺，悲无人以赴吊。

故其林惭无尽，涧愧不歇，秋桂遣(90)风，春萝罢月。骋西山之逸议，驰东皋之素谒(91)。

今又促装(92)下邑(93)，浪枻(94)上京，虽情殷(95)于魏阙(96)，或假步(97)于山扃(98)。岂可使芳杜厚颜，薜荔蒙耻，碧岭再辱，丹崖重滓(99)，尘游躅(100)于蕙路，污渌池(101)以洗耳。宜扃岫幌(102)，掩云关，敛轻雾，藏鸣湍。截来辕于谷口，杜(103)妄辔(104)于郊端。于是丛条瞋胆，叠颖怒魄，或飞柯以折轮，乍低枝而扫迹(105)。请回俗士驾，为君(106)谢逋客(107)。

【注释】 ①“钟山之英”二句：英、灵，山上的神灵。草堂，周颙在钟山所建隐舍。②驿路：可容纳驿车通过的大路。③勒：刻。④耿介：光明正直。⑤拔俗：超越流俗之上。⑥标：风度、格调。⑦萧洒：脱落无拘束的样子。⑧出尘：超出世俗之外。⑨度：比量。⑩方：比。⑪干：犯，凌驾。⑫青云而直上：语出《史记·范睢蔡泽列传》：“贾不意君能自致于青云直上。”指迅速升到很高的地位。⑬物表：万物之上。⑭霞外：天外。⑮芥：小草，此处用作动词，视如草芥。⑯眄（miǎn）：斜视。⑰屣（xǐ）：草鞋，此处用作动词。⑱万乘：指天子。⑲“闻凤吹”句：《列仙传》：“王子乔，周灵王太子晋，好吹笙作凤鸣，常游于伊、洛之间。”浦，水边。⑳“值薪歌”句：《文选》吕向注：“苏门先生游于延濑，见一人采薪，谓之曰：‘子以终此乎？’采薪人曰：‘吾闻圣人无怀，以道德为心，何怪乎而为哀也。’遂为歌二章而去。”值，碰到。濑（lài 赖），水流沙石上。

㉑ 参差:不一致。 ㉒ 苍黄:青色和黄色。 ㉓ 翻覆:变化无常。 ㉔ 翟子之悲:墨翟见练丝而泣,为其可以黄可以黑。见《淮南子·说林训》。翟子:墨翟。 ㉕ 朱公之哭:杨朱见歧路而哭,为其可以南可以北。朱公,杨朱。 ㉖ 乍:初,刚才。 ㉗ 心染:心里牵挂仕途名利。 ㉘ 贞:正。 ㉙ 黩:污浊肮脏。 ㉚ 尚生:尚子平,西汉末隐士,入山担柴以供饮食。 ㉛ 仲氏:仲长统,东汉末年人。《后汉书》记载州郡官员召他,他称疾不去,曾感叹说:"若得背山临水,游览平原,此即足矣。何为区区乎帝王之门哉!" ㉜ 周子:周颙(yóng)。 ㉝ 隽(jùn)俗:卓立世俗。 ㉞ 亦玄亦史:《南齐书·周颙传》称周泛涉百家,长于佛理,兼善老庄之道。 ㉟ 偶吹:杂合众人吹奏乐器。用《韩非子·内储说》"滥竽充数"之事。 ㊱ 滥巾:即冒充隐士。巾,隐士所戴头巾。 ㊲ 北岳:北山。 ㊳ 江皋:江岸。这里指隐士所居的长江之滨钟山。 ㊴ 缨情:系情,忘不了。 ㊵ "排巢父"四句:巢父、许由都是尧时隐士,帝王征召而不就。尧想把天下让给许由,许由不受而逃。尧又召他为九州长,由不想听,便跑去颍水之边洗耳。拉,折辱。 ㊶ "风情张日"二句:风度之高胜于太阳,志气之凛盛如秋霜。张,张大。横,弥漫。 ㊷ 幽人:隐逸之士。 ㊸ 王孙:指隐士。出自《楚辞·招隐士》:"王孙游兮不归,春草生兮萋萋。" ㊹ 空空:佛家义理。佛家认为世上一切皆空,以空明空,故曰"空空"。 ㊺ 释部:佛家之书。 ㊻ 核:研究。 ㊼ 玄玄:语出《老子》"玄之又玄,众妙之门",指道家义理。 ㊽ "务光何足比"二句:他能谈佛家的"四大皆空",也能谈道家的"玄之又玄",自以为上古的务光、涓子之辈,都不如他。务光、涓子,皆出于《列仙传》,是著名的隐士。俦,匹敌。 ㊾ 鸣驺(zōu):指使者的车马。鸣,喝道。驺,随从骑士。 ㊿ 鹤书:指徵召的诏书。因诏板所用的书体如鹤头,故称。 (51) 陇:山阜。 (52) 尔:这时。 (53) 轩:高扬。 (54) 袂(mèi)耸:高举着衣袖。 (55) "焚芰制"句:芰(jì)制、荷衣,语出《离骚》"制芰荷以为衣兮,集芙蓉以为裳",指以荷叶做成的隐者衣服。 (56) 抗:高举,这里指张扬。 (57) 走:驰骋。这里喻迅速。 (58) 怆(chuàng):怨怒的样子。 (59) "至其钮金章"二句:钮、绾(wǎn),都是系的意思。金章、墨绶,为当时县令所佩带。金章,铜印。墨绶,黑色的印带。 (60) 属城:郡下所属各县。 (61) 百里:古时一县约管辖百里。 (62) "张英风于海甸"二句:威风遍及海滨,美名传到浙东,张、驰,传播。海甸,海滨。浙右,今浙江绍兴一带。 (63) 道帙(zhì):道家的经典。帙,书套,这里代指书籍。 (64) 摈:一作"殡",抛弃。 (65) 法筵:讲佛法的几案。 (66) 埋:废弃。 (67) 牒诉:诉讼状纸。 (68) 倥偬(kōng zǒng):事务繁忙迫切的样子。 (69) 绸缪(chóu móu):纠缠。 (70) 结课:计算赋税。 (71) 折狱:判理案件。 (72) 笼:笼盖。 (73) 张赵:张敞和赵广汉的合称。两人都做过京兆尹,是西汉的能吏。 (74) 往图:过去的记载。 (75) 架:超越。 (76) 卓鲁:卓茂和鲁恭的合称,两人都是东汉的循吏,后来指贤能的官吏。 (77) 希踪:追慕踪迹。三辅豪:三辅有名的能吏。三辅,汉代称京兆、左冯翊、右扶风为三辅。 (78) 九州:指天下。 (79) 牧:地方长官,如刺史、太守之类。 (80) 摧绝:崩落。 (81) 延伫(zhù):长久站立并有所等待。 (82) 还飙(biāo):回风。 (83) 写:同"泻",吐。 (84) 楹:屋柱。 (85) 投簪:抛弃冠簪,这里指弃官。簪,古时连结官帽和头发的用具。 (86) 逸:隐遁。 (87) 兰:用兰做的佩饰,隐士所佩。 (88) 缚尘缨:束缚于尘网。 (89) "于是"四句:献嘲、腾笑、争讥、竦诮,都是嘲笑、讥讽的意思。攒(cuán)峰,聚集在一起的山峰。竦,同"耸",跳动。 (90) 遣:一作"遗",排除。 (91) "骋西山"二句:骋、驰,都是传播之意。逸议,隐逸高

士的清议。素谒,高尚而有德者的言论。 (92) 促装:束装。 (93) 下邑:指原来做官的县邑(山阴县)。 (94) 浪枻(yè):鼓棹,驾舟。 (95) 殷:深厚。 (96) 魏阙:高大门楼。这里指朝廷。 (97) 假步:借住。 (98) 山扃(jiōng):山门。指北山。 (99) 重滓(zǐ):再次蒙受污辱。 (100) 躅(zhú):足迹。 (101) 渌池:清池。 (102) 岫幌(xiù huǎng):山穴的窗户。 (103) 杜:堵塞。 (104) 妄辔:肆意乱闯的车马。 (105) "于是"四句:意思为于是山中的树丛和重叠的草芒勃然大怒,或者用飞落的枝柯打折他的车轮,或者低垂枝叶以遮蔽他的路径。颖,草芒。飞柯,飞落枝柯。乍,骤然。扫迹,遮蔽路径。 (106) 君:北山神灵。 (107) 逋客:逃亡者,这里指周颙。

【赏析】 魏晋南北朝时,社会动乱,文人士子稍不留意便遭杀戮,因此隐逸之风盛行。但也有些人是为了标榜清高,以此得到加官进爵的机会。《北山移文》为孔稚圭代表作,文章一开始便以"钟山之英,草堂之灵"的口吻对表面隐居山林,实则心怀官禄的人进行了讽刺,拟人的手法使山中草木充满嬉笑怒骂之声,最终揭示出"周子"隐居时道貌岸然,得到征召时则志变神动、得意非凡的假隐士的虚伪面目。

此文的精彩之处,也正在于赋予山中事物生命,使它们具有人的形态,因而更具有趣味性。例如文中"使我高霞孤映,明月独举,青松落阴,白云谁侣?"几句话,既描写了山中景色之美,也衬出人去之后无人欣赏的寂寥,使自然景色显得落寞萧瑟而产生怨恨之情,富有诗情画意。

《北山移文》全篇描写生动,语言华美精炼,富有抒情诗味,庄谐并作,既有骈文的整饬严谨,又有散文的活泼自然,是骈文中少见的佳作。而读着这样一篇带有趣味性的骈文,毫无僵硬板滞之病,也是一种视觉享受。于光华《文选集评》引孙月峰语云:"六朝虽尚雕刻,然属对尚未尽工,下字尚未尽险,至此篇则无不入体。句必净,字必巧,真可谓精绝之甚。"从侧面概括了《北山移文》的特色和成就。

任 昉

> **作者简介**
>
> 任昉(460—508),字彦升,小字阿堆,乐安博昌(今山东寿光,一说山东广饶)人。自幼"聪明神悟",雅善属文。南朝宋时,举兖州秀才,拜太常博士。入齐后任竟陵王记室参军,官至中书侍郎、司徒右长史。梁时历任义兴、新安太守。一生仕宋、齐、梁三代,为官清廉。擅长表、奏、书、启等文体,文格壮丽,与沈约合称"任笔沈诗"。著有《述异记》二卷、《杂传》二百四十七卷、《地理书钞》九卷、《地记》二百五十二卷、《文集》二十三卷、《文章缘起》一卷等。《地记》、《杂传》等近五百卷,均佚。明人辑有《任彦升集》。

为萧扬州荐士表

【题解】 萧扬州即萧遥光,承袭父亲爵位为始安王,扬州刺史。齐明帝登基之初,为笼络文士,要求各地举贤。萧遥光遂推荐当时名士琅琊王暕及王僧孺,并请任昉代拟此荐表。本文选自《昭明文选》卷三十八。

【原文】

臣王言:臣闻求贤暂劳,垂拱①永逸,方之疏壤②,取类导川。伏惟陛下,道隐旒纩③,信充符玺④,六飞⑤同尘,五让⑥高世。白驹空谷⑦,振鹭在庭⑧,犹惧隐鳞卜祝⑨,藏器屠保⑩。物色关下⑪,委裘河上,非取制于一狐⑫,谅求味于兼采⑬。五声⑭倦响,九工⑮是询,寝议庙堂,借听舆皂⑯。臣位任隆重,义兼家邦,实欲使名实不违,侥幸路绝。势门上品,犹当格以清谈;英俊下僚⑰,不可限以位貌⑱。

窃见秘书丞琅邪臣王暕,年二十一,字思晦。七叶⑲重光,海内冠冕⑳。神清气茂㉑,允迪中和㉒。叔宝㉓理遣之谈,彦辅㉔名教㉕之乐。故以晖映㉖先达,领袖后进。居无尘杂,家有赐书。辞赋清新,属言㉗玄远。室迩人旷㉘,物疏道亲。养素丘园㉙,台阶㉚虚位。庠序㉛公朝,万夫倾望。岂徒荀令可想,李公不亡而已哉!

前晋安郡候官令东海王僧孺,年三十五,字僧孺,理尚栖约㉜,思致恬敏㉝。既笔耕为养,亦佣书㉞成学。至乃集萤映雪㉟,编蒲缉柳㊱。先言往行,人物雅俗,甘泉遗仪,南宫㊲故事,画地成图,抵掌可述㊳。岂直鼹鼠有必对之辩㊴,竹书无落简㊵之谬。㑛坐镇㊶雅俗,弘益已多;僧孺访对不休,质疑斯在。并东序之秘宝,瑚琏㊷之茂器㊸。诚言以人废,而才实世资。临表悚战㊹,犹惧未允,不任下情。云云。

【注释】 ① 垂拱:垂衣拱手,形容古代皇帝的坐相,后来比喻皇帝治理江山毫不费力。 ② 疏壤:挖土开沟,使水流通。 ③ 旒纩(liú kuàng):有垂旒和黈(tóu)纩为装饰的帝王冠冕,借指帝王视听。旒,旌旗上梳齿样的带状装饰物。纩,古代指新丝棉絮。 ④ 符玺:印信。 ⑤ 六飞:亦作"六骓"、"六莹",指古代皇帝的车驾,急行如飞。这里暗喻齐明帝称帝是古代帝王之业的延续。 ⑥ 五让:据《汉书》记载,汉代周勃诛杀吕氏宗族之后,迎代王刘恒(即汉文帝)即位。刘恒到长安后屡次推让,向西连让三次,向南让两次。后来用以表示帝王即位前的谦让行为。五,此处为泛指,意思是多次。 ⑦ 白驹空谷:比喻贤人都为朝廷效力,已经没有剩余的了。语出《诗经·小雅》:"皎皎白驹,在彼空谷。"白驹,白马,喻贤人。 ⑧ 振鹭在庭:形容贤人满集于朝廷。振鹭,语出《诗经》:"振鹭于飞,于彼西雍;我客戾止,亦有斯容。" ⑨ 隐鳞卜祝:神龙隐匿其鳞,比喻贤者像龙一样待时而动。卜祝,指专管占卜、祭祀的人。 ⑩ 藏器屠保:语出《易经》"君子藏器于身,待时而动。"藏器,指等待时机施展才能。屠保,屠户和佣保,泛指操贱业的人。 ⑪ 物色关下:指像关令尹喜一样善于识别人才。 ⑫ "委裘河上"二句:意为千金之裘不止取自一只狐的腋下之毛。委裘,指君主选贤任能。 ⑬ 兼采:蜜蜂采味百花,才能酿成蜂蜜。 ⑭ 五声:相传大禹治天下时,以五声听政,即辞、色、气、耳、目。 ⑮ 九工:古传舜设置的九个大臣,即九官。 ⑯ 舆皂:古代十等人中的两个低微等级的名称。后来用以称呼贱役和贱吏。 ⑰ 英俊下僚:语出左思《咏史诗》:"世胄蹑高位,英俊沈下僚。"英俊,指才能杰出的人。下僚,指职位低下的人。 ⑱ 位貌:官位和容貌。 ⑲ 七叶:七世或七代。 ⑳ 冠冕:古代帝王、官吏的帽子。 ㉑ 神清气茂:心神清朗,资质秀美。 ㉒ 允迪中和:确实诚信、守规矩,气质中正平和。允,确实。迪,遵循,这里是守规矩的意思。中和,即中正平和。 ㉓ 叔宝:卫玠,字叔宝,拜太子洗马,好言玄理。 ㉔ 彦辅:乐广,字彦辅,南阳清阳人,善于言谈议论,分析事理。 ㉕ 名教:即以孔子为中心的封建礼教。 ㉖ 晖映:同"辉映"。 ㉗ 属言:发言。 ㉘ 室迩人旷:语出《诗经》"其室则迩,其人甚远",本意是男女思慕,虽相距很近但不能相见,后来引申为对亲人的思念。 ㉙ 养素丘园:在田园间修养自身并保持本性,意为隐居。丘园,代指乡村田园。 ㉚ 台阶:朝廷中的官阶。 ㉛ 庠序:古代的地方学校。 ㉜ 栖约:简约。 ㉝ 恬敏:恬静而敏达。 ㉞ 佣书:中国古代受人雇佣以抄书为业,魏晋南北时也称经生,唐代称抄书人。 ㉟ 集萤映雪:晋代车胤,南平人。因为家贫买不起灯油,便在夏季捕数十只萤火虫装入绢内,用来照明。孙康冬天常照着雪来读书。形容家境贫寒,刻苦读书。　㊱ 编蒲缉柳:典出《汉书》。路温舒父亲为里监门,让温舒牧羊,温舒便取水塘中的蒲草截成牒,编成片用来书写。汉代孙敬到洛阳,在太学左右一个小屋安置了母亲之后就入学了,编辑杨柳简做成经书。后来用此比喻苦学的典故。缉柳,编联柳木制成书简。　㊲ 南宫:古代的行政机构尚书省,这里比喻对行政事务的了解。　㊳ 抵掌可述:即指掌可述,比喻事迹可以很快弄清楚。　㊴ "鼮(tíng)鼠"句:司马炎曾得一只通体如豹纹的老鼠,众臣皆不知为何物。窦攸举孝廉为郎,回答说是鼮鼠。司马炎问他从何得知,他回答是从《尔雅》上得知的。鼮鼠,身上有斑彩豹纹的老鼠。　㊵ 落简:遗落的书简。　㊶ 坐镇:某个有权势、有地位的人在一处镇守。镇,动词,镇守。　㊷ 瑚琏:两种古代祭祀时盛黍稷的器皿,十分贵重,后来比喻人有贤才,能担大任。　㊸ 茂器:美好的器具。　㊹ 悚战:恐惧颤栗的样子。

【赏析】　历史上的此类表书,常常是代人发言,如阮籍的《为郑冲劝晋王笺》,但任昉的此篇表书却写得详细认真,且短小精悍。此文表达了三件事,一是对新皇帝的圣明进行赞誉,二是从理论上阐明人才的重要性,三便是介绍要举荐的人才,并突出他们的才能。这么多内容,篇幅却不长,而且面面俱到,足见作者功力高深。

　　作者举荐人才不落俗套,没有歌功颂德,而是将两人的特长放大,强调王暕的家世和门第,对王僧儒则是突出他的"佣书成学",以小见大,印证了他开头所言的不拘一格选人才的观点。

　　此表恰切表达了萧遥光为皇上进贤举人的忠心之举,不显阿谀,又展示了任昉擅书表的文字功力。

刘　峻

作者简介

刘峻(462—521年),本名法武,字孝标,平原(今属山东)人。好读书,终夜不寝,游学期间遍求异书,人称"书淫"。平生坎坷,落魄不遇,死后门人谥曰"玄静先生"。因注释刘义庆等编撰的《世说新语》而为世所推重,文章也颇有美名,《山栖志》、《辨命论》皆为世所传。《隋书·经籍志》记载刘峻有集六卷,已散佚,明人张溥辑为《刘户曹集》。

广 绝 交 论

【题解】　任昉为齐梁官场和文坛的显赫人物,刘峻与其友善。梁武帝天监七年,任昉死于新安任所,虽然任昉生前功绩显赫,喜奖掖人士,死后其幼子却缺乏倚靠。刘峻便仿东汉朱穆《绝交论》作此文加以讽刺,警示人们要广绝交。"广"是"推广"、"增广"之意。本文选自《昭明文选》卷五十五。

【原文】

客问主人曰:"朱公叔绝交论,为是乎？为非乎？"主人曰:"客奚①此之问？"客曰:"夫草虫鸣则阜螽②跃,雕虎③啸而清风起。故絪缊④相感,雾涌云蒸;嘤鸣相召,星流电激。是以王阳登则贡公喜⑤,罕生逝而国子悲⑥。且心同琴瑟⑦,言郁郁于兰茝⑧;道协胶漆⑨,志婉娈⑩于埙篪⑪。圣贤以此镂金版而镌盘盂⑫,书玉牒⑬而刻钟鼎。若乃匠人辍成风之妙巧,伯子⑭息流波之雅引⑮。范、张⑯款款于下泉、尹、班⑰陶陶于永夕。骆驿纵横⑱,烟霏雨散⑲,巧历⑳所不知,心计莫能测。而朱益州㉑汨彝叙,粤谟训,捶直切,绝交游。比黔首㉒以鹰鹯㉓,媲人灵于豺虎㉔。蒙有猜焉,请辨其惑。"

主人听然而笑曰:客所谓抚弦徽音,未达燥湿变响;张罗沮泽㉕,不睹鸿雁云飞。盖圣人握金镜㉖,阐风烈,龙骧蠖屈㉗,从道污隆。日月联璧㉘,赞亹亹㉙之弘致;云飞电薄,显棣华㉚之微旨。若五音之变化,济九成之妙曲。此朱生得玄珠于赤水,谟㉛神睿而为言。至夫组织仁义,琢磨道德,欢其愉乐,恤其陵夷㉜。寄通灵台之下,遗迹江湖之上,风雨急而不辍其音,霜雪零而不渝㉝其色,斯贤达之素交㉞,历万古而一遇。逮㉟叔世㊱民讹㊲,狙诈㊳飙起,溪谷不能逾其险,鬼神无以究其变,竞毛羽之轻,趋锥刀之末。于是素交尽,利交兴,天下蚩蚩㊴,鸟惊雷骇。然则利交同源,派流则异,较言其略,有五术㊵焉:

若其宠钧董、石㊶,权压梁、窦㊷,雕刻百工,炉捶万物,吐漱兴云雨,呼噏下霜露。九域㊸耸㊹其风尘,四海叠其熏灼,靡㊺不望影星奔,藉响川鹜㊻。鸡人始唱,鹤盖成阴;高门旦开,流水接轸。皆愿摩顶至踵,隳㊼胆抽肠;约同要离焚妻子,誓殉荆卿湛㊽七族。是曰"势交",其流一也。

富埒㊾陶、白㊿,赀巨程、罗㊶,山擅铜陵,家藏金穴㊷,出平原而联骑,居里闬㊸而鸣钟。则有穷巷之宾,绳枢㊹之士,冀宵烛之末光,邀润屋㊺之微泽。鱼贯凫跃,飒沓鳞萃㊻,分雁鹜之稻粱,沾玉斝㊼之余沥。衔恩遇,进款诚,援青松以示心,指白水而旌信㊽。是曰"贿交",其流二也。

凡斯五交,义同贾鬻㊾。故桓谭譬之于阛阓㉖,林回喻之于甘醴。夫寒暑递进,盛衰相袭。或前荣而后悴,或始富而终贫,或初存而后亡,或古约而今泰。循环翻覆,迅若波澜。此则殉利之情未尝异,变化之道不得一。由是观之,张、陈㉑所以终凶,萧、朱㉒所以隙末,断焉可知矣!而翟公方规规然㉓勒门以箴客,何所见之晚乎?

因此五交,是生三衅㉔。败德殄义,禽兽相若,一衅也。难固易携,雠讼㉕所聚,二衅也。名陷饕餮㉖,贞介㉗所羞,三衅也。古人知三衅之为梗,惧五交之速尤。故王丹威子以檟㉘楚,朱穆昌言而示绝。有旨哉,有旨哉!

近世有乐安任昉㉙,海内髦杰,早绾银黄㉚,夙昭民誉。遒文丽藻,方驾曹王;英跱俊迈,联横许郭。类田文㉛之爱客,同郑庄之好贤。见一善则盱衡㉜扼腕,遇一才则扬眉抵掌。雌黄出其唇吻,朱紫由其月旦㉝。于是冠盖辐凑㉞,衣裳云合,辎軿㉟击轊㊱,坐客恒满。蹈其阃阈㊲,若升阙里之堂;入其隩隅㊳,谓登龙门之阪。

至于顾盼增其倍价,剪拂使其长鸣,纡组㊴云台㊵者摩肩,趋走丹墀⑧¹者叠迹。莫不缔恩狎⑧²,结绸缪,想惠庄之清尘,庶羊左之徽烈。及瞑目东粤,归骸⑧³洛浦。缌帐⑧⁴犹悬,门罕渍酒⑧⁵之彦;坟未宿草,野绝动轮之宾⑧⁶。藐尔诸孤,朝不谋夕,流离大海之南,寄命嶂疠之地。自昔把臂之英⑧⁷,金兰之友,曾无羊舌下泣⑧⁸之仁,宁慕邴成分宅⑧⁹之德。

呜呼!世路险巇⑨⁰,一至于此!太行孟门⑨¹,岂云崭绝⑨²。是以耿介之士⑨³,疾其若斯;裂裳裹足,弃之长骛⑨⁴。独立高山之顶,欢与麋鹿同群⑨⁵,皦皦⑨⁶然绝其雰浊⑨⁷,诚耻之也,诚畏之也。

【注释】 ① 奚:何,为什么。 ② "草虫"句:形容异类相应。草虫、阜螽,出自《诗经》:"喓喓草虫,趯趯阜螽。" ③ 雕虎:毛纹如雕画的一种虎。 ④ 纲缊:亦作"纲氲"。形容云烟弥漫、气氛浓盛的景象。 ⑤ "王阳登"句:王阳、贡公,西汉王吉与贡禹为良友,"王阳登,贡公喜"表示两人志趣相投。 ⑥ "罕生逝"句:罕生、国子,春秋时宋国的子皮和子产。 ⑦ 琴瑟:出自《诗经》:"妻子好合,如鼓瑟琴。"这里比喻朋友关系融洽。 ⑧ 兰茝:出自《楚辞》:"兰茝幽而独芳。" ⑨ 胶漆:胶和漆,两种最具黏性的东西。比喻情意投合,亲密无间。 ⑩ 婉娈:语出《诗经》:"婉兮娈兮,总角丱兮。"比喻年轻美貌。 ⑪ 埙(xūn)篪(chí):古代的两种乐器,合奏时声音相应和。常以"埙篪"比喻兄弟亲密和睦。 ⑫ 盘盂:亦作"盘杅",圆盘与方盂两种容器的并称,古代也常用来刻文纪功或自励。 ⑬ 玉牒:中国历代皇族族谱。 ⑭ 伯子:春秋时著名的琴师伯牙,善古琴。 ⑮ 雅引:即正曲。 ⑯ 范、张:范式与张劭,二人友善,重义守信,为生死之交。 ⑰ 尹、班:汉代的尹敏与班彪,两人相交甚厚,交谈起来废寝忘食。 ⑱ 骆驿纵横:形容绵延不绝。 ⑲ 烟霏雨散:形容众多。 ⑳ 巧历:典出《庄子》:"自此以往,巧历不能得。而况其凡乎?"后用"巧历"比喻精于算计的人。 ㉑ 朱益州:即朱穆。 ㉒ 黔首:百姓。 ㉓ 鹰鹯(zhān):比喻忠勇的人。 ㉔ 豺虎:心怀不仁之人。 ㉕ 沮泽:水草丛生的沼泽地带。 ㉖ 握金镜:执持明镜,比喻帝王身受天命,心怀明道。 ㉗ 龙骥(huān)蠖(huò)屈:像龙和尺蠖一样扭曲了形状,比喻人不得志。 ㉘ 日月联璧:指天下太平。 ㉙ 亹(wěi)亹(wěi):本义是缓慢流动,无止无休,形容孜孜不倦。 ㉚ 棣华:语出《诗经》:"常棣之华……莫如兄弟。"后以"棣华"喻兄弟。 ㉛ 谟:同"谋"。 ㉜ 陵夷:指衰败,走下坡路。 ㉝ 渝:改变。 ㉞ 素交:与利交相对,不势利的交友。 ㉟ 逮:等到。 ㊱ 叔世:即末世。 ㊲ 民讹:民间的谣言。 ㊳ 狙诈:伺机取诈。 ㊴ 蚩蚩:很乱的样子。 ㊵ 五术:五种情况。 ㊶ 董、石:董贤和石显,皆为汉代宠臣。 ㊷ 梁、窦:梁冀和窦宪,皆为汉代外戚出身的权臣。 ㊸ 九域:九州之意,代指天下。 ㊹ 耸:与后面之"叠"皆是恐惧之意。 ㊺ 靡:没有。 ㊻ 藉响川骛:一听到动静就像流水一样赶过去。 ㊼ 隳(huī):毁坏。 ㊽ 湛:同"沉",为"沉没、灭没"之意。 ㊾ 垺:极大。 ㊿ 陶、白:陶朱公范蠡和白圭,两人为春秋战国时富商。 ㊿¹ 程、罗:程郑和罗裹,两人为有名的富人。 ㊿² "山擅铜陵"二句:邓通为蜀郡人,文帝赐其蜀严道铜山。光武帝数次赏郭皇后之弟郭况金钱,京师称况家为金穴。 ㊳里闬(hàn):里巷的门。 ㊴绳枢:指以绳系户枢,形容家贫屋陋。 ㊵润屋:使居室华丽生辉。语出《礼记》:"富润屋,德润身。" ㊶飒沓鳞萃:形容很多。 ㊷玉斝(jiǎ):玉爵,玉制的酒器。 ㊸旌信:表明诚意。 ㊹贾鬻:买卖。 ㊺阛阓(huán huì):街道。 ㉛张、陈:张耳和陈馀的并称。二人初为刎颈交,后结怨至不两立。 ㉜萧、朱:萧育和朱博。两人初为好友,朱博先做了丞相,两人便生嫌隙。 ㉝规规然:惊恐自失的样子。 ㉞衅:暇隙,指感情上出现了裂痕。 ㉟雠讼:争讼,争端。 ㊱饕餮:传说中龙的儿子,贪食,后常比喻贪婪。 ㊲贞介:指方正耿直之士。 ㊳槚(jiǎ):又作"檟",楸树的别称。 ㊴任昉:字彦升,安乐博昌人。南朝梁著名文学家,与沈约齐名,时称"任笔沈诗"。梁武帝时为义兴、新安太守。为政清廉英明,颇受百姓爱戴。 ㊵银黄:谓银印黄绶,借指高官显爵。 ㊶田文:孟尝君名文,有食客三千。 ㊷盱衡:举眉扬目。 ㊸"雌黄"二句:是非由他论定,高下靠他品评。朱紫,比喻人品的高下。月旦,品评人物的统称。 ㊹辐凑:车的辐条集中于毂,形容人或物聚集在一起。 ㊺辎軿(zī píng):辎车和軿车的并称。后泛指有屏蔽的车子。 ㊻击轊(wèi):车轴头相碰。形容宾客车辆之多。轊,车轴头,即套在车轴末端的金属筒状物。 ㊼阃阈(kǔn yù):门限,门户。 ㊽隩隅:室的西南角,引申为学问精绝深奥之处。 ㊾影组:佩印的绶带像云一样飘动,比喻官运亨通。 ㊿云台:汉代台名,光武帝时有云台二十八将。 ㊄丹墀:宫殿的赤色台阶或赤色地面。 ㊅恩狎:宠爱亲热,这里指巴结讨好。 ㊆归骸:归葬。 ㊇缞(suī)帐:用细而疏的麻布制成的灵帐。 ㊈渍酒:祭拜所用的酒。 ㊉动轮之宾:乘车马前来祭拜的人。 ㊊把臂之英:此谓作为昔日兄弟,刘峻愿出一臂之力,便作《广绝交论》。 ㊋羊舌下泣:羊舌,复姓,晋国大夫叔向。《国语·晋语》记载叔向见司马侯之子,叹息流泪,感慨司马侯逝后,自己再也没有知心朋友。 ㊌郈(hòu)成分宅:郈成子是春秋鲁国大夫。据《孔丛子》载,郈成子好友卫国右宰谷臣遭乱而死,郈成子迎其妻子至鲁,把自己的房子分出来给他们住。 ㊍险巇(xī):险峻崎岖。 ㊎太行孟门:二山名,皆在山西一带。 ㊏崭绝:山势陡峭欲倒的样子。此处比喻环境险恶。 ㊐耿介之士:刘峻自谓。 ㊑长骛:向远方急驰。 ㊒麋鹿同群:指隐逸山林,与浊世隔绝。 ㊓皦皦(jiǎo jiǎo):洁白。形容为人清白,光明磊落。 ㊔雾浊:浊气。喻尘俗之气。

【赏析】 刘峻为任昉做的这篇讽文,继承了东汉朱穆《绝交论》主客问答的形式,也推广了朱穆的观点,无情地鞭挞了南朝士大夫阶层的人情凉薄,文笔尖锐犀利,读来酣畅淋漓。

首先,刘峻精细地描绘出"势交"、"贿交"、"谈交"、"穷交"、"量交"五类"利交"的表现,指出"五交"的危害不再局限于友朋,已经波及社会各个层面。然后,他从自己周围出发,将任昉这个鲜活的例子展示给人看,通过对比他生前"坐客恒满"的盛况与死后"坟无宿草"的荒凉,极有说服力地说明了以"利"为前提的交友导致的严重危害。告诫人们友朋在真而不在多,交友不是做买卖,如果以利相交还不如趁早断绝。文章的后半部分由"五交"导出"三衅",再由"三衅"回归朱穆的观点,首尾照应。

刘峻引用诸多典故，也参考了残酷的现实，反复议论，将利交的丑陋和危害剖析得入木三分，具有很强的感染力。从形式上来说，作者虽然采用了当时流行的骈文，辞藻华美，但并不流于矫揉造作。文中偶尔出现的比喻、夸张，使行文显得活泼爽快，大快人心。此文虽然是节选，但刘峻的一腔愤慨是显而易见的，结尾处以对任昉的怜悯作结，很具有启迪作用。

王　融

作者简介

王融(468—494),字符长,原籍琅邪临沂(今属山东),"竟陵八友"之一。年少时即举秀才,入竟陵王萧子良幕,累迁太子舍人。齐武帝时,王融上书求自试,迁至秘书丞,官至中书郎。永明十一年(493)兼任主客,接待北魏使者。北魏侵边,为宁朔将军军主。齐武帝病笃,王融企图拥立萧子良,不成,郁林王即位,遂下狱赐死。王融工诗能文,"援笔可待",曾和沈约、谢朓等人一起创建了讲究声韵的永明体诗,推动了诗歌形式的发展。所存诗文,明代张溥辑为《王宁朔集》。本文选自《昭明文选》卷四十六。

三月三日曲水诗序

【题解】　先秦时有祓除邪秽的习俗,两汉定三月上巳日为上巳节,祓除灾祸,祈降吉福。永明九年(491),齐武帝于芳林园禊宴群臣,召王融为序。本篇即是当时所作。

【原文】

臣闻出《豫》为象①,钧天之乐②张焉。时乘③既位,御气之驾翔焉。是以得一奉宸④,逍遥襄城之域⑤,体元则大,怅望姑射⑥之阿。然睿眄⑦寂寥,其独适者已。至如夏后两龙⑧,载驱璿台⑨之上;穆满八骏⑩,如舞瑶水⑪之阴。亦有飨云,固不与万民共也。

我大齐之握机创历⑫,诞命建家,接礼贰宫⑬,考庸太室⑭。幽明⑮献期,雷风通绺。昭华之珍既徙,延喜⑯之玉攸归。革宋受天,保生万国。度邑⑰静鹿丘⑱之叹,迁鼎息大坰之惭。绍清和于帝猷,联显懿于王表。骏发开其远祥,定尔固其洪业。

皇帝体膺上圣,运钟下武,冠五行之秀气,迈三代之英风。昭章云汉,晖丽日月,牢笼⑲天地,弹压山川。设神理以景俗,敷文化以柔远,泽普泛而无私,法含弘而不杀。犹且具明废寝,厌晷⑳忘餐,念负重于春冰,怀㉑御奔于秋驾㉒,可谓巍巍弗与,荡荡谁名。秉灵图㉓而非泰,涉孟门其何险。

储后[24]睿哲在躬,妙善居质。内积和顺,外发英华。斧藻至德,琢磨令范。言炳[25]丹青[26],道润金璧[27]。出龙楼[28]而问竖,入虎闱[29]而齿胄[30]。爱敬尽于一人,光耀究于四海。

若夫族茂麟趾[31],宗固盘石,跨掩昌姬,韬轶[32]炎汉[33]。元宰[34]比肩于尚父[35],中铉[36]继踵乎周南。分陕流勿翦之欢,来仕允克施之誉。莫不如珪如璋,令闻令望[37],朱芾[38]斯皇,室家君王者也。

本枝[39]之盛如此,稽古[40]之政如彼,用能免群生于汤火,纳百姓于休和。草莱[41]乐业,守屏称事。引镜皆明目,临池无洗耳[42]。沉冥[43]之怨既缺,薖轴[44]之疾已消。

兴廉举孝,岁时于外府;署行议年,日夕于中甸。协律[45]总章之司,厚伦正俗;崇文[46]成均之职,导德齐礼。挈壶[47]宣夜[48],辩气朔于灵台;书笏[49]珥彤,纪言事于仙室。褰帷[50]断裳,危冠空履之吏;彤摇[51]武猛,扛鼎揭旗之士。勤恤民隐[52],纠逖王慝。射集隼[53]于高墉,缴大风于长隧[54]。

不仁者远,惟道斯行。逸莠[55]蔑闻,攘争掩息。稀鸣桴于砥路,鞠茂草于圆扉。耆年阙市井之游,稚齿丰车马之好。

宫邻昭泰,荒憬清夷。侮食[56]来王,左言[57]入侍。离身[58]反踵[59]之君,髽首[60]贯胸[61]之长,屈膝厥角,请受缨縻[62]。文钺[63]碧砮[64]之琛,奇干善芳之赋,纳牛露犬[65]之玩,乘黄[66]兹白[67]之驷,盈衍储邸,充仞郊虞。甌[68]脱[69]相寻,鞮译[70]无旷。一尉候[71]于西东,合车书于南北。畅毂埋辚辚之辙,绥旌[72]卷悠悠之斾。

四方无拂[73],五戎[74]不距。偃革辞轩[75],销金罢刃[76]。天瑞[77]降,地符升。泽马[78]来,器车[79]出。紫脱华,朱英秀[80],佞枝[81]植,历草孳[82]。云润星晖,风扬月至。江海呈象,龟龙载文。方握河[83]沈璧,封山纪石。迈三五而不追,践八九[84]之遥迹。功既成矣,世既贞矣。信可以优游暇豫,作乐崇德者欤。

于时青鸟[85]司开,条风发岁。粤上斯巳,惟暮之春。同律克和,树草自乐。禊饮[86]之日在兹,风舞之情咸荡。去肃表乎时训,行庆动于天瞩。载怀平圃[87],乃睠芳林[88]。芳林园者,福地奥区之凑,丹陵[89]若水[90]之旧。殷殷均乎姚、泽[91],肫肫尚于周原[92]。狭丰邑之未宏,陋谯居之犹褊。求中和而经处,揆景纬以裁基[93]。飞观神行,虚檐云构。离房[94]乍设,层楼间起。负朝阳而抗殿,跨灵沼而浮荣。镜文虹[95]于绮疏[96],浸兰泉于玉砌。幽幽丛薄,秩秩斯干。曲拂遭回,潺湲径复。新萍[97]泛沘,华桐发岫。杂夭采于柔荑,乱嘤声于绵羽[98]。禁轩[99]承幸,清宫俟宴。缇帷宿置,帟幕[100]宵悬。

既而灭宿澄霞,登光辨色。式道执殳,展轮效驾。徐銮警节,明钟畅音。七萃[101]连镳,九斿[102]齐轨。建旗拂霓[103],扬葭振木。鱼甲[104]烟聚,贝胄[105]星罗。重英[106]曲瑶[107]之饰,绝景[108]遗风之骑。昭灼甄部,驵骏[109]函列。虎视龙超,雷骇电逝。轰轰隐隐,纷纷轸轸,羌难得而称计。

尔乃回舆驻罕,岳镇渊渟。睟容[110]有穆,宾仪式序。授几肆筵,因流波而成次;蕙肴芳醴;任激水而推移。葆俏[111]陈阶,金匏[112]在席。戚奏翘舞,龠[113]动邠诗。召鸣鸟[114]于弇州,追伶伦[115]于嶰谷。发参差于王子,传妙靡于帝江。正歌有阕,羽觞无筭[116]。上陈景福之赐,下献南山之寿。信凯燕之在藻[117],知和乐于食苹[118]。桑榆[119]之阴不居,草露之滋方渥。

有诏曰:今日嘉会,咸可赋诗。凡四十有五人,其辞云尔。

【注释】　①出《豫》为象:打出豫卦,显示万物更新的气象。豫,卦名。象,天地万物的变化。　②钧天之乐:神话中的神仙之乐。钧天,指神仙的住所。　③时乘:天帝乘飞龙游天。　④得一奉宸:将纯真的大道奉献于上帝。一,纯一,纯真。　⑤襄城之域:又称"襄城之野",典出《庄子》,后来用来比喻受到帝王称许的少年。襄城在今湖北,周襄王避难于此而得名。　⑥姑射(yè):山名,在今山西临汾,典出《庄子·逍遥游》,后人将姑射列为神女住的地方,也比喻神仙、神女。　⑦窅(yǎo)眇:深远的样子。　⑧夏后两龙:语出《山海经》:"大乐之野,夏后启于此儛九代,乘两龙,云盖三层。"启是大禹的儿子,得帝位之后,不恤国事,以酒色声娱自乐,后来又窃天乐助兴,以致亡国。后来以此比喻帝王闻乐。　⑨璿(xuán)台:饰有美玉的高台,古代帝王宴请诸侯的地方。　⑩穆满八骏:穆满,即周穆王,名满。民间有周穆王乘八骏车见西王母的传说故事。　⑪瑶水:即瑶池,传说昆仑山上西王母寿宴之地。　⑫握机创历:此处指南齐皇帝萧道成将南宋取而代之,改年建元。创历,新皇帝登基改年号。　⑬贰宫:天子的宫殿之一,古代是皇帝接见贤能之才的地方。　⑭太室:太庙的中室,也称大室或明堂,是古代"教学选士"的地方。　⑮幽明:《淮南子·天文训》:"天道曰圆,地道曰方。方者主幽,圆者主明。明者吐气者也,是故火曰外景。"代指天地。　⑯延喜:美玉的名字。古代认为此玉是吉祥的象征,后来成为美玉的统称。　⑰度邑:《尚书》的篇名。　⑱鹿丘:商代殷都朝歌内的鹿台和槽丘，都是纣王淫乐的地方。相传周武王伐纣之后来到这两个地方，终夜未眠。⑲ 牢笼：包罗。⑳ 仄晷(guǐ)：午后日偏斜的时候。㉑ 怀：引申为忧虑。㉒ 秋驾：驾马的技术。㉓ 秉灵图：指登天子之位。㉔ 储后：即储君。此处指太子萧赜，即南齐武帝。㉕ 言炳：说话清楚明白。㉖ 丹青：指人物绘画，比喻人的形象光彩照人。㉗ 金璧：黄金宝玉，比喻帝王的尊贵。㉘ 龙楼：宫殿名，为汉代太子居住的地方，后来泛指太子宫室。㉙ 虎闱：国子学的别称。㉚ 齿胄：不愿显示自己贵族的身份。㉛ 麟趾：语出《诗经·周南·麟之趾》"麟之趾，振振公子，于嗟麟兮。"颂扬宗室子弟之词。㉜ 韬轶：胸怀超过。韬，本义为掩藏，引申为胸怀。㉝ 炎汉：指汉朝，此处代指汉高祖刘邦。㉞ 元宰：宰相。㉟ 尚父：指姜太公。㊱ 中铉：鼎耳，鼎耳有三，被喻为三公。引申为司徒。㊲ 令闻令望：语出《诗经·大雅》："如珪如璋，令闻令望。"指好名声。㊳ 朱茀(bó)：官吏的红色服饰。㊴ 本枝：指宗室子孙。㊵ 稽古：考察古道，喻古帝王。㊶ 草莱：泛指山野樵夫、耕作农夫。㊷ "引镜皆明目"二句：指齐武帝即位以后，政治清明，在没有隐逸山林的贤人了。引镜，照镜子。后来比喻时局由乱而治，政局清明。洗耳，洗耳朵。㊸ 沉冥：后指对世事不满的隐士。㊹ 薖(kē)轴：病困。㊺ 协律：校正音乐律吕，使之和谐。古代有协律校尉等官职，后来用协律泛指掌管音乐的官吏。㊻ 崇文：即崇文馆，三国魏明帝时设置，专门招纳文学人才。㊼ 挈壶：古代计时器具，以壶滴水来计时，这里指计时的官吏。㊽ 宣夜：古代一种天体学说的名称。㊾ 书笏：写在笏板上。此处引申为史官。㊿ 褰帷：用手撩起帘子。(51) 影摇：也作"嫖摇"，武将官职名，汉代霍去病曾任影摇校尉。(52) 民隐：即民间疾苦。(53) 隼：恶鸟，用以比喻恶人。(54) 长隧：深长的地下洞穴。(55) 谗莠：谗言像稗草一样疯长。(56) 侮食：南方沿海以蛤为食的人，比喻南方少数民族。(57) 左言：指少数民族的语言，与汉语相左。(58) 离身：神话传说中国名，传说国中人皆一目、一鼻孔、一臂、一腿脚，又称半体国。(59) 反踵：国名，传说国中人南行而足迹向北。(60) 髽(zhuā)首：古国名，又称三苗国，国中人皆以麻絮束发。(61) 贯胸：古代传说中的国名，国中人皆胸前穿孔达于后背。(62) 缨縻：带子、绳子，可做捆人用，故引申为约束。(63) 文钺：刻有花纹的斧头。(64) 碧砮(nú)：用一绿色石作的箭镞。(65) 露犬：传说中的野兽名。(66) 乘黄：四匹黄色的马。(67) 兹白：传说中的神兽书。(68) 匭(guǐ)：匣子。(69) 牍：木简，引申为书信。(70) 鞮(dī)译：指专门从事少数民族语言的翻译。(71) 尉候：招待迎送宾客的官吏。(72) 绥(ruí)旌：古代战旗上的飘带。(73) 无拂：没有祸乱。拂，违抗。(74) 五戎：古代对我国西部各少数民族的通称。(75) 偃革辞轩：脱去盔甲，离开战车。(76) 罢刃：放下刀，引申为不再打仗。(77) 天瑞：天上出现的祥瑞。古人附会自然界出现的某种现象，称为吉祥之兆。(78) 泽马：神马。(79) 器车：表示祥瑞的车。(80) "紫脱华"二句：紫脱、朱英，都是祥瑞的草名。(81) 佞枝：又称屈轶，神话传说中的仙草名，传说能指出佞人。(82) 历草：又名历荚、黄荚，神话传说中的仙草名。(83) 握河：祭河神的仪式。祭祀时将珍宝投入河中，请求河神赐福。(84) 八九：指上古七十二君，代指上古圣君。(85) 青鸟：神话传说中象征春天的神，鸟名。(86) 禊饮：古代民俗于三月上旬巳，临水洗濯，拔除不祥，并携带酒食在水边宴饮。(87) 平圃：山名，意即神仙居住的地方。(88) 芳林：地名，原为青溪宫，又名桃花园，南齐武帝萧赜建宅，改名芳林苑。(89) 丹陵：地名。传说中尧的出生地。(90) 若水：传说中颛顼帝的出生地。(91) 姚、泽：即姚墟与雷泽,姚墟相传是舜的出生地。 ㉒"朊朊"句:语出《诗·大雅》:"周原朊朊。"朊朊(wǔ),肥美的样子。 ㉓裁基:建筑以前,决定(东南西北)位置。 ㉔离房:除主要房屋以外的各种房舍、廊室。 ㉕文虹:虹蜺形的花纹。 ㉖绮疏:装饰花纹的窗户。 ㉗新萍:即新生的浮萍。 ㉘绵羽:一种美丽的黄色翠鸟。 ㉙禁轩:指皇帝专用的马车。 ㉚帟(yì)幕:一种用丝绸制作的小帐幕,供皇帝的寝宫用。 ㉛七萃:七支精悍的卫队,喻壮士。 ㉜九斿(yóu):九辆皇帝出行的车。 ㉝拂霓:指旗帜高高飘扬,几乎触及天上的虹霓。 ㉞鱼甲:用鳖鱼皮所制的衣甲,坚如金石,不怕刀砍。 ㉟贝胄:一种镶嵌着珍珠的头盔。 ㊱重英:彩色花纹。指画在矛杆上的花。 ㊲曲瑵(zhǎo):车盖顶部伸出的弯曲的雕饰。 ㊳绝景(yǐng):古代骏马名,又称绝影。 ㊴䯄(zǎng)骏:古代骏马名。 ㊵睟(zuì)容:指面貌丰润,或俗称满面红光。 ㊶葆俿(yì):一种手执翠色羽毛的舞蹈。 ㊷金匏:乐器名,钟搏和笙竽类乐器。 ㊸龠(yuè):古代乐器名。有两种,一种供吹奏用,一种供舞者做道具用。前者较短小,后者较长大。 ㊹鸣鸟:传说中有四只翅膀的神鸟。 ㊺伶伦:传说中黄帝的乐官,于昆仑山之阴的嶰谷,将竹子断为两节,创造了最早的乐器。 ㊻筹(suàn):古代记数的工具。这里的"无筹"即无数的意思。 ㊼在藻:指(鱼)在水草中,比喻君臣如鱼得水,欢乐无间。 ㊽食苹:乐曲名。专门在宴会宾客时奏的乐歌。语出《诗经·小雅·鹿鸣》:"呦呦鹿鸣,食野之苹。" ㊾桑榆:桑树和榆树,比喻日暮。

【赏析】《三月三日曲水诗序》是一篇典型的宫廷应制之作,体现了南朝贵族文化的特征。

王融首先指出上古帝王的游乐只是一人之乐,而此次宴会则是天子与万民共乐的。紧接着表明萧齐政权的合法性和皇族之德,并陈列政治清明所带来的太平盛世与人民安居乐业的美好画面。于此良辰美景,游乐芳林园是颇为惬意的行为,而王融在优美的风景与辉煌的宫廷盛会上临水作序,正对应了文章开始所营造的君臣同乐的氛围。

文章运用了大量的典故,层层推进。作者用大量笔墨强调齐国政权的合法性,主要是因为萧道成出身外戚支庶,并无功勋,只因为运气好而登帝位。在这样盛大隆重的场合,这样力度的笔墨来宣扬皇权也算是恰到好处了。

全文句式整齐,音韵和谐,辞藻华美而显得恢宏典雅,完美地展示了这一阶段永明诗推广所带来的效果。最大的成就还在于写景与抒情的完美结合,这样临场发挥的场合,王融能够长篇大论且文采不减,可谓功夫老到。明代张溥称其"词涉比偶,而壮气不没"。

萧子显

作者简介

萧子显(487—537),字景阳,南兰陵郡(今江苏常州武进)人,齐高帝萧道成之孙,其父豫章王萧嶷,在南齐煊赫一时。入梁之后,萧子显颇具文采,丰神俊朗,很受梁武帝萧衍的赏识,官至吏部尚书。

谢 朓 传

【题解】《南齐书》虽然只记述了南朝萧齐王朝自齐高帝建元元年(479)至齐和帝中兴二年(502)短短二十三年间的史事,但这部史书却是现存最早的关于萧齐王朝的纪传体断代史,具有极高的史料价值。《南齐书》由萧齐皇族后裔萧子显作,全书共六十卷,今存五十九卷,包括帝王八卷、志十一卷、列传五十卷。由于萧齐王朝较短,因此本书的篇幅亦不大。

谢朓出身贵胄,生性高傲,鄙薄寒门。身陷围绕皇权的政治斗争,最终困死狱中。本传叙写其惊心动魄的一生。本文选自《南齐书》卷四十七。

【原文】

谢朓,字玄晖,陈郡阳夏①人也。祖述,吴兴太守。父纬,散骑侍郎。朓少好学,有美名,文章清丽。解褐②豫章王③太尉行参军④,历随王⑤东中郎府⑥,转王俭⑦卫军东阁祭酒、太子舍人、随王镇西功曹⑧,转文学⑨。

子隆在荆州,好辞赋,数集僚友,朓以文才,尤被赏爱,流连晤对⑩,不舍日夕。长史王秀之以朓年少相动,密以启闻。世祖敕曰:"侍读虞云自宜恒应侍接,朓可还都。"朓道中为诗寄西府曰:"常恐鹰隼击,秋菊委严霜。寄言罻罗者,寥廓已高翔⑪。"迁新安王中军记室,朓笺辞子隆曰:"朓闻潢污⑫之水,思朝宗⑬而每竭;驽蹇之乘⑭,希沃若⑮而中疲。何则?皋壤⑯摇落⑰,对之惆怅;岐路⑱东西,或以鸣悒⑲。况乃服义徒拥⑳,归志㉑莫从。邈若坠雨,飘似秋蒂㉒。朓实庸流㉓,行能无算㉔。属天地休明㉕,山川受纳㉖。褒采一介㉗,

搜扬小善㉘。舍耒场圃㉙,奉笔菟园㉚。东泛三江,西浮七泽,契阔㉛戎旃㉜,从容宴语。长裾日曳㉝,后乘载脂㉞。荣立府廷,恩加颜色。沐发晞阳㉟,未测涯涘㊱;抚臆论报,早誓肌骨。不悟沧溟㊲未运,波臣自荡;渤澥㊳方春,旅翮㊴先谢㊵。清切㊶蕃房㊷,寂寥旧荜㊸。轻舟反溯,吊影独留。白云在天,龙门不见。去德滋㊹永,思德滋深。唯待青江可望,候归艎于春渚;朱邸㊺方开,效蓬心㊻于秋实㊼。如其簪履㊽或存,衽席㊾无改。虽复身填沟壑,犹望妻子知归。揽涕告辞,悲来横集。"寻以本官兼尚书殿中郎。

　　隆昌㊿初,敕朓接北使。朓自以口讷,启让不当,见许。高宗辅政㉑,以朓为骠骑谘议㉒,领记室,掌霸府㉓文笔。又掌中书诏诰,除秘书丞,未拜,仍转中书郎。出为宣城太守,以选复为中书郎。建武四年㉔,出为晋安王镇北谘议、南东海太守,行南徐州事。启王敬则㉕反谋,上甚嘉赏之。迁尚书吏部郎。朓上表三让,中书疑朓官未及让,以问祭酒沈约。约曰:"宋元嘉中,范晔让吏部,朱修之让黄门,蔡兴宗让中书,并三表诏答,具事宛然㉖。近世小官不让,遂成恒俗,恐此有乖㉗让意。王蓝田、刘安西并贵重,初自不让,今岂可慕此不让邪?孙兴公、孔觊并让记室,今岂可三署皆让邪?谢吏部今授超阶㉘,让别有意,岂关官之大小?总谦之美,本出人情,若大官必让,便与诣阙章表不异。例既如此,谓都自非疑。"朓又启让,上优答不许。

　　朓善草、隶,长五言诗,沈约常云:"二百年来无此诗也。"敬皇后迁㉙祔山陵㉚,朓撰哀策文,齐世莫有及者。东昏㉛失德,江祐㉜欲立江夏王宝玄㉝,末更回惑,与弟祀密谓朓曰:"江夏年少轻脱,不堪负荷神器㉞,不可复行废立。始安年长入纂㉟,不乖物望。非以此要富贵,政是求安国家耳。"遥光又遣亲人刘沨密致意于朓,欲以为肺腑。朓自以受恩高宗,非沨所言,不肯答。少日,遥光以朓兼知卫尉事,朓惧见引,即以祐等谋告左兴盛,兴盛不敢发言。祐闻,以告遥光,遥光大怒,乃称敕召朓,仍回车付廷尉,与徐孝嗣、祐、暄等连名启诛朓曰:"谢朓资性险薄,大彰远近。王敬则往构凶逆,微有诚效,自尔升擢,超越伦伍㊻。而溪壑无厌㊼,著于触事㊽。比遂扇动内外,处处奸说,妄贬乘舆㊾,窃论宫禁,间谤亲贤,轻议宰辅,丑言异计,非可具闻。无君之心既著,共弃之诛宜及。臣等参议,宜下北里,肃正刑书。"诏:"公等启事如此,朓资性轻险,久彰物议。直以彫虫薄伎,见齿衣冠。昔在渚宫,构扇蕃邸,日夜纵谀,仰窥俯画。及还京师,翻自宣露,江、汉无波,以为己功。素论于兹而尽,缙绅所以侧目。去夏之事,颇有微诚,赏擢曲加,逾迈伦序,感悦未闻,陵竞⑩弥著。遂复矫⑪构⑫风尘,妄惑朱紫⑬。诋贬朝政,疑间亲贤。巧言利口,见丑前志。涓流纤孽,作戒远图⑭。宜有少正之刑⑮,以申去害之义。便可收付廷尉,肃明国典。"又使御史中丞范岫奏收朓,下狱死。时年三十六。

朓初告王敬则,敬则女为朓妻,常怀刀欲报朓,朓不敢相见。及为吏部郎,沈昭略谓朓曰:"卿人地之美,无忝⑯此职。但恨今日刑⑰于寡妻。"朓临败叹曰:"我不杀王公,王公由我而死。"

赞曰:元长⑱颖脱⑲,拊翼⑳将飞。时来运往,身没志违。高宗始业,乃顾玄晖。逢昏属乱,先蹈㉑祸机。

【注释】　① 陈郡阳夏:今河南太康,谢氏家族的郡望。自刘宋王朝开始,便有天下谢氏皆是阳夏谢氏的说法。　② 解褐:脱去布衣,担任官职。　③ 豫章王:萧嶷,萧道成次子,为人宽宏和雅,为其所钟爱。　④ 太尉行参军:官名。　⑤ 随王:即随郡王萧子隆,齐武帝萧赜第八子,有文才。　⑥ 东中郎府:武官名,用以安置闲散亲王和武官。　⑦ 王俭:字仲宝,祖籍山东琅琊,王导五世孙,南朝文学家、目录学家,齐帝时曾领国子祭酒。　⑧ 功曹:官职名,又叫功曹史,相当于今天的秘书或助理。　⑨ 文学:官职名。谢朓曾任随郡王的文学。　⑩ 晤对:会面交谈。　⑪ "常恐鹰隼击"四句:诗名为《至京邑赠西府同僚》,五言古诗。　⑫ 潢污:聚积不流之水。　⑬ 朝宗:比喻小水流注入大河。　⑭ 驽蹇之乘(shèng):比喻才能低下。驽蹇,劣马。乘,亦指马。　⑮ 沃若:驯顺的样子。　⑯ 皋壤:泽边之地。　⑰ 摇落:凋残零落。　⑱ 歧路:离别分手处。　⑲ 鸣悒:又作"鸣唈",因悲愤而郁抑气结。　⑳ 服义徒拥:即"徒拥服义"。徒拥,空有。服义,服膺正义。　㉑ 归志:归隐之志。　㉒ 秋蒂:秋花。蒂,花、叶或瓜、果与枝茎连结的部分。　㉓ 庸流:平庸之辈。流,品类,等级。　㉔ 无算:引申为无足比量,无法与人相比。　㉕ 休明:清闲而美好。　㉖ 受纳:接受容纳。　㉗ 褒采一介:有细小的长处也可以褒奖、采用。褒,褒奖。采,采用。一介,微小。　㉘ 搜扬小善:与"褒采一介"的意思相同。搜,寻求。　㉙ 舍耒场圃:即"舍耒于场圃"。耒,古代耕地用的农具。场圃,农地田地,农家收菜蔬和谷物的地方。　㉚ 奉笔菟(tù)园:西汉梁孝王刘武爱纳人才,枚乘亦是其门下人才,曾作《梁王菟园赋》。　㉛ 契阔:远离别之意。契,合,聚。阔,分离。　㉜ 戎旃(zhan):军旗。借指战事、军队。　㉝ 曳:拉,引。　㉞ 载脂:抹油于车轴上,意谓准备起程。　㉟ 沐发晞阳:沐浴皇帝给予的恩德。　㊱ 涯溿:边界,界限。引申为尽头。　㊲ 沧溟:大海。

㊳ 渤澥:渤海。 ㊴ 旅翩:迁飞的鸟。 ㊵ 谢:掉落,衰退。 ㊶ 清切:因清贵而接近皇帝的官职。 ㊷ 蕃:繁荣。 ㊸ 荜:同"筚",荆竹织门,代指房屋。 ㊹ 滋:更加,愈益。 ㊺ 朱邸:诸侯王府邸,以朱红漆门,故称。后泛指贵官府邸。 ㊻ 蓬心:比喻知识浅薄,不能通达事理,这是自喻浅陋的谦词。 ㊼ 秋实:比喻人的德行成就很高。 ㊽ 簪履:亦作"簪屦",指簪笄和鞋子,常以喻卑微旧臣。 ㊾ 衽席:宴席,坐席。 ㊿ 隆昌:南齐萧昭业的年号,共数月,即公元494年。 ㈤ 高宗辅政:即萧鸾。齐武帝萧赜时升任侍中,领骁骑将军。萧赜死时,以萧鸾为辅政,辅佐萧昭业。萧鸾在公元494年废杀萧昭业,改立其弟萧昭文;不久又废萧昭文为海陵王,自立为帝。 ㈥ 谘议:咨询议论国事。这里是官名。 ㈦ 霸府:指势力强大,终成王业的藩王或藩臣的府署。这里代指萧鸾的王府。 ㈧ 建武四年:即公元497年。建武,萧鸾年号。 ㈨ 王敬则:萧道成的心腹。萧道成伐宋时,任侍中,因功劳极高被猜忌而谋反。 ㈩ 宛然:清楚的样子。 ⒄ 乖:不顺,不和谐。 ⒅ 超阶:越级提拔官职。 ⒆ 敬皇后:即萧鸾的皇后刘惠端,永明七年(489)去世。萧鸾继位后,追赠为敬皇后。 ⒇ 迁祔:迁柩附葬。 (21) 东昏:即萧宝卷,南朝齐的第六代皇帝,齐明帝萧鸾第二子。明帝死后继位,时年16岁,在位四年(498—501)被杀,追贬为东昏侯,谥号炀。 (22) 江祐:字弘业,骠骑将军,镇东府,为谘议参军,领南平昌太守。 (23) 萧宝玄:萧鸾第三子,萧宝卷继位,晋封镇军将军。 (24) 神器:代表国家政权的实物,如玉玺、宝鼎之类,借指帝位、政权。 (25) 纂:古同"缵",继承。 (26) 伦伍:伦常同辈。 (27) 溪壑无厌:比喻人的贪欲太大,难得满足。溪壑,山里的河流深谷。 (28) 触事:担任职司。 (29) 乘舆:皇帝用的器物,代指皇帝。 (30) 陵竞:欺罔主上,躁于进身。 (31) 矫:矫诏,歪曲。 (32) 构:构陷。 (33) 朱紫:古代高级官员的服色或服饰,又作朱衣紫绶,即红色官服,紫色绶带。这里代指南齐官员。 (34) "涓流纤蘖"二句:(谢朓)罪过虽然很小,但也要为长远的发展来做预先的防备。戒,戒备,防备。图,计划,计谋。 (35) 少正之刑:少正卯即样杀头的刑罚。少正,指春秋时期鲁国大夫少正卯,相传孔子任鲁国大司寇,认为少正卯兼有五种恶行,说他乱政,将其杀害。 (36) 忝:有愧于。 (37) 刑:惩罚。 (38) 元长:王融,字元长,"竟陵八友"之一,为萧子良赏识,累迁太子舍人。因萧子良争帝位失败而死。 (39) 颖脱:锥芒显露,比喻充分显现才华。 (40) 拊翼:拍打翅膀。 (41) 蹈:践踏。

【赏析】 《南齐书》语言文字比较简洁,文笔流畅,叙事完备。从列传的撰写上来看,萧子显继承了班固《汉书》的类叙法,又借鉴沈约《宋书》的代叙法,能于一传中列述较多人物,避免人各一传、不胜其繁的弊病。

萧子显在书中各志及类传前,除少数外,大都写有序文,借以概括全篇内容,提示写作主旨。于结尾处又模仿范晔《后汉书》的论赞,对历史及现实问题多有阐发议论。在思想见识上,虽于范晔多有不及,但仍力图展现自己的独特看法和时代风气,尤为难能可贵。书中的论赞几乎全是四六文,骈文化的倾向相当明显,刻意追求声律、辞藻、对仗、用典,这是这个时代文学特色的烙印。

在历史人物的品评上,作者多用曲笔予以回护。《谢朓传》中,先写谢朓揭发王敬则谋反而得到了皇帝的嘉赏，又因被诬谋反而死，最后淡淡地带出一笔，叙其乃王敬则之婿，真切地反映了整个时代的道德没落和社会腐败，显示了作者在历史表述上的才华。

宗 测 传

【题解】 本文选自《南齐书》卷五十四《高逸传》，刻画了一个自幼清静谦退、不乐仕进的隐士形象。

【原文】

宗测，字敬微，南阳人，宋征士①炳孙也。世居江陵。测少静退②，不乐人间③。叹曰："家贫亲老，不择官而仕，先哲以为美谈，余窃有惑。诚不能潜感地金④，冥致江鲤⑤，但当用天道，分地利。孰能食人厚禄，忧人重事乎？"

州举秀才、主簿，不就。骠骑豫章王征为参军，测答府召云："何为谬伤⑥海鸟，横斤⑦山木。"母丧，身负土植松柏。豫章王复遣书请之，辟为参军。测答曰："性同鳞羽，爱止山壑，眷恋松筠⑧，轻迷人路⑨。纵宕岩流，有若狂者，忽不知老至。而今鬓已白，岂容课虚责有⑩，限鱼慕鸟⑪哉。"永明三年，诏征太子舍人，不就。

欲游名山，乃写祖炳所画《尚子平图》于壁上。测长子宦在京师，知父此旨，便求禄还为南郡丞，付以家事。刺史安陆王子敬、长史⑫刘寅以下皆赠送之，测无所受。赍⑬《老子》《庄子》二书自随。子孙拜辞悲泣，测长啸不视，遂往庐山，止⑭祖炳旧宅。

鱼复侯子响⑮为江州⑯，厚遣赠遗。测曰："少有狂疾，寻山采药，远来至此。量腹而进松术⑰，度形而衣薜萝，淡然已足，岂容当此横施⑱。"子响命驾造之⑲，测避不见。后子响不告而来，奄至⑳所住，测不得已，巾褐对之，竟不交言，子响不悦而退。尚书令王俭饷测蒲褥。顷之，测送弟丧还西，仍留旧宅永业寺，绝宾友，唯与同志庾易、刘虬、宗人尚之等往来讲说。刺史随王子隆㉑至镇，遣别驾㉒宗哲致劳问，测笑曰："贵贱理隔，何以及此。"竟不答。建武二年，征为司徒主簿，不就。卒。

测善画，自图阮籍遇苏门㉓于行障㉔上，坐卧对之。又画永业佛影台,皆为妙作。颇好音律,善《易》、《老》,续皇甫谧《高士传》三卷。又尝游衡山七岭,著衡山、庐山记。

【注释】 ① 征士:不就朝廷征辟的人。 ② 静退:清静谦让。 ③ 人间:指世俗社会。 ④ 潜感地金:典出孝子郭巨掘地埋儿得金事。《太平御览》卷四一一引刘向《孝子图》:"(郭巨)妻产男,虑举之则妨供养(其母),乃令妻抱儿,欲掘地埋之。于土中得金一釜,上有铁券云'赐孝子郭巨'……遂得兼养儿。" ⑤ 冥致江鲤:用晋孝子王祥剖冰得双鲤的故事。《搜神记》卷十一:"王祥字休征,琅邪人。性至孝。早丧亲,继母朱氏不慈,数潛之。由是失爱于父,每使扫除牛下父母有疾,衣不解带。母常欲生鱼,时天寒冰冻,祥解衣,将剖冰求之。冰忽自解,双鲤跃出,持之而归。" ⑥ 谬伤:误伤,无缘无故地伤害。 ⑦ 横斤:横加砍伐。斤,砍伐树木的工具。 ⑧ 松筠:松树和竹子,代指自然。 ⑨ 轻迷人路:指不懂人情世故。 ⑩ 课虚责有:在虚无中搜求形象,意谓强其所不能。 ⑪ 限鱼慕鸟:意谓剥夺自由。慕,通"幕",有约束、压迫之意。 ⑫ 长史:郡府官,掌兵马。 ⑬ 赍(jī):携带,持有。 ⑭ 止:止息。此指居住。 ⑮ 鱼复侯子响:萧子响,齐武帝第四子,封鱼复侯。 ⑯ 为江州:任江州刺史。 ⑰ 松术:松子与白术,古人认为食之可长生。 ⑱ 横施:无缘无故的馈赠。 ⑲ 命驾造之:亲自乘车来拜访。造,拜访。 ⑳ 奄至:突然来到。 ㉑ 刺史随王子隆:萧子隆,齐武帝第八子,封随郡王。 ㉒ 别驾:州刺史的佐吏。因其地位较高,刺史出巡辖境时,别乘驿车随行,故名。 ㉓ 阮籍遇苏门:刘孝标引《魏氏春秋》注:"阮籍常率意独驾,不由径路,车迹所穷,辄恸哭而反。尝游苏门山,有隐者,莫知姓名,有竹实数斛,杵臼而已。籍闻而从之。谈太古无为之道,论五帝、三王之义,苏门先生僬然曾不盻之。籍乃嘐然长啸,韵响寥亮。苏门先生乃逌尔而笑。籍既降,先生喟然高啸,有如凤音。" ㉔ 行障:围屏之属,因其可以移动,故称。

【赏析】 宗测继承隐士家风,自幼即清静谦退,不喜欢世俗社会的生活。文章主要通过宗测对各级官员的征辟与馈赠的态度,来展现其清高旷达、不同凡俗的品性。从最初的州举秀才、主簿,到豫章王征为参军,永明三年诏征太子舍人,再到建武二年征为司徒主簿,宗测均不就。此外,对来自刺史安陆王子敬、长史刘寅,及鱼复侯萧子响等人的馈赠,宗测也表示了拒绝,显示了其摒弃世俗功名富贵的坚决态度。文章还通过夫子自道的方式来表现宗测自乐闲旷的人生志趣。如对豫章王的征辟,宗测自认"性同鳞羽,爱止山壑,眷恋松筠"。对鱼复侯的馈赠,宗测说自己"量腹而进松术,度形而衣薜萝,淡然已足"。如此等等,在极短的篇幅中塑造了一个极为丰满的隐士形象。

萧　统

作者简介　萧统（501—531），字德施，梁武帝萧衍长子，立为太子而早卒，谥"昭明"，世称昭明太子。萧统自幼极嗜读书，爱好文学，招纳了众多文学之士。萧统凭其太子之位，收罗古今图书，并择其精华，编成《文选》六十卷，为我国是中国现存的最早一部诗文总集。

《陶渊明集》序

【题解】　陶渊明生前声名不显，逝世百年之后，萧统收录陶渊明诗文，编纂成《陶渊明集》并为之序。《陶渊明集》是我国第一部文人专集，萧统在序中高度赞扬陶渊明及其文学创作，为后人留下了宝贵的文化遗产。

【原文】

夫自炫①自媒②者，士女③之丑行；不忮不求④者，明达之用心。是以圣人韬光⑤，贤人遁世。其故何也？含德⑥之至，莫逾于道；亲己之切，无重于身。故道存而身安，道亡而身害。处百龄⑦之内，居一世之中，倏忽⑧比之白驹⑨，寄遇谓之逆旅⑩，宜乎与大块⑪而盈虚，随中和而任放，岂能戚戚⑫劳于忧畏，汲汲⑬役于人间！齐讴赵女之娱，八珍九鼎之食，结驷连骑之荣，侔袂执圭⑭之贵，乐既乐矣，忧亦随之。何倚伏⑮之难量，亦庆吊⑯之相及。智者贤人，居之甚履薄冰；愚夫贪士，竞之若泄尾闾⑰。玉之在山，以见珍而终破；兰之生谷，虽无人而自芳。故庄周垂钓于濠，伯成⑱躬耕于野，或货海东之药草，或纺江南之落毛。譬彼鸳雏，岂竞鸢鸱⑲之肉；犹斯杂⑳县㉑，宁劳文仲㉒之牲㉓，至于子常㉔、宁喜㉕之伦㉖，苏秦㉗、卫鞅㉘之匹㉙，死之而不疑，甘之而不悔。主父偃㉚言："生不五鼎食，死则五鼎烹。"卒如其言，岂不痛哉！又楚子观周，受折于孙满㉛；霍侯骖乘㉜，祸起于负芒㉝。饕餮之徒，其流甚众。唐尧四海之主，而有汾阳之心㉞；子晋天下之储，而有洛滨之志㉟。轻之若脱屣，视之若鸿毛，而况于他人乎？是以至人达士，因以晦迹㊱。或怀厘㊲而谒帝，或披褐㊳而负薪㊴。鼓楫清潭，弃机汉曲。情不在于众事㊵，寄众事以忘情者也。有疑陶渊明诗篇篇有酒，吾观其意不在酒，亦寄酒为迹者也。其文章不群，辞彩精拔㊶；跌宕昭彰，独超众类；抑扬爽朗，莫之与京㊷。横素波而傍流，干青云而直上。语时事则指㊸而可想，论怀抱则旷而且真。加以贞志不休，安道苦节，不以躬耕为耻，不以无财为病㊹，自非大贤笃志，与道污隆㊺，孰能如此乎？余爱嗜其文，不能释手，尚想其德，恨不同时。故加搜校，粗为区目。白璧微瑕，惟在《闲情》一赋，扬雄所谓劝百而讽一者㊻，卒无讽谏，何足摇其笔端？惜哉！亡是可也。并粗点定其传，编之于录。尝谓有能观渊明之文者，驰竞㊼之情遣㊽，鄙吝㊾之意祛㊿，贪夫可以廉，懦夫可以立，岂止仁义可蹈，抑乃爵禄可辞，不必傍游太华(51)，远求柱史(52)。此亦有助于风教也。

【注释】 ① 炫：夸耀卖弄。 ② 自媒：女子自择配偶。这里是自荐的意思。③ 士女：旧指未婚男女。《诗·小雅·甫田》："以穀我士女。" ④ 不忮（zhì）不求：语出《诗经·邶风·雄雉》："不忮不求，何用不臧。"意思是不妒忌，不贪求。 ⑤ 韬光：比喻隐藏声名和才华。 ⑥ 含德：怀藏道德。《老子》："含德之厚，比于赤子。" ⑦ 百龄：犹百年，比喻人的一生。 ⑧ 倏忽：时间的短暂。 ⑨ 白驹：原指骏马，后比喻日影，形容时间过得极快。 ⑩ 逆旅：旅店。 ⑪ 大块：大自然，大地。《庄子·齐物论》："夫大块噫气，其名为风。" ⑫ 戚戚：心动的样子。 ⑬ 汲汲：比喻十分急切的样子，急于得到。⑭ 圭：古玉器名，古代贵族祭祀、丧葬之用，以别尊卑。 ⑮ 倚伏：《老子》第五十八章："祸兮福之所倚，福兮祸之所伏。" ⑯ 吊：吊丧。 ⑰ 尾闾：古代传说中泄海水之处。《庄子·秋水》："天下之水，莫大于海，万川归之，不知何时止而不盈；尾闾泄之，不知何时已而不虚。" ⑱ 伯成：即伯成子高，尧时的贤者。 ⑲ 鸢鸱（yuān chī）：鸷鸟。 ⑳ 杂：繁琐，繁杂。 ㉑ 县（xuán）：远，悬殊。 ㉒ 文仲：春秋末期著名的谋略家。越王勾践的谋臣，和范蠡一起为勾践最终打败吴王夫差立下赫赫功劳。灭吴后，自觉功高，不听从范蠡劝告，继续留下为臣，却为勾践所不容，受赐剑自刎而死。 ㉓ 牲：用于祭祀的牛。㉔ 子常：囊瓦，楚国大夫。吴国伐楚，逃亡郑国后自杀。 ㉕ 宁喜：春秋时卫国的卿。杀死卫觞公，迎立卫献公后，献公因怕宁喜专权，因此赐死了宁喜，夷其族。 ㉖ 伦：辈。㉗ 苏秦：战国时的纵横家，提倡合纵，曾游说六国以攻强秦，但因六国内部不统一，而为秦国所败。 ㉘ 卫鞅：即商鞅，卫国国君后裔，战国时著名政治家，法家代表人物。 ㉙ 匹：同类。 ㉚ 主父偃：汉武帝时重臣，早年学习纵横之术，汉武帝因推尊儒术而学《春秋》、《周易》，后直接上书武帝而受其接见，因上书《推恩令》，备受武帝宠信。 ㉛ 孙满：春秋时周大夫。楚庄王八年(前606),楚攻陆浑之戎,至洛,陈兵于周效。他奉周定王命前往劳军。楚王问周鼎的大小轻重,意欲代周,他答以:"周德虽衰,天命未改。鼎之轻重,未可问也。"终使楚军退去。 ㉜霍侯骖乘:霍光年轻时曾负责保卫汉武帝的安全,所谓"出则奉车,入侍左右"。霍侯,霍光。 ㉝负芒:典出《汉书》卷六十八《霍光传》,指背负芒刺。后以"负芒"喻局促不安,多指大臣权重,皇帝惮惧之甚。 ㉞"唐尧"二句:唐尧,即帝尧。他在位时政治清明,曾到汾水北岸的姑射之山,去参拜四位有道之名士。 ㉟"子晋"二句:子晋,相传为周灵王太子,喜吹笙。作凤凰鸣,被浮丘公引往嵩山修炼,后升仙。 ㊱晦迹:隐居。晦,隐蔽。 ㊲厘:治国安邦之策。 ㊳褐:粗布粗衣。 ㊴薪:柴火。 ㊵众事:公事。 ㊶拔:突出,超出。 ㊷京:大。 ㊸指:意向,意指。 ㊹病:苦恼,困扰。 ㊺污隆:升与降。 ㊻"扬雄"句:司马相如《子虚赋》和《上林赋》两篇,代表了汉大赋的最高成就。他在两赋中基本规定了汉大赋的模式:先是堆砌辞藻,极尽夸张美饰之能事,最后以淫乐足以亡国,仁义必然兴邦的讽谏作为结尾,铸成曲终奏雅、劝百讽一的体制。《史记·司马相如列传》:"扬雄以为靡丽之赋,劝百而讽一,犹驰骋郑卫之声,曲终而奏雅,不已亏乎?" ㊼驰竞:竞争,追名逐利。 ㊽遣:排解,发泄。 ㊾鄙吝:形容心胸狭窄。 ㊿祛:除去、祛除。 ○51太华:西岳华山。 ○52柱史:柱下史的简称,代指老子。

【赏析】 作者以超越于时代的鉴赏眼光,在序文中盛赞陶渊明归隐不仕的高洁品行。作者极为推崇陶渊明的人品,以庄子、伯成子高誉之,盛赞他躬耕田园、怡然自乐的高华之举。序中写道:"其文章不群,词采精拔;跌宕昭章,独超众类;抑扬爽朗,莫之与京。横素波而傍流,干青云而直上。语时事则指而可想,论怀抱则旷而且真。"齐梁以来,文风浮华,争奇斗艳,刻意追求形式美,内容空洞无物。作者已然超越了历史的偏见与束缚,从内容和风格两方面高度评价了陶渊明的创作。作者称其文章卓尔不群,热情褒扬陶渊明作品辞采清丽自然、爽朗醇厚的整体艺术风格。"语时事则指而可想,论怀抱则旷而且真",这是萧统对陶渊明作品创作内容的肯定。作者认为陶渊明性情旷达,所作诗歌真淳自然,言之有物,反映社会现实,一语中的。

萧统正位东宫,有感于社会动荡,人浮于事,文章浮华空洞。凭其太子之位,收录了陶渊明的诗文,以匡扶世道人心,称其"有助于风教"。历代文人墨客有赖于此得以窥见陶诗全貌,实乃大幸。

魏 收

作者简介

魏收(505—572),字伯起,巨鹿下曲阳(今河北晋县)人,历仕北魏、东魏、北齐三朝。魏收年少颖悟,与温子升、邢邵并称"北地三才"。初仕北魏任散骑常侍,入东魏后官至秘书监,北齐天保年间受命修国史而著《魏书》。

释 老 志

【题解】《魏书》是一部纪传体史书,记述了北魏王朝约两百年间的历史。这是一部专记少数民族政权史事的史书,由北齐魏收编纂,历时五年完成。全书共一百二十四卷,其中本纪十二卷、列传九十二卷、志二十卷。《释老志》为《魏书》最末一篇,分述佛教与道教二家之略史,而以佛教为主。它叙述了佛教在中国传播的过程,详细记载了它在北魏的兴衰史。本文选自《魏书》卷一百一十四。

【原文】

大人有作,司牧生民,结绳①以往,书契②所绝,故靡得而知焉。自羲轩③已还,至于三代,其神言秘策,蕴图纬④之文,范世率民,垂坟典⑤之迹。秦肆其毒,灭于灰烬;汉采遗籍,复若丘山。司马迁区别异同,有阴阳、儒、墨、名、法、道德六家之义。刘歆著《七略》,班固志《艺文》,释氏之学,所未曾纪。案汉武元狩中,遣霍去病讨匈奴,至皋兰,过居延,斩首大获。昆邪王杀休屠王,将其众五万来降。获其金人,帝以为大神,列于甘泉宫。金人率⑥长丈馀,不祭祀,但烧香礼拜而已,此则佛道流道通之渐也。

及开西域,遣张骞使大夏还,传其旁有身毒国,一名天竺,始闻有浮屠之教。哀帝⑦元寿元年,博士弟子秦景宪受大月氏王使伊存口授浮屠经。中土闻之,未之信了⑧也。后孝明帝夜梦金人,项有日光,飞行殿庭,乃访群臣,傅毅始以佛对。帝遣郎中祭愔、博士弟子秦景等使于天竺,写浮屠遗范。愔仍与沙门摄摩腾、竺法兰东还洛阳。中国有沙门⑨及跪拜之法,自此始也。愔又得佛经《四十二章》及释迦立像。明帝令画工图佛像,置清凉台及显节陵上,经缄⑩于兰台石室。愔之还也,以白马负经而至,汉因立白马寺于洛城雍关西。

魏先建国于玄朔⑪,风俗淳一,无为以自守,与西域殊绝,莫能往来。故浮图之教,未之得闻,或闻而未信也。及神元与魏、晋通聘,文帝⑫又在洛阳,昭成又至襄国,乃备⑬究南夏佛法之事。太祖⑭平中山,经略⑮燕赵,所径郡国佛寺,见诸沙门、道士,皆致精敬,禁军旅无有所犯。帝好黄老,颇览佛经。但天下初定,戎车屡动⑯,庶事草创,未建图宇,招延⑰僧众也,然时时旁求。先是有沙门僧朗,与其徒隐于泰山之琨瑜谷。帝遣使致书,以缯⑱、素⑲、旃罽⑳、银钵为礼,今犹号曰朗公谷焉。天兴元年㉑,下诏曰:"夫佛法之兴,其来远矣。济益之功,冥㉒及存没,神踪遗轨,信可依凭。其敕有司,于京城建饰容范,修整宫舍,令信向之徒,有所居止。"是岁,始作五级佛图、耆闍崛山㉓及须弥山殿,加以缋饰㉔。别构讲堂、禅堂及沙门座,莫不严具焉。太宗㉕践位,遵太祖之业,亦好黄老,又崇佛法,京邑四方,建立图像,仍令沙门敷导民俗。

初,皇始中,赵郡有沙门法果,戒行㉖精至,开演法籍。太祖闻其名,诏以礼征赴京师。后以为道人统㉗,绾㉘摄僧徒。每与帝言,多所惬允㉙,供施甚厚。至太宗,弥加崇敬,永兴中,前后授以辅国、宜城子、忠信侯、安成公之号,皆固辞。帝常亲幸其居,以门小狭,不容舆辇㉚,更广大之。年八十余,泰常㉛中卒。未殡,帝三临其丧,追赠老寿将军、越胡灵公。初,法果每言,太祖明叡好道,即是当今如来,沙门宜应尽礼,遂常致拜。谓人曰:"能鸿㉜道者人主也,我非拜天子,乃是礼佛耳。"法果四十,始为沙门。有子曰猛,诏令袭果所加爵。帝后幸广宗,有沙门昙证,年且百岁。邀见于路,奉致果物。帝敬其年老志力不衰,亦加以老寿将军号。

世祖初即位,亦遵太祖、太宗之业,每引高德沙门,与其谈论。于四月八日,舆诸佛像,行于广衢,帝亲御门楼,临观散花,以致礼敬。世祖即位,富于春秋。既而锐志武功,每以平定祸乱为先。虽归宗佛法,敬重沙门,而未存览经教,深求缘报之意。及得寇谦之㉝

道,帝以清净无为,有仙化之证,遂信行其术。时司徒崔浩㉞,博学多闻,帝每访以大事。浩奉谦之道,尤不信佛,与帝言,数加非毁,常谓虚诞,为世费害。帝以其辩博,颇信之。会盖吴反杏城,关中骚动,帝乃西伐,至于长安。先是长安沙门种麦寺内,御骖牧马于麦中,帝入观马。沙门饮从官酒,从官入其便室,见大有弓矢矛盾,出以奏闻。帝怒曰:"此非沙门所用,当与盖吴通谋,规害人耳!"命有司案诛一寺,阅其财产,大得酿酒具及州郡牧守富人所寄藏物,盖以万计。又为屈㉟室,与贵室女私行淫乱。帝既忿沙门非法,浩时从行,因进其说。诏诛长安沙门,焚破佛像,敕留台下四方,令一依长安行事。又诏曰:"彼沙门者,假西戎虚诞,妄生妖孽,非所以一齐政化,布淳德于天下也。自王公已下,有私养沙门者,皆送官曹,不得隐匿。限今年二月十五日,过期不出,沙门身死,容止者诛一门。"时恭宗㊱为太子监国,素敬佛道。频上表,陈㊲刑杀沙门之滥,又非图像之罪。今罢其道,杜㊳诸寺门,世不修奉,土木丹青,自然毁灭。如是再三,不许。恭宗言虽不用,然犹缓宣诏书,远近皆豫㊴闻知,得各为计。四方沙门,多亡匿获免,在京邑者,亦蒙全济㊵。金银宝像及诸经论,大得秘藏。而土木宫塔,声教所及,莫不毕毁矣。

显祖㊶即位,敦信尤深,览诸经论,好老庄。每引诸沙门及能谈玄之士,与论理要。初,高宗㊷太安末,刘骏于丹阳中兴寺设斋。有一沙门,容止独秀,举众往目,皆莫识焉。沙门惠璩起问之,答名惠明。又问所住,答云,从天安寺来。语讫,忽然不见。骏君臣以为灵感,改中兴为天安寺。是后七年而帝践祚㊸,号天安元年。是年,刘彧徐州刺史薛安都始以城地来降。明年,尽有淮北之地。其岁,高祖诞载。于时起永宁寺,构七级佛图,高三百余尺,基架博敞,为天下第一。又于天宫寺,造释迦立像。高四十三尺,用赤金十万斤,黄金六百斤。皇兴㊹中,又构三级石佛图。榱栋楣楹㊺,上下重结,大小皆石,高十丈。镇固巧密,为京华壮观。

【注释】 ① 结绳:将两根绳子扎接起来,文字产生之前人们用来记数记事和传递信息的方法。 ② 书契:泛指文字。 ③ 羲轩:伏羲氏和轩辕帝的合称。 ④ 图纬:图谶和纬书。 ⑤ 坟典:三坟和五典。 ⑥ 率:皆,都。 ⑦ 哀帝:汉哀帝刘欣,其父为定陶王刘康,过继给成帝继立为帝。有治国之志却无治国之才,年二十四而暴卒,是中国历史上有名的昏君。　⑧ 信了:相信明了。　⑨ 沙门:和尚。　⑩ 缄:封闭。　⑪ 玄朔:泛指北方。　⑫ 文帝:北魏孝文帝拓跋宏。　⑬ 备:周到,全面。　⑭ 太祖:指北魏开国皇帝拓跋珪,庙号太祖。　⑮ 经略:筹划治理。　⑯ 戎车屡动:这里指经常发动战争。戎车,战车。　⑰ 延:邀请。　⑱ 缯(zēng):丝织品的总称。　⑲ 素:白色的生绢。　⑳ 旃罽(zhān jì):毡、毯一类的毛织品。　㉑ 天兴元年:公元398年。天兴,北魏太祖拓跋珪的年号。　㉒ 冥:泯灭。　㉓ 耆阇崛山:佛教用语,借指佛说法之地。　㉔ 缋饰:绘画装饰。缋,同"绘"。　㉕ 太宗:即拓跋嗣。　㉖ 戒行:佛教指恪守戒律的操行。　㉗ 道人统:北魏所设以统监全国僧尼事务之僧官。又称沙门统、僧统。　㉘ 绾:控制,主管。　㉙ 惬允:妥帖适当。　㉚ 舆辇:天子所乘之车驾。　㉛ 泰常:北魏明元帝拓跋嗣的年号。　㉜ 鸿:大。　㉝ 寇谦之:名谦,字辅真,北朝道教的代表人物。　㉞ 崔浩:北魏世祖最重要的谋臣之一,对促进北魏统一北方做出过重大贡献。　㉟ 屈:同"曲"。　㊱ 恭宗:即拓跋晃。由于宦官陷害许多太子宫的属官被杀,拓跋晃忧惧而死,追谥景穆太子。次年,其子文成皇帝拓跋浚即位,追尊拓跋晃为景穆皇帝,庙号恭宗。　㊲ 陈:陈述。　㊳ 杜:禁。　㊴ 豫:同"预"。　㊵ 济:拯救,救济。　㊶ 显祖:即北魏献文帝拓跋弘。他崇文重教,兴学轻赋,喜玄好佛。后传位于拓跋宏,自立为太上皇,专心礼佛。　㊷ 高宗:即北魏文成皇帝拓跋浚,拓跋晃长子。文成帝在位期间,北魏恢复佛教,始建云冈石窟。和平六年(465),文成帝病逝,长子拓跋弘即位。　㊸ 践祚:登基即位。　㊹ 皇兴:拓跋弘的年号。　㊺ 榱栋楣槛:房椽、房梁和柱子。

【赏析】　在正史中设释老志的体例,正是以此书为肇始。北魏时期,佛教大倡,作者立志于反映当时的时代氛围,这也成为《魏书·释老志》最大的一个特点。文中所述之佛教史实以及对佛教传入中国的过程的记述较为详尽,尤其对北魏僧官制度之施设始末皆一一叙及,成为研究中国佛教制度最重要的史料。文中有云:"皇始中,赵郡有沙门法果,戒行精至,开演法籍。太祖闻其名,召以礼征赴京师,后以为道人统,绾摄僧徒。"此实为中国僧官制度之开始。而文成、孝文诸帝之僧官制置,亦皆有述及。除此而外,本文于北魏历代皇帝对佛教的态度及宗教立场亦多有叙述,从中可窥见北魏政治与佛教的微妙关系。尤其是记载了北魏太武帝时的排佛浩劫,文中亦详细记述,存一代之史料,有极高的史料价值。

庾 信

作者简介

庾信(513—581)，字子山，南阳新野(今河南新野县)人。少聪敏好学，有才名。初仕梁，为昭明太子伴读，曾任尚书度支郎中、东宫领直等官。后奉命由江陵出使西魏，历仕西魏、北周，官至骠骑大将军、开府仪同三司，故又称庾开府。庾信前期文风绮艳，与徐陵并为宫廷文学的代表，时称"徐庾体"，后期的北方生活使其作品悲凉苍郁，代表作为《哀江南赋》和《拟咏怀》诗。有《庾子山集》。

哀江南赋序

【题解】 "哀江南"三字语出《楚辞·招魂》"魂兮归来哀江南"句。据《北史》记载，庾信出使却被拘于西魏，虽然位高名望，却难忍仕敌之痛和乡关之思，乃作《哀江南赋》表达心扉。本文即《哀江南赋》的序文，既叙家世，又括梁史，点明了主题，也阐明了"穷者达其言，劳者歌其事"的创作动机。本文选自《庾子山集》卷一。

【原文】

粤①以戊辰之年②，建亥之日③，大盗移国④，金陵⑤瓦解。余乃窜⑥身荒谷⑦，公私⑧涂炭⑨。华阳奔命，有去无归⑩。中兴道销⑪，穷于甲戌。三日哭于都亭⑫，三年囚于别馆⑬。天道周星⑭，物极不反⑮。傅燮之但悲身世，无处求生⑯；袁安之每念王室，自然流涕⑰。昔桓君山⑱之志事⑲，杜元凯⑳之平生，并有著书，咸能自序㉑。潘岳之文采，始述家风㉒；陆机之辞赋，先陈世德㉓。信年始二毛㉔，即逢丧乱㉕；藐是㉖流离，至于暮齿㉗。《燕歌》㉘远别，悲不自胜㉙；楚老㉚相逢，泣将何及！畏南山之雨㉛，忽践秦庭；让东海之滨，遂餐周粟㉜。下亭漂泊，高桥羁旅㉝。楚歌㉞非取乐之方，鲁酒㉟无忘忧之用。追为此赋，聊以记言㊱。不无危苦之辞，惟以悲哀为主。

日暮途远㊲，人间何世！将军一去，大树飘零㊳。壮士不还，寒风萧瑟㊴。荆璧睨柱,受连城而见欺㊵;载书横阶,捧珠盘而不定㊶。钟仪君子,入就南冠之囚㊷;季孙㊸行人㊹,留守西河㊺之馆。申包胥之顿地,碎之以首㊻;蔡威公之泪尽,加之以血㊼。钓台移柳,非玉关之可望㊽;华亭鹤唳,岂河桥之可闻㊾!

　　孙策㊿以天下为三分㉛,众才一旅㉜;项籍㉝用江东之子弟㉞,人惟八千㉞。遂乃分裂山河,宰割天下㊶。岂有百万义师㊷,一朝卷甲㊸,芟夷㊹斩伐,如草木焉?江淮无涯岸㊿之阻,亭壁㊶无藩篱㊷之固。头会箕敛㊸者,合从缔交㊹;锄耰棘矜㊺者,因利乘便。将非江表㊻王气㊼,终于三百年㊽乎!是知并吞六合㊾,不免轵道㊿之灾;混一车书㊶,无救平阳之祸㊷。呜呼!山岳崩颓,既履危亡之运㊸;春秋迭代㊹,必有去故之悲。天意人事,可以悽怆伤心者矣!况复舟楫路穷,星汉非乘槎㊺可上;风飙道阻,蓬莱无可到之期㊻。穷者㊼欲达其言,劳者须歌其事。陆士衡闻而抚掌,是所甘心㊽;张平子见而陋之,固其宜矣㊾。

【注释】　①粤:发语辞。　②戊辰之年:梁武帝太清二年,即公元548年。　③建亥之月:农历十月。　④大盗移国:有人窃国篡位,此处指侯景篡权。　⑤金陵:即建邺,今南京市,梁国都。　⑥窜:逃匿。　⑦荒谷:据杜预《左传》注,此指江陵地区(今湖北江陵县,古楚地)。　⑧公私:公室和私家。　⑨涂炭:谓陷于泥涂炭火。　⑩"华阳奔命"二句:梁元帝承圣三年(554),庾信奉命由江陵出使西魏,十一月,江陵被西魏攻陷,庾信留长安不得归。华阳,华山之南,此指江陵。奔命,奉命奔走。　⑪中兴道销:中兴之道已消亡。中兴,指梁元帝于承圣元年(552)平侯景乱之事,即位江陵。　⑫都亭:都城亭阁。《晋书》记载,罗宪在魏伐蜀国时,得知刘禅投降,便率领部下在都亭大哭三日。　⑬"三年"句:谓庾信自江陵入西魏已三年,不得自由。　⑭天道周星:天理循环。周星即木星,也称太岁或岁星,因其一十二年绕天一周,故名。　⑮物极不反:指梁朝就此一蹶不振,再难恢复。　⑯"傅燮"二句:傅燮,字南容,东汉末年人。据《后汉书·傅燮传》载,燮为汉阳太守时遇敌攻城,城中兵少粮乏,其子劝燮弃城归乡,燮慨然拒绝,遂令左右进兵,临阵战死。　⑰"袁安"二句:袁安,字邵公,后汉时人。据《后汉书·袁安传》载,袁安为司徒,而当时天子幼弱,外戚擅权,袁安每次进见及与公卿谈论国事都会痛哭流涕。　⑱桓君山:桓谭,字君山,后汉时人,著《新论》二十九篇。　⑲志事:应是"志士"之意。　⑳杜元凯,即杜预,字元凯,晋代人,著有《春秋经传集解》。　㉑自序:桓谭《新论》自序云:"少而好学,在官则观于吏治,在家则滋味典籍。"记述身世和写作旨意,今佚。　㉒"潘岳之文采"二句:指晋代诗人潘岳有《家风诗》自述家族风尚。　㉓"陆机之辞赋"二句:晋代诗人陆机有《祖德赋》、《述先赋》,陈述世家德行。　㉔二毛:指头发有黑白二色。　㉕丧乱:指侯景之乱和江陵沦陷被留西魏。　㉖貌是:一作"狼狈"。貌,远

㉗ 暮齿:暮年。　㉘《燕歌》:指乐府《燕歌行》,描写塞北苦寒之景。　㉙ 胜:承受。　㉚ 楚老:代指故国父老。　㉛ 南山之雨:语出《列女传》,此喻出使求和救急。　㉜ "让东海之滨"二句:据《史记·伯夷列传》载,孤竹君之子伯夷、叔齐因相互推让君位,先后逃至海滨。武王灭纣,二人不食周粟,饿死于首阳山。此二句意思为,自己本以谦让为怀,却不能如夷、齐那样殉义。　㉝ "下亭漂泊"二句:言旅途劳苦。高桥,一作"皋桥",在今江苏苏州阊门内。　㉞ 楚歌:楚地民歌。《汉书·高帝纪》载:"帝谓戚夫人曰:'为我楚舞,吾为若楚歌。'"　㉟ 鲁酒:鲁地之酒。　㊱ 记言:《汉书·艺文志》:"左史记言,右史记事。"据此可知庾信做此赋,不只是慨叹身世,也记录史事。　㊲ 日暮途远:语出《吴越春秋》:"子胥谢申包胥曰:'吾日暮途远,吾故倒行而逆施之。'"谓年岁已老而离乡路远,感慨年老世变。　㊳ "将军一去"二句:《后汉书·冯异传》载冯异因为在诸将并坐论功时常独居树下,军中号曰'大树将军'。"此处用冯异自喻,意思为自己离开故国,梁朝沦亡。　㊴ "壮士不还"二句:意思为庾信出使西魏,一去不归。壮士,指荆轲。《战国策·燕策》记太子丹送荆轲易水上:"高渐离击筑,荆轲和而歌……曰:'风萧萧兮易水寒,壮士一去兮不复还!'"　㊵ "荆璧睨柱"二句:典出《史记·廉颇蔺相如列传》,这里借庾信出使魏国被欺。荆璧,即和氏璧,因楚人和氏璧得之楚山而名。睨,斜视。连城,相连之城。　㊶ "载书横阶"二句:意思为庾信出使西魏,未能缔结盟约,梁朝反遭攻打。载书,盟书。珠盘,诸侯盟誓所用器皿。　㊷ "钟仪君子"二句:典出《左传·成公七年》。此处以钟仪自比,意思是说庾信本是使者而被羁留魏,有类南冠之囚。　㊸ 季孙:春秋时鲁国大夫。　㊹ 行人:掌管朝见聘问的官员。　㊺ 西河:今陕西省东部。　㊻ "申包胥"二句:事见《左传·定公四年》,吴国伐楚,申包胥去秦国求兵,靠着庭墙日夜哭泣,不进饮食。七日后,秦哀公为其作《秦风·无衣》,并出师相助。此处谓庾信为救梁已竭尽心力。申包胥,春秋时楚国大夫。顿地,叩头至地。　㊼ "蔡威公"二句:刘向《说苑》记载,蔡威公门不出,哭了三日三夜,哭完继续流血,说:"我们国家完了。"此处意为庾信对梁国的灭亡深感悲痛。　㊽ "钓台移柳"二句:谓滞留北地的人再也见不到南方故土的柳树了。钓台,在武昌,此代指南方故土。移柳,据《晋书·陶侃传》,陶侃镇武昌时,曾令诸营种植柳树。玉关,玉门关,在今甘肃敦煌县西。此代指北地。　㊾ "华亭鹤唳"二句:《世说新语·尤悔》记载,陆机在河桥兵败被诛,临刑叹曰:'欲闻华亭鹤唳,可复得乎!'"谓故乡鸟鸣已非身处异地者所能闻。华亭,在今上海市松江县,晋陆机兄弟曾共游于此十余年。河桥,在今河南孟县。　㊿ 孙策:字伯符,三国时吴郡富春(即今浙江富阳)人。先以数百人依袁术,后平定江东,建立吴国。　(51) 三分:指魏、蜀、吴三分天下。　(52) 一旅:五百人。　(53) 项籍:字羽,下相(今江苏宿迁西南)人。　(54) 江东:长江南岸南京一带地区。　(55) 人惟八千:《史记·项羽本纪》载项羽兵败乌江,笑谓亭长曰:"籍与江东子弟八千人渡江而西,今无一人还。"　(56) "遂乃"二句:语出贾谊《过秦论》:"宰割天下,分裂山河。"　(57) 百万义师:指平定侯景之乱的梁朝大军。　(58) 卷甲:卷敛衣甲而逃。　(59) 芟夷:删削除灭。　(60) 涯岸:水边河岸。　(61) 亭壁:指军中壁垒。　(62) 藩篱:竹木所编屏障。　(63) 头会箕敛:语出《汉书·陈余传》:"头会箕敛以供军费。"据服虔注:"吏到其家,以人头数出谷,以箕敛之。"意思为农民交赋。　(64) 合从缔交:语出贾谊《过秦论》:"合从缔交,相与为一。"原为战国时六国联合抗秦的一种谋略,此指起事者们彼此串联,相互勾结。　(65) 锄耰(yōu)棘矜:简陋的农

具和低劣的兵器。语出贾谊《过秦论》:"锄櫌棘矜,不敌于钩戟长铩也。" ⑥⑥ 江表:江外,长江以南。 ⑥⑦ 王气:古时以为天子所在地有祥云王气笼罩。 ⑥⑧ 三百年:指从孙权称帝江南,历东晋、宋、齐、梁四代,前后约三百年的时间。 ⑥⑨ 六合:指天地四方。 ⑦⑩ 轵道:在今陕西咸阳市西北。 ⑦① 混一车书:秦王嬴政统一中国时,车同轨,书同文。此指统一天下。 ⑦② 平阳之祸:据《晋书·孝怀帝本纪》记载,永嘉五年刘聪攻陷洛阳,迁怀帝于平阳。七年,怀帝被害。又《孝愍帝本纪》记建兴四年刘曜陷长安,迁愍帝于平阳。五年,愍帝遇害。此处指平阳屡出祸端,有不祥之意。平阳,在今山西临汾县。 ⑦③ "山岳崩颓"二句:语出《国语·周语》:"山崩川竭,亡之征也。"此处意思为国家面临严重危机,险象环生。 ⑦④ 春秋迭代:比喻梁、陈更替。 ⑦⑤ 槎(chá):竹筏木排。 ⑦⑥ "蓬莱"句:《汉书·郊祀志》:"自威宣、燕昭使人入海求蓬莱、方丈、瀛洲。此三神山者,其传在勃海中……未至,望之如云;及到,三神山反居水下。临之,患且至,则风辄引船而去,终莫能至云。" ⑦⑦ 穷者:指仕途困踬的人。 ⑦⑧ "陆士衡"二句:意为作此赋,即使受人嘲笑,也心甘情愿。抚掌,拍手。 ⑦⑨ "张平子"二句:意为庾信作赋被人轻视,也是理所当然的。张平子,张衡字平子。陋,轻视。

【赏析】 庾信早年与父亲庾肩吾并仕于梁朝,颇受恩宠。承圣三年(554),庾信奉命出使西魏。魏军南侵江陵失陷后,庾信被拘于长安。他难掩亡国之痛和乡关之思,于是作了悲亡国、叙家世的《哀江南赋》。《哀江南赋》将诗人亡国的沉痛化为史家之笔,概括了梁朝由盛至衰的历史,凝聚着对故国和人民遭受劫乱的哀伤,具有史诗般的气魄。

这篇序文先叙其家世,后由梁之太平叙及衰乱乃至破国,层次分明,感情深挚动人。庾信多用典故来暗喻时世,表达自己悲苦欲绝的内心。庾信学问渊博,难以摆脱当时骈文繁缛芜杂的特点,因此文中用典颇多,堆砌史料。但由于典故大多贴切传神,又贴合他被拘异国的艰辛与悲凉,显得真情流露,实可感人。他用战国时毛遂说服楚王的事例,描述自己赴西魏约盟以摆脱外患的事迹,用"华亭鹤唳,岂河桥之可闻"等凄寒之语,表明自己身处异国,永难回见故国的深切悲哀。同时,作为一国之臣,他又表现出对国家破败难以相扶,只能眼看着悲剧上演的无力感,充分表现出中国传统知识分子的使命感。这在浮华的六朝时期是难能可贵的。

《四库全书总目提要》评价此文"华实相扶,情文兼至,灏气舒卷,变化自如",可谓名副其实。

颜之推

作者简介

颜之推(531—约595),字介,琅琊临沂(今山东临沂)人,世居建康(今南京)。早年仕南朝梁,后投奔北齐,官至黄门侍郎。齐亡入周后任御史上士。隋代北周后,被太子杨勇召为学士,不久以疾终。著有《颜氏家训》七卷共二十篇,为我国封建家庭教育的重要著作。

颜氏家训

【题解】 颜之推出身江南士族,学识广博,历经四朝,阅历极为丰富。入隋之后,他结合自己的平生经历、思想学识而作《颜氏家训》,以垂示后世子孙处世哲学。他在书中阐述了自己的教育方法,从儒家礼教出发,注重对子女的德行培养,强调知识的传授。书中涉及内容广泛,文学创作、文字训诂学、文献学等等都有所述及,使后世可以更全面地了解南北朝社会概貌,有一定的史料价值。

《慕贤篇》为颜氏家训中第七篇,作者在此篇中强调虽然贤人很难找到,但只要有优于自己的人,就应该向他学习。

《涉务篇》是《颜氏家训》第十一篇,作者强调为人处世时须做一些有益于社会的实事,反对高谈阔论。

【原文】

古人云:"千载一圣,犹旦暮也;五百年一贤,犹比髆①也。"言圣贤之难得疏阔如此。傥②遭不世明达君子,安可不攀附景仰之乎!吾生于乱世,长于戎马,流离播越③,闻见已多,所值名贤,未尝不心醉魂迷向慕之也。人在年少,神情未定,所与款狎④,熏渍⑤陶染⑥,言笑举动,无心于学,潜移暗化⑦,自然似之,何况操履⑧艺能⑨,较明易习者也!是以与善人居,如入芝兰之室,久而自芳也;与恶人居,如入鲍鱼之肆,久而自臭也。墨子悲于染丝,是之谓矣,君子必慎交游焉。孔子曰:"无友不如己者⑩。"颜、闵⑪之徒,何可世得,但优于我,便足贵之。

世人多蔽⑫,贵耳贱目⑬,重遥轻近。少长周旋⑭,如有贤哲,每相狎侮⑮,不加礼敬;他乡异县,微藉⑯风声⑰,延颈企踵⑱,甚于饥渴。校其长短,核其精粗,或彼不能如此矣。所以鲁人谓孔子为东家丘⑲。昔虞国⑳宫之奇㉑少㉒长于君,君狎㉓之,不纳其谏,以至亡国,不可不留心也!

梁孝元㉔前在荆州,有丁觇㉕者,洪亭民耳,颇善属文,殊工草、隶,孝元书记,一皆使之。军府轻贱,多未之重㉖,耻令子弟以为楷法㉗。时云:"丁君十纸,不敌王褒㉘数字。"吾雅㉙爱其手迹,常所宝持。孝元尝遣典签惠编送文章示萧祭酒,祭酒问云:"君王比㉚赐书翰,及写笔,殊为传手,姓名为谁,那得都无声问?"编以实答,子云叹曰:"此人后生无比,遂不为世所称,亦是奇事!"于是闻者稍复刮目,稍仕至尚书仪曹郎㉛。末为晋安王侍读,随王东下。及西台陷殁㉜,简牍湮没,丁亦寻㉝卒于扬州。前所轻者,后思一纸不可得矣。

侯景初入建业㉞,台门虽闭,公私草扰㉟,各不自全。太子左卫率羊侃㊱坐东掖门,部分经略,一宿皆办,遂得百余日抗拒凶逆。于是城内四万许人,王公朝士,不下一百,便是恃㊲侃一人安之,其相去如此。

齐文宣帝㊳即位数年,便沉湎纵恣㊴,略无纲纪。尚能委政尚书令杨遵彦㊵,内外清谧㊶,朝野晏如,各得其所,物无异议,终天保㊷之朝。遵彦后为孝昭㊸所戮,刑政于是衰矣。斛律明月㊹,齐朝折冲㊺之臣,无罪被诛,将士解体,周人始有吞齐之志,关中㊻至今誉之。此人用兵,岂止万夫之望㊼而已哉。国之存亡,系其生死。(以上《慕贤篇》)

士君子之处世,贵能有益于物耳,不徒高谈阔论,左琴右书,以费人君禄位也。国之用材,大较不过六事:一则朝廷之臣,取其鉴达㊽治体㊾,经纶㊿博雅;二则文史之臣,取其著述宪章,不忘前古;三则军旅之臣,取其断绝有谋,强干习事㊿¹;四则藩屏㊿²之臣,取其明练㊿³风俗,清白爱民;五则使命之臣,取其识变从宜,不辱君命;六则兴造之臣,取其程功㊿⁴节费,开略㊿⁵有术。此则皆勤学守行者所能辨也。人性有长短,岂责㊿⁶具美于六涂㊿⁷哉?但当皆晓指趣㊿⁸,能守一职，便无愧耳。

　　吾见世中文学之士，品藻古今，若指诸掌，及有试用，多无所堪。居承平之世，不知有丧乱之祸；处庙堂⁵⁹之下，不知有战陈⁶⁰之急；保俸禄之资，不知有耕稼之苦；肆⁶¹吏民之上，不知有劳役之勤。故难可以应世经务也。晋朝南渡，优借士族；故江南冠带⁶²，有才干者，擢为令仆⁶³已下，尚书郎⁶⁴、中书舍人已上，典章机要。其馀文义之士，多迂诞⁶⁵浮华，不涉世务；纤微过失，又惜行捶楚⁶⁶，所以处于清高，盖护其短也。至于台阁⁶⁷令史⁶⁸，主书⁶⁹监帅⁷⁰，诸王签省⁷¹，并晓习吏用，济办时须，纵有小人之态，皆可鞭杖肃督⁷²，故多见委使⁷³，盖用其长也。人每不自量，举世怨梁武帝父子⁷⁴爱小人而疏士大夫，此亦眼不能见其睫耳⁷⁵。

　　梁世士大夫，皆尚褒衣博带⁷⁶，大冠高履⁷⁷，出则车舆，入则扶侍，郊郭之内，无乘马者。周弘正⁷⁸为宣城王所爱，给一果下马⁷⁹，常服御之，举朝以为放达。至乃尚书郎乘马，则纠劾⁸⁰之。及侯景之乱，肤脆骨柔，不堪行步，体羸⁸¹气弱，不耐寒暑，坐死⁸²仓猝⁸³者，往往而然。建康令王复性既儒雅，未尝乘骑，见马嘶喷陆梁⁸⁴，莫不震慑，乃谓人曰："正是虎，何故名为马乎？"其风俗至此。

　　古人欲知稼穑⁸⁵之艰难，斯盖贵谷务本⁸⁶之道也。夫民以食为天，民非食不生矣。三日不粒⁸⁷，父子不能相存。耕种之，鏊⁸⁸耘⁸⁹之，刈获⁹⁰之，载积之，打拂之，簸扬之，凡几涉手，而入仓廪，安可轻农事而贵末业哉？江南朝士，因晋中兴，南渡江，卒为羁旅，至今八九世，未有力田，悉资俸禄而食耳。假令有者，皆信僮仆为之，未尝目观起一垅⁹¹土，耕一株苗；不知几月当下，几月当收，安识世间馀务乎？故治官则不了，营家则不办⁹²，皆优闲之过也。（以上《涉务篇》）

【注释】　①比𦚰(xián)：肩膀挨着肩膀。言其多。比，紧靠。𦚰，肩膀。　②傥：同"倘"，倘若。　③流离播越：指流转迁徙。　④款狎：亲近亲昵。　⑤熏渍：熏染浸渍。　⑥陶染：熏陶感染。　⑦潜移暗化：即"潜移默化"，指人的思想或性格不知不觉受到感染、影响而发生了变化。　⑧操履：操守德行。　⑨艺能：技艺才能。　⑩"无友"句：语出《论语·学而第一》"主忠信。无友不如己者。过则勿惮改。"无，不要。友，交友。　⑪颜、闵：颜回、闵损的合称。二人都是孔子的高徒。　⑫蔽：蒙蔽。这里指不通达的见识，偏见。　⑬贵耳贱目：重视传来的话，轻视亲眼看到的现实。比喻相信传说，不重视事实。贵和贱都是意动用法。　⑭周旋：这里指交往。　⑮狎侮：亲近而态度不庄重。 ⑯ 藉:凭借,依靠。 ⑰ 风声:名声。 ⑱ 企踵:踮起脚后跟。 ⑲ 东家丘:丘是孔子的名,孔子是鲁国人,因为住在东边,所以当地人随便叫他"东家丘"。言当地人并无敬意。 ⑳ 虞国:周文王时建立的诸侯国,姬姓。开国君主是古公亶父之子虞仲的后代。 ㉑ 宫之奇:春秋时虞国大夫。晋向虞国借道攻虢,宫之奇以"辅车相依,唇亡齿寒"劝谏,见虞君仍不听,遂率族奔曹国。三个月后,晋灭虢,虞亦被灭。 ㉒ 少:同"稍"。 ㉓ 狎:不重视。 ㉔ 梁孝元:即梁元帝萧绎,梁武帝萧衍之子,梁简文帝萧纲之弟。 ㉕ 丁觇(chān):南朝梁洪亭人。善著文,工草隶,与智永齐名,世称丁真永草。官至尚书仪曹郎。 ㉖ 多未之重:多未重之,否定句代词宾语前置。 ㉗ 楷法:学习书法的楷模。 ㉘ 王褒:南北朝文学家,王导的后裔,娶梁武帝之弟萧恢的女儿,尤工属文。 ㉙ 雅:素来,向来。 ㉚ 比:挨近、靠近。这里做副词,近来之意。 ㉛ 尚书仪曹郎:官名。梁朝尚书省设郎二十三人,仪曹郎是其中之一,职务掌管吉凶礼制。 ㉜ 西台陷殁:因梁元帝在江陵称帝,江陵在西,故称西台。承圣三年(554),西魏攻陷江陵,杀元帝,即这里所说的"西台陷殁"。台,台省,南北朝时称中央政府为台省。 ㉝ 寻:不久。 ㉞ "侯景"句:指侯景之乱。梁武帝太清二年(548),北朝降将侯景叛乱,攻破建康,梁武帝被困而死。 ㉟ 草扰:仓促纷乱。 ㊱ 羊侃:侯景之乱时,羊侃受命御敌,用各种方法打退侯景进攻,后城破,在战斗中病死。 ㊲ 恃:凭借,凭恃。 ㊳ 文宣帝:即北齐的建立者高洋,即位后改定律令,修建长城。后以功业自矜,嗜酒昏狂,以淫乱残暴著称于世。 ㊴ 纵恣:放纵恣肆。 ㊵ 杨遵彦:名愔,字遵彦。北齐大臣,官至尚书令。 ㊶ 谧(mì):安宁。 ㊷ 天保:北齐文宣帝年号(公元550—559年)。 ㊸ 孝昭:北齐孝昭帝高演,字延安。文宣帝同母之弟。 ㊹ 斛律明月:即斛律光,字明月,长期从事对北周的战争。任左丞相。为后齐主所疑忌,被杀。 ㊺ 折冲:使敌战车后撤,即击退敌军。 ㊻ 关中:地理上的习惯用语,陕西关中盆地一带,当时是北周的主要根据地。 ㊼ 万夫之望:语出《易·系辞下》:"君子知微知彰,知柔知刚,万夫所望。"是景仰的意思。 ㊽ 鉴达:明察洞彻。 ㊾ 治体:治理国家的体制和法度。 ㊿ 经纶:筹划治理国家大事。 51 强干习事:精明强干又能熟悉军务。 52 藩屏:即藩国。 53 明练:清楚明白。 54 程功:衡量功绩。 55 开略:思路开阔。 56 责:强求。 57 六涂:以上所说的六件事。涂,同"途"。 58 指趣:宗旨、意义。 59 庙堂:旧时帝王议事之处,故也指朝廷。 60 陈:同"阵"。 61 肆:本义是陈设、摆设,这里有居、处于的意思。 62 冠带:官吏或士大夫的代称,以其戴冠束带,因称之。 63 令仆:官职名,指尚书令和仆射。 64 尚书郎:东汉之制,选拔孝廉中有才能者入尚书台,在皇帝左右处理政务,初入台称"守尚书郎中",满一年称"尚书郎",三年称"侍郎"。 65 迂诞:不合事理。 66 捶楚:古代刑法之一,鞭打杖击,这里有鞭挞、批判的意思。 67 台阁:汉代指尚书台。 68 令史:尚书属下,居侍郎之下,做文秘工作。 69 主书:主管文书的人。 70 监帅:监督军务的官员。 71 省:指省事、尚书省属官。 72 肃督:严加督促。 73 委使:任用。 74 梁武帝父子:指南朝梁的君主武帝萧衍和他的儿子梁简文帝萧纲、梁元帝萧绎。 75 "此亦"句:语出《韩非子·喻老》:"智如目也,能见百步之外而不能自见其睫。"比喻没有自知之明。 76 褒衣博带:宽大的袍子和衣带。 77 高履:即高齿履。 78 周弘正:字思行,南朝学者,在梁、陈都做过官。 79 果下马:在当时视为珍品的一种小马,只有三尺高,能在果树下行走,故名。 80 纠劾:检举弹劾。 81 羸:弱。 82 坐死:

突然而死。 ⑧仓猝:同"仓促"。 ⑧陆梁:跳跃。 ⑧稼穑:指农事。 ⑧本:与下文之"末"(商业)相对,代指农业。 ⑧粒:作动词,吃米饭。 ⑧鳌(lì):同"戾",乖违。 ⑧旰(gàn):天色晚。 ⑨刈(yì)获:收获庄稼。 ⑨坺(bó):耕地时一耦所翻起来的土。 ⑨办:治理。

【赏析】 魏晋南北朝时,人们审美意识的觉醒,促使士人刻意追求新变,标新立异,儒家开始走向没落。颜之推出身于南朝的士族家庭,对片面追求享乐的风气极为不屑并给予严厉的批评,强调君子应有经世致用的求真务实的态度,反对高谈阔论和不切实际的作风。作者对南朝士人夸张的装扮、没落的生活态度予以辛辣的讽刺。有鉴于此,作者结合自身的见闻,提出了切实可行的学习法门。颜之推所提倡的慕贤不仅仅局限于对大学者的倾慕,作者提出只要有优于自己的人,就应该向他学习。这使其具有更广泛的意义,更可见作者眼界非凡。

　　作者于人情世故,深明利害得失,匡时辨世,经训子孙。在述及这些经验的过程中,作者往往穿插一些自己的见闻或是历史掌故,将当时社会的基本现状勾勒出来。文章内容极为真实,为后人留下了宝贵的文献史料。文章语言平易晓畅,别具一种独特的朴质风格,可谓文如其人。如云"建康令王复性既儒雅,未尝乘骑,见马嘶喷陆梁,莫不震慑,乃谓人曰:'正是虎,何故名为马乎?'其风俗至此。"寥寥数语,便将南朝士人懦弱无能、强作儒雅的性格勾勒出来。

贾思勰

> **作者简介**
> 贾思勰,益都(山东省寿光市)人,生卒年不明。官至高阳郡太守,撰有《齐民要术》一部,北魏时期杰出的农学家。书中介绍了农业耕作、动物养殖、各类食品加工、酿造、贮藏的技术知识,是我国现存最为完整的农学专著。

《齐民要术》序

【题解】 《齐民要术》大约成书于北魏末年,分为十卷,共九十二篇,书前还有"自序"、"杂说"各一篇。"齐民"意指平民百姓,"要术"是谋生方法。作者尤其重视农业,认为农业技术水平关系到社会的繁荣与稳定。作者在序中广泛征引前代圣贤注重农业的警句,"食为政首"是整本《齐民要术》的主导思想。

【原文】

《史记》曰:"齐民无盖藏①。"如淳注曰:"齐,无贵贱,故谓之齐民者,若今言平民也。"盖神农为耒耜②,以利天下;尧命四子,敬授民时③;舜命后稷④,食为政首;禹制土田,万国作乂⑤;殷周之盛,诗书所述,要在安民,富而教之。

《管子》曰:"一农不耕,民有饥者;一女不织,民有寒者。""仓廪实,知礼节;衣食足,知荣辱。"丈人曰:"四体不勤,五谷不分,孰为夫子?"传曰:"人生在勤,勤则不匮。"古语曰:"力能胜贫,谨能胜祸。"盖言勤力可以不贫,谨身可以避祸。故李悝⑥为魏文侯⑦作尽地力之教,国以富强;秦孝公用商君⑧急耕战之赏,倾夺邻国而雄诸侯。

《淮南子》曰:"圣人不耻身之贱也,愧道之不行也;不忧命之长短,而忧百姓之穷。是故禹为治水,以身解于阳盱之河;汤由苦旱,以身祷于桑林之祭⑨……神农憔悴,尧瘦癯⑩,舜黎黑⑪,禹胼胝⑫。由此观之,则圣人之忧劳百姓亦甚矣。故自天子以下,至于庶人,四肢不勤,思虑不用,而事治求赡⑬者,未之闻也。""故田者不强,囷仓⑭不盈;将相不强,功烈⑮不成。"

《仲长子》曰:"天为之时,而我不农⑯,谷亦不可得而取之。青春⑰至焉,时雨降焉,始之耕田,终之簠、篚⑱。惰者釜之,勤者钟之⑲。矧⑳夫不为,而尚㉑乎食也哉?"《谯子》曰:"朝发而夕异宿,勤则菜盈倾筐。且苟无羽毛,不织不衣;不能茹草饮水,不耕不食。安可以不自力哉?"

晁错㉒曰:"圣王在上,而民不冻不饥者,非能耕而食之,织而衣之,为开其资财之道也……夫寒之于衣,不待轻暖㉓;饥之于食,不待甘旨。饥寒至身,不顾廉耻。一日不再食则饥,终岁不制衣则寒。夫腹饥不得食,体寒不得衣,慈母不能保其子,君亦安㉔能以有民?……夫珠、玉、金、银,饥不可食,寒不可衣……粟、米、布、帛……一日不得而饥寒至。是故明君贵五谷而贱金玉。"刘陶㉕曰:"民可百年无货,不可一朝有饥,故食为至急。"陈思王㉖曰:"寒者不贪尺玉而思短褐㉗,饥者不愿千金而美一食。千金、尺玉至贵,而不若一食、短褐之恶者,物时有所急也。"诚哉言乎!

神农、仓颉,圣人者也;其于事也,有所不能矣。故赵过㉘始为牛耕,实胜耒耜之利;蔡伦立意造纸,岂方缣、牍之烦㉙?且耿寿昌之常平仓㉚,桑弘羊之均输法㉛,益国利民,不朽之术也。谚曰:"智如禹、汤,不如尝更㉜。"是以樊迟㉝请学稼,孔子答曰:"吾不如老农。"然则圣贤之智,犹有所未达,而况于凡庸者乎?

猗顿㉞,鲁穷士,闻陶朱公㉟富,问术焉。告之曰:"欲速富,畜五牸㊱。"乃畜牛羊,子息万计。九真、庐江,不知牛耕,每致困乏。任延㊲、王景㊳,乃令铸作田器,教之垦辟,岁岁开广,百姓充给。敦煌不晓作耧犁,及种,人牛功力既费,而收谷更少。皇甫隆㊴乃教作耧犁,所省庸力过半,得谷加五。又敦煌俗,妇女作裙,挛缩如羊肠,用布一匹。隆又禁改之,所省复不赀㊵。茨充㊶为桂阳令,俗不种桑,无蚕织丝麻之利,类皆以麻枲头贮衣㊷。民惰窳㊸,少粗履,足多剖裂血出,盛冬皆然㊹火燎炙㊺。充教民益种桑、柘,养蚕,织履,复令种纻麻。数年之间,大赖其利,衣履温暖。今江南知桑蚕织履,皆充之教也。五原土宜麻枲,而俗不知织绩㊻;民冬月无衣,积细草,卧其中,见吏则衣草而出。崔寔㊼为作纺绩、织纴之具以教,民得以免寒苦。安在不教乎？

黄霸⁴⁸为颍川，使邮亭、乡官⁴⁹，皆畜鸡、豚，以赡鳏寡⁵⁰、贫穷者；及务耕桑，节用，殖财，种树。鳏、寡、孤、独，有死无以葬者，乡部书言，霸具为区处：某所大木，可以为棺；某亭豚子，可以祭。吏往皆如言。龚遂⁵¹为渤海，劝民务农桑，令口种一树榆，百本薤，五十本葱，一畦韭，家二母彘⁵²，五鸡。民有带持刀剑者，使卖剑买牛，卖刀买犊，曰："何为带牛佩犊？"春夏不得不趣⁵³田亩，秋冬课收敛⁵⁴，益蓄果实、菱、芡，吏民皆富实。召信臣⁵⁵为南阳，好为民兴利，务在富之。躬劝农耕，出入阡陌⁵⁶，止舍离乡亭⁵⁷，稀有安居。时行视郡中水泉，开通沟渎，起水门⁵⁸、提阏⁵⁹，凡数十处，以广溉灌，民得其利，蓄积有余。禁止嫁娶送终奢靡，务出于俭约。郡中莫不耕稼力田。吏民亲爱信臣，号曰"召父"。僮种为不其⁶⁰令，率民养一猪，雌鸡四头，以供祭祀，死买棺木。颜斐⁶¹为京兆，乃令整阡陌，树桑果；又课以闲月⁶²取材，使得转相教匠作车；又课民无牛者，令畜猪，投贵时卖，以买牛。始者民以为烦，一二年间，家有丁⁶³车、大牛，整顿丰足。王丹⁶⁴家累千金，好施与，周人之急。每岁时农收后，察其强力收多者，辄历⁶⁵载酒肴，从而劳⁶⁶之，便于田头树下饮食劝勉之，因留其余肴而去；其惰者，独不见⁶⁷劳，各自耻不能致丹，其后无不力田者，聚落以至殷富。杜畿⁶⁸为河东，课民畜牸牛、草马，下逮鸡、豚，皆有章程⁶⁹，家家丰实。此等岂好为烦扰而轻费损哉？盖以庸人之性，率之则自力，纵之则惰窳耳。

故《仲长子》曰："丛林之下，为仓庾之坻⁷⁰；鱼鳖之堀⁷¹，为耕稼之场者，此君长所用心也。是以太公封而斥卤播嘉谷，郑、白⁷²成而关中无饥年。盖食鱼鳖而薮泽⁷³之形可见，观草木而肥硗⁷⁴之势可知。"又曰："稼穑不修，桑果不茂，畜产不肥，鞭之可也；杝落⁷⁵不完，垣墙不牢，扫除不净，笞之可也。"此督课之方也。且天子亲耕，皇后亲蚕，况夫田父而怀窳惰⁷⁶乎？

李衡⁷⁷于武陵龙阳泛洲上作宅，种甘橘千树。临死敕⁷⁸儿曰："吾州里有千头木奴⁷⁹，不责⁸⁰汝衣食，岁上一匹绢，小可足用矣。"吴末，甘橘成，岁得绢数千匹。恒称太史公所谓"江陵千树橘，与千户侯等"者也。樊重⁸¹欲作器物，先种梓、漆，时人嗤之。然积以岁月，皆得其用,向㉒之笑者,咸求假焉。此种植之不可已已也。谚曰:"一年之计,莫如树谷;十年之计,莫如树木。"此之谓也。

《书》曰:"稼穑之艰难㉘。"《孝经》曰:"用天之道,因㉙地之利,谨身节用,以养父母。"《论语》曰:"百姓不足,君孰与㉕足?"汉文帝曰:"朕为天下守财矣,安敢妄㉖用哉!"孔子曰:"居家理,治可移于官。㉗"然则家犹国,国犹家,是以家贫则思良妻,国乱则思良相,其义一也。

夫财货之生,既艰难矣,用之又无节;凡人之性,好懒惰矣,率㉘之又不笃㉙;加以政令失所㉚,水旱为灾,一谷不登,胔㉑腐相继:古今同患,所不能止也,嗟乎!且饥者有过甚之愿,渴者有兼量之情。既饱而后轻食,既暖而后轻衣。或由年谷丰穰㉒,而忽于蓄积;或由布帛优赡㉓,而轻于施与:穷窘之来,所由有渐。故《管子》曰:"桀有天下,而用不足;汤有七十二里,而用有余,天非独为汤雨菽、粟也。"盖言用之以节。

《仲长子》曰:"鲍鱼之肆,不自以气为臭;四夷之人,不自以食为异:生习㉔使之然也。居积习之中,见生然之事,夫孰自知非者也?斯何异蓼㉕中之虫,而不知蓝之甘乎?"

今采捃㉖经传,爰㉗及歌谣,询之老成,验之行事,起自耕农,终于醯㉘醢㉙,资生之业,靡不毕书㉑,号曰《齐民要术》。凡九十二篇,束为十卷。卷首皆有目录,于文虽烦,寻览差易。其有五谷、果、蓏非中国所殖者,存其名目而已;种莳之法,盖无闻焉。舍本逐末,贤哲所非,日富岁贫,饥寒之渐,故商贾之事,阙而不录。花草之流,可以悦目,徒有春花,而无秋实,匹㉒诸㉓浮伪㉔,盖不足存。鄙意晓示家童,未敢闻之有识,故丁宁㉕周至,言提其耳,每事指斥,不尚浮辞。览者无或嗤焉。

【注释】　①齐民无盖藏:《史记·平准书》作"齐民无藏盖",藏盖意谓储藏。意思是百姓没有积蓄。　②耒耜(lěi sì):农具的总称。　③"尧命四子"二句:《汉书·食货志》:"尧命四子,以敬授民时。"四子,指羲仲、羲叔、和仲、和叔,后亦简称羲和。敬授民时,指将历法付予百姓,使知时令变化,不误农时,后以之指颁布历书。　④后稷:周的始祖,名弃,父为帝喾高辛氏,母为有邰女姜嫄。　⑤乂:治理的意思。　⑥李悝(kuī):任魏文侯相,主持变法。其"重农"与"法治"结合的思想对商鞅、韩非影响极大,故一般认为他是法家的始祖。 ⑦ 魏文侯:东周魏国的建立者,在位时礼贤下士。 ⑧ 商君:即商鞅。 ⑨ 祭:通“际”,意即桑山之林际。 ⑩ 瘦臞(shòu qú):干缩,即瘦巴巴。 ⑪ 黎黑:肤色黝黑。 ⑫ 胼胝(pián zhī):俗称老茧。 ⑬ 求赡:需要得到满足,生活过得好。 ⑭ 囷(qūn)仓:粮仓。 ⑮ 功烈:功业。 ⑯ 农:名词作动词,播种。 ⑰ 青春:春天草木茂盛呈青葱色,所以春天称青春。 ⑱ 簠(fǔ)、簋(guǐ):古时盛食物的器具,竹木制或铜制。簠:外方内圆;簋:外圆内方。 ⑲ “惰者釜之”二句:釜与钟都是古时量器名称,釜是六斗四升,钟是六石四斗。这里名词作动词用。 ⑳ 矧:况且。 ㉑ 尚:有侥幸妄想的意思。 ㉒ 晁错:西汉汉文帝的谋臣,曾任太子家令,被太子刘启尊为智囊,后因七国之乱腰斩于长安西市。 ㉓ 不待轻暖:不一定要轻暖的衣服才会穿。 ㉔ 安:怎么。 ㉕ 刘陶:刘晔之子,入仕曹魏,官至太原太守。 ㉖ 陈思王:即曹植,曾封陈王,死后谥思。 ㉗ 短褐:麻布短衣。 ㉘ 赵过:汉武帝时任搜粟都尉(中央高级农官),曾总结农民经验创制成一种“三犁共一牛”的新农具,即今耧车。 ㉙ 岂方缣、牍之烦:这是说自东汉蔡伦用植物纤维改进造纸方法后,比起过去来,就没有用缣、牍那样麻烦了。缣,细绢。牍,竹木简。有纸以前的文字,写在这些上面,即所谓“竹、帛”。其缺点是缣帛贵,竹、木简笨重。方,比。 ㉚ “且耿寿昌”句:西汉宣帝时,耿寿昌建议在边郡修建仓库,谷贱时以较高的价格买进,贵时以较低的价格卖出,以调节粮价,叫作常平仓。 ㉛ “桑弘羊”句:桑弘羊的均输法,是把各地一向为商人所争购贩运牟利的产品,列为人民向政府缴纳的实物贡赋(即将原征贡赋的品类改变),由政府直接征收掌握,除一部分按需要迳运京都长安外,其余都由当地转运到市价较高的地方卖去,把钱交回中央。这就是所谓“均输”。主要目的在平抑物价,防止商人投机倒把,而增加中央收入。 ㉜ “智如禹、汤”二句:意思是即使聪明如禹、汤,终不如亲身实践得来的知识高明。尝,曾经。更,经历。 ㉝ 樊迟:孔子弟子。 ㉞ 猗顿:春秋时人,在猗氏(今山西临猗县,一说安泽县)牧养牛羊致富。 ㉟ 陶朱公:即范蠡。 ㊱ 五牸(zì):指牛、马、猪、羊、驴五种母畜。牸,母牛,这里泛指母畜。 ㊲ 任延:东汉时为九真太守,教民铸作田器、垦辟农田,使百姓充裕。 ㊳ 王景:东汉著名水利专家,任庐江太守,驱率吏民,修起芜废,教用犁耕。 ㊴ 皇甫隆:三国魏时人,任敦煌太守。 ㊵ 赀:计算,计量。 ㊶ 茨充:汉光武时继卫飒任桂阳太守。 ㊷ 以麻枲头贮衣:用废麻头装进夹衣中取暖。麻枲头,缉绩麻缕过程中剔剩下来的杂乱麻纤维,也叫“麻脚”。枲(xǐ):大麻雄株。 ㊸ 窳(yǔ):懒的意思。 ㊹ 然:同“燃”。 ㊺ 燎炙:烘烤。 ㊻ 绩:把麻等纤维接起来搓成绳。 ㊼ 崔寔:东汉后期汉桓帝时人,著有《四民月令》和《政论》。二书均已失传,《要术》各篇均有引用,特别是《四民月令》,由于《要术》的引录,最早保存了大量的资料。 ㊽ 黄霸:汉武帝末年做过“均输长”,汉宣帝时二次出任颍川太守,先后八年。后累迁至丞相。 ㊾ 乡官:指乡政府办事处,包括其基层小吏。 ㊿ 鳏寡:泛指没有劳动力又没有亲属供养的人。老而无妻为鳏,老而无夫为寡。 (51) 龚遂:汉宣帝时年七十馀,初任渤海太守。 (52) 彘:猪。 (53) 趣:古通“促”,敦促,督促。 (54) 课收敛:检查考核其收获多少。 (55) 召信臣:曾任零陵、南阳、河南三郡太守,汉元帝竟宁元年(公元前三十三年)征为少府。 (56) 阡陌:田界、田间小路。阡是指南北走向的田埂,陌是指东西走向的土埂。 (57) 乡亭:汉代县以下的行政区划单位,即所谓“十里一亭,十亭一乡”。 (58) 水门:即水闸。 (59) 提(dī)阏(è):能上下活动的水闸门。 (60) 不其:县名,在今山东即墨县。　㉑颜斐：字文林。黄初（220—226）初，为黄门侍郎，后为京兆太守，乃令属县整阡陌，树桑果。　㉒闲月：农闲时。　㉓丁：坚实的意思。　㉔王丹：东汉初人。　㉕历：逐一、逐个地。　㉖劳：犒劳。　㉗见：被。　㉘杜畿：东汉末魏初人，任河东太守十六年。河东郡在今山西省西南隅。　㉙章程：制度，法规。　㉚仓庾之坻：谷物堆积得像高丘那样，形容很多。庾，露积。坻，高丘。　㉛堀：通"窟"。　㉜郑、白：郑，指秦始皇时韩国水利专家郑国主持开凿的郑国渠。白，指汉武帝时白公主持修凿的白渠。二渠均引泾水灌溉，使关中农产获得丰收。　㉝薮泽：水草茂密的沼泽湖泊地带。　㉞肥硗(qiāo)：土地肥沃或贫瘠。　㉟扡(yí)落：篱笆。　㊱窳(yù)惰：懒惰。　㊲李衡：三国时仕于吴，后出任丹阳太守。　㊳敕：告诫。　㊴木奴：以柑橘树拟人，一棵树就像一个可供驱使聚财的奴仆，且不费衣食。后以木奴指柑橘或其果实。　㊵责：责令、要求。　㊶樊重：汉光武刘秀的外祖。　㊷向：过去。　㊸稼穑之艰难：见《尚书·无逸》篇。　㊹因：凭借。　㊺孰与：何如，怎么会。　㊻妄：狂乱，毫无约束。　㊼"居家理"二句：意思是管理家的方法，也可以移用来做官。居，治理。理，事物的规律。　㊽率：不慎重，轻率。　㊾笃：一心一意。　㊿失所：失当。　㊑胔(cī)：指尸体腐烂，与"腐"作复词。　㊒穰：成熟的庄稼。　㊓优赡：充足，富厚。　㊔习：习惯。　㊕蓼：草本植物，多生长在水边，叶大味辛，可做调味料。　㊖采捃：收集。　㊗爰：于是。　㊘醯(xī)：原义是酸，这里指制醋、作菹和酿造各法。　㊙醢(hǎi)：原义是肉酱，引申为"烹"，这里包括各种酱、豉和酱藏食物以及腌腊、烹调各法。　⑩⓪靡不毕书：没有不都写在书中。靡，没有。毕，都。　⑩①匹：相等。　⑩②诸：之于。　⑩③浮伪：虚伪。　⑩④丁宁：即叮咛。

【赏析】《齐民要术》成书于北魏末年。拓跋氏建立了北魏政权逐渐统一北方，并进行了一系列的改革，刺激了农业发展。作者亲身参与农业耕种，学习农业技术，有感于农业发展对维护社会稳定的重要性而著此书。全书结构严谨，从开荒到耕种，从生产前的准备到生产后的农产品加工、酿造与利用，从种植业、林业到畜禽饲养业、水产养殖业，皆有叙及。书中援引古籍近两百种，内容详善，论述全面，言之有据，可信度极高，保存了当时北方地区农业发展的史料。

作者在序中广泛摘引圣贤往哲因首重农务而取得显著成效的实例，从先秦到汉魏靡所不包，同时加以阐发，表达了他对农业的重视。序中有言："起自农耕，终于醯醢，资生之业，靡不毕书。"作者旗帜鲜明地亮明自己著书的宣言，虽无华章丽采，但存一代之面貌，仍足以照耀史册。

杨衒之

> **作者简介**
> 杨衒之(杨或作阳,又误作羊),北平(今河北遵化)人。生平、官职均不详,唯在《洛阳伽蓝记》书首自署官职,自称任北魏抚军府司马。

永 宁 寺

【题解】 东魏孝静帝武定五年(543),杨衒之因公务重经洛阳,眼见城郭倾颓,遂生黍离之悲而作《洛阳伽蓝记》五卷。伽蓝,是梵语寺庙的音译。永嘉之后,北魏统治者崇奉佛教,有大小千余佛寺庙宇。其后政治恶化,洛阳沦陷,佛寺寥廓。作者恐后世无传,而作此书,记述了洛阳城内及城外东、西、南、北五个区域的佛寺兴废的经过,兼及景物名胜、人物风俗、传说轶闻,与《水经注》同为北朝笔记散文的佳作。《永宁寺》是《洛阳伽蓝记》卷一第一条,历叙永宁寺气势恢宏的建筑规模、豪华富丽的气象及其兴废梗概,同时记载与其相关的重大历史事件。

【原文】

永宁寺,熙平元年①灵太后②胡氏所立也,在宫前阊阖门③南一里御道西。其寺东有太尉④府,西对永康里,南界昭玄曹⑤,北邻御史台⑥。阊阖门前御道东有左卫府,府南有司徒⑦府。司徒府南有国子学,堂内有孔丘像,颜渊问仁、子路问政在侧⑧。国子南有宗正寺⑨,寺南有太庙,庙南有护军⑩府,府南有衣冠里。御道西有右卫府,府南有太尉府,府南有将作曹⑪,曹南有九级府,府南有太社,社南有凌阴里,即四朝⑫时藏冰处也。

中有九层浮图⑬一所,架木为之,举高九十丈。上有金刹⑭,复高十丈;合去地一千尺。去京师百里,已遥见之。初掘基至黄泉下⑮,得金像三十躯,太后以为信法之徵⑯,是以营建过度也。刹上有金宝瓶,容二十五斛。宝瓶下有承露金盘一十一重,周匝皆垂金铎⑰。复有铁锁⑱四道,引刹向浮图四角,锁上亦有金铎,铎大小如一石瓮子⑲。浮图有九级，角角皆悬金铎，合上下有一百三十铎。浮图有四面，面有三户六窗，户皆朱漆。扉上各有五行金铃，合有五千四百枚。复有金环铺首⑳，殚㉑土木之功，穷造形之巧，佛事精妙，不可思议。绣柱金铺，骇人心目。至于高风永夜，宝铎和鸣，铿锵之声，闻及十余里。

浮图北有佛殿一所，形如太极殿㉒。中有丈八金像一躯、中长㉓金像十躯、绣珠像三躯、金织成像五躯、玉像二躯，作工奇巧，冠于当世。僧房楼观，一千余间，雕梁粉壁，青瑱㉔绮疏㉕，难得而言。栝柏椿松，扶疏檐霤；蘘㉖竹香草，布护㉗阶墀㉘。是以常景碑云："须弥宝殿，兜率净宫㉙，莫尚于斯也。"

外国所献经像皆在此寺。寺院墙皆施短椽，以瓦覆之，若今宫墙也。四面各开一门。南门楼三重，通三阁道㉚，去地二十丈，形制似今端门㉛。图以云气，画彩仙灵，绮钱㉜青璅，赫奕㉝丽华。拱门有四力士㉞、四师子㉟，饰以金银，加之珠玉，庄严焕炳㊱，世所未闻。东西两门亦皆如之，所可异者，唯楼两重。北门一道，上不施屋，似乌头门㊲。四门外，皆树以青槐，亘㊳以绿水，京邑行人，多庇其下。路断飞尘，不由滓云之润㊴；清风送凉，岂籍合欢㊵之发？

诏中书舍人常景为寺碑文。景字永昌，河内人也。敏学博通，知名海内。太和十九年㊶，为高祖所器，拔为律学博士，刑法疑狱，多访于景。正始初，诏刊律令，永作通式，敕景共治书侍御史高僧裕、羽林监王元龟、尚书郎祖莹、员外散骑侍郎李琰之等，撰集其事。又诏太师彭城王勰、青州刺史刘芳，入预其议。景讨正科条，商榷古今，甚有伦序㊷，见行于世，今律二十篇是也。又共芳造洛阳宫殿门阁之名，经途里邑之号。出除㊸长安令，时人比之潘岳。其后历位中书舍人、黄门侍郎、秘书监、幽州刺史、仪同三司，学徒以为荣焉。景入参近侍，出为侯牧，居室贫俭，事等农家，唯有经史，盈车满架。所著文集，数百余篇，给事中封伯作序行于世。装饰毕功，明帝与太后共登之。视宫中如掌内，临京师若家庭。以其目见宫中，禁人不听升㊹。衒之尝与河南尹㊺胡孝世共登之，下临云雨，信哉不虚！

时有西域沙门菩提达摩㊻者，波斯国胡人也。起自荒裔，来游中土。见金盘炫日，光照云表，宝铎含风，响出天外；歌咏赞叹，实是神功。自云:"年一百五十岁,历涉诸国,靡不周遍,而此寺精丽,阎浮㊼所无也。极佛境界,亦未有此!"口唱'南无'㊽,合掌㊾连日。

【注释】 ①熙平元年:公元516年。熙平,北魏孝明帝年号。 ②灵太后:孝明帝生母,谥号"胡灵太后",亦即下文所说之胡太后。 ③阊阖门:宫城正南之门。 ④太尉:古代中央掌管军事的最高长官。 ⑤昭玄曹:管理僧尼的官署。 ⑥御史台:东汉以后御史专任弹劾之事,其官署称御史台。 ⑦司徒:古代中央掌管民政教化的最高行政长官。 ⑧"颜渊问仁"二句:颜渊问仁与子路问政为《论语》中两章,可能是在孔子像两侧有壁画。 ⑨宗正寺:管理宗室谱牒的官署。 ⑩护军:护军将军掌管武官选举,是朝廷最重要的武官之一。其官府为护军府。 ⑪将作曹:掌管修建宫室园林建筑的官署。 ⑫四朝:指西晋四朝。 ⑬浮图:塔。 ⑭刹:塔顶所立之竿柱。 ⑮黄泉下:指地下很深的地方。 ⑯徵:吉祥的征兆。 ⑰金铎:大铃。 ⑱镮:同"锁"。 ⑲一石瓮子:能够容纳一石的瓮。 ⑳铺首:门上突起的衔门环底座。 ㉑殚:竭尽。 ㉒太极殿:宫中的正殿。 ㉓中长:中等身长。 ㉔青璅(suǒ):门户两旁画的青色连环形的花纹。 ㉕绮疏:窗户上刻镂的花纹。 ㉖藂:同"丛"。 ㉗布护:散布。 ㉘阶墀(chí):台阶。 ㉙"须弥宝殿"二句:须弥与兜率都是佛教经典中的词语,指天上。须弥,山名。兜率,梵天之名。 ㉚阁道:复道。 ㉛端门:洛阳城南的方正门。 ㉜绮钱:即"绮疏"。 ㉝赫奕:光明炫盛。 ㉞力士:佛家视为护法之神。 ㉟师子:即狮子。 ㊱焕炳:鲜明耀目。 ㊲乌头门:也称乌头大门,俗称棂星门,两立柱之中横一枋,柱端安瓦,柱出头染成黑色,枋上书名。柱间装棂扇,设双开门,门扇上部安直棂窗,可透视门内外。其上部有成偶数的棂条,下部有涨水版。 ㊳亘(gèn):萦绕。 ㊴渰(yǎn)云之润:语出《诗经·小雅·大田》:"有渰凄凄,兴雨祁祁。"渰云,是含雨之云的意思。 ㊵合欢:代指团扇。语出班婕妤《怨歌行》:"裁为合欢扇,团团似明月。" ㊶太和十九年:公元495年。太和,北魏孝文帝拓跋宏的年号。 ㊷伦序:条理次序。 ㊸除:授予官职。 ㊹禁人不听升:禁止人登佛塔。 ㊺河南尹:治理河南的长官。 ㊻菩提达摩:为中国佛家禅宗之祖。 ㊼阎浮:佛教用语,须弥山四方的四洲之一。 ㊽南无(nā mó):佛徒合掌低头,口念南无,表示敬意。 ㊾合掌:为佛家表示恭敬的仪式。

【赏析】 《洛阳伽蓝记》与《水经注》同为北朝文坛杰作,书中记录了地理、风俗、历史、传说等多方面的内容。就文体性质来说,该书属于历史笔记,其史料价值向来为历代史家所推崇。全书叙事整而不乱,语言清丽秀逸,生动明快,描写细致生动,极有特色。

作者在书中追忆洛阳昔日繁华景象,实为抒发国是日非、家国破败的感伤之情,通过对佛寺园林兴废历程的细致描摹,揭露了北朝贵族的荒淫腐朽以及佞佛的祸害。《永宁寺》中,作者不厌其烦地叙述永宁寺建筑规模之宏大,寺庙中佛塔与佛殿建筑结构,包括其间的佛像通体皆装饰金箔,作者都一一细致描述,称其"不可思议",暗含批评讽谏之意。作者在行文之中,穿插了许多传说轶闻,增添了文章的文学趣味。作者对洛阳风土人情、景物名胜的描画,可说是精雕细刻,穷形写物,让人有身临其境之感。

景 明 寺

【题解】《景明寺》选自《洛阳伽蓝记》卷三。景明寺是宣武皇帝于洛阳修建的,建于景明年间而得名。寺有七层塔,所以文中称"七层浮图",与九层塔的永宁寺并为北朝佛寺宫殿化的典型例子。

【原文】

景明寺,宣武皇帝①所立也。景明年中立,因以为名。在宣阳门②外一里御道东。其寺东西南北,方五百步。前望嵩山③、少室④,却负⑤帝城⑥,青林垂影,绿水为文。形胜之地,爽⑦垲⑧独美。山悬堂观⑨,光盛一千余间⑩。复殿重房,交疏⑪对霤⑫,青台紫阁,浮道相通⑬。虽外有四时,而内无寒暑。房檐之外,皆是山池。竹松兰芷,垂列阶墀。含风团露,流香吐馥。至正光⑭年中,太后始造七层浮图⑮一所,去地百仞⑯。是以邢子才⑰碑文云"俯闻激电,旁属奔星⑱"是也。妆饰华丽,侔⑲于永宁⑳。金盘宝铎,焕烂霞表㉑。

寺有三池,萑㉒蒲菱藕,水物生焉。或黄甲紫鳞,出没于繁藻,或青凫白雁,浮沈于绿水。碾硙㉓舂㉔簸㉕,皆用水功。

伽蓝之妙,最为称首。时世好崇福㉖,四月七日㉗,京师诸像皆来此寺,尚书祠部曹录像凡有一千余躯。至八日,以次入宣阳门,向阊阖宫㉘前受皇帝散花㉙。于时金花映日,宝盖浮云,幡幢㉚若林,香烟似雾。梵乐法音㉛,聒动天地。百戏腾骧㉜,所在骈比㉝。名僧德众㉞,负锡㉟为群。信徒法侣㊱,持花成薮㊲。车骑填咽㊳,繁衍㊴相倾㊵。时有西域胡沙门㊶见此,唱言㊷佛国。至永熙㊸年中,始诏国子祭酒邢子才为寺碑文。

子才,河间人也。志性通敏,风情雅润。下帷㊹覃思㊺,温故知新㊻。文宗㊼学府㊽,腾班、马而孤上;英规胜范㊾,凌㊿许、郭㉛而独高。是以衣冠之士㉜,辐凑㉝其门;怀道之宾㉞,去来满室。升其堂者,若登孔氏之门;沾其赏㉟者,犹听东吴之句㊱。籍甚㊲当时,声驰遐迩⁵⁸。正光中,解褐⁵⁹为世宗挽郎⁶⁰、奉朝请⁶¹,寻进中书侍郎黄门。子才洽闻博见⁶²,无所不通,军国制度,罔不⁶³访及。自王室不靖⁶⁴,虎门⁶⁵业废⁶⁶,后迁国子祭酒⁶⁷,谟训⁶⁸上庠⁶⁹。子才罚惰赏勤,专心劝诱。青领⁷⁰之生,竞怀⁷¹雅术⁷²。洙⁷³、泗之风,兹焉复盛。永熙年末,以母老辞,帝不许之。子才恪⁷⁴请⁷⁵恳至,辞泪俱下,帝乃许之。诏以光禄大夫归养⁷⁶私庭⁷⁷,所在之处⁷⁸,给事力⁷⁹五人,岁一朝⁸⁰以备顾问⁸¹。王侯祖道⁸²,若汉朝之送二疏⁸³。暨⁸⁴皇居⁸⁵徙邺⁸⁶,民讼殷繁,前格后诏,自相与夺⁸⁷。法吏疑狱⁸⁸,簿领⁸⁹成山。乃敕子才与散骑常侍温子升⁹⁰撰麟趾新制⁹¹十五篇,省府⁹²以之决疑,州郡用为治本⁹³。武定中除骠骑大将军、西兖州刺史。为政清静,吏民安之。后征为中书令。时戎马在郊⁹⁴,朝廷多事,国礼朝仪,咸自子才出。所制诗赋诏策章表碑颂赞记五百篇,皆传于世。邻国钦其楷模,朝野以为美谈也。

【注释】 ①宣武皇帝:魏世宗元恪,公元500年至515年在位。景明为宣武帝年号(500—503)。 ②宣阳门:洛阳正南门。 ③嵩山:五岳之一,在洛阳东南。 ④少室:嵩山有三尖峰,中间一座称竣极,东面一座称太室,西面一座称少室。 ⑤却负:背负。 ⑥帝城:指京城洛阳。 ⑦爽:明朗。 ⑧垲(kǎi):高而干燥。 ⑨山悬堂观:那些佛寺好似悬挂在山上。堂、观,此处指佛寺建筑。 ⑩"光盛"句:指建筑物灿烂众多。光盛,光彩富丽。 ⑪交疏:交错的窗户。疏,刻雕的窗户。 ⑫对雷(liù):檐雷相对.形容屋宇稠密相接。 ⑬"青台紫阁"二句:重重叠叠的房屋,屋檐下交错相对,五彩缤纷的亭台楼阁中间有空中浮道相通。浮道,指楼台之间凌空相接的通道。 ⑭正光:魏孝明帝(元诩)的年号(520—525)。 ⑮七层浮图:即七层的宝塔。 ⑯仞:古代的长度单位,八尺为一仞。 ⑰邢子才:北魏著名文人,名邵,字子才,曾任国子祭酒,与魏收、温子升并称"北地三才"。 ⑱"俯闻"二句:俯身能听到雷声在下,旁边能看到流星滑过,形容宝塔极高。激电,指雷声。属(zhǔ),一本作瞩,看。奔星,流星。 ⑲侔:比,配。 ⑳永宁:寺名,与景明寺皆位于洛阳。 ㉑霞表:云霞之外,指高空。 ㉒萑(huán):植物名,形状似芦苇,小而实心。 ㉓硙(wèi):摩擦。 ㉔舂:捣米。 ㉕簸:用簸箕簸扬。 ㉖崇福:拜佛祈福。 ㉗四月七日:农历四月八日为释迦牟尼的诞辰,例有盛会,所以寺庙常常在四月七日做各种准备。 ㉘阊阖宫:传说中天上神仙所居的宫殿。 ㉙散花:皇帝向佛像撒花,表示敬意。 ㉚旛幢(fān chuáng):指寺庙的旗帜经幡。旛,通"幡",长幅下垂的旗。幢,经幢。 ㉛梵乐法音:泛指佛教音乐。梵,指印度。法,佛法。 ㉜腾骧:像马一样飞跃奔腾。骧(xiāng),马昂首。 ㉝骈比:排列,指人群聚集。 ㉞德众:指有德才的僧众。 ㉟锡:指锡杖,僧人的一种手杖。 ㊱法侣:指信佛法的人。 ㊲薮(sǒu):草木丛生的地方。 ㊳填咽:堵塞,拥挤。 ㊴繁衍:众多。 ㊵相倾:相倾侧。

㊶ 沙门:梵文。又译为丧门、娑门等,原为古印度的宗教名词,泛指所有出家、修行苦行、以乞食为生的宗教人士,后为佛教吸收,成为佛教男性出家者的代名词,意同和尚。 ㊷ 唱言:称赞。 ㊸ 永熙:魏孝武帝(元修)的年号(532—534)。 ㊹ 下帷:放下帷帐,即闭户读书。 ㊺ 覃(qín)思:深思。 ㊻ 温故知新:语出《论语·为政》:"温故而知新,可以为师矣。" ㊼ 文宗:文章的宗师。 ㊽ 学府:学问的仓库。 ㊾ 英规胜范:指邢子才是人们的准则典范。 ㊿ 凌:超越。 ㉛ 许、郭:指许邵和郭泰,二人都是东汉时的清流名士,以品评人物著称。 ㉜ 衣冠之士:士大夫,官绅。衣冠,士大夫的穿戴。 ㉝ 辐凑:聚集。辐,车轮上集中于中心毂上的直木。 ㉞ 怀道之宾:身怀志气的宾客。 ㉟ 沾其赏:受到他的赏识。 ㊱ 东吴之句:指三国时鲁肃称赞吕蒙的话。鲁肃见吕蒙学识渊博,"拊蒙背曰:'吾谓大弟但有武略耳,至于今者,学识英博,非复吴下阿蒙'"。 ㊲ 籍甚:盛大,著名。 ㊳ 声驰遐迩:远近闻名。 ㊴ 解褐:脱下褐衣,指出仕做官。褐,兽毛或粗麻制成的短衣,古代贫贱的人所穿的衣服。 ㊵ 挽郎:官名,皇帝出殡时挽柩的人。 ㊶ 奉朝请:官名,没有职责,只在皇帝朝会时做陪侍的人员,多由大官、贵戚担任。 ㊷ 洽闻博见:知识丰富,见闻广博。 ㊸ 罔不:无不,莫不。 ㊹ 靖:安定。 ㊺ 虎门:即白虎观的门。汉代曾诏集学者在白虎观讲论五经异同,史称"白虎通义"。 ㊻ 业废:指学术荒废。 ㊼ 国子祭酒:古代最高学府的长官。国子,即国子监,古代国家的最高学府,亦即太学。祭酒,主祭者。 ㊽ 谟训:教导。 ㊾ 上庠(xiáng):最高学府,即指太学。 ㊿ 青领:青色衣领,古代学子服装。 ㉛ 怀:向往。 ㉜ 雅术:此处指儒术。 ㉝ 洙、泗:洙水与泗水。古时二水自今泗水县北合流西下,至曲阜北,又分为二水,洙水在北,泗水在南。孔子曾于此地教授弟子,后人因以洙泗作为儒家的代称。 ㉞ 恪:谨慎,恭敬。 ㉟ 请:请辞。 ㊱ 归养:回家奉养双亲。 ㊲ 私庭:自己的家庭。 ㊳ 所在之处:指邢邵母子居住的地方。 ㊴ 事力:即仆人。 ㊵ 岁一朝:每年到京朝见皇帝一次。 ㊶ 备顾问:准备受皇帝的咨询。 ㊷ 祖道:在路旁设宴送行。 ㊸ 二疏:指汉代疏广、疏受。疏广曾为太子太傅,广兄子疏受为少傅。二疏辞官归乡时,皇上体恤其年老,赐黄金二十斤,皇太子赠以五十斤。专设祖道,送别车达数百辆,辞决而去。 ㊹ 暨(jì):及至。 ㊺ 皇居:指京师。 ㊻ 徙邺:指魏孝静帝(元善见)从洛阳迁都邺城,后世称为东魏。 ㊼ "前格后诏"二句:前后法律诏令引自相矛盾。格,法律条文。诏,皇帝的诏令。与,加以肯定。夺,加以否定。前格后诏,一本作"前革后沿",即前些时候要改革,后些时候又要照旧。 ㊽ 疑狱:难以判断的案件。 ㊾ 簿领:指公文。 ㊿ 温子升:字鹏举,官主客郎中,东魏著名的学者和诗人。 ㉛ 麟趾新制:指《麟趾格》。《资治通鉴》卷一五八记载,东魏孝静帝兴和三年(541),在麟趾阁议定法制,称为《麟趾格》。 ㉜ 省府:指当时的中央司法机关。 ㉝ 治本:治民的根本。 ㉞ 戎马在郊:语出《老子》:"天下无道,则戎马在郊。"指有战乱。

【赏析】 南北朝时期,佛教的盛行自然带动了土木大兴,杨衒之《洛阳伽蓝记》记录了大量寺庙和佛教风俗,堪称巨制。而与永宁寺并称的景明寺更是引来了诸多香客,佛事极兴,在杨衒之的笔下尤其显得富有繁华与魅力。

此文前半部分首先点明景明寺寺名来历,点染其环境地理,极写其建筑之壮观、环境之清雅、佛事之盛大,"金花映日,宝盖浮云"这样的描述更是气势辉煌,引人膜拜。后半部分则着重梳理寺碑作者邢子才的生平经历,并兼述了尔朱荣等变乱之事。杨衒之描写人物详细致尽,叙述史实又真实有力,给本是佛教建筑的景明寺增添了一丝文学色彩。这样的描述与叙事结合相得益彰,使整个行文厚重而不至于僵硬烦琐,骈散相间而有流畅。

纪晓岚曾于《四库全书总目提要》中称其"秾丽秀逸,烦而不厌,可与郦道元《水经注》肩随",足见作者的笔力深厚、文思可采。

寿　丘　里

【题解】　本文选自《洛阳伽蓝记》卷四"法云寺"条,描写了寿丘里的地理位置和周围环境,并在此基础上着重描绘了此处的奢华生活和氛围,短小精辟。

【原文】

自延酤①以西,张方沟②以东,南临洛水,北达芒山③,其间东西二里,南北十五里,并名为寿丘里,皇宗④所居也,民间号为王子坊。

当时四海晏清⑤,八荒⑥率职⑦,缥囊纪庆⑧,玉烛调辰⑨,百姓殷阜⑩,年登⑪俗乐。鳏寡不闻犬豕之食⑫,茕独⑬不见牛马之衣⑭。于是帝族王侯、外戚⑮公主,擅⑯山海之富,居川林之饶,争修园宅,互相夸竞。崇门⑰丰室⑱,洞户⑲连房。飞馆⑳生风,重楼起雾。高台芳榭㉑,家家而筑;花林曲池,园园而有。莫不桃李夏绿,竹柏冬青。而河间王琛㉒最为豪首,常与高阳㉓争衡,造文栢堂,形如徽音殿㉔。置玉井金罐㉕,以金五色缋㉖为绳。妓女三百人,尽皆国色。有婢朝云,善吹篪㉗,能为团扇歌㉘、陇上声。琛为秦州刺史,诸羌㉙外叛,屡讨之不降,琛令朝云假为㉚贫妪,吹篪而乞。诸羌闻之,悉皆涕泗,迭相㉛谓曰:"何为弃坟井㉜,在山谷为寇也?"即相率归降。秦民㉝语曰:"快马健儿㉞,不如老妪吹篪。"

琛在秦州,多无政绩,遣使向西域㉟求名马,远至波斯㊱国,得千里马,号曰"追风赤骥"。次有七百里者㊲十馀匹,皆有名字。以银为槽,金为锁环,诸王服其豪富。琛常语人云:"晋室石崇㊳乃是庶姓,犹能雉头狐腋㊴,画卵雕薪㊵;况我大魏天王,不为华侈?"

造迎风馆于后园，窗户之上，列钱㊶青琐㊷，玉凤衔铃，金龙吐佩，素柰㊸朱李，枝条入檐，伎女楼上，坐而摘食。琛常会宗室，陈诸宝器，金瓶银瓮㊹百余口，瓯㊺檠㊻盘盒称是㊼。自馀㊽酒器，有水晶钵、玛瑙杯、琉璃碗、赤玉卮数十枚，作工奇妙，中土㊾所无，皆从西域而来。又陈女乐及诸名马，复引诸王按行㊿府库(51)，锦罽(52)珠玑(53)，冰罗(54)雾縠(55)，充积其内，绣缬(56)、细绫、丝彩、越葛(57)、钱、绢等不可数计。琛忽谓章武王融(58)曰："不恨我不见石崇，恨石崇不见我！"融立性(59)贪暴，志欲无限，见之惋叹，不觉生疾，还家卧三日不起。江阳王继(60)来省疾(61)，谓曰："卿之财产，应得抗衡，何为叹羡，以至于此？"融曰："常谓高阳一人宝货多于融，谁知河间，瞻之在前。(62)"继笑曰："卿欲作袁术之在淮南，不知世间复有刘备也(63)？"融乃蹶起(64)，置酒作乐。

于时国家殷富，库藏盈溢，钱绢露积(65)于廊者，不可较数(66)。及太后赐百官负绢，任意自取，朝臣莫不称力(67)而去。唯融与陈留侯李崇(68)负绢过任，蹶倒伤踝。太后即不与之，令其空出，时人笑焉。侍中(69)崔光止取两匹，太后问："侍中何少？"对曰："臣有两手，唯堪两匹，所获多矣。"朝贵(70)服其清廉。

经河阴之役，诸元(71)歼尽，王侯第宅，多题为寺。寿丘里闾，列刹相望，祗洹郁起，宝塔高凌。四月初八日，京师士女多至河间寺，观其廊庑绮丽，无不叹息，以为蓬莱仙室亦不是过。入其后园，见沟渎蹇产(72)，石磴嶕峣(73)，朱荷出池，绿萍浮水，飞梁跨阁，高树出云，咸皆啧啧(74)，虽梁王菟苑想之不如也。

【注释】 ① 延酤(gū)：又作"退酤"，地名，在当时洛阳城西门外。 ② 张方沟：地名，可能因西晋末年禁军首领张方在此驻扎而得名。 ③ 芒山：即北邙山，在今河南洛阳市北部。 ④ 皇宗：皇室宗亲，这里指北魏统治者元氏一族。 ⑤ 四海晏清：天下太平。晏，平静。 ⑥ 八荒：代指天下。 ⑦ 率职：遵循职守，这里指称臣纳贡。 ⑧ 缥(piāo)囊纪庆：意为文史书籍记载着喜庆的事情。缥囊，青白色的布制成的书袋，此处指书籍。 ⑨ 玉烛调辰：意为四季都风调雨顺。玉烛，古代称四季气候调和。辰，时节。 ⑩ 殷阜：富足。 ⑪ 年登：年岁有好收成。 ⑫ 犬豕之食：猪狗之食。 ⑬ 茕(qióng)独：没有兄弟的人和没有儿女的人。 ⑭ 牛马之衣：给牛马御寒的草类编织物。 ⑮ 外戚：皇帝的母族和妻族。 ⑯ 擅：专有。 ⑰ 崇门：高大的门户。 ⑱ 丰室：华丽的住所。 ⑲ 洞户：门户相通。 ⑳ 飞馆：高耸入云像要飞起来的馆舍。 ㉑ 芳榭：围绕着花草，建在高台之上的房屋。 ㉒ 河间王琛：元琛，字昙宝，袭爵河间王，性贪暴，曾任定州(今河北省定县)、秦州(今甘肃省天水市)刺史,常常肆意搜刮百姓,深受痛恨。 ㉓ 高阳:指高阳王元雍,史书记载他的住所豪华富丽,堪与皇帝媲美。 ㉔ 徽音殿:西晋时洛阳的宫殿名。 ㉕ 玉井金罐:玉石的井栏和金制的水罐。 ㉖ 缋(huì):丝带。 ㉗ 篪(chí):古代一种用竹管制成的像笛子一样的乐器,有八孔,用于宫廷雅乐。 ㉘ 团扇歌:即《团扇郎歌》,一种乐府歌曲,用吴声演唱。 ㉙ 诸羌:泛指西部的少数民族。 ㉚ 假为:化装成。 ㉛ 迭相:交相,互相。 ㉜ 坟井:代指故乡。坟,祖先的坟墓。 ㉝ 秦民:泛指当地百姓。 ㉞ 快马健儿:指英勇的将士。 ㉟ 西域:古代泛指玉门关以西的地方。 ㊱ 波斯:即今天的伊朗。 ㊲ 七百里者:指日行七百里的骏马。 ㊳ 晋室石崇:西晋时石崇以豪富奢靡著称,富可敌国。 ㊴ 雉头狐腋:用野鸡头上的毛织成衣袭,取狐狸腋下的毛织成皮衣。 ㊵ 画卵雕薪:禽蛋上画满彩色花纹,相互赠送;木柴经过雕饰之后加以焚烧。 ㊶ 列钱:古代建筑的墙壁上常镶有带子一样的横木,上面用金或玉作为装饰,排列像钱币一样。 ㊷ 青琐:古代宫室的门窗上刻成连环纹,涂成青色。 ㊸ 素柰(nài):白色的柰果。柰,俗称的花红。 ㊹ 银瓮:银色的盛器。 ㊺ 瓯:小盆。 ㊻ 檠(qíng):有脚的器皿。 ㊼ 称是:都和这些相当。 ㊽ 自馀:其馀。 ㊾ 中土:即中原。 ㊿ 按行:巡查,巡视。 ○51 府库:储存财物的地方。 ○52 锦罽(jì):织有杂色花纹的毛织品。 ○53 珠玑:各种珍珠。 ○54 冰罗:即冰丝,洁白清凉如冰的丝织物。 ○55 雾縠(hú):像雾一样轻柔的薄纱。 ○56 绣缬(xié):有花纹的丝织品。 ○57 越葛:古代南方所产的细葛布。 ○58 章武王融:元融,字永兴,是一个残忍暴虐、荼毒民生的统治者。 ○59 立性:生性,秉性。 ○60 江阳王继:元继,字世仁,常常收受贿赂,买卖官爵。 ○61 省疾:探视疾病。 ○62 瞻之在前:借用《论语·子罕》中的话,慨叹自己的财富已落在元琛之后。 ○63 "不知"句:此话为元继借袁术眼中没有刘备来取笑元融。东汉末年,袁术占据江淮一带,刘备任徐州牧,双方对峙于淮水之上。袁术想联合吕布攻打刘备,便写信给他:"术生年以来,不闻天下有刘备。" ○64 蹶(guì)起:急忙起身。蹶,急急忙忙的样子。 ○65 露积:堆放在室外。 ○66 较数:计数。 ○67 称力:和体力相当。 ○68 李崇:字继长,史书记载他家财万贯,仍然贪得无厌。 ○69 侍中:古代宫廷官名。 ○70 朝贵:朝中权贵。 ○71 诸元:所有的目标。 ○72 沟渎蹇产:语出《史记·司马相如列传》。沟渎曲折的样子。蹇产,曲折。 ○73 石磴礁(jiāo)峣(qiáo):石阶陡峭的样子。 ○74 啧啧:拟声词,形容赞叹羡慕的样子。

【赏析】 杨衒之在《寿丘里》一则先述其地理位置,再交代周围环境,"王子坊"这一民间称呼已经奠定了此处奢华的社会氛围。此后杨衒之用大量笔墨描述寿丘里皇族的奢靡生活,"崇门丰室,洞户连房"这样的建筑更是随处可见,集中反映了北魏皇城集团人物的贪婪骄纵、奢侈腐化的生活,具有很强的现实性。

作者下笔如有神,对这些人和事处理很巧妙,通过他们富有代表性的行为和言语,从细节出发,生动地描绘出许多人物形象。所写河间王元琛傲慢自大到要和历史上的人物争高下,章武王元融因富不如人而自愧于病倒,又因贪得无厌而伤了脚踝,很有典型意义。文章既有作者强烈的厌恶情绪,又明显表现出讽刺和批判。而最后描写寿丘里许多王府宅邸都变为寺庙,但是仍然掩盖不了这些建筑富丽奢华的本来面目,即使是梁王的菟苑也难以相比,足见奢靡的程度。

　　杨衒之此文语言简洁而有力量,一以贯之地把寿丘里的人和物都描写得很具有典型意义,有助于了解那个时代的贵族生活和皇室。此外,作者的文笔秾丽秀逸,仍不脱离魏晋南北朝时的繁丽之风,即使是描写建筑环境,也能极尽敷衍,给整篇文章都笼罩上了一层绮丽蘼芜的色彩,并将建筑和历史人物事件结合在一起,增加了趣味性。